HEYNE ‹

Das Buch

Claire Lidman ist auf dem Friedhof in Stockholm begraben. Ihr Mann Samuel will beweisen, dass sie noch lebt. Rekke und Vargas, die gerade ihren ersten gemeinsamen Fall gelöst haben, sind skeptisch. Doch schnell entwickelt sich alles anders als erwartet. Während sich Rekke dem Feind seiner Kindheit ausgeliefert sieht, bricht Micaelas Welt zusammen, als sie erfährt, mit wem sich ihr krimineller Bruder verbündet hat.

Der Autor

David Lagercrantz, 1962 geboren, debütierte als Autor mit dem internationalen Bestseller »Allein auf dem Everest«. Seitdem hat er zahlreiche Romane und Sachbücher veröffentlicht. 2013 wurde er vom Originalverlag und Stieg Larssons Familie ausgewählt, die Millennium-Trilogie fortzusetzen. 2021 erschien der erste Band einer neuen Reihe mit einem ebenfalls genialen Ermittler-Duo: Rekke und Vargas. Die Krimis waren in Schweden Nr. 1-Bestseller. David Lagercrantz ist verheiratet und lebt in Stockholm.

DAVID LAGERCRANTZ

DAS BILD DER TOTEN

THRILLER

Aus dem Schwedischen
von Susanne Dahmann

Wilhelm Heyne Verlag
München

Penguin Random House Verlagsgruppe FSC® N001967

1. Auflage
Vollständige Taschenbuchausgabe 03/2025
Copyright © 2023 David Lagercrantz
Published by agreement with Norstedts Agency
Copyright © 2024 der deutschsprachigen Ausgabe
by Wilhelm Heyne Verlag, München,
in der Verlagsgruppe Random House GmbH,
Neumarkter Straße 28, 81673 München
produktsicherheit@penguinrandomhouse.de
(Vorstehende Angaben sind zugleich
Pflichtinformationen nach GPSR)

Redaktion: Susann Rehlein
Umschlaggestaltung: favoritbüro,
unter Verwendung von Shutterstock.com / korkeng
Satz: Schaber Datentechnik, Austria
Druck und Bindung: GGP Media GmbH, Pößneck
Printed in Germany
ISBN: 978-3-453-42975-8

www.heyne.de

PROLOG

Bei dem Anruf, den der ungarische Geschäftsmann am 1. Juni 2004 bekam, ging es lediglich um eine Umweltanalyse, und es wurde auch über nichts Wichtiges oder Entscheidendes verhandelt. Doch da der Analyst am anderen Ende der Leitung trotz der Situation im Irak guter Laune war, plauderte er noch über dies und das und erwähnte ganz nebenbei Professor Hans Rekke.

»Wie ich hörte, interessiert sich Rekke für den Tod von Claire Lidman.«

Mehr war es nicht. Doch für den ungarischen Geschäftsmann wurde mit einem Mal die ganze Welt in andere Farben getaucht.

Aber diese Geschichte hatte schon viel früher begonnen.

EINS

Damals war Hans Rekke zwölf Jahre alt, und in Wien schneite es wie lange nicht mehr.

An der Tür der Villa Rekke wurde geläutet. Doktor Brandt, der Mathematiklehrer, trat mit einer viel zu großen Pelzmütze auf dem Kopf ein, einen Jungen in Hans' Alter mit lockigem Haar und dunklen Augen im Schlepptau. Doktor Brandt stellte ihn als Gabor vor, und Hans streckte ihm die Hand entgegen.

Der Junge nahm die Hand nicht, sondern bewegte sich stattdessen leicht und geschmeidig wie eine Raubkatze an ihm vorbei. Er hatte etwas Bedrohliches an sich, sein Blick leuchtete grün, und jede seiner Bewegungen strahlte Wachsamkeit und Agilität aus. Der Lehrer setzte die beiden Jungen an den großen Schreibtisch beim Bücherregal mit der Beethovenbüste, und erst dann verstand Hans, was der Zweck des Besuchs war.

Gabor galt ganz offensichtlich ebenfalls als begabt, und nun sollten sie wohl gegeneinander antreten. Doktor Brandt teilte Aufgaben aus – über Cantors Beweis für die unendlichen Mengen in der Mathematik –, und augenblicklich entstand im Raum eine intensive Spannung. Der Junge, Gabor, zitterte vor Eifer und begann sofort zu arbeiten. Hans selbst saß wie gelähmt da und beäugte verstohlen den anderen.

»Warum machst du dich nicht an die Aufgabe?«, fragte Doktor Brandt.

»Gleich«, erwiderte Hans. Doch sein Denken war wie blockiert. Erstaunt sah er zu, wie der Junge blitzschnell Zahl um Zahl aufs Papier schrieb, und er dachte: Ich lasse ihn einfach gewinnen. Ist mir doch egal. Aber irgendwann erwachte sein Ehrgeiz, und er wollte dem anderen zeigen, was er konnte. Hinterher fand er, dass es ganz gut gelaufen war, wenn auch nicht großartig. Doch als er aufsah, leuchteten Gabors Augen vor Triumph.

»Ich bin beeindruckt, Jungs. Wie wäre es mit einer zwanzigminütigen Pause, damit ihr euch miteinander bekannt machen könnt?«, schlug Doktor Brandt zufrieden vor. Also zogen Hans und Gabor ihre Mäntel an und gingen in den Garten hinaus. Es war ein kalter Tag, der Schnee fiel in dicken Flocken vom Himmel und knirschte unter ihren Füßen. Da vernahm Hans ein schwaches Pfeifen, ein hohes, viergestrichenes G, das bei jedem dritten oder vierten Ausatmen zu hören war, ein zarter Ton, der in starkem Kontrast stand zu der explosiven Energie, die der andere ausstrahlte.

»Was machst du für einen Sport?«, fragte Hans.

Gabor sah aus, als würde er nachdenken. »Selbstverteidigung.«

»Und was genau?«, beharrte Hans.

»Ich zeig's dir.«

Gabors Körper spannte sich an, und das schwache Pfeifen seiner Atmung senkte sich um einen Halbton aufs Fis, und das machte Hans unaufmerksam. In der letzten Zeit war aus dieser Angewohnheit ein Fluch geworden: Wenn sich ein Lautbild veränderte, musste er zwanghaft die Töne in der Umgebung analysieren. Deshalb war er nicht vorbereitet, als Gabor ihn packte. Mit gewaltiger Kraft wurde er herumgeschleudert und knallte auf den gefrorenen Boden, und für ein paar Momente war ihm schwarz vor Augen. Dann sah er das Gesicht von Gabor über sich, der ihn wie ein Raubtier ansah, das seine Beute erlegt hatte.

Dann war er weg, und Hans lag mit schmerzendem Kopf da und konnte erst im dritten oder vierten Versuch wieder auf die Beine kommen und ins Haus stolpern. Blut klebte in seinen Haaren, und er stand lange über der Badewanne im Erdgeschoss und versuchte, es abzuwaschen. Als er schließlich wieder die Bibliothek betrat, waren fünfzehn oder zwanzig Minuten vergangen.

Doktor Brandt stand am Schreibtisch und war sichtlich enttäuscht, dass Gabor einfach nach Hause gegangen war. Deshalb sah er nicht, dass Hans leichenblass und verletzt war. Und auch seine Mutter schenkte ihm keine Aufmerksamkeit, denn sie war den ganzen Abend lang damit beschäftigt, nach einigen Schmuckstücken zu suchen, die sie vermisste.

ZWEI

Polizeiassistentin Micaela Vargas war erst vor Kurzem bei Professor Hans Rekke auf der Grevgatan eingezogen. Weil die Straße in einem der schicken Viertel von Stockholm lag, hatte es in Husby, wo Micaela herkam, Tratsch gegeben.

Inzwischen wollte sie nur noch weg, denn Rekke war depressiv und verließ sein Schlafzimmer kaum. Sobald sie konnte, würde sie ihre Sachen packen, aber zuerst wollte sie mit ihm den Fall abschließen, an dem sie gerade gemeinsam arbeiteten. Dabei ging es um eine schon vor Jahren für tot erklärte Frau, die nun womöglich auf einem kürzlich aufgenommenen Urlaubsfoto aus Venedig zu sehen war. Micaela hatte zwar ihre begründeten Zweifel an dieser Geschichte, aber irgendetwas reizte sie doch daran.

Deshalb war sie in die Polizeizentrale auf der Bergsgatan gefahren, um Kriminalinspektor Kaj Lindroos zu treffen, der vor nunmehr fast vierzehn Jahren in dem Fall ermittelt hatte. Doch der ließ sie warten, was sie nicht wirklich wunderte. Schon am Telefon hatte er unwillig und sauer geklungen, und nun stand sie blöd im Empfangsbereich herum und schaute auf die Straße hinaus. Ein Pick-up mit kreischenden Abiturienten fuhr vorbei. Es war der 5. Juni 2004, ein strahlender Sommertag, und sie war schon drauf und dran, wieder zu gehen, als sie jemand von hinten ansprach.

»Ist das meine Kollegin, die gerne mal die Privatdetektivin gibt?«

Sie drehte sich um und reichte Kaj Lindroos die Hand. Er war jünger, als sie erwartet hatte, wahrscheinlich kaum fünfzig, hatte große braune Augen und zurückgekämmtes blondes Haar. Er sah ungepflegt aus, und sein Blick wanderte unangemessen lange über ihren Körper. Sie zog die Jeansjacke enger um sich.

»Danke, dass du dir Zeit nimmst«, sagte sie nur.

»Claire Lidman ist tot«, antwortete Kaj Lindroos.

»Ja, so scheint es zumindest. Aber irgendwas ist komisch an der Sache«, gab sie zurück. »Ich halte dich nicht lange von der Arbeit ab. Versprochen.«

Inspektor Lindroos begutachtete weiterhin ihre Figur. »Du kannst mich so lange von der Arbeit abhalten, wie du willst, die Frau ist trotzdem tot.«

Micaela hätte ihm am liebsten eine geknallt.

»Vielleicht guckst du dir das Foto erst mal an«, schlug sie vor und ging mit ihm zusammen in den Fahrstuhl.

Selbstverständlich würde Kaj Lindroos sich das Foto anschauen. Es war albern, sich daran zu stören, dass diese Vargas so jung und dazu noch eingewandert war. Aber er hatte eben seine Vorurteile, vor allem, da es um die Lidman-Ermittlung ging, den einzigen Makel seiner Laufbahn. Natürlich war da was faul gewesen. Eine schöne Frau mit erstklassiger Ausbildung, die mit Wirtschaftsbossen der höchsten Ebene verhandelt hatte, war vor vierzehn Jahren spurlos verschwunden, und dann war ihre verkohlte Leiche ein paar Monate später bei einem Tanklasterunglück in Spanien aufgetaucht. Klar hatte ihn das eine Weile beschäftigt. Aber das war lange her. Es war Freitagnachmittag, und er wollte so bald wie möglich ins Wochenende verschwinden und sich einen ansaufen. Und vielleicht könnte er Micaela um den Finger wickeln. Einen Versuch war es auf jeden Fall wert.

»Du arbeitest also in der Jugendkriminalität?«, fing er an.

»Ja, aber da hab ich echt nicht genug zu tun. Ich suche mir noch andere Fälle, wenn es sich ergibt.«

»Das finden deine Kollegen da bestimmt ganz super.«

»Na klar.«

»Hab ich mir gedacht. Schicke Jeansjacke«, sagte er, starrte auf ihre Brüste und begutachtete sie noch einmal von oben bis unten. Die Beine könnten durchaus ein bisschen länger sein, und es würde auch nichts schaden, wenn sie mal lächeln würde. Aber man soll ja nicht zu hohe Ansprüche stellen.

Sie gingen in sein Büro, und er machte ein bisschen Platz auf dem Schreibtisch. Vor dem offenen Fenster johlten die Abiturienten auf ihren Pick-ups.

»Die haben Spaß«, sagte er. »Da wünscht man sich doch fast, man wäre dabei.«

»Fast«, entgegnete sie.

»Hast du auch so gefeiert, als du das Abi in der Tasche hattest?«

»So laut ich konnte.«

»Na, allzu lange kann das ja nicht her sein.« Er bereute die Bemerkung sofort. Das klang so, als sei sie zu jung und unerfahren, um ihm mit irgendwelchen wundersamen Theorien zu kommen, wie Claire von den Toten auferstanden sein könnte. Aber nun war es schon raus.

»Willst du damit irgendwas andeuten?«, fragte sie.

»Nein, nein«, beeilte er sich zu sagen. »Aber zu meiner Zeit hat man diese weißen Mützen, mit denen die Abiturienten da rumlaufen, reaktionär gefunden. Und jetzt wollen sie alle plötzlich eine aufhaben.«

»Aha«, erwiderte sie gelangweilt.

»Offenbar ist es nicht mehr in Mode, rebellisch zu sein.«

»Kann sein.«

»Magst du Ulf Lundell?«

»Wen?«

Diese verdammten Vorortbräute haben einfach keine Ahnung von Schweden, dachte er.

»Also gut, bringen wir es hinter uns«, sagte er seufzend. Sie nickte, schob die Hand in die Innentasche ihrer Jacke und zog das Foto heraus.

Für einen kurzen Moment bekam er es mit der Angst zu tun. Aber nein, redete er sich ein, er musste sich nun wirklich keine Sorgen machen. Schließlich gab es einen Totenschein und einen DNA-Beweis, außerdem hatte er die Leiche selbst gesehen. Claire Lidman konnte definitiv nicht mehr in einem eleganten roten Mantel in Venedig herumlaufen.

DREI

Hans Rekke saß am Flügel und spielte das Adagio aus der *Pathétique*, hörte aber schon nach wenigen Minuten wieder auf. Das Stück sprach einfach nicht mehr zu ihm, was aber nicht Beethovens Schuld war. Nichts sprach mehr zu ihm, und er stand auf und wusste nicht, wohin mit sich.

Zurzeit bereiteten ihm schon die einfachsten Entscheidungen Probleme. Sollte er sich wieder hinlegen oder doch noch eine Weile sitzen bleiben? Von draußen drang der Autolärm zu ihm herein, während ihn das gleichmäßige Ticken der Wanduhr an das unaufhaltsame Verstreichen seiner Lebenszeit erinnern zu wollen schien.

Wo war Micaela? Eine Woche schon hatte er sie nicht gesehen. Vielleicht war sie wieder in ihre eigene Wohnung gezogen. Er konnte ihr keinen Vorwurf machen, bestimmt deprimierte er sie. Trotzdem tat es weh. Er beschloss, in die Küche zu gehen und ein Glas Wein zu trinken, bog stattdessen ins Badezimmer ab und öffnete den Medikamentenschrank. Mach ihn wieder zu, ermahnte er sich. Lass die Finger von diesem Zeug. Aber seine Hände griffen wie von selbst nach den neuen Tabletten, die er von diesem Höllendoktor Freddie bekommen hatte.

Oxycontin hießen sie und machten laut Beipackpackzettel nur in seltenen Fällen abhängig. Ihr Witzbolde, dachte

Hans und sank auf den Toilettendeckel. Er wurde überspült von Erinnerungen an seine Kindheit in Wien, als es tagelang nur geschneit hatte. Doch plötzlich hellte sich seine Miene auf, und er erhob sich. Waren das nicht Schritte im Treppenhaus, vertraute Schritte?

Er meinte den Gang seiner Tochter Julia zu erkennen, war sich dann aber nicht sicher. Die Schritte waren langsamer und nicht so unbeschwert wie sonst, und er erinnerte sich, dass Julia in der letzten Zeit traurig ausgesehen hatte. Hatte sie ihm gesagt, was sie bedrückte?

Er strich sich mit nassen Fingern die Haare zurecht, verließ das Badezimmer und ging zur Wohnungstür. Öffnen musste er nicht, Julia hatte einen Schlüssel. Er betrachtete seine Tochter wie durch einen Nebel. Sie trug eine Jeans mit Löchern an den Knien, eine Lederjacke und viel zu hohe Schuhe. Außerdem war sie übertrieben geschminkt. Sie zog an ihrer Jacke, als würde sie frieren.

»Hallo, mein Herz. Schneit es noch?«, fragte er.

»Soll das ein Witz sein?«

»Ja, entschuldige«, antwortete er kleinlaut.

Er breitete die Arme aus, um sie zu begrüßen, aber sie ging an ihm vorbei in die Wohnung.

»Es ist Sommer, Papa.«

»Das weiß ich doch.«

»Oder bist du in Gedanken mal wieder ganz woanders?«, fragte sie und hatte damit wie üblich den Nagel auf den Kopf getroffen.

Er musste sich unbedingt zusammenreißen und in die Gegenwart zurückkehren. Seine Tochter war definitiv abgemagert, und das gefiel ihm nicht. Dieser Drang, den eigenen Körper zu geißeln, lag in der Familie. Seine borniertе Mutter hatte das immer für ein Zeichen von Stil und Klasse gehalten. Doch er wusste, dass diese angebliche Klasse manchmal nur Grauen und Gewalt übertünchte.

»Mein Schatz«, sagte er. »Komm, wir essen zu Mittag.«

»Und du kochst, oder was?«

Ihre Stimme klang abweisend, ihre schmalen Schultern hatte sie hochgezogen.

»Ja, natürlich«, erwiderte er, ging in die Küche und öffnete den Kühlschrank. »Dich amüsiert ja immer, dass ich so ungeschickt bin. Aber wie ich Frau Hansson kenne, hat sie sicher etwas vorbereitet. Das hier zum Beispiel …« Er schaute in eine Schale auf der mittleren Schiene. »Risotto«, fuhr er fort und roch daran. »Mit Weißwein, Gemüsebrühe und Parmesan. Und sieh mal hier!« Er strahlte. »Gebratene Champignons und Rucola, das wird ein Festessen.«

»Nein, lass mal, ich muss gleich wieder los.«

»Du bist doch gerade erst gekommen. Ich wärme uns das in der Mikrowelle auf. Ich könnte dir sogar ein Glas Wein dazu anbieten, denn bist du nicht gerade neunzehn geworden?« Er lächelte breit und hoffte, mit diesem Scherz seine vorherige Verwirrung überspielen zu können.

»Ich bin nur hier, um dir etwas zu sagen«, erwiderte sie, und er blieb mit der Risottoschüssel in der Hand wie angewurzelt stehen, auf schlimme Nachrichten gefasst.

Aber vielleicht war das nur die Erinnerung an jenen weit zurückliegenden Winter, die sich wieder aufdrängte. Also bemühte er sich, wie ein normaler, gelassener Vater zu wirken und nicht wie jemand, der gerade Opiate eingeworfen hatte.

VIER

Ich hätte nicht herkommen sollen, dachte Micaela, die noch immer bei Lindroos saß. Am besten hätte ich mich überhaupt nicht in diese Geschichte reinziehen lassen sollen.

Sie wusste genau, wann das passiert war, ziemlich exakt um halb neun Uhr am Abend des zehnten Mai, als Samuel Lidman bei Rekke und ihr im Wohnzimmer saß und ein Urlaubsfoto auf den Couchtisch legte. Der Witwer atmete schwer und war schweißüberströmt. Er hatte einen braunen Cordanzug und frisch geputzte Cowboystiefel an, und trotz seiner Größe und imponierenden Gestalt war er ein Bild des Jammers mit seinem roten, verschwitzten Gesicht und dem traurigen Blick.

»Sie müssen genau hinsehen«, flehte er. »Ich habe noch andere Bilder. Sehen Sie sich das Ohr an, die Nase und die Lippen, es ist verblüffend.«

Was er da beweisen wollte, war ungeheuerlich. Seine Frau war seit dreizehneinhalb Jahren tot, und zwar nicht lediglich *für tot erklärt*, sondern *mit Zahnkarte identifiziert und begraben auf dem katholischen Friedhof in Solna*. So jemanden zum Leben erwecken zu wollen, war, wie Rekke sich ausdrückte, ein ehrgeiziges Projekt. Aber Samuel zeigte beharrlich auf eine schöne Frau in rotem Mantel, die auf dem Urlaubsbild aus Venedig zu sehen war.

»Sehen Sie nur hin, sehen Sie«, drängte er.

Rekke nahm das Foto in die Hand. Micaela vermutete, dass er so schonend wie möglich ablehnen würde. Er war ein dezenter Mann, der niemanden gern verletzte, und wie Samuel Lidman da auf der Couch saß, sah er aus, als ginge es hier um sein Leben.

Er war bis über beide Ohren verliebt und frisch verheiratet gewesen, als Claire ihn im Herbst 1990 ohne Vorwarnung und ohne ein Wort des Abschieds verließ. Das war lange her, doch nun war die Wunde erneut aufgerissen worden. Es war offensichtlich, dass irgendetwas passiert sein musste. Claire war ausgesprochen schön und talentiert gewesen und hatte eine kometenhafte Karriere hingelegt. Sie war Chefanalystin einer der größten Banken Schwedens, der Nordbank, und direkt dem Vorstandsvorsitzenden William Fors unterstellt. Zur damaligen Zeit, in der beginnenden Finanzkrise, trieb sie Anleihen ein und sicherte Kredite von ins Wanken geratenen Großunternehmen und Finanzleuten. Der Druck, der auf ihr lastete, war enorm, aber genau das liebte sie an dem Job, erzählte Samuel. Sie war eine Kämpferin und eine Zockerin, und sie waren in ihrer Ehe glücklich. Ineinander verschlungen, so drückte er es aus.

Doch eines Abends hatte Claire das Haus verlassen, um einen Brief nach London an ihre Schwester einzuwerfen, und war nicht zurückgekehrt. Schon tags darauf begannen die Ermittlungen der Polizei. Schreckliche Wochen folgten. Dennoch sehnte er sich nach diesen Tagen zurück, denn da hatte er zumindest noch die schönen Erinnerungen an die gemeinsame Zeit gehabt. Schließlich wurden auch die ihm genommen. Als der Polizeieinsatz in vollem Gange war, kam ein Gruß von ihr, kein langer Brief, so wie der, den sie ihrer Schwester geschrieben hatte, sondern nur eine Ansichtskarte mit einem Gemälde von Cézanne – ein Gardanne-Motiv –, auf der stand, dass sie ihn verlassen habe.

Kurz darauf unternahm er in seinem Schmerz eine mehrwöchige Pilgerreise, wie er es nannte. Als er aus Bombay einmal zu Hause anrief, erfuhr er, dass Claire bei der Explosion eines Tanklasters in San Sebastian ums Leben gekommen war. Er hätte nach seiner Rückkehr darum bitten können, ihre Leiche zu sehen, und es mit Sicherheit auch zur Beerdigung in Solna geschafft. Aber er wollte nicht.

»Für mich war sie längst gestorben«, sagte er. Als er hörte, dass der Leichnam schlimm verbrannt war, bestätigte ihn das nur in seiner Entscheidung, seine Reise fortzusetzen.

»Das war ein Fehler«, sagte er. »So konnten die mich reinlegen.«

Obwohl Claires Schwester, ihre Mutter und ebenjener Kriminalinspektor Kaj Lindroos die Leiche identifiziert hatten, war Samuel, wahrscheinlich auch, weil er nicht hatte Abschied nehmen können, von der fixen Idee besessen, dass Claire vielleicht noch lebte. Tatsächlich stand fest, dass sie Hilfe gehabt haben musste, um Schweden zu verlassen. Sonst hätte sie mehr Spuren hinterlassen und sich nicht einfach in Luft aufgelöst. Das war alles sehr verworren, und Micaela erinnerte sich, wie unruhig Samuel gewesen war und noch mehr schwitzte, während Rekke das Foto betrachtete, das als Beweis für eine Auferstehung kaum taugte. Aus Höflichkeit, wie Micaela dachte, ließ sich Rekke viel Zeit, studierte das Foto lange – nicht nur das eine, sondern auch die alten Bilder von Claire, die Samuel mitgebracht hatte. Eins nach dem anderen nahm er in die Hand.

»Faszinierend«, sagte er.

»Sie erkennen sie auch, nicht wahr? Das ist Claire, oder etwa nicht?«

»Ich weiß nicht recht«, sagte Rekke. »Besonders scharf ist das Foto nicht. Aber immerhin kann ich sehen, dass Claire und diese Frau dieselbe Ausstrahlung haben. Aber ich frage mich … warten Sie …«

Und als nun Samuel Lidman aufgeregt weiter die Ähnlichkeiten zwischen Claire und dieser Frau heraufbeschwor, hörte Rekke nicht mehr zu, sondern war wie so oft in einem tranceähnlichen Zustand versunken.

»Sie wirkt ein wenig ängstlich, nicht wahr?«, sagte er schließlich. »Sieht aus, als würde sie sich nach jemandem umschauen.« Samuel Lidman betrachtete Rekke angespannt.

»Ja, vielleicht. Aber vor allem …«

»Ja?«

»… ist da etwas Besonderes an ihrer Art zu gehen. Sie hält sich ein wenig schief. Hatte Claire eine Verletzung am rechten Knie?«

Samuel war fassungslos. »Ja, allerdings«, sagte er. »Sie hat sich mal beim Skifahren die Bänder gerissen.«

»Das linke Bein und die Hüfte, sehen Sie … neigen sich leicht und übernehmen das Gewicht. Das kann natürlich Zufall sein, ein plötzliches Schwanken oder so etwas. Schmerzen hat sie jedenfalls nicht, das würde man sehen.«

»Was wollen Sie damit sagen?«

»Dass diese Schonhaltung, den Körper leicht zu drehen, wahrscheinlich über die Jahre antrainiert wurde und kaum zu erkennen ist. Vielleicht brauchten wir die Bewegung eingefroren in diesem Bild, um es so deutlich zu sehen. Schuld kann eine alte Fraktur der Wade oder im Oberschenkel sein. Doch solche Verletzungen heilen schnell. Ich denke eher, es hat etwas mit dem Meniskus zu tun, der niemals richtig verheilt ist.«

Samuel Lidman fuhr aus seinem Sessel hoch, marschierte im Zimmer auf und ab und erzeugte eine fiebrige Stimmung, als wären sie wirklich auf einer Spur. Micaela war dann ungefähr eine halbe Stunde lang damit beschäftigt gewesen, den armen Mann wieder auf den Teppich zu holen, während sich Rekke, der angeblich nachdenken musste, zurückgezogen hatte.

Am Tag darauf konnte sie sehen, dass Rekke angefangen hatte, an seiner Schlussfolgerung zu zweifeln.

Das war typisch für ihn. Sein Gehirn notierte blitzschnell jede Menge Details und setzte sie zu einem Bild zusammen. Doch hinterher verbrachte er mehr Zeit damit, seine Schlussfolgerungen wieder infrage zu stellen, als es gedauert hatte, sie zu ziehen, und diesmal war er besonders verunsichert. Er hatte einem unglücklichen Mann Flausen in den Kopf gesetzt. »Ich bin ein Idiot«, sagte er, und vielleicht war das der Anfang seiner aktuellen Krise, sein Absturz ins Dunkel.

Doch Samuel Lidman hatte Feuer gefangen und scherte sich nicht darum, dass Rekke seine Meinung geändert hatte, ganz gleich, wie sehr Micaela ihn zu beschwichtigen versuchte. Am Ende versprach sie, der Sache auf den Grund zu gehen, und so war sie mit dem Foto bei Inspektor Kaj Lindroos aufgeschlagen. Vermutlich wirkte sie nicht besonders überzeugend, und als sie jetzt das Foto auf den unaufgeräumten Schreibtisch des Inspektors legte, kam ihr die Sache selbst albern vor.

»So, da ist es also«, sagte Kaj Lindroos und nahm das Foto in die Hand, betrachtete es jedoch nicht lange, sondern wandte den Blick zum Fenster, als würde er hoffen, wieder die Abiturienten zu hören.

»Du musst schon ein bisschen genauer hinsehen«, forderte sie.

Er wandte sich ihr zu. »Du hast nicht zufällig Lust, nachher ein Bier trinken zu gehen? Vielleicht irgendwo unten am Wasser?«

Er sah sie mit neuer Aufmerksamkeit an und fummelte seinen obersten Hemdknopf auf.

»Was? Nein, sorry«, erwiderte sie genervt. »Muss nach Hause.«

»Bist du sicher? Es ist Freitag, die Sonne scheint.«

»Ich bin mit meiner Mutter verabredet.«

»Aha, echt? Na gut.« Er zeigte mit seiner Körpersprache, dass er jetzt noch weniger vorhatte, irgendwelche Energie auf dieses lächerliche Foto zu verschwenden. Sollte sie vielleicht noch was Nettes sagen, was im Stil von »vielleicht ein andermal«? Aber das wäre doch nur blöd und feige.

»Sieh mal hier«, forderte sie ihn auf, »vor allem das Ohr und die Nase sind signifikant ähnlich.«

»Ach wirklich?«, versetzte er und fummelte den Hemdknopf wieder zu. »Und das Foto hat Samuel Lidman also bei seinem Nachbarn gefunden?«

Micaela hatte ihm die Laune verdorben, das war deutlich.

»Ein Freund von Samuel Lidman hat es bei *seinem* Nachbarn gefunden«, korrigierte sie.

»Ist das allein nicht schon ein wenig sonderbar?«, entgegnete er, und das war es natürlich. Es hätte sich besser angefühlt, wenn das Foto nach ausgiebiger Recherche entdeckt worden wäre, anstatt einfach nur plötzlich in einem Urlaubsalbum im Bekanntenkreis aufzutauchen. Aber so war es nun mal, und bald würde sie hoffentlich hier weggehen und den Mist vergessen können.

»Spielt es eine Rolle, woher das Bild kommt? Entweder ist sie das oder nicht.«

»Ja, ja, natürlich«, gab Lindroos zu und nahm das Foto erneut in die Hand. Micaela schloss die Augen und dachte, dass sie gerne so wäre wie die Frau auf dem Bild. Sie würde auch gern mal derart selbstverständlich einfach leuchten.

FÜNF

Hans Rekke registrierte die Veränderungen an seiner Tochter: die Blässe, dass sie abgemagert war, aber auch noch etwas anderes, eine Art trotzigen Glücks im Blick. Mit einem Mal suchte er fiebrig nach weiteren Hinweisen, als hätte die Sorge um sein Mädchen ihn wieder zum Leben erweckt. Erst bemerkte er nichts Besonderes, nur dass sie wirklich stark abgenommen hatte. Doch dann entdeckte er einen roten Abdruck auf dem rechten Handgelenk wie nach einem zu festen Griff.

War das etwas, womit sie einverstanden gewesen war? Etwa Teil eines Liebesspiels? Oder war sie angegriffen worden? Nein, nein, dachte er. Es schien ihr ja trotz allem gut zu gehen. Sein Gehirn war im Krisenmodus und beschwor derzeit schreckliche Szenarien herauf. Sicherlich gab es kein Problem. Er musste sie nur dazu bringen, besser zu essen.

»Heraus damit, mein Herz«, sagte er. »Was ist passiert?«

»Ich habe mit Christian Schluss gemacht«, antwortete sie.

Das war doch eine gute Nachricht.

Er hatte Christian nie gemocht. Einer dieser viel zu selbstbewussten Jungs, die sich zu wichtig nahmen und ständig über Sachen redeten, von denen sie keine Ahnung hatten.

»Oje, das tut mir leid«, antwortete er.

»Lüg nicht, du konntest ihn nie leiden.«

»Doch, er ist ein netter Junge«, entgegnete er und fragte sich, ob er das vielleicht wirklich dachte oder es zumindest tun sollte. Es war ja nicht leicht, jung zu sein. Jungs von dieser Sorte brauchten Zeit, um einzusehen, dass sie anderen nicht überlegen waren. *Nescit occasum.* Sie wissen nichts vom Niedergang. Das Leben musste sich erst in sie einschreiben. Aber darum ging es ja gar nicht. Ein anderer hatte Christians Platz eingenommen. Das erkannte er jetzt ganz deutlich.

»Red keinen Bullshit, Papa.«

»Na gut«, sagte er. »Ich mochte ihn nicht. Aber du hast jemand Neues kennengelernt, nicht wahr?«

»Woher weißt du das?«

Ich sehe es an den Abdrücken auf deinem Handgelenk, dachte er. Eine neue, kräftigere Hand packt dich jetzt. »Das war nur geraten, mein Schatz. Wer ist der Glückliche?«

Sie sah ihn kritisch, aber auch nervös an. Am liebsten wäre ihr seine Meinung egal, doch so war es nicht, und das gab ihm trotz allem etwas Hoffnung. Sie war noch ein Kind, sein Mädchen, und er beugte sich vor, um sie zu umarmen.

Sie entzog sich. »Keiner, den du kennst.«

»Das ist ja klar. Aber wie ist er denn so? Was magst du an ihm?«

»Das würdest du doch nicht verstehen«, gab sie zurück.

Glaubte sie das wirklich? Er hatte mehr Fehler, als er zählen konnte, und zudem eben grade erst wie ein Junkie Opiate geschluckt. Aber von Anziehung zwischen zwei Menschen verstand er etwas, der guten wie der destruktiven. Wenn es nun so war, dass sie – wie ihre Reaktion verriet – einen Mann kennengelernt hatte, der den Erwartungen der Familie nicht entsprach oder vielleicht gar das Gegenstück dazu war, dann schockierte ihn das überhaupt nicht. Er selbst hatte sich im Laufe seines Lebens allen Arten von Verlockung und Sirenengesang ergeben. Er würde sie verstehen, und eigentlich wusste sie das auch.

»Ja, ja«, murmelte er, »aber vielleicht kannst du etwas über ihn verraten. Was macht er? Ist er Student?«

»Ist denn so verdammt wichtig, was er macht?«

»Ein bisschen wichtig ist es schon. Aber hauptsächlich interessiere ich mich natürlich dafür, ob er nett ist.«

»Nicht auf diese langweilige Djursholms-Art.«

»Aha, also nicht«, antwortete er unangenehm berührt. »Aber du passt doch auf dich auf, oder? Niemand darf …«, er schielte wieder zu ihrem Handgelenk hin, »dich verletzen, nicht einmal minimal.«

»Wieso sollte jemand mich verletzen?«

»Nein, wieso auch«, erwiderte er und dachte: Aber wenn jemand das tut, dann mach ich ihn fertig. Wie sehr, kannst du dir nicht vorstellen, mein Herz, das kannst du nicht mal ahnen.

Und er dachte an jenen Winter in Wien, als es die ganze Zeit schneite.

SECHS

Auf dem Foto war der Markusplatz in Venedig zu sehen. Der Dom war in der Mitte abgeschnitten, und im Vordergrund stand eine Gruppe Japaner im Rentenalter, denen die Kamera nicht aufzufallen schien. Die Hauptpersonen des Bildes waren jedoch die Tauben, die überall waren. Die Vögel waren auch der Grund dafür, dass dieses Foto überhaupt gemacht worden war. Erik Lundberg wollte zeigen, dass Venedig von Touristen und Tauben übervölkert war und genauso gut im Meer untergehen konnte.

Ohne dass Erik Lundberg es gemerkt hatte, war von rechts eine Frau in einem roten Mantel in sein Urlaubsfoto getreten und hatte dem Ziel, Hässlichkeit zu zeigen, entgegengewirkt. Die Frau war vierzig oder fünfundvierzig Jahre alt, dunkelhaarig und leuchtend, nicht nur wegen des roten Mantels. Etwas an ihrem Gang und ihrer Ausstrahlung zog den Blick auf sich. Auch wenn sie den Kopf seitlich gedreht hatte, sich vielleicht nach hinten umsah, waren die Gesichtszüge doch sehr gut zu erkennen.

»Natürlich will Samuel, dass das Claire ist. Ich fände es auch schön, wenn sie meine Frau wäre«, sagte Kaj Lindroos.

Micaela sah genervt auf ihre Hände. »Es gibt große Ähnlichkeiten, und das Alter würde auch passen. Ich habe hier alte Fotos, mit denen du vergleichen kannst«, sagte sie.

Kaj Lindroos machte eine abwehrende Geste, zog aber jetzt immerhin eine Lesebrille aus der Innentasche seines Sakkos. Warum hatte er die denn nicht gleich aufgesetzt?

»An der Drehung des Körpers und der Art, wie sie den Fuß aufsetzt, kann man erahnen, dass diese Frau auch einen beschädigten Meniskus hat«, fuhr Micaela fort.

Lindroos sah sie verständnislos an. »Was?«, fragte er.

»Guck doch mal hier.« Sie beugte sich über seinen Schreibtisch und zeigte auf die Hüfte und das linke Bein der Frau, merkte dabei aber wieder, wie wenig sie selbst daran glaubte, und beendete den Satz nicht.

Ihre Unsicherheit ließ sie an ihren Bruder denken. Lucas tauchte derzeit andauernd in ihren Gedanken auf, und so wie jetzt bekam sie es dann mit der Angst zu tun. Sie erinnerte sich, wie sie ihn unten am Järvafältet gesehen hatte, als er eine Pistole gegen den Hals eines Jungen gedrückt hatte. Das war ein solcher Schock gewesen, dass sie begonnen hatte, ihre Kindheit und Jugend auf neue Weise zu betrachten. Seither half sie den Kollegen im Drogendezernat, Informationen über ihn zu sammeln, und sie wusste, dass Lucas davon erfahren hatte. Klar war das eine unbehagliche Situation, trotzdem war sie verblüfft über das Ausmaß ihrer Angst. Es war, als würde dem Büro, in dem sie saßen, die Luft entzogen. Deshalb bemerkte sie nicht, wie Kaj Lindroos erstarrte. Als sie den Blick wieder hob, sah er plötzlich nervös aus und holte sein Telefon heraus.

»Ist was passiert?«, fragte sie.

»Was? Nein, nein, ich muss mich bloß nebenbei auch noch um meine richtige Arbeit kümmern.« Er begann, etwas auf dem Handy zu tippen, und signalisierte ihr, dass sie still sein sollte. »Samuel täuscht sich«, sagte er dann, »genau wie immer. Und übrigens ...«

»Ja?«

Er hielt sich das Foto nahe vor die Augen. Ein gequältes, aber doch selbstgefälliges Lächeln breitete sich auf seinen Lippen aus. »Was hat die Frau da in der Hand?«

»Ein Buch«, antwortete sie.

»Da steht was vorne drauf, oder?«

»Wir glauben, da steht *Love*. Sieht aus, als gäbe es da drüber noch eine Zeile, aber die ist verdeckt.«

»Also irgendein Liebesroman?«

»Vermutlich, nach den Farben zu schließen. Aber ich habe es noch nicht finden können.«

Kaj Lindroos lächelte geradezu erleichtert. »Claire Lidman würde niemals einen Liebesroman lesen.«

»Nicht?«, erwiderte sie.

»Nein, niemals. Sie hatte immer eine Agenda und würde sich niemals in etwas Erfundenes oder Sentimentales versenken.«

»Da habe ich aber anderes gehört.«

»Glaub bloß nicht, du weißt irgendwas«, fuhr er sie an.

»Warum denn so unfreundlich?«

»Weil wir lange gebraucht haben, um zu verstehen, wie sie tickt. Diese Frau hat keine Zeit auf Romane und solchen Scheiß verschwendet. Sie war immer allen zwei Schritte voraus, und nur deshalb konnte sie auch Finanzbonzen wie Axel Larsson unter Druck setzen. Sie war rational und organisiert.«

»Vielleicht hat sie sich verändert.«

»Sie ist tot«, blaffte er, schaute wieder auf sein Handy und schien noch mal durchzulesen, was er eben geschrieben hatte.

»Trotzdem sitzt du hier mit mir.«

Er sah sie gekränkt an. »Wahrscheinlich bin ich einer dieser Ehrgeizlinge, die niemals irgendwas ad acta legen.«

»Obwohl du die Leiche gesehen hast.«

»Die Leiche war verbrannt, wie du weißt, und ich bin nicht so blöd, dass ich nicht auch gewisse Ungereimtheiten erkannt hätte. Aber das bedeutet nicht, dass ich jedem Dahergelaufenen seine Story abkaufe.«

Micaela streckte die Hand aus, um das Foto wieder an sich zu nehmen, aber Lindroos machte eine abwehrende Geste.

»Ich habe gehört, du arbeitest mit einem Professor zusammen, der in Stanford rausgeflogen ist?«

»Stanford hätte ihn gerne behalten.«

»Und wer hat ihn dann rausgeschmissen?«

Die CIA, dachte sie, sagte aber: »Das ist kompliziert. Er hat einen fantastischen Blick für Details.«

»Ein bisschen zu fantastisch, wie ich hörte«, erwiderte Lindroos und schob das Foto frech in die oberste Schublade seines Schreibtischs.

»Kann ich das Foto bitte zurückkriegen«, sagte sie.

»Ich behalte es«, sagte er.

»Das kannst du nicht.«

»Wir heben allen Mist auf, den Samuel Lidman hier anschleppt. Demnächst müssen wir das unterbinden. Er beunruhigt die Angehörigen, und …«

Er konnte den Satz nicht beenden. Es klopfte, und ein älterer, fast kahler Mann im Polohemd trat ein. Er wirkte gestresst und besorgt und entschuldigte sich für die Störung, und sie hätte natürlich die Gelegenheit nutzen und auf die Rückgabe des Urlaubsfotos drängen sollen. Aber sie war es leid, und mal ehrlich: Hatte sie eigentlich je an diese

Geschichte geglaubt? Im Grunde hatte sie sich doch hauptsächlich engagiert, weil sie davon geträumt hatte, wieder
mit Rekke zusammenarbeiten zu können. Aber das war damals im Mai gewesen, als er tatsächlich noch seinen fantastischen Blick für Details hatte.

Inzwischen bemerkte er nicht einmal ein Stuhlbein oder
eine Türschwelle, die im Weg waren, wenn er sich aufraffte
und ins Badezimmer schleppte. Wenn sie bei ihm wohnen
blieb, wurde sie in seine Depression hineingezogen. Ich muss
weg von ihm, dachte sie, nickte Lindroos und dem Mann
im Polohemd zu und verließ den Raum, fest entschlossen,
Claire Lidman zu vergessen und sich stattdessen um ihr eigenes Leben zu kümmern.

SIEBEN

Julia ging, und Hans Rekke fragte sich, was für ein Typ wohl auf sie wartete. Doch er konnte sich nicht länger Sorgen machen. Er musste sich hinlegen. Zurzeit schaffte er überhaupt nichts mehr. Unterwegs blieb er am Flügel stehen. Sollte er spielen? Nein, die Tasten grinsten ihn nur höhnisch an, und er murmelte: »Cartaphilus.« *Cartaphilus*. Dieses Wort war der Auslöser für alles gewesen. Er hatte es zufällig aufgeschnappt, als Micaela vor einer Woche am Telefon über die verschwundene Frau sprach, die in Spanien für tot erklärt worden war. Der Fall interessierte ihn eigentlich nicht. Die ganze Geschichte war mit so viel Wunschträumen und unsinnigen Hoffnungen überladen, und er hatte sich für seine Analyse dieses Urlaubsfotos geschämt. Doch dann, als er drauf und dran war, den Quatsch zu vergessen, hatte Micaela dieses Wort gesagt.

Wie sich herausstellte, hatte diese Claire, kurz bevor sie sich in Luft auflöste, mit Cartaphilus verhandelt. Und das war dann doch beunruhigend und ließ ihn aufhorchen. Cartaphilus war ein ungarisches Investmentunternehmen, das auch schon mit dem KGB und dem Organisierten Verbrechen in der Sowjetunion liiert gewesen war. Doch nicht das hatte ihn erschreckt. Der Firmenname hatte ihn an jene verschneiten Tage in Wien erinnert und ihn dazu gebracht, stundenlang rastlos in der Stadt herumzuwandern.

Als er zurück in die Wohnung kam, war Micaela weg, und seither hatte er sie nicht gesehen. Er sollte sie dringend anrufen und sie einweihen. Doch er hatte nicht genug Kraft ... warum wollte ihn die Vergangenheit nicht aus ihrer Umklammerung lassen?

Seine Kindheit war ein trister Strom immer gleicher Tage gewesen. An den Vormittagen war er mit seiner Mutter zu Hause gewesen und spielte seine Tonleitern, Arpeggios und Etüden. Erst am Nachmittag kamen Lehrer wie Doktor Brandt und ab und zu auch Schüler, die sich als ruppig erwiesen – wie Gabor mit seinem pfeifenden Ausatmen in G und Fis und diesem Griff, mit dem er ihn zu Boden geschleudert hatte.

Hans konnte sich immer noch an das Blut auf seinen Fingern und die Flecken auf dem Kissen am Morgen danach erinnern. Damals war er mit dem Gefühl aufgestanden, die Welt sei in ein neues, scharfes Licht getaucht. Alles um ihn herum wirkte bedrohlich und kantig. Es war, als würde er sich an zwei Plätzen gleichzeitig befinden: in der Gegenwart und im vergangenen Tag, als der Übergriff im Schnee stattfand.

Wieder und wieder hatte er damals in seinem Kopf Gabors Wurf durchgespielt und erkannt, dass die Erinnerungsbilder noch einem anderen Ziel dienten, als ihn zu demütigen.

Schon am selben Tag war er in die Bibliothek gegangen.

»Ich will Bücher über Selbstverteidigung«, hatte er gesagt, sich dann mit seiner Beute in eine Ecke ganz am Ende des Lesesaals verzogen und fieberhaft geblättert.

Um Viertel nach fünf Uhr an jenem Tag wurde er fündig. Der Wurf hieß Osotagari und war einer von vierzig Judogriffen, ersonnen von Jugoro Kano. Er war in einer Reihe von Büchern beschrieben. Hans konnte ihn mithilfe der Bilder Schritt für Schritt nachvollziehen und begreifen, wie er auf den Boden geschleudert worden war. Jede Sekunde des Übergriffs konnte er isolieren, und hinterher blieb ihm die Einsicht, dass man im Flüchtigen bei Bedarf endlos verharren konnte. Doch es ging ihm nicht nur um das Verstehen des Handlungsablaufs. Er wollte eine Verteidigung entwickeln, eine Methode, dem Griff zu begegnen. Lange saß er wie in Trance da, und schließlich kam ihm eine Erleuchtung.

Er begriff, dass er sein linkes Bein hätte zurückziehen müssen, dann angreifen und den Griff spiegelverkehrt anwenden. Die Schönheit seiner Lösung beeindruckte ihn, darin lag Symmetrie. Er blieb noch lange in der Bibliothek sitzen und führte den Wurf in der Theorie aus, kämpfte in Gedanken.

Der Wurf prägte sich seinem Körper ein, sein Gang und seine Haltung veränderten sich. Er übte fortan in jedem freien Moment in seinem Zimmer, nicht nur an seinem eigenen Wurf. Er stellte sich andere Ausfälle und Angriffe vor, und mit immer größerer Klarheit erkannte er das Herzstück jener Philosophie, die zu erobern er im Begriff war: Es ist möglich, den Stärkeren zu besiegen. Man musste nur der gegen einen selbst gerichteten Bewegung bis zu dem unvermeidlichen Punkt des Umbruchs folgen und dort spiegelbildlich zurückschlagen. *Fortitudo hostium amicus est.* Die Stärke deines Feindes ist dein Freund. Stunde um Stunde trainierte er und fragte schließlich seine Mutter: »Dieser Gabor, kann der noch mal wiederkommen?«

»Doktor Brandt hat gesagt, ihr hättet euch nicht so gut leiden können«, antwortete sie.

»Aber er hat mich stimuliert«, beharrte er. Das war immer das magische Wort. Sowie etwas ihn stimulierte, war seine

Mutter dafür, und an einem Nachmittag, als es wieder schneite – oder zumindest schneite es in seiner Erinnerung –, tauchte Gabor von Neuem auf. An diesem Tag strich Hans' Kater Ahasverus ihnen um die Füße, hielt sich dicht bei ihm und sprang auf den Tisch, als sie mit der Mathematik zugange waren, als würde er ahnen, dass etwas in der Luft lag. Hinterher gingen sie in den Garten hinaus, genau wie das Mal davor. Hans strengte sich an, ebenso verloren zu wirken wie damals.

Er fragte fast untertänig: »Kannst du mir diesen Griff noch einmal zeigen?«

Gabor machte eine Miene, als würde er nicht verstehen, wie Hans so dumm sein konnte. Dennoch ließ er sich sofort darauf ein und grinste höhnisch, während das schwache Pfeifen in seiner Atmung wieder um einen Halbton auf Fis sank. Dann fiel er über Hans her, aber ganz und gar nicht mit demselben Griff, und während der ersten Sekunden war Hans überzeugt, genau wie beim letzten Mal gedemütigt zu werden. Doch jetzt verbanden sich seine Synapsen schneller, er machte einen Schritt zurück und folgte konzentriert den Bewegungen von Gabor, und als er einen Moment der Instabilität entdeckte, trat er vor und riss an Gabor, sodass sie in derselben Position wie letztes Mal landeten. Danach bog er sich zurück, benutzte Gabors Kraft als Hebel und warf ihn zu Boden. Ohne es geplant zu haben und ohne etwas zu fühlen, zog er ihn wieder hoch und wiederholte den Wurf, sodass Gabors Kopf auf dem Boden aufschlug.

Daraufhin geschah etwas, das er nie vergessen würde. Plötzlich war die ganze königliche Selbstsicherheit in Gabors Miene durch Hilflosigkeit ersetzt worden. Hans begriff instinktiv, dass er für das, was er gesehen hatte, würde büßen müssen. Gabor war kein Junge, der es ertrug, gedemütigt worden zu sein. Er würde Rache wollen.

Doch zu der Zeit vermochte Hans sich noch nicht vorzustellen, mit welcher Schonungslosigkeit Gabor zurückschlagen würde. Er stand nur im Schnee und sah den Rücken von Gabor wie ein böses Omen verschwinden, während Doktor Brandt aus dem Haus gestürzt kam und mit den Armen wedelte.

ACHT

Micaela ging in Gedanken versunken Richtung Rådhuspar-
ken. Warum hatte Lindroos das Foto behalten, wenn er die
Sache doch völlig lächerlich fand? Das verstand sie nicht,
aber es war ihr egal.

Sie hatte Urlaub, und es gab hundert andere Sachen, um
die sie sich kümmern musste. Eigentlich hätte sie natürlich
gern im Juli freigehabt. Aber es hieß, sie würde im Hoch-
sommer gebraucht. So hatte sie eben jetzt Anfang Juni zwei
Wochen und würde den restlichen Urlaub im September
nehmen. Sie arbeitete im Dezernat für Jugendkriminalität
in den Vororten nördlich von Stockholm, und das war wirklich nicht, wovon sie geträumt hätte, als sie Abitur gemacht
und auf der Ladefläche des Pick-ups gestanden und gefeiert
hatte.

Der Vorteil war aber, dass sie aus nächster Nähe verfolgen konnte, wie die Drogen in die Stadtteile gelangten. So
hatte sie auch erst herausbekommen, was für eine zentrale
Figur ihr Bruder im Drogenhandel da draußen war, und
sah ihn inzwischen mit anderen Augen. Doch Beweise zu
finden war schwer, vielleicht war sie auch ein bisschen zu
unlocker, jedenfalls gab es mittlerweile böses Blut, es wurde
getratscht und gestichelt, sie wurde bedroht. Und manchmal, so wie eben bei Lindroos, überfiel sie ein seltsames
Unbehagen. Ein weißer Bus rollte vorbei. Das Handy klin-

gelte. Es war Vanessa, ihre beste Freundin, oder zumindest die einzige.

»Hi«, sagte Vanessa. »Wie geht's?«

»So mittel. Ich überlege, ob ich mir neue Schuhe kaufe.«

»Solange du keine weißen Sneaker nimmst, mach.«

Micaela sah auf ihre Schuhe herunter. Eigentlich trug sie nie was anderes als weiße Sneaker. Aber eines schönen Tages müsste sie das wahrscheinlich mal ändern.

»Lieber sterbe ich«, erwiderte sie.

»Na klar.«

»Und was machst du so?«

»Ich hab mir von einem Mann die Haare färben lassen, der selbst kaum Haare hatte, außer in den Ohren. Und jetzt werd ich einen Typen aufreißen, sonst explodiere ich noch.«

»Das wäre schon irgendwie schade.«

»Ja, oder? Lucas sucht dich übrigens.«

Micaela war sofort auf hundertachtzig. »Und warum ruft er mich dann nicht selbst an?«

»Er sagt, er habe dich hundertmal angerufen.«

Dreimal, dachte sie, höchstens. Aber sie hatte keine Lust gehabt ranzugehen, und es nervte sie, dass Vanessa für ihn sprach. Wahrscheinlich fand sie ihn attraktiv und faszinierend, das ging vielen so.

»Was will er?«

»Irgendwie ist er doch süß.«

»Sure.«

»Es wird getratscht, du versuchst ihn in den Knast zu bringen.«

»Er ist kriminell.«

»Da ist er ja wohl nicht der Einzige.«

Aber er ist der Schlimmste, dachte Micaela. »Was die Sache nicht besser macht«, entgegnete sie.

»Wer schreit denn da so?«

»Abiturienten. Sollen wir ein Bier trinken gehen?«

»Ich treff mich mit Malika. Machst du das wegen Jojje?«

Das stimmte zum Teil. Aber darüber wollte sie mit Vanessa nicht reden, also suchte sie nach etwas, was sie sagen könnte, irgendwas. Weiter hinten auf dem Bürgersteig zündete ein buckliger Mann sich eine Zigarette an. Im Lichtschein des Feuerzeugs sah er gelblich und fertig aus.

»Hast du gehört, dass Rauchen in Lokalen verboten werden soll?«, fragte sie.

»Echt jetzt?«

»Die Norweger haben das wohl schon ewig.«

»Ist das was Religiöses?«

»Wäre cool, oder?«

»Glaubst du echt, Lucas war schuld, dass Jojje und seine Mutter damals so schnell aus Husby abgehauen sind?«

Das glaubte sie tatsächlich, aber sie hatte auch dafür keine Beweise, nur so ein Gefühl.

»Ich finde, du bist zu hart mit ihm«, fuhr Vanessa fort. »Er will doch echt nur dein Bestes.«

Micaela schloss die Augen. »Ich glaube, ich ziehe zurück in meine Wohnung«, sagte sie.

»Soll das ein Witz sein? Wieso denn?«, stieß Vanessa erschrocken aus.

»Fühlt sich einfach richtig an.«

»Ist was passiert?«

Sie überlegte, die Situation in der Wohnung mit Rekke näher zu beschreiben, zu erzählen, wie er wieder in seine Finsternis abgesackt war und dass man kein vernünftiges Wort mit ihm wechseln konnte.

»Nicht wirklich«, sagte sie.

»Aber es funzt nicht, oder was?«

Da schwang ein Ton in Vanessas Stimme mit, der ihr nicht gefiel, irgendwie eine Art verhaltenen Triumphs, ein Hab-ich-es-nicht-Gesagt.

»Doch, geht schon«, wich sie aus. »Ich hätte nur gern wieder etwas mehr Ruhe.«

»Verstehe ich, das verstehe ich total. Wollen wir uns treffen? Ich kann Malika absagen. Ich kümmere mich um dich.«

Warum klang ihre Stimme plötzlich so sanft?

»Mir geht's super.«

»Klar. Aber ehrlich, ist doch vielleicht gut, dass du es jetzt beendest, also ich meine … ehe du verletzt wirst.«

»Wieso sollte ich verletzt werden?«

»Na, vielleicht sollte es einfach nicht sein. Irgendwie gehörst du da nicht hin, nicht wirklich …«, fuhr Vanessa fort, und das war natürlich die Wahrheit. Es gab so vieles, was sie von Hans Rekke trennte.

Trotzdem ärgerte sie sich über Vanessas Reaktion und bereute, die Sache überhaupt erwähnt zu haben. Es war ja noch nicht entschieden, sondern nur so ein Gedanke, der seit einer Weile an ihr nagte.

»Was weißt du schon, wo ich hingehöre?«, fuhr sie Vanessa an.

»Mein Gott, jetzt chill mal. Ich meine ja nur … Ich vermisse dich«, sagte Vanessa, und Micaela hatte ja selbst Vanessa und ihre täglichen Gespräche vermisst. Aber nicht so, wie sie den Rekke ihrer gemeinsamen Zeit im Frühjahr vermisste, das wurde ihr jetzt klar.

»Tut mir leid«, sagte sie.

»Schon okay.«

»Wenn du Lucas siehst, sag ihm, ich ruf ihn an.«

»Legst du jetzt auf, oder was?«

46

»Grüß Malika«, erwiderte sie und legte tatsächlich auf, etwas unnötig abrupt vielleicht. Plötzlich fühlte sie sich wahnsinnig einsam und beschloss, genau wie sie es Lindroos gesagt hatte, zu ihrer Mutter nach Husby zu fahren. Ihre Mutter gehörte auf jeden Fall zu denen, die für den Umzug nach Östermalm gewesen waren, wenn auch nur, weil der vermeintliche gesellschaftliche Aufstieg der Tochter auf sie abfärben sollte.

Kaj Lindroos hätte seinen Arbeitstag sowieso mit dem Polizeidirektor Lars Hellner beschlossen, doch dann hatte er ihm eine Nachricht geschickt, damit Hellner früher kam und er diese verdammte Latinobraut schneller aus seinem Büro kriegte, und das bereute er nun. Nicht, dass er sonderlich traurig gewesen wäre, als sie ging. Sie sollte gern zu ihrer Vorortmama abhauen und am besten da bleiben.

Doch er wäre gerne noch etwas mit seinen Gedanken allein gewesen, auch wenn die sicher Blödsinn und idiotisch waren, denn das auf dem Foto konnte gar nicht Claire sein. Das war genauso unmöglich, wie dass sein toter Vater plötzlich wieder auf einer Mallorca-Sauftour auftauchte. Gott, was er sich nach einem Kurzen sehnte.

»Du siehst angespannt aus«, bemerkte Hellner.

»Ich bin nur ein bisschen müde«, antwortete er und fragte sich, ob er nicht einfach das Foto rausholen und es Hellner zeigen sollte, um ein für alle Mal beruhigt zu sein.

Doch er hatte keine Lust, andere einzuweihen, und schon gar nicht Hellner, der den Fall nach ihm übernommen und ihn ausgeschlossen hatte, und eigentlich sollte er das Foto einfach in tausend Stücke reißen und den ganzen Quatsch vergessen und stattdessen zuhören, was für eine neue Ermittlung Hellner für ihn hatte. Aber er konnte sich einfach nicht konzentrieren. Erinnerungsbilder drängten heran, er dachte daran, wie er vor dreizehneinhalb Jahren von dem Unfall in San Sebastian erfahren hatte. Es war spät am Abend, und er war noch im Büro. Ein gewisser Commissario Antonio Rivera rief an. Da war ein Tanklaster über eine Straßenbegrenzung oder eine Böschung oben in den Bergen gerollt, dann auf einen Fußweg runtergekracht, auf dem Menschen von einem Chorkonzert nach Hause gingen, und schließlich in Flammen aufgegangen.

Sechzehn Menschen waren tot, viele bis zur Unkenntlichkeit verbrannt. Aber das war nicht das eigentliche Ding. Dieser Commissario Rivera wollte von einer Frau mit doppelter Staatsbürgerschaft – Englisch und Schwedisch – reden, die sich zwei Tage zuvor im Grand Hotel der Stadt eingemietet hatte. Diese Frau hatte ihren Pass an der Rezeption gelassen und war zu einem längeren Spaziergang aufgebrochen, von dem sie nie zurückgekehrt war.

»Sie heißt Claire Lidman«, sagte Commissario Rivera, »und wir glauben, dass sie eines der Opfer des Unglücks ist.«

Lindroos erinnerte sich, wie enttäuscht er bei dieser Nachricht gewesen war. Nicht, weil Claire Lidman möglicherweise tot war – er hatte sie ja nie kennengelernt –, sondern weil die Ermittlung damit ihr Gewicht verlor. Claire war bei einem Unfall gestorben. Niemand, nicht einmal ein Genie des Bösen, konnte eine Katastrophe diesen Ausmaßes arrangieren und gleichzeitig dafür sorgen, dass sich Claire Lidman vor Ort befand.

Trotzdem waren da für seinen Geschmack zu viele Zufälle im Spiel, und zu allem Überfluss schaffte er es dann nicht schnell genug nach Spanien. Als er und sein Kollege Roffe Sandell am Nachmittag des nächsten Tages in San

Sebastian ankamen, waren Claires Schwester und ihre Mutter bereits dort. Sie standen vor dem Leichenschauhaus herum und rauchten und sahen trashig aus, fand er, weit entfernt von dem Bild, das ihm allgemein von Claire vermittelt worden war. Aber er wusste ja, dass sie gesellschaftlich krass aufgestiegen war, grüßte höflich und würdevoll und war erstaunt, wie gefasst sie waren oder vielleicht sogar zufrieden – als hätten sie die ganze Zeit gewusst, dass es ein solches Ende mit ihr nehmen würde.

Sicherlich waren sie neidisch auf sie, dachte er, missgönnten ihr den Erfolg. Er sagte: »Wie furchtbar, sich unter solchen Umständen kennenzulernen.« Linda, die Schwester, antwortete: »Danke. Claire war die Beste von uns, es ist so schrecklich«, oder etwas in der Art, was angemessen war, aber nicht wirklich aufrichtig klang, und er erinnerte sich, wie er sich anstrengen musste, sie nicht unpassend anzustarren.

Die Schwester hatte etwas Herausforderndes, Vulgäres, was nicht besser davon wurde, dass ihr Rock wie eine Wurstpelle anlag. Sie war eine groß gewachsene Frau mit kleinen Augen, voluminösen Formen und einer Haut, als hätte sie seit ihrem dreizehnten Lebensjahr Kette geraucht und ausschweifend gelebt. Er erinnerte sich, wie er die Tür für sie öffnete und direkt hinter ihr das Leichenschauhaus betrat. Seine Schuhe knarrten. Der weiße BH der Schwester schien unter einer schwarzen Bluse durch, und er erwischte sich dabei, wie er versuchte, ihre Körbchengröße abzuschätzen – vielleicht nicht gerade angemessen in dem Moment. Aber der Mensch ist nun mal, wie er ist, und der Tod kann durchaus ein Aphrodisiakum sein. Schon aus der Entfernung nahm er den Geruch wahr: dick, süß, erstickend. Nicht nur Haut hatte gebrannt, sondern auch Fett, Muskeln, Blut und dazu noch Öl und Gummi. Es war unerträglich, er zuckte zurück und hätte fast gewürgt. Ihm war unverständlich, wie die Mutter und die Schwester so gefasst sein konnten. Er selbst brach fast zusammen bei ihrem Anblick: Ein rotes, verkohltes, übel riechendes, mit Wunden übersätes Wesen lag vor ihm ausgestreckt. Es war unmöglich, sich dazu in irgendeiner Weise zu verhalten. Wie konnten die anderen nur dastehen und so unbelastet aussehen? Das war ihm unbegreiflich. Später erfuhr er, dass die Mutter und die Schwester sie bereits gesehen hatten. Sie waren auf den Schock vorbereitet und verdrängten ihn vielleicht einfach.

Zusammen mit Commissario Rivera schritten sie an der Leiche entlang, von den verbrannten Füßen bis zum Kopf, auf dem keine Haare mehr waren und auch kaum ein Gesicht. All die Kennzeichen, von denen er bereits wusste, wurden aufgezeigt: die Lücke zwischen den Schneidezähnen und die alte Fraktur am Schlüsselbein. »Sie ist es«, sagte die Mutter. »Sie ist es«, und warum sollte er daran zweifeln, mit der Zahnlücke und alledem.

Trotzdem nahm er das ungute Gefühl mit, irgendetwas wäre nicht in Ordnung. Zum Handeln veranlasste es ihn allerdings nicht, weil er es nicht wirklich ernst nahm. Aber es war da gewesen, und vielleicht lag das auch an Commissario Rivera.

Der Kommissar war eine zu schnittige Figur, um in einem Leichenschauhaus rumzustehen. Sein Englisch war perfekt. Er war in Madrid stationiert, hatte eine Haltung wie ein hoher Militär und ließ all den Respekt gegenüber Ärzten und Gelehrten, mit dem Kaj selbst aufgewachsen war, völlig vermissen. Er hatte die Regie übernommen, kommandierte den Gerichtsmediziner herum und berichtete, dass alle relevanten Laborproben genommen werden würden, und die Ergebnisse aus den Labors kamen dann auch erstaunlich schnell.

Die Fingerkuppen waren weggebrannt, aber die Zahnkarte bestätigte die Identifizierung. Augenscheinlich herrschte kein Zweifel, aber dennoch ... Etwas hatte an ihm genagt. Es war genau wie mit diesem Urlaubsfoto in der Schreibtischschublade: Er wollte dahin zurückkehren und es gleichzeitig von sich wegschieben. Wollte sich erinnern und gleichzeitig vergessen.

»Hast du mir überhaupt zugehört?«

Lindroos wurde aus seinen Gedanken gerissen. Hellner, der immer ein wenig skeptisch und schroff wirkte, betrachtete ihn besorgt.

»Natürlich«, antwortete er. »Ich bin nur ein bisschen unkonzentriert.«

»Hat es mit der Frau zu tun, die hier war?«

»Auf eine Art«, antwortete er.

»Auf welche Art?«

»Sie hat Unsinn über Claire Lidman geredet«, sagte er und bereute es augenblicklich.

Hellner war sofort unangenehm wachsam. »Was hat sie denn für Unsinn geredet?«

»Nur das Übliche, du weißt schon, dass Claire noch lebt und irgendwo in 'nem teuren Mantel rumläuft.«

»Und was genau war es diesmal?«

»Total alberne Geschichte«, erwiderte er und konnte selbst hören, dass seine Lässigkeit nur gespielt war. Entsprechend bohrte Hellner seinen Blick nur umso mehr in ihn.

»Nichts Konkreteres, was du erzählen könntest?«

»Nein, nicht wirklich«, gab er zurück.

»Irgendwie kam mir die Frau bekannt vor. Ist sie Polizistin?«

»Sozusagen«, antwortete er und hoffte, ihren Namen nicht nennen zu müssen. Er spürte am ganzen Leib, wie er nicht wollte, dass jemand noch einmal in dem Fall rumwühlte, und wechselte das Thema, ahnte dabei jedoch nicht, dass Lars Hellner sein Manöver durchschaute und weit mehr an der jungen Frau interessiert war als an allem anderen, was Lindroos zu erzählen hatte.

NEUN

Hans Rekke erhob sich in der Vorahnung, dass etwas Schreckliches geschehen würde, vom Klavierhocker. Wahrscheinlich spielten ihm nur die alten Erinnerungen wieder einmal einen Streich. In seinem derzeitigen Leben geschah schließlich nichts mehr, außer dass Frau Hansson ab und zu aus ihrer Wohnung raufkam und fragte, ob er auch auf sich aufpasste, und das tat er nicht.

Er war ein Wrack und ging herum und dachte an einen alten Kater. Es war idiotisch gewesen, ihn Ahasverus zu taufen. Aber er war ein kleiner Junge gewesen und vielleicht nur deshalb von dem Thema fasziniert, weil es sehr viel darüber in der Bibliothek seiner Eltern zu lesen gab. Goethe hatte über Ahasverus geschrieben, Schlegel ebenso, Hamerling, aber auch Hans Christian Andersen, Fröding und Pär Lagerkvist.

In den Schilderungen, vor allem auch bei Lagerkvist, war Ahasverus oft ein ganz gewöhnlicher Mensch, der ein beschauliches Leben mit seiner Familie führte, nur eben ein bisschen unpassend wohnte. Auf der Straße vor seiner Tür zogen die zum Tode Verurteilten vorbei, arme Menschen auf dem Weg nach Golgatha, die ihr Kreuz auf dem Rücken trugen. Und eines Tages wollte einer von denen für einen Moment auf seiner Treppe ausruhen. Ahasverus hätte ihm gern die Erlaubnis erteilt, er war ja nicht herzlos, aber er wollte keine Probleme mit den Behörden bekommen, und deshalb verscheuchte er den Mann und war fortan verflucht, in Ewigkeit herumzuwandern. Irgendetwas daran faszinierte Hans zu jener Zeit. Das Schicksal von Ahasverus wurde nicht nur als Fluch beschrieben, sondern auch ein wenig als eine dunkle Gabe. Es hieß, dass Ahasverus, nachdem er Jesus von Nazareth verscheucht hatte, weder Freude noch Rührung empfinden konnte. Was immer er auch betrachtete, war wie von Asche bedeckt. Doch dadurch konnte er auch nicht geblendet werden. Er sah Leere, wo andere Größe sahen, Künstlichkeit, wo andere sich verbeugten, und als Hans in einem plötzlichen Einfall seinem Kater diesen Namen gab, verlieh er dem Tier damit eine Art düsterer Majestät. Er liebte das verdammte Vieh und war ihm eng verbunden. Deshalb beunruhigte es ihn sehr, als Ahasverus nicht lange nach Gabor Morovias Besuch verschwunden war.

Im Haus war er nirgends, und es herrschte kein Wetter, bei dem Kater draußen sein wollten. Bei Minusgraden, Schnee und Sturm wanderte Hans im Viertel herum und rief: »Sverus, Sverus«, doch er fand ihn nicht. Als er spät am Abend verzweifelt nach Hause kam, raschelte es in den Büschen, und er hatte kurz Hoffnung, dann erblickte er etwas hinten beim Briefkasten, wovon er meinte, es sei die Pelzmütze von Doktor Brandt. Der Doktor trug die Mütze immer hoch auf dem Kopf, und es erschien vollkommen logisch, dass sie im Wintersturm weggeblasen worden sein könnte. Doch plötzlich flammte das Objekt auf. Der Pelz knisterte in der Kälte. Es roch nach Benzin und noch etwas Schlimmerem, und mit einem Mal richtete sich die Mütze unter schrecklichem Jammern auf, und Hans eilte hin, um das Feuer mit seiner Jacke zu löschen.

Er verbrannte sich die Schulter und die Brust und sah in Ahasverus' Augen. Der Kater lebte noch, hautlos und versengt, und schaute ihn an, als ob er im Begriff wäre, mehr als das Leben zu verlieren.

Er konnte sich nicht erinnern, was mit dem toten Tier passiert war. Wahrscheinlich hatte er sich verkrochen und Frau Hansson Ahasverus begraben lassen. Sicher wusste er hingegen, dass er in jener Nacht eine Menge dramatischer Eide schwor und tagein, tagaus an seinem japanischen Kampfsport-Griff arbeitete, als würde der ihn aufrecht halten.

Andererseits ... es war nur ein Kater, und seitdem war viel Zeit vergangen. »Quatsch«, murmelte er, ging zum Schreibtisch, setzte sich an den Computer und suchte im Netz nach Gabor Morovia und nach Cartaphilus. Bald wurde ihm klar, wie schlecht informiert er war. Das lag zum einen daran, dass es wirklich fast nichts zu finden gab, aber er hatte auch nicht mit der nötigen Energie geforscht. Ein Fehler, wie sich zeigte. *Nosce hostem.* Man sollte seine Feinde kennen. Doch sein Bruder, der Intrigant, wusste sicher alles über die Sache, und Magnus war ja auch dabei gewesen, als die Nordbank Axel Larsson fertigmachte und Cartaphilus offensichtlich schon in den Kulissen lauerte. Hatte er die Kraft für ein Gespräch mit seinem Bruder? Mit Magnus zu telefonieren, verursachte ihm immer das erstickende Gefühl, alle Menschen wären Börsenkurse, die je nach Status und Verwendbarkeit stiegen oder fielen. Aber vielleicht würde es dennoch Klarheit bringen.

Er holte das Telefon und sorgte dafür, ebenso elendig und zugedröhnt zu klingen, wie er sich fühlte, denn das würde Magnus aufmuntern. Falls er dieser Tage keine besonderen

Erfolge auf der weltpolitischen Bühne vorzuweisen hatte, konnte er sich ja immer noch an den Depressionen seines Bruders erfreuen.

Die Schwäche der anderen tröstete doch jeden Machiavelli.

ZEHN

Micaela stieg in Husby aus der U-Bahn und ging Richtung Trondheimsgatan, wo ihre Mutter wohnte. Auf dem Markt-platz vor der U-Bahn-Station waren ziemlich viele Leute unterwegs: Die Händler priesen ihre Waren an, eine Schul-klasse zog mit gelben Wimpeln vorbei, zwei Halbstarke schnalzten laut, ein Teenagermädchen in Hoodie und mit lila Haaren grüßte sie.

»Hallo, Bullenfrau.«

Rechts auf einem der Höfe war ein Fußballspiel im Gange. Es war wie immer. Trotzdem fühlte es sich anders an. Sie konnte den Finger nicht richtig darauf legen, aber ihr wur-den misstrauische Blicke zugeworfen, und nicht mehr so viele Menschen wie sonst lächelten ihr zu. Weiter hinten kam Hugo Pérez auf sie zu, mitten in der Sommerhitze mit einer Mütze auf dem Kopf.

Hugo Pérez war nur ein paar Jahre älter: Macho, aufmüp-fig, aber auch ein Flirter, ständig grinsend, als wäre alles ein großer Witz. Jetzt – sie sah es schon aus der Entfernung – warf er sich in die Brust. Warum war er so seltsam gestylt?

»Hallo, Hugo. Wie läuft's?«

Er antwortete nicht.

»Schicke Hose.«

Hugo ignorierte auch das und ging mit aufgesetzter Läs-sigkeit an ihr vorbei.

»Aber du könntest sie ein bisschen hochziehen«, riet sie ihm.

Die Hose, eine ausgebleichte Jeans, saß viel zu tief, und was war das für ein Schwachsinn, mitten im Sommer eine Mütze aufzusetzen? »Idiot«, murmelte sie. Aber das half nicht viel. Hugos Kälte fraß sich in sie hinein, und plötzlich fühlte sie sich in ihrem eigenen Viertel wie eine Fremde. Lag es daran, dass sie eine Zeit lang auf Östermalm gewohnt hatte? Nein, hierbei ging es nicht um Hans Rekke und die Wohnung in der besseren Gegend.

Hierbei ging es um ihren Bruder, und das war nur logisch. Wenn sie Lucas mit anderen Augen sah, dann musste sich auch ihr Bild von Husby verändern. In ihrer Kindheit war Lucas der starke große Bruder gewesen, der sie vor allem Bösen beschützte. Aber jetzt, da sie fast täglich Neues über seine kriminellen Machenschaften erfuhr, war er eine Bedrohung und kein Schutz mehr. Sie stocherte in einem Wespennest herum, aber sie konnte nicht anders.

»Micaela!«

Sie war in der Trondheimsgatan angekommen und sah sich um. Ihre Mutter rief nach ihr, aber sie konnte sie nirgends entdecken.

»Wo bist du denn?«

»Aquí, estúpido!«

Ihre Mutter stand hinter den Schaukeln und dem Spielhäuschen und klopfte Teppiche aus. Sie trug eine karierte Hippie-Hose und einen unförmigen Baumwollpullover mit einem roten Herzen auf der Brust. Die Haare waren offen und frisch gefärbt, an den Füßen hatte sie Sandalen mit Absätzen.

»Vas a ira una fiesta?«

»Was, nein!« Die Mutter zupfte theatralisch an ihren Kleidern. »Das ist doch nur alter Kram. Aber wenn du wüsstest, was diese Teppiche wiegen«, sagte sie und schlug erneut zu.

»Kann man die nicht einfach absaugen?«

»Ich wollte die Teufel schon lange mal auspeitschen, das haben sie verdient«, sagte ihre Mutter und grinste, doch dann wurde sie ernst. Sie betrachtete Micaela von oben bis unten, war offensichtlich nicht zufrieden mit dem, was sie sah. Sie zupfte an ihrer Jeansjacke, strich ihr das Haar zurück. »Ich habe gehört, dein Professor will, dass du ausziehst.«

»Das will er nicht.«

»Nicht? Ich habe eben mit Dolores gesprochen.« Dolores war Vanessas Mutter. »Sie sagt, dass du da rausmusst. Ich fasse es nicht, dass du das so schnell ruiniert hast, Micaela, das hier ist das Beste, was dir passiert ist, seit …«

Ihrer Mutter schien nichts Gutes einzufallen, was ihr schon mal passiert war, und Micaela dachte darüber nach, ob sie ihr zum tausendsten Mal erklären sollte, dass sie da nur wohnte und nicht die Geliebte des Professors war. Aber sie hatte keine Lust. Es machte sie rasend, dass sich Nachrichten so schnell verbreiteten und dabei auch gleich noch verdreht wurden.

»Es ist nichts Bestimmtes«, erklärte sie. »Ich will da einfach weg. Er ist schlecht drauf und nimmt Tabletten.«

»Drogenmissbrauch kommt in den besten Familien vor«, entgegnete ihre Mutter, und es bestand kein Zweifel, welche Familie sie damit meinte. Simon, Micaelas anderer Bruder, war seit seinem vierzehnten Lebensjahr kaum mal clean gewesen.

»Du nimmst das zu leicht«, sagte Micaela.

»Das wirfst du mir vor, nach allem, was ich durchgemacht habe? Spinnst du? Ich finde, du solltest an seiner Seite bleiben und ihm helfen, und warum machst du dich nicht ein bisschen hübsch? Zieh mal ein Kleid an, zeig deine Formen und hör auf, dir den Pony vor die Augen zu kämmen und dich dahinter zu verstecken. Und warum trägst du nicht mal ein paar Pumps? Diese weißen Turnschuhe lassen dich so untersetzt wirken.«

»Mama, ich will nicht.«

»Eine Frau muss …«

»Hast du dich kürzlich nicht noch Feministin genannt?«, unterbrach Micaela sie.

»Ich bin Sozialistin, meine Liebe, Sozialistin, und ich glaube, wir sollten einander helfen – und mein Gott, ein Mann wie dieser Rekke. Ein Mann von Welt. So jemanden muss man sich warmhalten, und außerdem solltest du uns mal bekannt machen, bevor es zu spät ist. Ich glaube, er würde mich mögen, ich war ja immer an Psychologie interessiert. Schließlich habe ich mal Erich Fromm getroffen, das weißt du doch, oder?«

»Beinahe hast du ihn getroffen. Höchstens.«

»Ja, ja, vielleicht. Aber ich habe ihn gelesen. Ich hätte sehr viel Spannendes zu erzählen.«

»Ganz sicher.« Micaela wandte sich zum Gehen. Herzukommen war eine idiotische Idee gewesen.

»Willst du schon weg?«

»Ich habe massenhaft zu tun.«

»Viel zu viel, wenn man Lucas glauben soll.«

Micaela starrte ihre Mutter verärgert an. »Was willst du damit sagen?«

»Gar nichts. Überhaupt nichts. Ich gebe nur wieder, was Lucas sagt. Er meint, du bringst dich in Schwierigkeiten.«

»Vielleicht will ich ja Schwierigkeiten haben.«

»Ah, jetzt klingst du wie dein Vater.«

»Wäre das so schlimm?«

»Lucas will nur dein Bestes. Wenn du wüsstest, wie nett er letztens war. Natali hat einen guten Einfluss auf ihn, und es würde mich überhaupt nicht wundern, wenn sie dabei wären, sich Kinder zuzulegen und mich zur Großmutter zu machen, auch wenn das unglaublich klingt«, sagte sie und vollführte eine kokette Bewegung mit ihrem Haar.

»Hör schon auf.« Micaela verdrehte die Augen.

»Ich finde, du bist nicht nett zu ihm. Das muss ich einfach sagen. Angeblich stellst du überall eine Menge unangenehme Fragen.«

Micaela sah am Haus hinauf zu dem Laubengang, von dem ihr Vater vor sechzehn Jahren gestürzt war.

»Fühlt sich nicht so an, als wärst du noch auf meiner Seite«, sagte sie. Ihre Mutter legte den Teppichklopfer ab und kam mit ausgebreiteten Armen auf sie zu.

»Wie kannst du so etwas sagen? Was soll das? Ich bin doch immer auf deiner Seite. Ich will nur nicht, dass dir was zustößt. Lucas und ich, wir machen uns Sorgen um dich.«

»Macht euch lieber Sorgen um euch selbst«, murmelte sie, entzog sich der Umarmung und dachte, dass sie weder hier noch bei Hans Rekke zu Hause war.

ELF

Staatssekretär Magnus Rekke stand in seinem begehbaren Kleiderschrank, packte einen schwarzen Anzug in ein Futteral von Huntsman & Sons und probierte seinen Smoking samt Fliege an. Er würde für die Feierlichkeiten anlässlich des sechzigsten Jahrestags des D-Day in das Dorf Arromanches in der Normandie reisen.

Der Anlass selbst interessierte ihn im Grunde nicht. Der Zweite Weltkrieg war nicht nur Geschichte, sondern komplett abgedroschen. Er kannte so gut wie jede Schlacht aus dem Effeff. Doch der Festakt würde das reinste Who's Who sein. Alle würden kommen: Bush, Blair, Chirac, Schröder und Schröders heimlicher Freund Putin und zu allem Überfluss auch noch die Königin von England, dazu alle grauen Eminenzen. Er hatte vor, jede Sekunde zu genießen.

Aber verdammt, was kniff der Smoking, neulich bei der Verleihung des Polar Music Prize saß er noch perfekt. Hatte er seither so zugelegt? Das war unmöglich. Obwohl ... vielleicht sollte er mit dem verdammten Bier aufhören und wieder anfangen, Wein zu trinken. Wenn er nur nicht nüchtern bleiben musste.

Das Handy klingelte. Aber wo? Er wühlte zwischen seinen Pullovern und Hemden herum und fand es schließlich in der Hosentasche des grauen Anzugs, den er kurz zuvor anprobiert hatte. Aber da war das Telefon schon wieder verstummt, und das war auch gut so. Obwohl, das war ja Hans gewesen. War er von den Toten auferstanden? Hatte er sich aus dem Schattenreich erhoben? Magnus rief zurück.

»Du lebst?«, fragte er.

»*Morituri te salutant*«, antwortete Hans.

»Draußen wartet ein Taxi, das mich zum Flughafen fahren soll. Also bitte, fasse dich kurz.« Magnus genoss es, beschäftigt zu wirken, während das Licht der Familie, Mamas kleines Genie, teilnahmslos in seinem Drogendämmer hockte.

»Dann ruf ich ein andermal an«, erwiderte Hans kleinlaut.

Magnus verspürte nichts als Verachtung. Hast du jetzt schon angefangen, vor mir zu kriechen? »Ich kann dir fünf Minuten geben, wenn du brav bist.«

»Das ist freundlich von dir«, erwiderte Hans fast überhaupt nicht sarkastisch. »Hast du was über Julias neuen Freund gehört?«

Es geht also um die Familie, dachte Magnus und sagte: »Nur dass er offensichtlich nicht aus einer der üblichen Adelsfamilien rekrutiert worden ist«, erwiderte er. »Aber ich kenne keine Details, und ich glaube auch nicht, dass Lovisa mehr weiß.«

»Verstehe«, sagte Hans, immer noch zahm oder vielleicht wirklich beunruhigt, doch dann schlug die Stimmung um. »Ich habe mich kürzlich daran erinnert, wie du zusammen mit dem Finanzministerium in den frühen Neunzigern Axel Larsson vernichtet hast«, sagte er fast schon forsch.

»Du bist also auf der Suche nach meiner alten Brutalität.«

»Mehr nach dem, was dich dazu veranlasst hat.«

»Axel Larsson hatte es verdient, vernichtet zu werden.«

»Aha, wirklich«, antwortete Hans säuerlich.

»Du erinnerst dich sicher, wie Larsson sich in den Acht-zigerjahren aufgeführt hat. Er hat in Massen Immobilien, Kunst und Aktien von Waffenunternehmen gekauft. Aber als wir die Nordbank im Frühjahr 1990 übernommen haben, stellte sich heraus, dass er sich bis über beide Ohren ver-schuldet hatte, und erinnerst du dich, was man zu der Zeit sagte?«

»Nein, was sagte man?«

»Wenn du eine Million geliehen hast, dann ist das dein Problem. Hast du hundert Millionen geliehen, dann hat die Bank Schwierigkeiten. Hast du Milliarden geliehen, dann geht dem Staat der Arsch auf Grundeis. Und genau in der Situation befanden wir uns. Die Nordbank blutete wegen schlechter Kredite aus, und wir waren schlicht gezwungen, Larsson unter Druck zu setzen. Aber ich schäme mich nicht zu sagen, dass ich es auch ein wenig genossen habe. An-gezogen wie ein Schnösel, mit Pomade im Haar und brei-ten Achtzigerjahre-Schulterpolstern, kam er in die Vorstands-etage geschlendert und meinte, uns sagen zu können, wo's langgeht. Aber wir waren gut vorbereitet und haben ihm ein Ultimatum gestellt: Entweder übernehmen wir deine Immobilien und Aktienposten, oder wir lassen dich in Kon-kurs gehen. Da war er dann doch ziemlich blass und schnappte nach Luft und wedelte mit den Armen, aber am Ende hat er unterschrieben. Als er ging, war er zehn Zentimeter ge-schrumpft.«

»Was dich ungeheuer gefreut haben muss.«

»Nur ein bisschen, wie gesagt. Aber vor allem fühlte ich mich wie ein guter Staatsbeamter. Wir haben den Steuerzah-lern ihr Geld zurückgegeben.«

»Die Bank ging trotzdem in Konkurs.«

»Wie du weißt, ist sie in neuer Gestalt wiederauferstanden. Und wenn du dir Sorgen um Axel Larsson machen willst, kannst du mal gleich damit aufhören. Der sitzt offensichtlich wieder mit seinen jungen Blondinen im Riche und bestellt Dom Pérignon. Warum interessierst du dich für ihn?«

»Weil nicht nur der Staat Larssons Besitztümer übernommen hat. Nicht wahr? Habt ihr nicht mit einem gewissen ungarischen Investmentunternehmen kooperiert?«

Magnus knöpfte die Smokinghose auf. »Wer soll das gewesen sein?«

»Ich bin da zufällig auf etwas gestoßen, was du mir vor vierzehn Jahren schon hättest erzählen sollen.«

»Was denn?«, entgegnete Magnus unangenehm berührt.

»Dass ihr euch mit Cartaphilus, dem Unternehmen von Gabor Morovia, zusammengetan habt.«

Magnus brach unter dem Hemd der Schweiß aus, und er zog im Spiegel eine Grimasse. Dann riss er sich zusammen, und es gelang ihm, einigermaßen gelangweilt zu klingen.

»Geht es hier um deinen Kater von früher?«, spöttelte er.

»In gewisser Weise«, erwiderte Hans.

»Ich kenne mich mit den Gesetzen nicht so gut aus, aber sollte das Verbrechen *Verbrennen eines unheimlichen Katers* nach dieser Zeit nicht verjährt sein?«

»Mach keine Witze darüber.«

»Oder möchtest du mit deiner Expertenautorität vorhersagen, dass jemand, der als Kind Tiere verbrennt, als Erwachsener Polen besetzt?«

»Schon eher. Aber vor allem bin ich an den Fakten interessiert. Gabor hat uns als Familie gehasst – mit gewissem Recht, muss ich wohl leider hinzufügen. Wie kommt es, dass ihr wie dicke Freunde Hand in Hand gearbeitet habt?«

»Wir waren mehr Wölfe, die sich um dieselbe Beute balgten, und ehrlich gesagt habe ich ihn nie getroffen. Er hält sich im Verborgenen.«

»… zeigt sich aber, sobald es jemandem schlecht geht.«

»Ach, hör schon auf«, sagte Magnus. »Hast du nicht selbst gesagt, dass die wirklich intelligenten Psychopathen sich am besten anpassen? Die wissen, dass es sich auf Dauer nicht lohnt, Pferdeköpfe abzuschlagen. Gabor ist inzwischen ein pragmatischer, talentierter Geschäftsmann, nichts anderes«, ergänzte er, wohl wissend, dass dies nicht der Wahrheit entsprach.

»Wie beruhigend, lieber Bruder«, sagte Hans.

»Nicht wahr? Aber es tut mir leid … jetzt muss ich wirklich los.« Er sah auf seine Armbanduhr.

»Erinnerst du dich an eine Claire Lidman?«, fragte Hans da.

»Nein, ich glaube nicht«, log Magnus erneut.

»Ich nehme mal an, dass die Strategie, nach der ihr Axel Larsson eingeseift habt, von ihr stammte.«

»Ach ja, stimmt«, tat er so, als würde er sich gerade erinnern. »Ist sie nicht bei einer Explosion in San Sebastian ums Leben gekommen?« Verbrannt wie dein Kater, dachte er, aber das sprach er natürlich nicht aus.

»Genau«, antwortete Hans. »Interessante Persönlichkeit, auch wenn ich nicht so richtig weiß, auf welcher Seite sie eigentlich stand.«

»Auf unserer Seite natürlich. Auf meiner.«

»Selbstverständlich.«

»Oder willst du irgendwas andeuten?«

»Ganz und gar nicht. Aber lauf nur, lieber Bruder, du musst los. Tut mir leid, dass ich dich nervös gemacht habe.«

»Ich bin nicht nervös«, erwiderte er nervös.

Aber da hatte sein Bruder bereits aufgelegt, und Magnus stand in seinem Smoking vorm Spiegel und fragte sich, wie Hans aus seiner Dunkelheit rausgefunden hatte, nur um sofort den Finger in eine Wunde zu legen. Aber sicherlich lag darin eine Logik: Nur die schlimmsten Geschichten vermochten die Toten wieder aufzuwecken.

ZWÖLF

Also wirklich, wie elend war es doch gewesen, ehe es fantastisch wurde, dachte Julia.

Am schlimmsten war natürlich ihre Mutter. Die hatte sie wegen Lydia vollgeschwallt, weil die einen Platz in Yale bekommen hatte, und nicht nur wegen Lydia, es gab noch eine ganze Reihe Freundinnen, die schicke Ausbildungen angefangen hatten oder anders wohlgeraten waren, während sie selbst angeblich nichts tat, außer ein bisschen Kunstgeschichte zu studieren und frei von Ehrgeiz herumzufloaten, was in den Augen ihrer Mutter eine Schande war, aber laut Papa genau das Richtige: Erst besorgt man sich eine humanistische Allgemeinbildung, dann fängt man an, sich zu spezialisieren.

Aber trotzdem ... ihre Mutter und ihre Großmutter und ihr lächerlicher Onkel beim Außenministerium nervten die ganze Zeit, und die alten Fragen suchten sie wieder heim: Würde sie eine Enttäuschung werden? Sie hatte kein besonders gutes Abitur gemacht und pflegte auch keine beeindruckenden Hobbys. Vielleicht war sie zum Mittelmaß verdammt. Und war sie überhaupt intelligent? Hatte sie den scharfen Blick ihres Vaters auf die Welt? Vielleicht hatte sie bloß seine Dämonen geerbt, und dann konnte man ja nur sagen: Herzlichen Glückwunsch, Julia, der Hauptgewinn.

Ihr Gesicht war im Grunde genommen sehr hübsch, das war ja schon mal ein Vorteil. Aber ihre Oberschenkel waren zu dick, und ihr Bauch stand geradezu vor. Es war wirklich an der Zeit, dass sie auf solchen sinnlosen Luxus wie Frühstück verzichtete, was sie sofort an Christian denken ließ. Hatte der überhaupt je was anderes gemacht, als zu essen, Blödsinn zu reden und Pornoseiten im Netz zu frequentieren? Und wann hatte er ihr eigentlich das letzte Mal ein Kompliment gemacht?

Vor hundert Jahren. Sie hätte ihn schon längst in die Wüste schicken sollen, aber jetzt war der Prozess beschleunigt worden. Sie hatte am Montag Schluss gemacht, aber im Grunde war ihre Beziehung schon am Dienstag davor um zehn Uhr morgens gestorben, an einem Tag, der genauso schlecht begonnen hatte wie die meisten anderen.

Sie war die Storgatan langgegangen und hatte sich gescheitert und einsam gefühlt. Außerdem machte sie sich Sorgen um ihren Vater. Er war in einem elenden Zustand, und das einzig Gute, das ihm in letzter Zeit passiert war – nämlich, dass diese Polizistin Micaela Vargas bei ihm eingezogen war –, war wohl auch bald vorbei. Micaela hielt es nicht mehr mit ihm aus, und das war nur verständlich. Aber trotzdem ... hätte sie nicht ein bisschen Geduld aufbringen können? Nicht alle waren stark. Nicht alle waren mit der Erkenntnis groß geworden, dass man kämpfte oder unterging. Außerdem war es an dem Morgen bedeckt und ein wenig regnerisch. Auf dem Strandvägen waren Demonstranten unterwegs, irgendwas mit Israel. Sie hatte Kopfschmerzen und Bauchschmerzen, und überhaupt nichts deutete darauf hin, dass irgendetwas Fantastisches passieren könnte. Aber als sie am Restaurant Eriks Bakficka vorbeikam, kam plötzlich von schräg hinter ihr: »Entschuldigung, Moment mal.«

Sie drehte sich um und erblickte einen Mann Mitte dreißig in grauen Chinos und blauem Hemd. Er trug eine Ray-Ban ins kurze Haar hochgeschoben, war muskulös und ohne Zweifel cool – das spürte sie sofort. Trotzdem war sein Lächeln vorsichtig, fast schüchtern, und sie lächelte zurück.

»Ja?«

»Ich wollte Gardinen kaufen«, sagte er.

»Gardinen«, antwortete sie und hatte ulkigerweise das Gefühl, dass sie sofort einen Draht zueinander bekamen. Irgendwie war das lustig mit den Gardinen. Es passte nicht zu ihm, und das wussten sie beide. Als würden sie gerade einen Witz miteinander teilen.

»Ich möchte es bei mir zu Hause ein bisschen gemütlich haben«, fuhr er fort.

»Der Stoffladen ist auf der anderen Seite vom Narvavägen, aber ich glaube nicht, dass die schon aufhaben.«

»Offensichtlich habe ich überhaupt keine Ahnung«, sagte er und lächelte wieder, und da machte sie einen Schritt in seine Richtung und fühlte sich sofort schlecht, weil sie größer war als er. Aber das verging schnell wieder. Seine Präsenz war wie ein Stoß vor die Brust.

»Coole Brille«, sagte sie.

Er zog sie runter über die Augen und mimte übertrieben einen Actionhelden. Sie kicherte und betrachtete ihn näher. Meine Güte, allein seine Art, die Hände zu bewegen, ließ Christian schwächlich und jungenhaft erscheinen.

»Weißt du was?«, sagte er, doch der Rest des Satzes ließ auf sich warten.

»Nein, was denn?«, fragte sie.

»Du bist unfassbar hübsch.«

Darauf war sie nicht vorbereitet. Eigentlich wollte sie den Mann als neureichen Schnösel abtun, der sich tough gab, aber auf seinem Gesicht war wieder ein zögerlicher, unsicherer Ausdruck, der ihr Sicherheit gab. Er kam ihr auch irgendwie bekannt vor, als hätte sie ihn schon mal gesehen oder zumindest jemanden, der aussah wie er und der ein guter Typ war.

»Danke.« Sie hoffte, dass sie nicht rot wurde.

»Das war jetzt vielleicht blöd, es einfach so zu sagen.«

Sie versuchte, etwas Schlagfertiges zu sagen. »Wär schön, wenn mehr Leute so blöd wären.«

Er lachte. »Dann mache ich doch gerne weiter damit ... blöd zu sein.«

Sie schaute auf ihre ungeputzten Ballerinas hinunter. »Meine Schuhe könnten etwas Aufmunterung gebrauchen.«

»Die coolsten in der ganzen Stadt.«

»Obwohl sie keine Absätze haben?«

»Das regeln wir«, sagte er, als wollte er ihr sofort ein Paar neue kaufen.

An das, was danach geschah, erinnerte sie sich nicht so genau. An dem Tag war sie jedenfalls nicht zur Uni gefahren, sondern hatte stattdessen mit ihm zusammen einen Spaziergang gemacht. Am Abend hatte er sie zum Essen ins Riche eingeladen, und da wurde noch deutlicher, dass er nicht so war wie Christian. Er redete nicht die ganze Zeit von sich selbst, sondern war aufrichtig interessiert an ihr, fragte, was *sie* wollte, und ihm war völlig egal, dass sie eine *Rekke* war. Offenbar hatte er noch nicht einmal von der Familie gehört. Er sah nur sie, und als er sich vorbeugte und sagte: »Entschuldige, ich muss dich kurz unterbrechen, um dir zu sagen, dass du einfach wunderbar bist«, da schauderte es sie auf eine Art, die sie lange nicht verspürt hatte. Eine Ahnung von Glück überkam sie.

Mit seiner ganzen Ausstrahlung und der Art, ihr seine volle Aufmerksamkeit zuzuwenden, ließ er sie erkennen, wie freudlos sie gelebt hatte. Sie, die bei Christian so still war, plapperte nun drauflos, konnte gar nicht aufhören. Seither war jeder Tag ein Fest, und sie tanzte mehr, als sie ging. Nicht, dass es immer einfach wäre. Sie aß nach wie vor zu viel, und ihre Oberschenkel waren immer noch zu dick, aber sie fühlte sich auserwählt und überhaupt nicht mehr wie eine Enttäuschung.

Endlich sieht mich jemand, dachte sie.

Micaela war schon ziemlich weit die Straße hoch, als sie die Schritte ihrer Mutter hinter sich hörte. Sie hoffte auf eine Entschuldigung. Aber als sie sich umdrehte, sah sie, dass sie wahrscheinlich nichts in der Art zu hören kriegen würde.

»Cariño«, sagte ihre Mutter.

»Ja, Mama. Was ist denn?«

»Hast du mitbekommen, dass sie die Miete erhöht haben? Und dass die Spülmaschine ausgetauscht werden muss? Irgendwie liegt da drin immer so ein weißes Pulver auf allem. Und dieses Kaffeewunder, das Lucas gekauft hat …«

Micaela machte eine abwehrende Geste und holte ihre Brieftasche heraus, darin lagen zwei Fünfhunderter. Den einen gab sie ihr.

»Muchas gracias. Aber es ist wirklich nicht leicht«, fuhr ihre Mutter fort. »Und ich muss ja nicht malen, wirklich nicht. Aber es bedeutet mir viel, und ich habe doch Talent. Das sagen alle, und diese Farben, die ich brauche, dir würden die Ohren abfallen, wenn du hören würdest, was sie kosten.«

Micaela seufzte und gab ihr fluchend auch den anderen Fünfhunderter. Konnte Lucas nicht einmal das regeln? Geld hatte er doch, schmutziges Geld, verdient auf Kosten der Kids. *Verdammter Idiot.* Geschäftsmann nannte er sich. Dabei war er Drogenhändler, einer, der Leuten, die sich ihm nicht beugten, die Pistole an den Hals drückte.

Es war ja nicht allein, dass sie die Schwester eines Kriminellen war. Die ganze Situation frustete sie – die Einzige in der Familie und im Freundeskreis zu sein, die sich dafür interessierte, was Lucas so machte und wie er während ihrer ganzen Jugendzeit gewesen war. Die Mutter, Vanessa und Simon, ihr ebenso hoffnungsloser, aber viel schwächerer jüngerer Bruder, lebten von den Krumen, die Lucas ihnen hinwarf, und alle anderen in Husby schauten weg. Die Wahrheit war ihnen nur wichtig, solange es nicht unbequem wurde. Aber sie hatte nicht vor aufzugeben, nur weil die Leute sie schief ansahen. Sie würde weiterermitteln und vielleicht sogar Leute auftreiben, die vor Gericht gegen ihn aussagten. Aber das würde einen Aufstand geben, so viel war klar, einen richtigen Familienkrieg. Vielleicht war es ja das, wonach sie sich sehnte? Sie war nicht nur eine Polizistin, die Verbrechen hasste, sondern zudem eine, die es nicht ertrug, dass ihr Bruder Verbrechen beging.

Sie wollte Schwierigkeiten haben, so hatte sie es auch ihrer Mutter gesagt. Sie wollte, dass die Dinge sich veränderten, auch wenn das seinen Preis hatte, und vielleicht war sie deswegen so wütend auf Hans Rekke. Er brachte sie auf die Palme mit seiner Passivität. Das war, als würde man ein Rennpferd im Gras liegen sehen. Reine Verschwendung.

Manchmal stand sein ganzer langer Körper so unerwartet unter Spannung, als hätte er einen Anfall. Aber irgendwie eingeübt wirkte das Ganze auch. Er sah dann aus, als würde er sich auf einen Kampf vorbereiten. Dabei war er Pianist und Professor für Psychologie, ein zerbrechlicher Intellektueller, kein Taekwondo-Meister. Und dennoch strahlte er dann eine Art ruhender Explosivität aus. Vielleicht fragte sie ihn mal danach, wenn er ausnahmsweise bei sich war.

Sie stieg in die U-Bahn hinunter. An den Wänden hingen Werbeplakate für den neuen Harry-Potter-Film. Eine Stimme auf der anderen Seite der Rolltreppe rief ihr zu: »Hör auf, Scheiße über deinen Bruder auszugraben, verdammte Bullentusse.«

Es klang wie Hugo, aber sie drehte sich nicht um. Ihr Handy klingelte, und sie hoffte, dass es Rekke war, aber in besserer Verfassung. Doch es war eine Frau, die sich als Rebecka Wahlin vorstellte. Micaela konnte sie erst nicht einordnen. Dann fiel ihr ein, dass die Frau mit Claire Lidman bei der Nordbank gearbeitet hatte und dass sie kurz miteinander gesprochen hatten. Wie viele andere in der Chefetage der Bank hatte sie nichts sagen wollen. Als hätte die Wirtschaftskrise damals ein Verhalten von ihnen verlangt, an das sie sich alle lieber nicht erinnern wollten.

»Störe ich?«, fragte sie.

»Nein.«

»Mir ist etwas eingefallen zu unserem Gespräch neulich.«

»Okay, und was?«

»In der letzten Zeit, bevor sie verschwand, hatte Claire einen Geschäftstermin mit einem Mann, von dem ich glaube, dass er ihr Angst gemacht hat.«

»Wer war das?«

»Das würde ich lieber nicht am Telefon sagen. Haben Sie Zeit, sich mit mir zu treffen? Ich wohne auf der Linnégatan in Östermalm«, sagte die Frau.

Auch wenn sie die Claire-Lidman-Ermittlung aufgegeben hatte, könnte es doch nicht schaden, diese Frau zu treffen, dachte Micaela. Außerdem hatte sie im Grunde genommen nichts anderes zu tun, auch wenn sie natürlich in der ersten Urlaubswoche des Jahres einen freien Freitagabend verdient hätte.

Sie sei in vierzig Minuten da, sagte sie und stieg in die nächste U-Bahn, ohne zu bemerken, dass sie wieder mit feindseligen Blicken bedacht wurde.

DREIZEHN

Magnus hatte ihn angelogen, so viel war klar. Hans Rekke war zu beeinträchtigt von seinen Tabletten, um es genauer zu durchschauen, aber egal. Er war nur neugierig gewesen, nichts sonst, redete er sich ein, und wenn er sich überhaupt wegen irgendjemand Sorgen machte, dann war das Julia. Er rief seine Exfrau Lovisa an.

Sie ging nach dem zweiten Klingeln ran, und als er ihre Stimme hörte, wurde ihm klar, wie wenig er sie vermisst hatte. Wer ihm fehlte, war Micaela, und während Lovisa sofort anfing, von irgendeiner Wärmepumpe zu sprechen, die im Haus auf Djursholmen ausgetauscht werden musste, stellte er fest, dass er regelrecht Sehnsucht nach Micaela hatte.

»Kümmert sich Frau Hansson um dich?«, fragte Lovisa.

»Ausgezeichnet«, antwortete er. »Ich wollte nur wissen ... findest du nicht, dass Julia beunruhigend abgemagert ist?«

»Nein, im Gegenteil. Ich finde, sie sieht ungewöhnlich gut aus. Sie ist endlich mal zufrieden mit ihrer Figur, und außerdem hat sie einen neuen Freund.«

»Weißt du, wer das ist?«

»Sie will ihn nicht mit nach Hause bringen, deshalb denke ich, dass seine Eltern nicht gerade aus unseren Kreisen stammen. Aber Sorgen mache ich mir wirklich nicht. Sie ist ein vernünftiges Mädchen, und er scheint sehr wertschätzend zu sein. Es ist lange her, dass ich sie so habe strahlen sehen.«

Du bist einfach blind, wenn es um das Lesen von Menschen geht, dachte er. *Zufrieden mit ihrer Figur.* Ja, klar.

»Ich werde Doktor Richter anrufen«, sagte er. »Der soll mal mit ihr reden.«

»Du warst in dem Alter doch genauso. Hast dich zu allen möglichen und unmöglichen Menschen hingezogen gefühlt.«

»Denkst du dabei an jemand Bestimmtes?«

»Na, zum Beispiel diese Ida Aminoff.«

Er betrachtete die Adern auf seinem Handrücken. »Sie ist gestorben«, sagte er.

»Ich weiß, dass sie gestorben ist. Aber soweit ich informiert bin, hätte sie dich fast ins Verderben gezogen.«

Ein ganzes Leben war das her.

»Möglich«, murmelte er.

»Du warst schon immer ein hoffnungsloser Fall, Hans.«

»Dann ist es doch schön, dass du die ganze Zeit für unsere Tochter das große Vorbild sein konntest.«

»Wie läuft es denn so mit der Putzhilfe, mit der du jetzt was hast?«

Er fasste sich an die Stirn. »Sie ist keine Putzhilfe, und wir haben nichts miteinander.«

»Das tut mir aber leid für dich. Aber was die angeht, musst du dich offensichtlich nicht über irgendwelche beunruhigende Schlankheit bekümmern. Magnus hat mir eine bunte Beschreibung geliefert. Offensichtlich ist sie südländisch. Ein wenig indianisch noch dazu.«

»Ich frage mich ...«, begann er und gab sich Mühe, fast ganz ruhig zu klingen.

»Was fragst du dich?«

»Ob du immer schon so verächtlich und dumm gewesen bist oder ob das etwas ist, was du dir erst jüngst zugelegt hast, seit du von meinem schlechten Einfluss befreit bist.«

Er drückte das Gespräch weg. Für einen kleinen Moment bereute er seine Worte. Dann wurde er richtig wütend und wollte am liebsten noch mal anrufen und ihr sagen, dass Micaela ein besserer Mensch war als sie und alle ihre Freunde zusammen. Aber das wäre natürlich kindisch, und außerdem stiegen jetzt wieder die Erinnerungen in ihm auf.

Ida Aminoff, die große Liebe seiner Jugend, oder eigentlich mehr als das: der Wahnsinn seines Lebens, stand ihm zum ersten Mal seit langer Zeit wieder ganz deutlich vor Augen. Aber auch Magnus fiel ihm ein und das, was er über Gabor Morovia gesagt – und was er nicht gesagt hatte. Und plötzlich hatte er eine Idee, die erste Idee seit Ewigkeiten, und das war ein kleines Wunder – also danke, Lovisa.

Er würde sich mit keinem Geringeren als dem Finanzmann Axel Larsson treffen und möglicherweise auch etwas Champagner trinken. Man musste seine Krisen und Scheidungen feiern. Und wer wäre dazu bessere Gesellschaft als eine flamboyante Witzfigur?

Micaela stieg am Karlaplan aus der U-Bahn. Sie dachte an Lucas. So vieles während ihrer Jugend hatte sie falsch interpretiert: Geld, von dem er behauptet hatte, es als Wachmann in der City verdient zu haben. Kids, die bewundernd, aber vermutlich auch ängstlich zu ihm aufschauten. Schießereien, nach denen Männer zu ihm gekommen waren und ihm was ins Ohr geflüstert hatten.

Einiges davon war direkt mit ihr verbunden, so wie das Unglück von Jojje Moreno.

Jojje Moreno war mal in ihrer Klasse und galt als Loser, aber sie mochte ihn. Sein verzweifelter Wunsch, gemocht zu werden, hatte etwas Rührendes, und er war definitiv nicht dumm. Er war gut in Mathe und wusste alles über Wale und Delfine, und auch wenn er stotterte und es ihm schwerfiel, den Leuten in die Augen zu sehen, konnte er in der richtigen Gesellschaft doch unglaublich aufblühen. Sie zogen ein bisschen zusammen rum, sie war nicht eine Sekunde verliebt in ihn. Doch sie wollte ihm gern helfen und mochte ihn. An einem Freitag- oder Samstagabend hatten sie schon was getrunken, und Jojje nahm sie mit zur Lofotengatan. Da gebe es etwas, was er ihr zeigen wolle, sagte er. Aber auf der Lofotengatan gab es nichts, außer dass Jojje sie an eine Hauswand drückte.

Als sie ihm sagte, er solle aufhören, lief die Situation aus dem Ruder. Sein Blick veränderte sich, und er riss ihre Hose auf und zerfetzte ihre Unterhose. Sie stieß ihm das Knie zwischen die Beine und rannte weg. Sie stürzte schlimm und schleppte sich hinkend nach Hause. Eigentlich war es keine große Sache, und Jojje schrie auch hinter ihr her: »Es tut mir leid, Micaela, das war alles total falsch!«

Aber sie wäre besser ins Krankenhaus gefahren, weil der Schmerz in der Hüfte nicht wegging, und auf gar keinen Fall hätte sie Lucas von der Sache erzählen sollen. »Niemand darf dir so etwas antun«, sagte der, und das fühlte sich erst mal schön an, genau wie immer, wenn er sich in jenen Jahren um sie kümmerte. Aber ein paar Tage später tauchte Jojje mit Gips und auf Krücken und mit einem zugeschwollenen Auge auf und behauptete, vom Garagendach gefallen zu sein.

Der Loser, sagten die Leute. Aber ab da veränderte sich alles. Es kamen keine Jungs mehr und wollten am Wochenende mit ihr um die Häuser ziehen. Sie blieben auf Abstand, und bald danach zogen Jojje und seine Mutter aus Husby weg. Das schmerzte mehr, als sie zugeben wollte, und sie hätte sich natürlich ein Herz fassen und ihn aufsuchen sollen.

Ihr Bruder, ihr Schutzengel, ihr Vaterersatz, hatte Jojje verprügelt und seine Familie zu Tode erschreckt. Und ganz sicher hatte er auch noch viel schlimmere Sachen getan.

Sie legte die Hand auf die Hüfte, in die der Schmerz fuhr, vielleicht echt, vielleicht war es Phantomschmerz. Sie ging nach rechts auf die Linnégatan und versuchte vergeblich, das Unbehagen abzuschütteln, das der Besuch in Husby verursacht hatte. Im Gehen drehte sie sich mehrmals um, sie hatte das Gefühl, verfolgt zu werden. Dann eilte sie etwas atemlos zu der Adresse, die Rebecka Wahlin ihr genannt hatte.

VIERZEHN

Axel Larsson konnte es nicht fassen. Irgendein verdammter Rekke wollte ihn auf einen Drink einladen. Er sah schon rot, wenn er nur den Namen hörte. Sind Sie verrückt?, wollte er schreien. Da trinke ich lieber mit dem Teufel selbst! Aber der Mann, der ein Bruder jenes Staatssekretärs von damals war, behauptete, sie könnten gemeinsame Interessen haben, und da wurde er trotz allem ein wenig neugierig. Man wusste ja nie. Es gab auch verfeindete Brüder, und deshalb war er jetzt auf dem Weg zum Hotel Diplomat.

Da wollte er sowieso um neunzehn Uhr mit dem Finanzchef vom Carnegie zu Abend essen, also konnte er sehr gut mit diesem Rekke-Idioten vorglühen. Irgendwie hatte der Mann nicht ganz nüchtern geklungen. Egal. Er trank auch gern was, zumal er soeben einen größeren Posten Nokia-Aktien gekauft hatte, und die konnten gar nicht anders als steigen. Das Geschäft ließ seinen Lebensnerv zucken, es war fast ein bisschen so wie früher, und er sah gierig in die Boutiquen auf dem Strandvägen und den jungen Frauen hinterher, die vorbeikamen.

Habe ich nicht ein Abenteuer verdient, eine kleine Extravaganz?, dachte er. Doch, und zwar so was von, antwortete er sich selbst und trat ein. Der Portier begrüßte ihn mit einer Verbeugung und zeigte auf einen Tisch am Fenster, an dem ein schmaler Mann in schwarzem Hemd und mit Habichtgesicht saß.

»Herr Rekke, nehme ich an«, sagte er.

»Ganz genau. Welch eine Ehre«, erwiderte Rekke und streckte ihm die Hand entgegen.

»Keine Ursache«, entgegnete er weltmännisch, setzte sich und betrachtete den Mann etwas eingehender.

Er war hochgewachsen und schlaksig, mit auffallend langen Fingern und kantigen Gesichtszügen. Außerdem sah er aus, als hätte er eine Woche nicht geschlafen. Seine Augen glänzten, und für dieses Treffen hatte er sich nicht gerade viel Mühe gemacht. Die Haare waren zerzaust, möglicherweise war sein Hemd nicht richtig geknöpft. Warum um Himmels willen sollte er mit dieser gescheiterten Existenz Zeit verschwenden? Ach, egal, das musste er eben unter Wohltätigkeit verbuchen.

»Hans, nicht wahr?«, sagte er.

»Ja, genau.« Rekke sah ihn mit zusammengekniffenen Augen und irgendwie verschlafen an, während er sich mit den Händen durch die widerspenstigen Haare fuhr.

»Geht es Ihnen gut?«, fragte Axel, der bereits jetzt gelangweilt war.

»Gar nicht mal so schlecht«, erwiderte Rekke. »Schließlich sitze ich auch nicht jeden Tag mit einer finanziellen Institution, einer Legende, zusammen. Lassen Sie mich Sie zu etwas Gutem einladen.«

Blas mir ruhig Zucker in den Arsch, dachte Axel und suchte das Restaurant mit dem Blick nach Frauen ab: Am liebsten hatte er sie blond und jung, gerne durften sie auch Goldgräberinnen sein, die bei einem reichen Mann in seinem Alter nicht zögerten.

»Wie wäre es mit zwei Glas Roederer Cristal 86?«, schlug Rekke vor.

»Klingt gut.«

»Offensichtlich haben Sie gerade ein bedeutendes Geschäft abgeschlossen, das müssen wir feiern.«

Axel Larsson fuhr auf. »Warum glauben Sie das?«

»Ich sehe es an Ihren Pupillen, an Ihrer Haltung und Ihrer etwas gierigen und hormongesteuerten Art, die Welt zu betrachten. Außerdem trommeln Ihre Finger im Dreiertakt. Sie wirken ein wenig wie ein Rennpferd, das zum nächsten Start und triumphieren will. Was haben Sie gekauft?«

»Das ist Privatsache.«

»Ach, schade. Wäre es nicht gut, wenn wir anderen, weniger Begabten jetzt auch reingehen und den Kurs für Sie hochtreiben?«

»Amateure sollten sich da besser fernhalten«, erwiderte er.

»Ja, auf jeden Fall, auch wenn manche von uns Amateuren klug genug sind zu wissen, dass sie nichts wissen.«

»Die Zukunft ist ungewiss, wollen Sie das damit sagen?«, fragte er.

»Nicht nur ungewiss, unbekannt. Aber ich beuge mich natürlich Ihrer Expertise.«

»Das ist wohl am besten. Obwohl Sie offensichtlich ein Kenner von Champagner sind.«

»Ganz und gar nicht«, entgegnete Rekke. »Ich tue nur so und möchte meine Nerven beruhigen. Aber lassen Sie uns direkt zur Sache kommen.«

»Sie haben gesagt, wir hätten gemeinsame Interessen.«

»Genau, wir wollen beide an das ungarische Investmentunternehmen Cartaphilus herankommen, nicht wahr?«

Axel Larsson fuhr zusammen. Eine ganze Serie unbehaglicher Erinnerungen überkam ihn. »Das ist kein Unternehmen, an das man irgendwie rankommt.«

»Warum nicht?« Rekke lächelte so unschuldig, dass Axel ihm am liebsten in die Fresse gehauen hätte.

»Die würden Sie zerstören.«

»Das möchte ich natürlich nicht. Haben Sie Gabor Morovia eigentlich mal persönlich getroffen?«

Axel sah nervös zur Straße hinaus und murmelte eine Antwort.

»Wie bitte?«, fragte Rekke.

»Ich stand damals vorm Ruin.«

»Was wollen Sie damit sagen?«

»Dass Gabor Morovia sich kaum die Zeit genommen hat, einen wie mich zu treffen.«

»Ist er so wählerisch?«

»Fragen Sie Ihren Bruder. Er und Gabor sind ja wohl beste Freunde.«

Der Champagner kam, und Rekke prostete ihm zu und wirkte plötzlich überhaupt nicht mehr abgerissen, naiv oder auch nur einschmeichelnd. Vielmehr schien sein Blick ihn zu durchdringen.

»Das bezweifle ich«, sagte er. »Unser Vater, das wissen Sie sicherlich, betrieb eine Reederei. Nur zu gerne würde ich hier die Gelegenheit ergreifen und ein paar freundliche Worte über ihn sagen, aber ich fürchte, das wäre nicht wahrheitsgetreu. Er war hart und skrupellos, und in den Sechzigerjahren gelang es ihm mithilfe von Bestechung und Kartellbildung, einen Konkurrenten namens Morovia Shipping zu ruinieren. Der Besitzer, Sandor Morovia, ging ungefähr so wie Sie pleite und wurde gleichzeitig noch von anderen Unglücksfällen heimgesucht. Seine Frau verließ ihn, und er war gezwungen, mit seinem Sohn Gabor in das kommunistische Ungarn zurückzukehren, das er hasste. Nur gnadenhalber erhielt er später eine Stelle bei der Botschaft des Landes in Wien. Wir in der Familie lebten lange in glücklicher Unwissenheit, was diese Geschichte angeht. Aber als wir davon erfuhren, war es auf die harte Tour, wie man sagen könnte. Gabor hasst uns mit all seiner Leidenschaft.«

»Ihr Bruder würde sich doch mit dem Teufel selbst verbünden, wenn es seinen Interessen dient.«

Hans Rekke lächelte wehmütig. »Da haben Sie nicht unrecht. Aber der liebe Magnus ist auch komplex, und irgendwo in ihm schlummern ein Herz und Loyalität, die sich weiter erstreckt als nur bis zum nächsten Sieg. Er und Gabor würden kaum eine lang währende Geschäftsbeziehung aufbauen. Das hoffe ich zumindest. Was wissen Sie eigentlich über ihn?«

»Über Morovia?«

Rekke nickte.

»Dass man nicht sein Feind sein sollte.«

»Stimmt. Aber das bin ich leider bereits. Ich habe ihn einmal nach einem Konzert kennengelernt, das ich in Bern gespielt habe.«

»Sie sind Musiker?«

»Ich war Pianist, und Gabor kam in meine Loge und war sehr charmant. Zu der Zeit hatte er einen Doktor in Mathematik vom Trinity College in Cambridge, wahnsinnig jung natürlich, und hielt an der London School of Economics über die Wertungsmethoden von Derivatinstrumenten eine Vorlesung. Er war ein Überflieger und erstaunlich freundlich.«

»Tatsächlich?«

»Leider habe ich nicht auf dieselbe freundliche Weise reagiert. Als er mir seine Visitenkarte gab, habe ich sie versehentlich sehr sorgfältig in Stücke gerissen. Meine Frage ist ganz einfach: Wie erreiche ich ihn?«

Axel Larsson musterte den Mann und fragte sich, ob er allen Ernstes Gabor Morovia herausfordern wollte oder ob seine Agenda eine andere war.

»Ich würde Ihnen raten, sich von ihm fernzuhalten.«

»Leider muss ich insistieren.«

»Er hat einen Kontakt hier in Stockholm. Eine Wirtschaftsjuristin namens Alicia Kovács. Sie finden sie in der Kanzlei Adler, nicht weit von hier.«

»Möglicherweise eine Freundin der verstorbenen Claire Lidman?«

»Das glaube ich kaum.«

»Wann haben Sie Claire Lidman eigentlich zuletzt gesehen?«

»Daran erinnere ich mich nicht«, entgegnete Larsson und begann, ohne es zu merken, mit den Fingern einen neuen, unruhigen Takt zu klopfen, den Hans Rekke wie ein Seismograf ablas.

FÜNFZEHN

Rebecka Wahlin hatte eine große Wohnung voller Bücher, und Micaela war sofort besserer Stimmung. Während der ersten guten Jahre ihrer Jugend, als ihr Vater noch lebte, war ihr Zuhause eine einzige große Bibliothek gewesen. Doch nachdem der Vater vom Laubengang gestürzt war, schmiss Lucas die Bücher, wenn auch gegen den Protest der Mutter, raus.

»Wie finden Sie sich bei so vielen Büchern noch zurecht?«, fragte Micaela.

Rebecka Wahlin war groß und schlank und vielleicht sechzig Jahre alt, mit kurzen, zurückgekämmten Haaren, und trug einen Rock mit Schottenkaro und ein schwarzes Jackett. Trotz ihres schwedischen Namens sah sie ostasiatisch aus, mit dunklen Augen und pechschwarzem Haar, und man merkte, dass sie oft das Sagen hatte. Ihre ganze Person strahlte Autorität aus.

»Ich sortiere nach Themen«, antwortete sie. »Dahinten stehen die politischen Biografien, hier links ist Geschäftsliteratur, und das sind die Romane. Ich habe auch ein Krimiregal und hier …«, sie machte ein paar Schritte Richtung Wohnzimmer, »hier ist meine Schachliteratur.«

»Sie spielen Schach?«, erkundigte sich Micaela.

»O ja«, antwortete Rebecka. »Dafür habe ich mich schon immer interessiert. Manchmal habe ich auch gegen Claire gespielt und natürlich verloren.«

»Warum natürlich?«

Rebecka lachte und ging zu zwei weißen Sesseln im Wohnzimmer, die vor einem Bild mit einer farbensprühenden Meereslandschaft standen. Micaela zögerte und betrachtete noch einmal das Bücherregal mit den Schachbüchern. Irgendetwas dort forderte ihre Aufmerksamkeit.

»Weil man gegen Claire verloren hat. So war das einfach. Sie war uns gewöhnlichen Sterblichen weit überlegen. Aber sie war eine gute Gewinnerin, und ich habe ihr meistens verziehen.«

Micaela riss sich vom Schachregal los und setzte sich Rebecka gegenüber. Es fiel ihr nicht leicht, sich zu konzentrieren. Das Bücherregal verfügte über eine seltsame Anziehungskraft.

»Kann ich Ihnen etwas anbieten?«, fragte Rebecka.

»Nein, vielen Dank«, erwiderte Micaela. »Sie haben von einem Mann gesprochen, der ihr Angst gemacht hat«, ermunterte sie Rebecka.

»Genau, das ist etwas, wovon ich noch niemandem erzählt habe, nicht einmal der Polizei.«

Micaela sah auf. »Sie meinen, Sie haben diese Information zurückgehalten?«

»Ich habe es wohl eher nicht wirklich durchschaut, und nach Claires Tod schien es auch keine Bedeutung mehr zu haben. Aber vielleicht wollte ich auch Samuel verschonen.«

»Verschonen wovon?«

»Von noch mehr Leid. Sie waren ja ein etwas ungleiches Paar. Viele haben überhaupt nicht kapiert, was Claire an ihm fand. Die Unterschiede zwischen ihnen waren so groß. Claire hatte das Geld, das Aussehen, die Intelligenz, die Karriere, während er …«

»Ja, was hatte er, was hat sie an ihm gereizt?«

Rebecka Wahlin lachte wieder, doch jetzt etwas leichtherziger. »Er hatte seinen Körper, seine Muskeln und den freundlichen Blick. Seine Anziehungskraft war enorm, ich habe das ehrlich gesagt auch gespürt. Und er war sehr fürsorglich und unglaublich lieb zu ihr. Er kochte, putzte, kümmerte sich um alles Praktische, und außerdem war er ein fantastischer Tischler. Aber vor allem ...« Sie zögerte.

»Ja?«

»Wenn man an Claires Geschichte denkt, hatte sie wahrscheinlich vor allem das Bedürfnis nach einem netten Mann.«

»Sie glauben also nicht, dass sie seiner überdrüssig war?«, sagte Micaela.

»Bestimmt hätte das irgendwann passieren können, und möglicherweise war er auch dabei, sie mit seiner Liebe zu ersticken oder wie man das nun nennen soll. Aber ich glaube nicht, dass sie deshalb verschwunden ist. Aber was meinen Sie«, Rebecka stand auf, »sollen wir uns ein Gläschen gönnen? Es ist Freitagabend, und diese Geschichte kann man ganz nüchtern nicht ertragen.«

»Gern«, erwiderte Micaela. »Was haben Sie da?«

»Rotwein, einen leichten Bordeaux.«

»Klingt gut«, antwortete sie, und damit ging Rebecka Wahlin aus dem Raum. Micaela wäre am liebsten zu dem Bücherregal zurückgekehrt. Irgendetwas zog sie dorthin.

Doch sie schüttelte den Impuls ab.

»Erzählen Sie«, sagte sie, als Rebecka Wahlin mit einer Weinflasche und zwei Gläsern zurückkehrte. »Was glauben Sie, warum Claire abgetaucht ist?«

Julia lag nackt im Bett und schloss beseelt die Augen. Wie lange war sie nicht mehr so glücklich gewesen? Tausend Jahre. Es war, als hätten sich all ihre Probleme in Luft aufgelöst, obwohl, sie sollte immer noch weniger essen und nicht so vernünftig und langweilig sein. Aber daran arbeitete sie.

Sie schlug die Augen auf und sagte zu ihm: »Ich bin schon ein bisschen langweilig, oder?«

Er lachte auf genau die richtige Weise, als ob langweilig das Letzte wäre, was er mit ihr in Verbindung brachte, und sie schmiegte sich dankbar an ihn.

»Ich wäre gern verrückter«, fuhr sie fort.

»Was hindert dich?«

Ja, was eigentlich?, fragte sie sich. Vielleicht sollte sie jetzt was Neues machen, sich rittlings auf ihn setzen, vielleicht so tun, als würde sie ihn vampirmäßig in den Hals beißen, ihn auf eine total unlangweilige Weise verführen. Aber sie blieb weiter an ihn geschmiegt liegen und schaute auf seinen Brustkorb. Er sah so erfahren und männlich aus, mit seinen scharf konturierten Gesichtszügen und den wie gemeißelt aussehenden Muskeln, dass sie sich nun doch schämte und den Impuls hatte, die Decke hochzuziehen und sich zu verhüllen.

Aber sie wollte nicht prüde wirken, vor allen Dingen nicht jetzt, wo sie doch verrückt sein sollte, und streichelte halbherzig seinen Bauch. Er erwiderte ihr Lächeln, ruhig und gelassen wie immer. Doch plötzlich spannte sich sein Körper an. Sein Handy meldete eine Nachricht. Es musste sonst immer ausgeschaltet gewesen sein, denn diesen Ton hatte sie noch nie gehört. Beinahe erschrocken starrte sie auf seinen Rücken, als er sich zum Nachttisch ausstreckte.

Ganz oben auf dem Schulterblatt waren Kratzer. Kamen die von ihren Fingernägeln? Wahrscheinlich. Woher sonst?

»Ist was passiert?«, fragte sie.

Er antwortete nicht, sondern wandte sich ihr nur mit abwesendem Blick zu. Und da widerstand sie ein weiteres Mal der Versuchung, die Decke hochzuziehen, um sich zu verhüllen, doch sie brauchte jetzt dringend ein paar freundliche Worte. Sie war von seinen Komplimenten abhängig geworden.

»Sehe ich dick aus?«, fragte sie.

Er schien sie gar nicht gehört zu haben, war noch mit dem beschäftigt, was er auf dem Handy gelesen hatte, und sie musste die Frage wiederholen, ehe seine Miene sich genau so aufhellte, wie sie es liebte.

»Nein, du bist perfekt.«

Er legte sich wieder zu ihr und streichelte sie vom Bauchnabel hinauf zum Hals, bis die Bewegung innehielt und er den Finger genau zwischen ihre Jochbeine drückte. Sie rang nach Atem. Etwas Primitives und Ursprüngliches erwachte in ihr, herrlich und ein wenig furchterregend zugleich.

»Hast du jemals ...«, begann sie unsicher.

Sie dachte an seinen Rücken. Der hatte ihr etwas sagen wollen.

»... jemanden verletzt?«, fuhr sie, erstaunt über ihre eigenen Worte, fort.

»Das haben wir ja wohl alle schon mal«, erwiderte er, ließ seine Hand auf ihren Hals gleiten und sah sie mit einem Blick an, der – das begriff sie in einem plötzlichen Moment der Klarheit – keine Grenzen oder Verbote kannte. Das war etwas, das sie noch bei niemandem gesehen hatte.

»Ich nicht«, entgegnete sie.

»Nicht?«, gab er zurück. »Wie geht es denn Christian gerade so?«

»Nicht so gut, nehme ich an.«

»Siehst du«, sagte er.

Sie dachte darüber nach und wollte gern etwas Philosophisches entgegnen, um ihm zu zeigen, dass sie nicht wie die anderen Mädchen war, mit denen er zusammen gewesen war.

»Müssen wir verletzen, um frei zu werden?«

Er lächelte, als wäre das ein neuer Gedanke für ihn, der ihn amüsierte.

»Ja, vielleicht«, sagte er und strich ihr zärtlich übers Haar, und da wollte sie ihn bitten, über Nacht zu bleiben. Aber er musste immer weg, also schwieg sie, schmiegte sich stattdessen an seine Brust und schlang die Arme um ihn. Er sollte niemals von ihr weggehen.

SECHZEHN

Rebecka Wahlin saß mit ihrem Weinglas in dem weißen Sessel und blickte versonnen vor sich hin.

»Erzählen Sie«, wiederholte Micaela.

»Axel Larsson«, begann Rebecka. »Was wissen Sie über den?«

»Ziemlich viel.«

»Aber Sie sind zu jung, um sich an ihn in seinen Glanzjahren erinnern zu können, nicht wahr?«

»Ja, vielleicht.«

»Er ist im Studio 54 in New York herumgesprungen und hat Matisses und Picassos gekauft. Er war das Sinnbild eines Yuppies, eines Emporkömmlings, der das gute Leben lebt. Ende der Achtzigerjahre war er sieben oder acht Milliarden schwer. Doch die ganze Gleichung beruhte darauf, dass die Immobilien- und Kunstpreise in die Höhe schossen. Als der Markt im Herbst 1990 in sich zusammenfiel, hatte er ein Problem, und damit war er nicht der Einzige.«

»Auch die Banken.«

»Vor allem wir bei der Nordbank. Die Zinsen waren ja hoch gewesen, und wir hatten so viel mit unseren Krediten verdient, dass wir unvorsichtig geworden waren. Jetzt liefen wir Gefahr, von den Kreditverlusten ruiniert zu werden, und wir reagierten mit Härte, um so viel wie möglich zu retten. Doch was wir auch taten, es reichte nicht aus, und in dem Frühjahr waren wir ja gerade verstaatlicht worden und hielten uns etwas naiv für ziemlich tough im Gegensatz zu den Angestellten im Finanzministerium, die für uns ängstliche Intellektuelle waren. Aber mein Gott, wie wir uns täuschten. Und dann tauchte ausgerechnet Magnus Rekke auf einer der Vorstandssitzungen auf.«

Micaela horchte auf. Sie musste daran denken, wie Magnus Rekke damals in die Wohnung auf der Grevgatan gestiefelt kam und sie herablassend gemustert hatte, weil er sie für die neue Putzfrau hielt.

»Natürlich war Magnus damals sehr jung und hatte noch keine Verbindungen ins Außenministerium und zu Leuten wie Minister Kleeberger«, fuhr Rebecka fort. »Aber er war bereits eine große Nummer innerhalb der Regierungskanzlei und wurde immer geholt, wenn der Minister sich nicht die Hände schmutzig machen wollte.«

»Das kann ich mir denken«, sagte Micaela.

»Ich glaube, Magnus war von einem Bonner Kollegen angesprochen worden und wusste, dass Axel Larsson mindestens ebenso viel wie von uns auch von einer ungarischen Investmentbank geliehen hatte, und die hieß …«

»Cartaphilus«, ergänzte Micaela.

»Genau. Cartaphilus. Ein seltsamer Name. Doch diese Bank entpuppte sich als Global Player.«

Micaela dachte daran, wie Hans Rekke auf die Erwähnung von Cartaphilus reagiert hatte. Das war einer der wenigen Momente in der letzten Zeit gewesen, in denen er wieder wach zu sein schien.

»Axel hatte also ebenso viel von Cartaphilus geliehen wie von uns«, erklärte Rebecka und trank von ihrem Wein. »Und so etwas ist unseriöses Geschäftsgebaren. Den letzten Rest an Respekt hatte er damit verspielt. Er schien nicht nur risikowillig zu sein, sondern völlig maßlos. Wie sich herausstellte, hatte er zudem verborgenes Kapital bei Nobel Industries, Saab und Airbus, und wir einigten uns darauf, uns an Cartaphilus zu wenden und eine Restrukturierung zu erwirken – oder, um es etwas krasser auszudrücken, eine Übernahme.«

»Und Claire sollte bei dem Deal eine Hauptrolle spielen?«

»Das kann man wohl sagen. Magnus Rekke sprach von da an immer nur direkt mit ihr.«

»Warum ausgerechnet sie?«

»Ich nehme an, weil sie Wissen über Cartaphilus besaß, das uns anderen fehlte. Vielleicht auch, damit wir so wenig wie möglich involviert wären. Deshalb lag letztendlich die Verantwortung bei Claire und dem CEO der Nordbank, William Fors. Er und Claire sollten die Vertreter von Cartaphilus zu einem einleitenden Gespräch treffen, und das ist eigentlich die Geschichte, wegen der ich angerufen habe«, fuhr Rebecka Wahlin fort und trank in einem Schluck ihr Glas leer.

Hans Rekke verließ das Hotel Diplomat und schaute mit zusammengekniffenen Augen in die Abendsonne. Was hatte das Treffen mit Axel Larsson gebracht? Wahrscheinlich nichts. Aber immerhin hatte er einen Namen bekommen, eine Kontaktperson.

Er dachte noch einmal an das Zusammentreffen mit Gabor Morovia in seiner Loge. Damals war er nicht viel älter gewesen als Julia heute und unsterblich in Ida Aminoff verliebt. Nachdem er das Klavierkonzert von Ravel gespielt hatte, saß er in Bern in einer Künstlerloge, und man sagte ihm, dass ein junger Mann ihn sprechen wolle.

Nein, ich kann nicht mehr, wehrte er ab, doch der Mann stand dann trotzdem plötzlich mit einem Blumenbukett in der Tür und sagte, noch nie habe er Ravel so ausdrucksvoll und traurig gehört. Hans antwortete, danke sehr, mit wem habe ich die Ehre?

Auf die Antwort musste er nicht warten. Der mit grauem Doppelreiher und einem roten Schal extravagant gekleidete Mann trat ein. Ein schwaches Pfeifen war in seinem Ausatmen zu hören, ein G, das sich zum Fis senkte, und da fuhr Hans hoch, als müsste er einen neuen Judogriff parieren. Doch Gabor Morovia schien das nicht zu bemerken. Er überreichte ihm einfach die Blumen und streckte die Hand aus, und Hans sah keinen anderen Ausweg, als sie zu ergreifen.

»Ein unerwarteter Besuch«, sagte er.

»Ich habe gedacht, du und ich, wir sollten das Alte vergessen und Freunde werden.«

»Aha, wirklich?«, erwiderte er.

»Außerdem habe ich gehört, du spielst nicht nur fantastisch«, sagte Gabor und ließ seinen Blick durch den Raum wandern, »sondern verfügst zudem über eine außergewöhnliche Beobachtungsgabe und bist nicht blind wie alle anderen.«

»Davon weiß ich nichts«, antwortete Hans.

»Du sollst Menschen und Orte lesen können«, fuhr Gabor fort.

»Du hingegen sollst ein Meister der Zahlen sein.«

Gabor machte einen weiteren Schritt vor, seine Ausstrahlung war unverändert explosiv, und zweifellos könnte er sich binnen Sekunden in etwas Aggressives und Geschmeidiges verwandeln.

»Ich interessiere mich für Muster, für die Zeichen der Unruhe, die dramatischen Veränderungen vorausgehen«, erklärte Gabor.

Hans legte die Blumen weg, um die Hände frei zu haben.
»Klingt spannend«, sagte er.

»Vor allem ist es lukrativ. Wer plötzliche Bewegungen voraussieht, dem gehört die Zukunft.«

»Ah ja, natürlich.« Hans griff sich, ohne nachzudenken, die Wasserkaraffe, die vorm Spiegel stand. Er füllte zwei Gläser und reichte das eine Morovia.

»Mehr kann ich leider nicht anbieten.«

»Danke, ich bin schon froh, überhaupt hier sein zu dürfen. Hier hast du meine Karte. Ich habe ein Unternehmen gegründet, und ein Vogel hat mir gezwitschert, dass du des Lebens als Konzertpianist müde bist.«

Hans stellte die Gläser ab und nahm die Karte entgegen. Er betrachtete Gabors Hände und die Position seiner Beine und seines Oberkörpers und hatte instinktiv eine ganze Reihe Kampfszenarien vor Augen.

»Ach so?«, sagte er.

»Wie ich hörte, hast du gesagt, der Musik würde *Claritas* fehlen, und du willst dich weiter auf den Weg machen. Und das interessiert mich. Vielleicht sollten wir zusammenarbeiten.«

Unwillkürlich wanderte Hans' Blick über Gabors breite Schultern. »Das Problem ist nur, dass ich nicht so leicht vergessen kann«, sagte er. »Das ist ein charakterliches Defizit bei mir. Die Dinge brennen sich in mein Hirn ein.«

»Der Fluch der Begabung.«

»Es könnte auch Trägheit sein, die Unfähigkeit weiterzugehen.«

»Das bezweifle ich.«

Hans blickte auf die Visitenkarte in seiner Hand und sah den Namen des Unternehmens. Ihn schauderte.

»Dieser Name?«, murmelte er.

»Genau, der ist mir irgendwie eingefallen«, antwortete Gabor.

In dem Moment zerriss Hans die Karte, packte Gabor bei den Schultern und drückte ihn mit einer Kraft und Schnelligkeit, die ihn selbst erstaunte, gegen die Wand. Gabors Blick funkelte begeistert.

»Es war nur ein Kater, mein Freund. Ein Kater. Ich kann dir den Verlust königlich vergelten.«

»Raus«, zischte Hans, zerrte Gabor so grob an den Jackettaufschlägen zur Tür, dass der Stoff zerriss, und warf ihn mit zwei, drei Bewegungen, auf die er sich unterbewusst vorbereitet haben musste, in den Flur. Gabor stolperte davon, hielt sich aber auf den Füßen und schien nicht einmal da die Fassung zu verlieren. Er wuchs geradezu, und als er sich noch einmal umdrehte, sah Hans, dass, genau wie bei ihrer ersten Begegnung, seine Augen die Farbe gewechselt hatten: von grün zu fast schwarz.

»Verschwinde«, sagte Hans.

»Wenn du darauf bestehst. Aber wie ich hörte, bist du mit Ida Aminoff zusammen, kein schlechter Fang, es gibt viele, die von ihr geträumt haben.«

Hans machte einen Schritt in den Flur hinaus, bereit, sich noch einmal auf ihn zu stürzen.

»Und?«, fuhr er ihn an.

»Ich möchte nur gratulieren«, sagte Gabor. »Und dich darauf hinweisen, dass du auf sie aufpassen solltest.«

»Was willst du damit sagen?«

»Nichts. Jedenfalls nicht mehr, als dass es sich um eine junge Dame handelt, die Drogen und Bonzen mag. Es wäre doch schade, wenn ihr etwas zustoßen würde.«

»Wenn du sie anrührst …«

»Was passiert dann?«, entgegnete Gabor genüsslich.

Und als Hans nicht antwortete, sondern ihn nur zornig anstarrte, nickte Gabor und ging mit Schritten, deren Rhythmus sich Hans auf immer einprägte, weg. Jetzt, als er Jahrzehnte später am Strandvägen stand, dröhnten sie wie das Präludium einer drohenden Katastrophe in seinem Kopf. Was sollte er tun?

Nichts, dachte er. Ich habe eine Tochter, ich habe Freunde – ich habe etwas, was mal ein Leben sein könnte. Ich werde diesen Teufel in Ruhe lassen.

Dann ging er zurück in die Grevgatan und dachte an Micaela, an ihren hellen Blick, der in ihm den Wunsch weckte, ein besserer Mensch zu sein.

SIEBZEHN

Rebecka Wahlin schenkte sich ein weiteres Glas Rotwein ein und starrte zum Fenster hinaus.

»Claire hat sich mit einer Vertreterin des Unternehmens getroffen«, begann sie, »Alicia Kovács. Sie stammt aus Ungarn, wohnt aber seit Langem in Stockholm. Ich kenne sie ein wenig und mag sie. Sie ist Anwältin und Ökonomin, eine gute, wie ich finde. Deshalb ist es ein wenig erstaunlich, dass sie für dieses Unternehmen arbeitet, das immer öfter mit dem Organisierten Verbrechen in Verbindung gebracht wird. Aber natürlich ist sie für diese Leute Gold wert. Sie ist deren Aushängeschild, und sie schien Claire von früher her zu kennen. Also schlug sie vor, dass Claire den Besitzer des Unternehmens treffen solle. Und das war natürlich eine große Sache.«

»Inwiefern?«

»Damals wussten wir nicht, wer er ist. Das Unternehmen war auf eine Stiftung in der Schweiz eingetragen, und der Name des Besitzers war nicht öffentlich. Aber als wir zu recherchieren begannen, stießen wir auf jede Menge Gerüchte. Er sollte eine fast hypnotische Macht über Menschen besitzen und ein infernalisch geschickter Verhandler sein – Sie können sich also denken, dass wir nervös waren. Im Hinblick darauf, um welche Summen es sich handelte, war es ungeheuer wichtig, dass wir uns nicht beugten, und

William Fors, unser CEO, wollte bei dem Treffen dabei sein. Doch das war nicht gewünscht. Der Mann wollte entweder Claire allein empfangen oder niemanden. Wir einigten uns schließlich darauf, dass es nur gut sein konnte, diesen Kontakt zu haben, und Claire war sicherlich nicht die Schlechteste für die Aufgabe. Deshalb haben wir sie gut gebrieft, und meine Aufgabe war es, dafür zu sorgen, dass sie aussah wie sieben Millionen Dollar, also gingen Claire und ich shoppen. Claire wirkte bedrückt, und ich machte mir Sorgen. ›Hast du diesen Typen schon einmal getroffen?‹, fragte ich. Claire antwortete nicht, und ich erinnere mich noch, wie ich über den Namen des Unternehmens nachgedacht habe. Ich meine, wer benennt schon sein Unternehmen nach dem Mann, der von Gott verflucht worden ist?«

»Von Gott verflucht?«

»Ich hatte nachgeschlagen und rausgekriegt, dass Cartaphilus ein anderer Name für Ahasverus ist, also für den Mann, der laut Bibel Jesus nicht auf seiner Treppe hat ausruhen lassen.«

»Wie seltsam.«

»Ja, genau. Schräg. Aber wissen Sie, was Claire antwortete? ›Er ist abgefeimt‹, sagte sie. *Abgefeimt.* Das klang so … ich weiß nicht, irgendwie unzeitgemäß, und ich lachte darüber. Aber sie lachte nicht und wechselte das Thema. Sie wollte mit dem Fahrrad zu dem Treffen fahren, erklärte sie mir.«

»Mit dem Fahrrad?«

»Ja, sie fuhr immer Rad und wollte nicht, so wie wir uns das gedacht hatten, mit der Limousine der Bank vorfahren.«

»Wann war das?«

»Sechs oder sieben Wochen, bevor sie verschwand. Es war ein Donnerstag, glaube ich. Sie wollte kein letztes Briefing von uns, sondern sich alleine vorbereiten, und wir anderen erfuhren auch nie, wo das Treffen stattfand. Den ganzen Abend und die ganze Nacht wartete ich darauf, dass sie anrufen und erzählen würde, wie es gelaufen war. Aber sie hat sich nicht gemeldet. Ich traf sie erst am nächsten Tag, und da trug sie einen langärmeligen Pullover und hatte Probleme beim Gehen.«

»Was war passiert?«

»Sie sagte, sie habe zu viel getrunken und sei mit dem Fahrrad gestürzt, es sei nicht schlimm, aber ich kaufte ihr das nicht ab. Ansonsten war sie total darauf konzentriert, den Restrukturierungsplan, auf den sie und der Mann von Cartaphilus sich geeinigt hatten, zu präsentieren. Es hagelte Kritik dafür, sie habe sich über den Tisch ziehen lassen, wurde gesagt. Aber das war nur Neid und dummes Gerede. Der Deal hatte eine enorme Umstrukturierung der schwedischen Wirtschaft zur Folge, heute weiß man das. Es war ein aggressiver, eleganter Plan. Wir arbeiteten intensiv an den Details der Absprache, die William Fors und Magnus Rekke dann Axel Larsson vorstellen würden, und ich ...«

»Aber das ist doch ein Riesending«, unterbrach Micaela sie. »War sie misshandelt worden, oder was glauben Sie?«

Rebecka Wahlin trank ihr Glas aus und sah plötzlich angestrengt aus. »Ich weiß es nicht. Claire hat es runtergespielt, und es ging ihr auch bald wieder besser.«

»Am Telefon haben Sie gesagt, sie habe Angst gehabt.«

»Das war jedenfalls mein Gefühl.«

Micaela dachte an Samuel Lidmans Version der Geschichte. Er hatte nur erzählt, dass sie über Bauchschmerzen geklagt und sich auf der Toilette eingeschlossen habe. Kein Wort davon, dass Claire in den letzten Wochen ängstlich gewesen sei.

»Haben Sie das der Polizei gesagt?«

»Ich habe gesagt, während des Treffens mit dem Besitzer von Cartaphilus sei meiner Meinung nach etwas vorgefallen. Aber ich hatte ja keine Details, und Lindroos reagierte nicht groß darauf.«

»Idiot«, murmelte Micaela.

»Allerdings.«

»Haben Sie denn rausgekriegt, wer der Mann war?«

»Ja, das haben wir.« Rebecka sah wieder angestrengt aus.

»Dürfen Sie es mir sagen?«

»Er hieß Gabor Morovia.«

»Es fällt Ihnen schwer, den Namen auszusprechen?«

Rebecka lachte nervös. »Ja, irgendwie schon.«

»Er war also wirklich abgefeimt?«

»Das darf man wohl annehmen. Er ist ein Global Player, mit mächtigen Freunden in der ganzen Welt.«

»Das heißt ja noch nicht, dass er böse ist.«

»Nein, eigentlich nicht, aber es gibt kaum Bilder oder Informationen über ihn im Netz. William Fors, unser CEO, hat auf einer Sitzung mal eine Tonaufnahme abgespielt, und ich muss sagen, mir ist ein Schauer über den Rücken gelaufen. Einer solchen Stimme konnte man unmöglich mit einem Nein entgegentreten.«

»Wie meinen Sie das?«

»Ach, ich weiß nicht genau«, antwortete Rebecka Wahlin. »Die Stimme war regelrecht gruselig. Aber ...«

»Das klingt ziemlich dramatisch.«

»Vielleicht übertreibe ich auch.«

Micaela dachte eine Weile nach und beugte sich dann vor. »Das, was Claire bei dem Treffen passiert ist«, sagte sie, »fällt Ihnen dazu noch was ein, können Sie das genauer beschreiben?«

Rebecka dachte nach. »Nicht wirklich«, sagte sie und dann: »Okay, eine Sache gibt es, die ich allerdings noch nie erwähnt habe, weil ich glaube, dass sie vielleicht meiner Fantasie entsprungen ist.«

»Erzählen Sie.«

»Und zwar geht es um Claires Figur, direkt bevor sie verschwand. Ich hatte den Eindruck, sie sah schwanger aus.«

»Wirklich?«

»Ja, sie hatte erzählt, dass Samuel Kinder wolle und dass sie darüber nachdenke, die Pille abzusetzen, und deshalb war ich an einem Abend, als wir spät im Büro saßen, einfach mal frech. Darf ich gratulieren?, fragte ich und zeigte auf ihren Bauch. Sie reagierte gekränkt. Aber nachdem sie verschwunden war, habe ich mich gefragt ...«

»Ob sie nicht doch schwanger war?«

»Ja, vielleicht.«

»Aber von jemand anders als Samuel?«

»Möglicherweise, und ich musste an ihre katholische Erziehung denken und wusste nicht, ob sie, selbst in so einer Situation, eine Abtreibung vornehmen lassen würde.«

Micaela nickte und stand auf, ging im Raum auf und ab. »Man könnte ja spekulieren, dass es ...«, sagte sie, beendete den Satz jedoch nicht.

»Dass es eine Vergewaltigung war?«

»Vielleicht«, sagte Micaela. »Haben Sie darüber mit Samuel geredet?«

»Nein«, erwiderte Rebecka. »Ich habe es nicht übers Herz gebracht.«

Micaela bedankte sich und ging. Schon auf dem Weg die Treppe hinunter rief sie Samuel Lidman an.

ACHTZEHN

Samuel Lidman schnallte seinen Gewichthebergürtel zu und rieb sich die Hände mit Magnesia ein, da klingelte das Telefon.

Er stand im Fitnessstudio auf der Hälsingegatan – seinem zweiten Zuhause. Schon als der Laden noch *Rellos* hieß und es noch keine Damenumkleide gab, war er hier Mitglied gewesen. Damals hing ein Schild über dem Eingang, auf dem stand: »Leichte Mädchen sind schwer in Ordnung«, und überall gab es Plakate von Arnold Schwarzenegger und Frank Zane.

Es war eine Männerwelt, und hier war Samuel in seinem Element.

Die Leute starrten ihn an, wenn er beim Bankdrücken mit hundertsechzig Kilo acht Wiederholungen schaffte. Nach dem Training bewunderten ihn die kleinen Jungs, wenn er in der Umkleide ein bisschen für sie poste und seine geschundenen Muskeln mit Liniment einrieb. Auch wenn in der Welt draußen keinen interessierte, dass er neunzig Kilo definierte Muskeln war, hier war er der König, also holte er das Handy aus seiner Tasche und scherte sich erst mal nicht darum, dass er zu laut redete.

Aber am Telefon war Micaela Vargas, die Polizeiassistentin, die mit Professor Rekke zusammenwohnte, also senkte er seine Stimme doch und ging raus in den Flur. Die Frage, die sie ihm stellte, haute ihn sofort um: Könnte Claire bei ihrem Treffen mit dem Besitzer von Cartaphilus vergewaltigt worden sein? Nein, das glaubte er wirklich nicht. Trotzdem machten seine Gedanken sich selbstständig, und er erinnerte sich an jene Nacht. Er hatte im Bett gelegen und auf sie gewartet. Es war schon klar gewesen, dass es sich um ein wichtiges, schicksalhaftes Treffen handelte, doch Genaueres wusste er nicht – Claire sagte ihm ja nichts, sondern redete sich immer mit der Schweigepflicht in der Bank heraus. Er erinnerte sich, wie die Tür gegen eins oder halb zwei aufging, sie in die Wohnung schlich und sich auf der Toilette einschloss. Als er sie dadrin schluchzen hörte, stand er auf und fragte: »Was ist mit dir, Süße?« Sie antwortete: »Ich bin mit dem Fahrrad gestürzt, mein Rock ist in die Speichen gekommen, wird schon wieder«, und er hatte keinen Grund, das anzuzweifeln.

Sie fuhr immer Rad, auch mit hohen Absätzen und im Abendkleid, und am nächsten Morgen sah er mit eigenen Augen das verbogene Vorderrad mit ein paar gebrochenen Speichen. Zu Anfang deutete nichts darauf hin, dass jemand sie bewusst verletzt hätte, doch es stimmte schon: Über mehrere Wochen ließ sie ihn nicht an sich heran und schien Bauchschmerzen zu haben, und das passte ja nicht zu ihrer Story vom Fahrradunfall. Eines Abends, nachdem sie ungewöhnlich lange auf der Toilette gewesen war, murmelte sie eine Entschuldigung, als sie ins Wohnzimmer kam.

»Entschuldigung? Wofür denn?«, fragte er beunruhigt.

»Entschuldige, dass ich auf dieses Treffen gegangen bin.«

Aber sosehr er auch in sie drang, sagte sie doch kein weiteres Wort. Kurz darauf schien es vergessen, und das Leben ging weiter wie zuvor. Bis die Katastrophe kam.

»Warum fragen Sie, ob sie vergewaltigt wurde?«, fragte Samuel bestürzt.

»Ich will einfach nur wissen, ob Claire kurz vor ihrem Verschwinden irgendwas Schlimmes zugestoßen ist«, erklärte Micaela Vargas.

»Haben Sie noch mehr über das Foto rausgekriegt?«

Micaela Vargas schwieg einen Moment. »Nein«, sagte sie dann und fügte hinzu: »Haben Sie eigentlich mal mit dem Mann geredet?«

»Mit wem?«

»Dem Besitzer von Cartaphilus.«

»Ganz zu Anfang hab ich versucht, einen Termin zu kriegen, aber da hat man mir gleich gesagt, das könnte ich vergessen. Außerdem meinten alle, er habe nichts mit der Sache zu tun.«

»Wer alle?«

»Die Polizei und Claires Chefs.«

»Komisch, dass die da so sicher waren.«

Micaela legte auf und trat in Gedanken versunken auf die Straße hinaus. Nicht nur Claires Treffen mit Morovia beschäftigte sie, sondern seltsamerweise auch die Wohnung von Rebecka Wahlin. Irgendetwas hatte sie da gesehen, auf das ihr Gehirn sie eindringlich aufmerksam machen wollte. Sie hatte Hunger und beschloss, sich irgendwo hinzusetzen und über alles nachzudenken. Sie ging nach rechts und sah eine Limousine, die im Leerlauf auf der Ulrikagatan stand. Hinter ihr, gegenüber der Oscarskirche, kam gerade ein schwarzer Porsche aus einer Garage gefahren.

Das ist schon ein krass krankes Viertel, dachte sie. Vanessa hat recht: Ich gehöre nicht nach Östermalm. Die Umgebung hier gab ihr das Gefühl, total verletzlich zu sein.

Sie musste an Jonas Beijer denken, ihren alten Kollegen aus dem Dezernat für Gewaltverbrechen in Solna. Ihm wäre diese Welt nicht fremd, aber er würde ihr Unbehagen hier verstehen. Vielleicht sollte sie ihn anrufen und sich mal alles von der Seele reden. Die Idee munterte sie sofort auf. Aber sie kam nicht dazu, sie in die Tat umzusetzen, denn jemand rief ihren Namen.

Sie sah den Narvavägen herunter und entdeckte eine bekannte Gestalt. Das war Julia, die schöne junge Julia, die mit irgendwie neuen, ausladenden Bewegungen auf sie zurannte. Sie hatte kaputte Jeans und eine taillenkurze Lederjacke an und sah überhaupt nicht mehr aus wie ein vornehmes Mädchen. Jedenfalls wollte sie jetzt offenbar tough und ein bisschen verlebt wirken, was aber nicht so ganz gelang. Dünner als normal war sie auch. Außerdem schien sie sich sehr eilig angezogen zu haben. Ihre Haare waren verwuschelt, als hätte sie gerade geschlafen oder Sex gehabt, die Bluse hing über die Hose.

Micaela hatte Julia bisher im Grunde um alles beneidet: ihre Herkunft, ihre Schönheit, ihre Bildung, die sie mit der Muttermilch eingesogen hatte, die zierliche Figur und den wachen Blick, den sie von ihrem Vater hatte. Aber jetzt wirkte sie seltsam beschädigt, und Micaela fragte sich, ob es Julia mit all dem wirklich so gut ging. Doch um eine wie Julia musste sie sich nun wirklich keine Sorgen machen, also schob sie den Gedanken weg und streckte nur die Arme aus und umarmte sie.

»Wie geht es dir?«, fragte sie.

»Gut«, erwiderte Julia.

»Du strahlst.« Oder du möchtest zumindest strahlen.

»Ja, möglich«, antwortete Julia und wurde rot.

»Bist du verliebt, oder was?«

»So ähnlich.«

»Spannend«, erwiderte Micaela, wenn auch nicht sonderlich begeistert, denn Julias neuer Stil und ihr Blick ließen ahnen, was für einen Typen sie sich geangelt hatte.

Sie kannte die Sorte – supercool, und wenn die einen ansahen, wollte man sofort eine andere sein, und zwar die Frau, die sie etwas mehr lieben würden als die vielen davor.

»Wer ist es denn?«

»Das ist noch ganz neu. Ich erzähl es dir wann anders. Aber ich wollte dich was fragen ...«, begann Julia.

»Worum geht's?«, fragte Micaela.

»Wenn ein Typ immer schnell wegmuss und verspricht, er kommt ganz bald zurück, was kann das bedeuten?«

Micaela war erstaunt. Julia war ein schlaues Mädchen, warum fragte sie so was, zumal sie nichts über die näheren Umstände gesagt hatte?

»Das kann so gut wie alles bedeuten.«

Julia überlegte. »Na klar, entschuldige. Das war eine blöde Frage.«

»Ach was, gar nicht. Wohin bist du unterwegs?«

»Ich mache nur einen kleinen Spaziergang und denke ein bisschen nach«, erwiderte Julia.

Micaela überlegte kurz, ihr anzubieten, sie zu begleiten, aber da nagte noch irgendetwas von vorhin in ihr, und sie wollte erst mal rauskriegen, was das war.

»Und du?«, fragte Julia. »Gehst du zu Papa?«

Micaela schüttelte den Kopf.

Julia sah zum Strandvägen rüber. »Ich hoffe, du hast ihn nicht satt«, sagte sie.

»Ich hab gerade einfach andere Pläne«, wich Micaela aus.

»Er braucht dich.«

»Er kommt schon klar.«

»Echt jetzt, er bildet sich jede Menge komische Sachen ein. Überall sieht er irgendwelche Bedrohungen, und jetzt glaubt er sogar, dass mein neuer Freund, der so total nett ist ...« Julia beendete den Satz nicht. »Ich mache mir Sorgen«, fügte sie stattdessen hinzu. »Er braucht Hilfe.«

Ich bin aber keine verdammte Krankenschwester, dachte Micaela. »Er hat ja Frau Hansson«, erwiderte sie.

»Na klar, aber du bringst Papa dazu, dass er sich zusammenreißt. Du tust ihm wirklich gut, und manchmal glaube ich ...«

»Was glaubst du?«

»Kannst du dir selbst denken. Aber ich fände es echt gut, wenn du mal bei ihm vorbeigehst«, fuhr Julia fort.

»Ein andermal«, wiegelte Micaela ab, umarmte Julia und sagte, dass mit dem neuen Freund bestimmt alles gut war.

Dann ging sie weiter, ohne ein Ziel zu haben. Sie merkte nicht, dass ihr jemand folgte.

NEUNZEHN

Hans Rekke saß an seinem Computer und recherchierte zu Axel Larsson, las jedes einzelne Wort, das es über ihn gab, denn der alte Knabe war doch seltsam nervös geworden, als die Rede auf Claire Lidman kam.

Nicht nur das neurotische Trommeln auf dem Tisch hatte ihn verraten, Lüge und Scham hatten ihm förmlich im Gesicht gestanden.

Könnte Axel Larsson Claire etwas angetan haben?

Möglich war es. Leider war Hans nicht mehr so gut darin, Menschen zu durchschauen. Sein Gehirn war Matsch. Erst die Opiate, jetzt hatte ihn auch noch der Champagner im Stich gelassen. Für einen Moment hatte er ihn herrlich wach gemacht, aber nur um ihn dann in eine Depression zu stürzen. Er ging ins Badezimmer und spritzte sich kaltes Wasser ins Gesicht. Das half auch nur für einen Moment.

Die Welt lag weiterhin im Nebel, und er schloss die Augen und ließ zu, dass das Farbenspiel vor seinem inneren Auge waberte und sich schließlich zu Bildern ordnete. Er sah Micaela vor sich: Micaela, die nachts auf einem U-Bahnsteig auf ihn zugerannt kam, und Micaela, die ihn ansah, als hätte er sie zutiefst enttäuscht.

Er beschloss, sie anzurufen, um Entschuldigung zu bitten und zu sagen, dass es ihm besser ging. Verdammt nochmal, immerhin hatte er mit einem ehemaligen Milliardär

Champagner getrunken und versucht, Informationen über einen Gegner zu sammeln – wenn das nicht ein deutliches Zeichen für Betriebsamkeit war! Aber wie er auch suchte, er konnte weder sein Handy noch seine Brieftasche finden, und am Ende begann er fiebrig, Kissen und Decken aufzuschlitzen und sogar in der Gefriertruhe und im Kühlschrank nachzusehen, weil die Sachen doch irgendwo sein mussten. Gute Güte, was war bloß mit ihm los?

Bald war er müde und seiner selbst überdrüssig, und er sank auf den Hocker vor seinem Steinway und spielte Liszts *Un sospiro*, ein Stück, bei dem die Hände einander ständig überkreuzten und das ihm als jungem Mann Spaß gemacht hatte. Seine Nerven beruhigten sich, und er vergaß schnell die Außenwelt, versank ganz in seinem Spiel, ließ seine Trauer und sein Leid Ausdruck in den Tönen finden. Er ließ sich mitreißen und spielte ergriffen. Deshalb dauerte es eine Weile, bis er merkte, dass es klingelte. Auch wenn er am liebsten nicht hingegangen wäre, stand er schließlich doch auf und trat neben den Flügel. »Herein, wenn's kein Schneider ist«, murmelte er, ging öffnen und begriff ein paar Augenblicke gar nichts.

Micaela lief die Storgatan entlang, ohne ihre Umgebung wahrzunehmen. Nicht Rekke oder Julia beschäftigten sie, und sie dachte auch nicht an das, was Gabor Morovia möglicherweise Claire Lidman angetan hatte. Es zog sie zu Rebecka Wahlins Regal mit der Schachliteratur. Da, zwischen den Buchrücken, war ihr irgendetwas aufgefallen, sie konnte es nicht richtig fassen, aber es war wichtig. Also machte sie auf dem Absatz kehrt, und da stand Hugo Pérez vor ihr, den sie doch gerade erst in Husby gesehen hatte, und Östermalm war definitiv nicht sein Viertel.

»Wie wär's mit Grüßen, du Depp«, schnauzte sie ihn an.

Der sonst ewig grinsende Hugo reagierte wie ein Junkie. Er warf sich auf sie, drückte sie gegen die Hauswand und hieb ihr die Faust gegen das Kinn. Eher wütend als erschrocken boxte sie ihn weg, und in dem Augenblick spie Hugo ihr irgendwas entgegen.

»Sag das noch mal«, knurrte sie.

»Hör auf, irgendwelchen Scheiß über deinen Bruder auszugraben. Da sagt eh keiner aus, du bringst nur deine Familie in Schwierigkeiten«, antwortete er.

»Und was zur Hölle geht dich das an?«

»Mach weiter so, dann bezahlt jemand, den du magst, dafür.«

»Was?«

»Da kann alles Mögliche passieren«, murmelte er, und ihr brannte die Sicherung durch.

Sie schubste ihn von sich weg, und ein Mann um die vierzig kam schon näher, um einzuschreiten.

»Alles gut«, sagte sie zu ihm, »nur ein Versager, der Beef macht.«

Sie drehte sich wieder zu Hugo um, der jetzt ein bisschen so aussah wie früher. Zwar grinste er nicht, versuchte aber wenigstens nicht mehr, gefährlich zu sein.

»Ich bin Polizistin, ist dir das klar? Du bedrohst mich und meine Angehörigen. Für die Scheiße eben müsste ich dich anzeigen.«

»Ich sag ja bloß«, wehrte er ab, und das ärgerte sie nur noch mehr. Sie stieß ihn wieder mit beiden Händen vor die Brust, sodass er ins Schwanken geriet.

»Warum kann Lucas mir das nicht selbst sagen?«, zischte sie.

»Der weiß das nicht.«

»Glaubst du, ich bin blöd? Der würde dich umbringen, wenn du so was ohne sein Wissen machst.«

»Ich sag ja nur, dass du uns in Ruhe lassen sollst.«

»Uns?«, brüllte sie ihn an. »Ihr seid also ein verdammtes *Uns*? Glaubst du, das macht mir Angst? Fahr zur Hölle, ich werde euch alles reindrücken, was ich kann«, bellte sie, versetzte ihm einen Schlag gegen die Schulter und wandte sich ab, Richtung Karlaplan.

Das war doch nicht zu fassen. War diese Witzfigur ihr doch tatsächlich gefolgt, und auf wen bezog sich die Drohung? *Jemand, den du magst ...* Ihre Mutter konnte nicht gemeint sein, und Simon noch weniger, der war Lucas hörig. Vanessa oder Malika waren wohl kaum gemeint, denn die waren schließlich beide in ihn verliebt. Wahrscheinlich war das sowieso nur blödes Gerede gewesen, Imponiergehabe, aber trotzdem ... Wie weit würde Lucas gehen?

Sie musste mit ihrem Bruder reden, und zwar sofort, also holte sie ihr Handy raus und rief ihn an. Er ging nicht ran. Sie fluchte laut.

Dieses ganze Stadtviertel war so dermaßen provozierend still und friedlich mit seinen ordentlichen Menschen in gebügelten Oberhemden und Kleidchen, dass sie am liebsten unflätig losgebrüllt hätte. Es war, als würde sie sich in einem anderen Jahrhundert befinden. Kein Haus in der Nähe war vor weniger als hundert Jahren gebaut worden, und über allem thronte die Oscarskirche mit ihren grünschwarzen Türmen und den gotischen Fenstern. Den Narvavägen hinunter erstreckten sich gut gepflegte Alleen. Immer wieder kamen einem gepflegte alte Damen mit Schoßhündchen entgegen und aufgetusste Mädchen mit Markenhandtaschen. Weiter entfernt von Husby konnte man gar nicht sein. Gerade war sie noch auf dem Weg zurück zu

Rebecka Wahlin gewesen, um einen neuerlichen Blick in ihr Bücherregal zu werfen. Aber jetzt kochten Wut und Angst in ihr hoch, Claire Lidman war ihr verdammt nochmal egal.

Jetzt war nur noch wichtig, was Hugo gemurmelt hatte: *Jemand, den du magst, bezahlt dafür.* Sie blieb abrupt stehen. Er konnte ja wohl nicht Rekke meinen. Nein, das war unmöglich, oder? Es war eine Sache, die Leute in den Vororten zu schikanieren, aber einen wie Rekke mit seinen Kontakten und seiner Position zu überfallen, das würden sie nie wagen. Da war sie ganz sicher.

Sie verspürte den Drang, bei ihm vorbeizugehen und nach ihm zu sehen, ließ es dann aber bleiben und begnügte sich damit, ihn anzurufen. Er ging nicht ran, weder ans Handy noch ans Festnetztelefon. Wahrscheinlich schlief er seinen Tablettenrausch aus.

Auf der Linnégatan sah ein junger Mann in hellblauem Anzug sie erschrocken an. »Glotz nicht so!«, fuhr sie ihn an und befühlte ihre Lippe.

An ihrem Finger war Blut. Egal. Die Lippe war kein Problem und was die Snobs hier über sie dachten, schon gar nicht. Es gab ganz andere Bedrohungen als Hugo. Wieder sah sie Lucas vor sich, wie er im Järvaskogen seine Waffe zog. Lucas, vor dem die Leute zurückwichen. Er war ein schlechter Mensch, sie hatte lange gebraucht, sich das einzugestehen, aber so war es einfach.

Nun stand sie doch bei Rebecka Wahlin vor der Haustür. Sollte sie raufgehen? Sie drückte auf die Klingel.

»Hallo«, hörte sie Rebecka Wahlin in der Gegensprechanlage.

»Hier ist noch mal Micaela Vargas«, sagte sie. »Ich habe vergessen, was zu fragen. Darf ich raufkommen?«

»Wie? Ach so, ja gerne.« Rebecka Wahlin drückte auf den Summer.

In dem Moment rief Lucas an und sprach mit einer sanften Stimme, als wünschte er ihr nur Gutes.

ZWANZIG

Hans Rekke öffnete die Tür und blinzelte mit zusammengekniffenen Augen gegen die Treppenhausbeleuchtung an. Er brauchte einen Moment, um klar zu sehen. Vor der Tür stand eine dunkelhaarige elegante Frau Mitte fünfzig in einem blauen, maßgeschneiderten Kostüm. Keine auffällige Erscheinung, aber doch auf jeden Fall interessant, mit einem nervösen kleinen Lächeln und braunen, lebendigen Augen, die wie von Tränen glänzten und einen widersprüchlichen Eindruck vermittelten.

Er konnte nicht feststellen, ob der Frau etwas zugestoßen war und sie Hilfe benötigte oder ob sie vielmehr ein Anliegen vorbringen würde. Sie drückte den Rücken durch. Ganz offensichtlich war sie gebildet, und an den zielgerichteten, effektiven Bewegungen las er ab, dass sie es gewohnt war, Leute einzustellen und zu kündigen. Sie verfügte über Macht und Einfluss, war aber in einer persönlichen Angelegenheit gekommen, nahm er an.

»Professor Rekke?«, sagte sie und streckte die Hand aus.

»Leider eine schlechte Version von ihm«, antwortete er.

»Ich finde, er sieht genauso beeindruckend aus, wie die Gerüchte einen glauben machen. Entschuldigen Sie, dass ich unangemeldet hier auftauche. Ich habe Sie telefonisch nicht erreicht. Mein Name ist Alicia Kovács.«

»Mein Telefon ist verschwunden, und meine Vernunft gleich mit. Ihr Name kommt mir bekannt vor«, erwiderte er.

»Ich vertrete Carthaphilus. Axel Larsson hat mich darüber informiert, dass Sie unseren Geschäftsführer sprechen wollen«, sagte sie, und da wusste er, dass er auf der Hut sein sollte, das im Moment allerdings nicht konnte, und er bat sie, einen Moment zu warten.

Er machte ihr die Tür vor der Nase zu, denn er musste etwas trinken und sich noch einmal kaltes Wasser ins Gesicht spritzen. Als er zurückkehrte, lächelte er, so gut es ging, und hielt sich aufrecht.

»Ich bitte um Entschuldigung«, sagte er. »Es ist mir eine Ehre, vor allem, weil Sie so schnell reagiert haben.«

»Mein Lebensmotto ist, nichts auf die lange Bank zu schieben.«

»Ach ja«, murmelte er gedankenverloren. »Eine Tugend, auch wenn ich eher glaube, *in dubio non est agendam*, vor dem Zweifelhaften sollten wir zögern. Doch seien Sie willkommen, wenn ich auch fürchte, dass ich Sie enttäuschen werde. Ich bin momentan kein echter Gegner.«

Er betrachtete die Frau erneut. Was könnte sie wollen? Im Moment strahlte sie eine subtile Drohung aus. Ihre Schultern und Hände waren angespannt, und der Blick in den zuvor glänzenden Augen, der ihn hatte vermuten lassen, dass sie erschüttert oder gerührt sei, war starr. Hier hatte er es offensichtlich mit einer komplexen Persönlichkeit zu tun.

»Gegner? Nein, nein, unser Geschäftsführer …«

»Entschuldigen Sie«, unterbrach er sie, »aber können wir einfach Gabor sagen? Oder Professor Morovia – wie Sie wollen. Geschäftsführer klingt so langweilig bürokratisch.«

»Natürlich, gern«, sagte sie. »Professor Morovia hat mir Ihre außergewöhnlichen Fähigkeiten geschildert. Offenbar sehen Sie mehr als andere.«

»Ein für Psychotiker typisches Merkmal.«

»So meinte ich das nicht. Bitte, es gibt niemanden, von dem er mit so viel Respekt spricht, und nun habe ich Sie ja selbst eben spielen hören – Liszt, nicht wahr? –, und da wollte ich einfach nur zu Boden sinken und in die Musik eintauchen. Es war unfassbar schön.«

»Das ist sehr freundlich. Und bitte übermitteln Sie Gabor meinen Gruß. Ich habe so viele Erinnerungen an ihn. Nicht zuletzt meine Brandwunden.«

Er fasste sich an die Brust.

»Brandwunden haben Sie beide, doch seine sind schlimmer.«

Darin klang eine gewisse Hitzigkeit mit, eine fast lustvolle Aggressivität. Das verstand er nicht und hätte gern nachgefragt. Doch er ließ es sein, bat Alicia Kovács herein und führte sie in die Küche.

Ihre Absätze hallten Unheil verkündend auf dem Parkett, dam, dom, dam – C, G, C –, und zum zweiten oder dritten Mal nestelte sie an der Seitentasche ihres Blazers herum. Wahrscheinlich hatte sie darin etwas, das sie zu verlieren fürchtete. Nun war er ganz sicher, dass sie ihren Auftrag nicht gern erfüllte.

»Nett haben Sie es hier«, sagte sie.

»Danke, aber wenn ich keine Hilfe hätte, sähe es anders aus. Im Gegensatz zu Ihnen, Madame, schiebe ich alles auf, sogar die kleinsten Küchenangelegenheiten. Darf ich Ihnen ein Glas Wein anbieten? Ich habe einen ausgezeichneten Corton-Charlemagne im Kühler. Nicht, dass ich ein besonderer Weinkenner wäre, mein Bruder nennt mich einen Barbaren.«

»Danke, aber ich muss leider ablehnen. Ich will mich kurzfassen. Professor Morovia hat mich gebeten ...«

Sie fuhr sich mit der Hand über den Nacken. Nun waren die Tränen in ihren Augen noch deutlicher zu erkennen, und er hatte nicht übel Lust, ihr einen Wechsel des Arbeitgebers zu empfehlen. Doch von Gabor kam man wahrscheinlich nicht so leicht los.

»Setzen Sie sich doch erst mal«, sagte Hans, ließ sich auf einen der Küchenstühle sinken und zeigte auf den anderen. »Worum hat er Sie gebeten? Ich muss sagen, ich bewundere Ihren Mut. Es hat Sie einiges gekostet hierherzukommen, nicht wahr? Ich bestehe darauf, Ihnen etwas anzubieten, und sei es nur Wasser.«

Er stand auf, holte eine Flasche Mineralwasser und schenkte ihr ein Glas ein.

»Danke.« Sie nahm einen Schluck. »Sie haben recht, manchmal fällt einem die Arbeit wirklich nicht leicht«, antwortete sie mit einem schönen und zugleich traurigen Lächeln.

»Da sind wir ja schon zwei, und Sie kommen nicht mit guten Neuigkeiten, habe ich recht?«, erwiderte er und setzte sich wieder.

»Stimmt.«

»Lassen Sie hören.« Obwohl er sich wohl eher Sorgen um sich selbst hätte machen sollen, verspürte er doch den Impuls, sie zu trösten.

»Ich habe Professor Morovia schon vor Jahren versprochen«, begann sie, »dass ich, sowie Sie sich melden oder in irgendeiner Weise signalisieren, dass Sie Kontakt aufnehmen möchten, Ihnen etwas überreiche.«

Hans sah sie konzentriert an. Hier geschah gerade etwas Entscheidendes. »Warum muss er denn auf meinen Zug warten?«, fragte er. »Ergreift er nicht sonst gern die Initiative?«

»Er findet es eleganter zu antworten.«

»Ist er wirklich so eitel?«

»Ich glaube, er möchte damit auch klarmachen, dass es etwas kostet, ihn herauszufordern.«

»Dann lassen Sie doch mal sehen, was der Preis ist.«

Alicia steckte die Hand in die Tasche ihres Blazers und legte eine Perlenkette mit Goldanhänger auf den Küchentisch. Hans wurde kurz schwarz vor Augen. Das ist nicht möglich, dachte er. Das kann nicht sein.

Magnus Rekke saß mit einem Glas Rotwein im Regierungsflieger und war in eine Analyse des Verfassungsschutzes zur Terrorbekämpfung in den Stockholmer Vororten versunken. Doch der Bericht war viel zu spekulativ und geschwätzig, und schnell schweifte Magnus' Blick über den Flugplatz. Eine Maschine mit saudi-arabischer Flagge hob direkt vor ihnen ab. Sie aber warteten auf den verspäteten Ministerpräsidenten, und Magnus war beunruhigt. Er wandte sich an Außenminister Kleeberger, der ihm gegenübersaß und gerade das Programm des folgenden Tages durchging.

»Mein Bruder hat vorhin angerufen«, sagte er.

Kleebergers Augenbrauen schossen hoch. Wenn die Rede auf Hans kam, wurde er immer nervös. »Was wollte er?«

»Er interessiert sich für einen alten Fall aus meiner Zeit im Finanzministerium. Sie erinnern sich doch an Axel Larsson?«

»Wer könnte Axel Larsson vergessen?«

Kleeberger überflog weiter seine Dokumente. Eine Stewardess brachte ihm ein Tablett mit Abendessen, und er murmelte, ohne aufzusehen, ein Danke.

»Dann wissen Sie ja wahrscheinlich auch, dass wir von seinem Vermögen nicht so viel bekommen haben, wie wir eigentlich wollten. Ein ungarisches Investmentunternehmen mit Verbindungen zum Kreml hatte sich die besten Happen bereits einverleibt«, fuhr Magnus fort.

»Genau, ja, ich erinnere mich«, sagte Kleeberger und sah auf.

»Wir haben damals mit dem ungarischen Unternehmen gemeinsame Sache gemacht und trotzdem viel verloren.«

»Das ist natürlich nicht gut, aber warum interessiert es Ihren Bruder?«

Magnus überlegte, wie viel er preisgeben sollte. Eigentlich wäre es am besten, die Klappe zu halten, denn unter Umständen stand hier seine eigene Position auf dem Spiel, doch er konnte es einfach nicht lassen.

»Vielleicht hat er sich gefragt, ob wir irgendwelchem Druck ausgesetzt waren oder wegen der Angelegenheit Verbindungen zum Organisierten Verbrechen geknüpft haben.«

»Autsch.«

»Aber vor allem geht es wohl darum, dass er und der Besitzer des Unternehmens persönlich verfeindet sind. Der ungarische Unternehmer heißt Gabor Morovia und ist Mathematiker und Frauenliebhaber.«

Mit einem Mal sah Kleeberger ängstlich aus, oder zumindest kam es Magnus so vor, doch das war schnell verflogen.

»Ach, wirklich?«, sagte der Außenminister nur.

»Kennen Sie ihn?«

Kleeberger nahm einen Schluck aus seinem Weinglas. »An dem kommt man ja wohl kaum vorbei. Angeblich hat er eine Vorliebe für übertriebene Racheaktionen und Schach. Ein kluger Kopf ist er wohl auch, oder?«

»Schon möglich«, antwortete Magnus, der anderen Männern nur widerwillig Anerkennung zollte.

»Und was will nun Ihr Bruder von ihm?«

An dieser Stelle hätte sich Magnus gerne auf das beschränkt, was er bereits gesagt hatte, doch nun hatte er Kleebergers Neugier geweckt und musste abliefern.

»Sie hatten als Kinder miteinander zu tun«, erklärte er kurz. »Doch später sind sie sich auch noch einmal begegnet, als Hans so um die zwanzig und mit Ida Aminoff zusammen war.«

»Ida«, sagte Kleeberger verträumt.

»Kannten Sie Ida auch?«

»O ja, sie gehörte zum engeren Kreis. Ihr Vater Werner war schließlich Botschafter in Moskau, und unsere Eltern waren miteinander bekannt. Sie war unglaublich talentiert, hat tolle Bilder gemalt und ab und zu auf irgendeiner Bühne in der Stadt Gedichte vorgetragen. So wie alle anderen war ich ein wenig in sie verliebt, aber sie konnte einem auch Angst machen.«

»Unserer gesamten Familie hat sie Angst gemacht«, fügte Magnus hinzu. »Es war, als fühlte sie sich nur lebendig, wenn sie immer wieder Grenzen überschritt.«

»Ja, das klingt nach ihr«, sagte Kleeberger.

»Hans hat sie geliebt. Lovisa war lediglich eine Vernunftheirat, Ida war seine große Liebe. Um sie machte er sich ständig Sorgen. Und in genau der Zeit traf er nach irgendeinem Konzert in Bern auf Gabor Morovia, der ihn bedrohte. Drei oder vier Wochen später wurde Ida tot aufgefunden, wie Sie sicherlich wissen.«

»Ich bin ihr an jenem letzten Abend in Stockholm tatsächlich begegnet«, sagte Kleeberger.

»Sie waren auf dem Hochzeitsfest in Djurgården?«

»Genau. Alle waren da. Sie doch bestimmt auch, oder?«

Magnus hätte das gern abgestritten und erklärt, dass er sich an dem Abend auf der anderen Seite der Erdkugel befunden hätte. Doch er nickte.

»Alle waren verrückt nach ihr«, erzählte Kleeberger weiter. »Dabei hat sie doch nur mit den Männern gespielt.«

»Unter anderem hat sie William Fors den Kopf verdreht«, sagte Magnus angewidert.

Kleeberger sah ihn erstaunt an. »Dem zukünftigen CEO der Nordbank?«

»Exakt.«

»Glauben Sie, die Geschichten hängen zusammen?«

Kein einziges Wort dazu kommt über meine Lippen, dachte Magnus, sagte aber dann trotzdem: »Dieselben Personen sind involviert, und auch wenn William damals nur ein verwöhnter Bengel war, so hatte er doch bereits dieselbe Einstellung zu Geld wie heute.«

»Sie meinen, dass Geld unter die Leute gebracht werden sollte?«

»Genau, und dass es dazu eingesetzt werden sollte, ihm einen gewissen Status zu verschaffen. Aber an ebenjenem Abend hat er seine Brieftasche verloren und dann Ida beschuldigt, sie gestohlen zu haben. In der Morgendämmerung ist er ihr sogar gefolgt, weil er hoffte, die Brieftasche zurückzukriegen und Ida abschleppen zu können.«

»Er wollte mit der Frau schlafen, die ihn bestohlen hatte?«

»Er war besoffen.«

»Sie wollen ja wohl nicht andeuten, William Fors hätte etwas mit Idas Tod zu tun, oder?«, fragte Kleeberger.

»Nein, nein«, beeilte sich Magnus zu sagen. »Aber für Hans, der das Ergebnis der polizeilichen Ermittlung ja nie akzeptiert und sich in eigene Nachforschungen gestürzt hat, war William Fors einer der Verdächtigen. Manchmal glaube ich …« Er zögerte.

»Was glauben Sie, Magnus?«, drängte Kleeberger ihn.

»Dass Hans' Faszination für ungelöste Verbrechen genau da anfing.«

»Aber er hat den Mord nicht aufklären können, oder?«

»Nein, seine Karriere als Detektiv begann mit diesem Scheitern, das ihn von allem Übermut befreit und zu noch größerer Genauigkeit angespornt hat. Im Grunde ein Glücksfall für seine Karriere.«

»Aber irgendetwas muss er doch herausgefunden haben. Schließlich hat er so was wie den Röntgenblick.«

»Natürlich hat er sehr viele Einzelteile gefunden, kriegte das Puzzle aber nicht zusammengesetzt. Vielleicht war er auch in zu schlechter Verfassung, um klar zu sehen«, sagte Magnus und dachte: Gott sei Dank. »Ich habe schon viel darüber nachgedacht«, fügte er hinzu.

»Inwiefern?«

»Das mit Ida war die große Tragödie in seinem Leben. In jeden kleinen Fall verbeißt er sich so lange, bis er ihn gelöst hat. Aber das hier, das Schlimmste und Größte, was ihm zugestoßen ist, bleibt unaufgeklärt. Eigentlich habe ich schon die ganze Zeit darauf gewartet, dass er wieder anfängt.«

»Und das hat er also jetzt getan.«

»Kann genauso etwas anderes sein. Im schlimmsten Fall hat er es auf Gabor Morovia persönlich abgesehen, und das wird kaum gut ausgehen.«

Kleeberger sah ihn etwas besorgt und gleichzeitig höhnisch an. »Für Sie oder für ihn?«

»Für ihn«, erwiderte Magnus und hatte nicht übel Lust, Kleeberger sein Rotweinglas über die Hose zu kippen.

EINUNDZWANZIG

Micaela verließ den Fahrstuhl eine Etage zu früh, damit Rebecka Wahlin das Gespräch nicht mithören würde. Dass Lucas so seltsam ruhig klang, machte sie rasend.

»Wie kannst du nur?«

»Jetzt mal ganz ruhig, Schwesterherz.«

»Nenn mich nicht so.«

»Gut, Micaela, alles gut. Aber ich habe dir niemanden auf den Hals geschickt. Wie es scheint, ist Hugo aus persönlichen Gründen beunruhigt. Wie du bestimmt weißt, droht ihm ein Verfahren.«

»Da ist es ja verdammt schlau, auf eine Polizistin loszugehen.«

»Wer hat denn gesagt, dass Hugo schlau ist? Er ist ein Idiot. Das weißt du ja wohl noch aus der Schule.«

»Nie im Leben würde er so was ohne dein Einverständnis machen.«

»Meinst du?«

»Meine ich.«

»Okay, jetzt hör mir mal zu, ich sage das hier nämlich nur ein Mal …«

»Ich höre«, sagte sie.

»Es ist so, Schwester«, sagte er kalt. »Ich will einfach nur mein Leben leben. Aber wenn du mich bedrohst, werde ich mich nicht ducken und mir das gefallen lassen. Du musst damit aufhören, ist das klar? Das wird sonst übel ausgehen, okay? Richtig übel. Wir sind Familie, und wir halten zusammen. Merk dir das endlich.«

»Du bist kriminell, Lucas«, entgegnete Micaela zornig. »Du verkaufst Drogen an Kinder und versetzt die Leute in Todesangst. Du bist derjenige, der hier alles kaputt macht«, zischte sie, und ihr war dabei klar, dass ihn das noch mehr provozierte, weil sie es am Telefon sagte.

»Sieh dich vor, Schwesterherz, sieh dich gut vor«, gab er nur zurück, dann war das Gespräch beendet.

Sie hatte das Gefühl, als hätte sie einen Schlag in den Magen bekommen. Gegen ihn war sie chancenlos. Das war ihr erster Gedanke, als sie sich erholt hatte und wieder einigermaßen ruhig atmen konnte. Der Kälte in seiner Stimme und den unbarmherzigen Worten hatte sie nichts entgegenzusetzen. Warum war sie nicht diplomatischer gewesen? Aber jetzt war es zu spät.

Sie ging weiter die Treppe zu Rebecka Wahlin hoch. Irgendwo unten im Treppenhaus schlug eine Tür zu. Der Geruch nach Reinigungsmittel und Gebratenem durchdrang die Luft. Micaela holte tief Luft und klingelte. Bilder von früher flimmerten durch ihre Gedanken.

Was hatte Gabor noch über Rekkes Musik gesagt? *Eine göttliche Empfindsamkeit im Anschlag. Niemand spielt so wie er. Niemand.* Als Alicia Kovács im Treppenhaus gestanden und die Musik gehört hatte, wollte sie nur noch niedersinken und über ihr Leben weinen. Aber natürlich war sie professionell und riss sich zusammen, und jetzt saß sie dem Mann gegenüber, von dem sie schon so viel gehört hatte.

Obwohl er mehr als fertig aussah, wirkte er seltsam anziehend, und sie hätte ihn am liebsten gebeten, noch einmal zu spielen oder zu erzählen, warum er die Musik aufgegeben hatte. Doch das hier war kaum der richtige Moment. Er schien völlig außer sich und befühlte mit zitternder Hand die Perlenkette, die sie ihm gegeben hatte.

In seinen schlanken Händen wirkte der Schmuck noch fragiler, aber sie hatte die Kette schon immer geliebt. All die Jahre über hatte sie im Tresor am Strandvägen gelegen und manchmal, wenn sie etwas anderes dort hineinlegte, Dokumente oder Tonbänder, hatte sie das Schmuckstück in die Hand genommen und die Verarbeitung und den schimmernden Glanz der Perlen bewundert.

Der Anhänger war eine goldene Schleife, ein Unendlichkeitssymbol aus zwei perfekten Ellipsen, und natürlich wusste sie, dass der Schmuck mit Bedeutung aufgeladen war. Die Kette hatte einer jungen Frau gehört, die nach einem langen Partyabend in Stockholm tot aufgefunden worden war. Sie wusste, dass Rekke diese Frau geliebt hatte und dass Gabor in ihren Tod verwickelt war. Trotzdem hatte sie nicht mit einem derartigen Schock gerechnet.

»Wie geht es Ihnen?«, fragte sie.

Rekke wirkte verloren, und sie hätte gern seine schlanken Hände ergriffen. Aber deshalb war sie nicht hier. Sie konnte nur zusehen, wie er die Kette hielt und etwas murmelte, was sie nicht verstand.

»Haben Sie der Frau diesen Schmuck geschenkt?«, fragte sie.

»Wie?«

»Haben Sie …?«, begann sie noch einmal.

»Ich war jung«, erwiderte er und fasste die Kette und die Perlen wie ein Mönch, der seinen Rosenkranz betet.

»Das Zeichen der Unendlichkeit.« Sie berührte selbst den Anhänger. »Hatten Sie einen bestimmten Gedanken dabei?«

»Gedanken?«

»Ja?«

»Ich weiß es nicht«, sagte er. »Die Unendlichkeit faszinierte mich damals. Aus der Perspektive der Unendlichkeit geschieht alles, was geschehen kann, selbst etwas so Erstaunliches, dass ich lebe und darüber nachdenke – und eine Frau liebe, die so schwarze Augen hat, dass ich fast verrückt werde. Ich glaube, ich habe irgendwas in der Art gedacht. Aber damals war ich ja auch manisch ... und verliebt. In zweifacher Hinsicht krank, könnte man sagen.«

»Die Kette sieht wertvoll aus«, sagte sie.

»Sie hat so viel gekostet wie ein Haus am Meer. Sie zu kaufen, war unanständig. Ich habe mich schon damals dafür geschämt. Maßlosigkeit ist mir eigentlich völlig fremd, aber zu der Zeit ...« Er verstummte und verbarg sein Gesicht in den Händen.

Alicia sah keine Veranlassung, ihn zum Weiterreden zu ermuntern, und sagte nur: »Professor Morovia fragt, ob Sie ihm etwas ausrichten möchten.«

Er wandte sich ihr mit glänzendem Blick zu und murmelte etwas, was wie *richten Sie ihm aus, dass ich ihn vernichten werde* klang.

Aber wahrscheinlich hatte sie sich verhört, denn als sie noch einmal fragte, sagte er: »Grüßen Sie ihn und sagen Sie Danke. Er hat mir etwas zurückgegeben.«

»Die Kette?«

»Nein, ein Ziel«, erwiderte Rekke. »Die Kraft, die unsereinen aus dem Grab auferstehen lässt.«

»Ich verstehe«, sagte sie und erhob sich. »Dann werde ich Sie mit Ihren Gedanken allein lassen. Wenn Sie Professor Morovia noch mehr sagen wollen, melden Sie sich einfach.«

Auch er stand jetzt auf. »Na ja«, sagte er, »ich frage mich doch, ob das nur ein Gegenzug zu meiner Eröffnung war oder ob es der Beginn einer ganzen Partie ist.«

»Das wird wohl die Zeit zeigen müssen«, antwortete sie, konnte ihm jedoch nicht in die Augen sehen. »Ich bedaure aufrichtig, wenn wir Ihnen Leid verursacht haben.«

Er machte einen Schritt auf sie zu. »Das müssen Sie nicht«, sagte er. »Wenn Ihr Geschenk mir die Wahrheit gebracht hat, dann leide ich gern. Aber damit genug der Geständnisse.«

Sie schluckte. »Wie meinen Sie das?«

»Wenn es wirklich die Eröffnung einer von Gabors Partien ist, dann sollte ich meine Züge nicht im Vorhinein offenbaren«, erklärte er ihr. »Denn Sie sind eine schwer greifbare, interessante Frau. Sie treten als Freundin ein, überbringen aber todbringende Nachrichten. Ist das eine Taktik, die Sie oft anwenden? Mit einer weichen Tatze zu streicheln, die doch tödliche Klauen verbirgt? *Ex ungue leonem.*«

»Ich tue nur, was mir aufgetragen wurde«, antwortete sie und blieb am Küchentisch stehen, während er die Flasche Charlemagne herausholte, von der er gesprochen hatte, und sich selbst ein Glas einschenkte.

»Darf ich Sie nicht doch zu einem Glas einladen?«, fragte er. »Auch Sie scheinen etwas Schmerzlinderung zu brauchen, und das ehrt Sie natürlich. Für den, der von Schuld niedergedrückt wird, gibt es immer Hoffnung.«

Sie wandte den Blick ab. »Danke, aber ich muss gehen.«

»Verstehe«, sagte er.

Sie streckte die Hand aus, zog sie aber wieder zurück, begnügte sich mit einem kurzen Nicken und ging Richtung Wohnungstür. Doch sie kam nur ein paar Schritte weit, dann hörte sie ein knirschendes Geräusch und drehte sich um. Blut und Wein tropften von Rekkes Hand. Auf dem Fußboden rollte der Fuß des Glases zwischen verstreuten Scherben herum. Rekke selbst schien nichts zu bemerken.

»Mein Gott«, sagte sie.

»Was?«, murmelte er.

»Ihre Hand.«

»Ja, entschuldigen Sie.« Er sah auf seine blutverschmierten Finger hinab. »Wie unaufmerksam von mir, aber die Gläser sind heutzutage wirklich elendig dünn. Es ist alles gut, laufen Sie nur und machen Sie eine kleine Pause. Gibt es für die Strebsamen kein Wochenende? Ich selbst muss …«

Wieder hatte sie das Bedürfnis, seine Hand zu nehmen, beherrschte sich aber, nickte und trat ins Treppenhaus. Im Fahrstuhl auf dem Weg nach unten meinte sie plötzlich, dass ihre Hände mit Blut besudelt waren und nicht die von Rekke, doch wie so oft, wenn sie an ihrem Auftrag zweifelte, holte sie sich Kraft, indem sie an Jan dachte, ihren Sohn. Dann eilte sie zu ihrem Wagen, der auf der Riddargatan stand.

ZWEIUNDZWANZIG

Rebecka Wahlin öffnete die Tür und sah sie leicht angewidert an. Was ist denn?, hätte Micaela am liebsten gezischt. Was glotzt du so? Doch dann befühlte sie wieder ihre Lippe und begriff.

»Bin leider mit einem Idioten zusammengerauscht, nichts passiert«, erklärte sie.

Sie ging hinter Rebecka Wahlin in die Wohnung und trat ans Bücherregal, ohne wirklich zu wissen, was sie suchte. Rebecka Wahlin, der die Situation offensichtlich unangenehm war, stellte sich direkt neben sie.

»Sie wollten noch etwas fragen …«, sagte sie.

»Was? Nein, eigentlich nicht«, gab Micaela zurück und scannte weiterhin die Bücher. Doch so genau sie auch hinsah, tauchten doch nur Bilder von Lucas in ihrem Kopf auf.

»Ich habe mich getäuscht«, murmelte sie.

»Inwiefern?«

»Ich weiß es nicht.« Sie musterte Rebecka, die ihr Make-up nachgebessert und eine frische Bluse angezogen hatte. »Gehen Sie aus?«

»Ich bin mit einer Freundin auf ein Glas verabredet.«

»Verstehe.« Micaela versuchte, sich wieder zu konzentrieren. »Das mit dem Übergriff, dem Claire möglicherweise ausgesetzt war, ist sehr interessant.«

»Ich habe keine Ahnung, ob es wirklich ein Übergriff war.«

»Aber irgendetwas war da doch? Sie haben gesagt, sie habe verängstigt ausgesehen.«

»Schon, verängstigt und irgendwie auch hasserfüllt. Sie schien den Besitzer von Cartaphilus regelrecht zu verabscheuen.«

»Wissen Sie, warum?«

»Ich weiß nur, dass es mit ihrer Zeit an der London School of Economics zu tun haben muss. Morovia war dort Dozent und hatte eine Gruppe Studentinnen um sich geschart. Claire und Alicia Kovács gehörten dazu. Ich glaube, sie bewunderten ihn maßlos, aber später dann haben sie wohl begriffen, dass er auch eine andere Seite hatte.«

»Was für eine Seite?«

»Ich nehme mal an, eine dunkle.«

»Verstehe«, sagte Micaela, die erstaunt war, dass sie das erst jetzt zu hören bekam. »Kennen Sie noch jemanden aus dieser Gruppe, mit dem ich vielleicht sprechen könnte?«

»Claire erwähnte eine Frau namens Sofia, die aus Spanien stammte.«

»Aber nicht aus San Sebastian, oder?«

»Nein, ich glaube, da gibt es keinen Zusammenhang. Möglicherweise bringe ich auch was durcheinander. Es muss auch gar nicht Spanien gewesen sein, aber ich bin ziemlich sicher, dass sie Sofia hieß.«

»Seltsam, dass diese Spur zu Morovia nicht besser nachverfolgt worden ist.«

»Ich weiß gar nicht, ob das so stimmt.«

»Die von der Bank haben nichts unternommen, oder?«

Rebecka schüttelte den Kopf.

Und der verdammte Lindroos genauso wenig, dachte Micaela und wollte einfach nur weg. Aber sie kam nicht weit, denn ihr Blick wurde wieder von dem Regal mit der Schachliteratur angezogen. Und jetzt sah sie es endlich: Da war der blaue Buchrücken, den sie schon das erste Mal im Augenwinkel wahrgenommen hatte. Ohne zu wissen, was sie erwartete, zog sie mit einer raschen Bewegung das Buch heraus, sah den Umschlag und begriff, schob die Hand in ihre Tasche, um das Urlaubsfoto herauszuholen. Aber da war es nicht mehr.

Trotzdem ... sie schaute mit zusammengekniffenen Augen das Buch mit dem Titel *Sicilian Love* an. Auf dem Umschlag war die Zeichnung eines kleinen, korpulenten Mannes mit lockigem Haar, der ein Jackett trug. Das Layout ließ vermuten, dass es sich hierbei schlicht um den Autor des Buches handelte und nicht um einen fiktiven Helden. Darunter stand: *Chess Tournament, Buenos Aires 1994.*

»Was ist das für ein Buch?«, fragte Micaela.

»Das?«, fragte Rebecka erstaunt. »Wieso interessiert Sie das?«

»Erzählen Sie mir bitte davon.«

»Nun ja, was soll ich sagen?«, begann Rebecka. »Ich habe es nicht sehr gründlich gelesen. Ist mir ein bisschen zu hoch. Geschrieben hat es Lew Polugajewski, Großmeister und lange Zeit einer der besten Schachspieler der Welt. Er war ein Meister der Verteidigung, und vor allem der Sizilianischen.«

»Sorry«, unterbrach Micaela, »aber ich habe so gut wie keine Ahnung von Schach.«

»Die Sizilianische Verteidigung ist der beste Gegenzug auf eine weiße Eröffnung 1.E2-E4. Polugajewski war so gut darin, dass zu seinem sechzigsten Geburtstag in Buenos Aires ihm zu Ehren ein Schachwettbewerb abgehalten wurde, in dem alle Partien Sizilianische waren. Er selbst konnte nicht teilnehmen, denn er hatte einen Gehirntumor, an dem er kurz darauf starb. Ich nehme an, dass er auch das Buch nicht selbst fertig geschrieben hat.«

»Könnte Claire es möglicherweise gelesen haben?«

»Nein, das Buch ist erst nach ihrem Tod erschienen. Aber es wäre ein klassisches Claire-Thema gewesen.«

»Warum?«

»Sie liebte solchen nerdigen Mist – verzeih mir, Claire«, fuhr Rebecka mit einer kleinen, bittenden Geste gen Himmel fort. »Aber sie hat auch oft schwarz und sizilianisch gespielt. Dieses Buch hätte sie verschlungen. Warum fragen Sie das?«

»Weil …« Micaela zögerte.

»Ja?«

»Die Frau auf dem Foto, die so ähnlich aussieht wie Claire, hat genau das Buch in der Hand.«

»Oje«, sagte Rebecka.

»Genau, aber das muss ja noch lange nicht heißen …« Sie schaute auf ihre weißen Sneakers.

»Nein, natürlich nicht«, sagte Rebecka zögernd.

»Aber die Frau hat auch eine Knieverletzung und einen roten, eleganten Mantel.«

»Sie meinen, da ist jetzt langsam zu viel in der einen Waagschale?«

»Irgendwie schon«, erwiderte Micaela und wandte sich zum Gehen. »Ich sollte mit …« Sie unterbrach sich. »Ich muss los«, fügte sie dann schnell hinzu.

»Nein, nein«, bat Rebecka Wahlin. »Sie müssen sagen, was das bedeutet. Glauben Sie wirklich, Claire könnte am Leben sein?«

»Ich weiß es nicht. Danke, dass ich noch mal kommen durfte. Ist es okay, wenn ich das Buch mitnehme?«

Rebecka Wahlin breitete die Arme aus. »Sie dürfen mitnehmen, was Sie wollen, wenn Sie nur von sich hören lassen und mir erzählen, was Sie herausfinden.«

»Versprochen. Aber dann dürfen Sie mir auch nichts verheimlichen.«

»Das tue ich nicht«, erwiderte Rebecka ernst.

Micaela nickte, ging in den Flur hinaus und dann schnell die Treppe herunter, dachte dabei: Das kann doch nur eins bedeuten, oder? Claire Lidman lebt, egal wie unwahrscheinlich das ist. Das musste sie unbedingt mit Rekke besprechen. Was für eine blöde Idee, von ihm wegzuwollen. Klar war er elend und depressiv und ein verdammter Junkie. Aber wenn er zum Leben erwachte – und das musste er jetzt einfach tun –, war niemand so gut wie er. Plötzlich hatte sie es eilig und begann zu rennen.

Sollte sie vielleicht von unterwegs gleich Kaj Lindroos anrufen? Aber der Idiot hatte todsicher schon Feierabend gemacht und sich zugesoffen. Also lief sie weiter Richtung Grevgatan 2B und stieg in den altmodischen Fahrstuhl. Auf dem Riegel klebte Blut, aber das bemerkte sie nicht. Sie starrte konzentriert auf den Buchumschlag und legte sich zurecht, was sie gleich zu Rekke sagen würde.

DREIUNDZWANZIG

Axel Larsson saß mit dem Finanzchef der Privatbank Carnegie beim Abendessen. Allerdings hörte er kaum zu, nicht nur weil er mittlerweile immun gegen Sales Pitches für neue Börsenunternehmen war, sondern auch weil er völlig durch den Wind war. Er hatte Alicia Kovács angerufen. Das gehörte zu ihrer alten Vereinbarung, war Teil seiner Leibeigenschaft, wie er das nannte.

Cartaphilus hatte ihm unter der Bedingung, dass er das Ohr des Unternehmens in Schweden sein würde, wieder auf die Füße geholfen. Jedes Gerücht, jeden Tratsch, der die Börsenkurse beeinflussen oder die Finanzwelt erschüttern konnte, sollte er ihnen übermitteln, und das tat er auch brav. Doch im Grunde hatten sie noch nie irgendwie reagiert. Selbst Übernahmen oder Fusionen wurden gleichgültig aufgenommen. Deshalb und weil die Information eher Morovia persönlich betraf, hatte er diesmal erst nach einigem Zögern angerufen. Er ging davon aus, dass sie nicht darauf anspringen würden.

Wie sich herausstellte, war das Gegenteil der Fall: Diesmal hatte er offenbar Sprengstoff geliefert. Nicht, dass Alicia Kovács das offen gesagt hätte – sie tat gleichgültig wie immer. Doch ihm konnte sie nichts vormachen.

Ihre Nervosität war offensichtlich und ihm unbegreiflich. Warum sollte sich das Unternehmen um diesen Loser scheren, der nicht einmal sein Hemd ordentlich zuknöpfen konnte? Er kapierte das nicht, eine solche Reaktion hatte noch keiner seiner Berichte hervorgerufen. Und jetzt – er schaute auf sein Handy – rief die Frau schon wieder an. »Tut mir leid, aber da muss ich rangehen«, entschuldigte er sich, hielt sich das Telefon ans Ohr und sagte »Hallo«. Irgendwie schien die Verbindung gestört, es rauschte, doch dann war Alicia zu hören.

»Hallo, Axel. Ich verbinde Sie. Morovia möchte mit Ihnen sprechen.«

Er erstarrte. Morovia? Bisher hatte der Mann sich erst ein einziges Mal herabgelassen, mit ihm zu reden, und da hatte er vor Aufregung kaum mitgekriegt, was Morovia gesagt hatte. Eigentlich war er nicht so leicht zu beeindrucken, hielt auch den Großen gegenüber mit seiner Meinung nicht hinterm Berg. Aber bei Morovia kriegte er es richtig mit der Angst zu tun, und dass es vielen anderen genauso ging, war ein schwacher Trost. Er hatte Geschäftsfreunde, die Morovias Namen nur hinter vorgehaltener Hand flüsterten.

»Nun haben Sie sich schließlich doch noch als nützlich erwiesen.«

Axel Larsson reagierte geradezu körperlich auf die Stimme, stand schnell auf und ging raus, um ungestört sprechen zu können.

»Freut mich«, sagte er. »Das ist ja schön. Ich tue mein Bestes.«

Es war ihm egal, wenn er untertänig klang. Das einzig Wichtige war, dass er aus diesem Gespräch unbeschadet herauskam und nicht gezwungen wurde, irgendetwas zu tun.

»Professor Rekke gehört zu meinen liebsten Obsessionen«, fuhr Morovia fort.

»Wirklich?«, erwiderte Axel Larsson erstaunt. Er konnte nicht verstehen, womit der Mann, den er getroffen hatte, eine solche Aufmerksamkeit verdient hätte.

»Durchaus. Man könnte es eine lebenslange Passion nennen. Haben Sie irgendeine Idee, was er wollte?«

»Er wollte Kontakt zu Ihnen. Ich glaube …« Larsson zögerte kurz, doch dann sagte er es so klar wie brutal: »Er will an Sie herankommen. Er hat Sie seinen Gegner genannt.«

Morovia lachte. »War er so deutlich? Normalerweise ergeht er sich in Euphemismen und lateinischen Zitaten.«

»Er sprach von Claire Lidman.«

»Mir ist bereits geflüstert worden, dass er sich für sie interessiert.«

»Es war ein bisschen, als würde er meinen …«, Axel Larsson zögerte, »… dass wir etwas mit Claire gemacht hätten.«

Morovia schwieg einen Moment. »Aha«, sagte er dann. »Der Zusammenhang wird ihm schnell klar werden.«

Axel Larsson hatte keine Ahnung, von welchem *Zusammenhang* Morovia redete, wagte aber nicht nachzufragen. »Ja, möglich«, sagte er nur.

»Exakt, exakt«, fuhr Morovia fort, als würde er mit sich selbst sprechen. »Vor Rekke kann man nichts geheim halten. Das gehört zu den Herausforderungen. Er durchschaut alles direkt. Gibt nie auf, ehe er nicht zum Kern vorgedrungen ist. Aber wie gesagt, Axel, fantastisch, dass Sie schließlich doch nützliche Informationen beisteuern konnten. Passen Sie gut auf sich auf.«

Das konnte nur eine Drohung sein. Axel Larsson erschauderte. Als sie kurz darauf das Gespräch beendeten, beschloss er aber doch, die Worte mehr als freundschaftliche Geste zu sehen, als ein Zeichen der Fürsorge. Offenbar waren sie jetzt ja auf derselben Seite – er und Morovia gegen die verdammte Rekke-Familie. Also war er, als er an den Tisch zurückkehrte, trotz allem ein wenig gehobener Stimmung.

Als Rekke auf ihr Klingeln nicht reagierte, schloss Micaela auf, ging hinein und seinen Namen rufend geradewegs in die Küche. Ganz offensichtlich war Frau Hansson hier gewesen, denn es war aufgeräumt und durchgewischt. Einer der Stühle war allerdings gegen die Spüle geschoben, als wäre jemand eilig aufgestanden. Auf dem Esstisch sah sie eine geöffnete Weißweinflasche im Kühler und ein halb volles Wasserglas. Die rote Tischdecke lag zusammengeknüllt am Rand, und auf der Ablage bei der Spüle stand eine große Flasche Mineralwasser neben einer Rolle Küchenpapier. Micaela machte ein paar Schritte zum Herd. Unter ihren Schuhen knirschte es: Glasscherben von einem Weinglas.

Als sie in die Hocke ging und sich umschaute, entdeckte sie Blutflecken auf dem Parkett. Sie richtete sich auf, eilte suchend durch die Wohnung, doch Rekke war nicht da. Also rief sie ihn an.

Sein Telefon brummte irgendwo in der Nähe. Sie hastete umher und fand es schließlich unter einem Sofakissen im Wohnzimmer. Auf den Tasten des Flügels war auch Blut. Plötzlich schämte sie sich, ihn im Stich gelassen zu haben. Was war hier passiert?

Sie rief Frau Hansson an, aber die hatte auch keine Ahnung, wo Rekke sein könnte, also drückte Micaela das Gespräch weg, verließ die Wohnung und lief Richtung Djurgården. Da ging er normalerweise spazieren, wenn ihn irgendwas beschäftigte. Ziemlich viele Leute waren in fröhlicher Freitagabendstimmung unterwegs. Unten am Kai bei der Brücke feierten wieder Abiturienten mit ihren weißen Mützen.

Sie ging das ganze Viertel ab, doch sie fand ihn nicht. Normalerweise konnte man ihn in größeren Menschenmengen gut entdecken, denn er überragte die meisten. Außerdem ging er immer irgendwie in einem anderen Takt als die Leute um ihn herum, die alle irgendwohin unterwegs waren, und wirkte verloren zwischen ihnen. War er entführt worden? Könnte die verdammte Gang von Hugo und Lucas ihm etwas angetan haben? Nein, versuchte sie sich zu beruhigen, jetzt komm mal wieder runter. Nur ein Weinglas war kaputtgegangen. Und eigentlich hatte sie sich doch mit Jonas Beijer, ihrem Kollegen bei der Polizei Solna, auf ein Bier verabreden wollen. Sollte sie die Sache mit ihm besprechen?

Jonas ging sofort ran, als sie ihn anrief, und sagte gut gelaunt: »Hallo, meine Liebe! Lange nichts gehört. Ich habe dich vermisst.«

Bis vor Kurzem wäre sie darüber noch froh gewesen, und eigentlich wollte sie auch was Freundliches zu ihm sagen, aber dann brach es doch aus ihr heraus: »Ich hab Angst, dass Rekke was passiert sein könnte.«

Jonas reagierte verhalten. Wie alle anderen Kollegen fühlte er sich durch ihre Freundschaft mit Rekke bedroht.

»Er ist verschwunden, und auf dem Fußboden ist Blut«, fuhr sie fort.

»Du meinst, wir sollten eine Fahndung rausgeben?«, fragte Jonas.

»Weiß grad nicht«, erwiderte sie. Sie ging durch den kleinen Park bei der Nobelgatan und entdeckte ihn zusammengesunken auf einer Bank beim Wasser sitzend, das Gesicht in den Händen vergraben. Sie sagte zu Jonas: »Vielleicht ist doch alles in Ordnung, ich rufe dich zurück.«

»Warte«, hörte sie ihn noch sagen, ehe sie auflegte und schneller ging.

Rekke trug Jeans und seine alten Church's-Slipper, die Frau Hansson geputzt haben musste, dazu ein schwarzes Hemd, das lose über der Hose hing. Seine Haare waren zerzaust und das Gesicht blass, und in der Hand hatte er etwas, das aussah wie eine Perlenkette. Obwohl sie nun vor ihm stand, sah er nicht auf.

»Diese Schritte erkenne ich«, sagte er nur.

»Meine alte Hüftverletzung?«

»Nein, nein«, entgegnete er. »Die Kraft und der Rhythmus sind unverkennbar, punktierte Achtzehntel, mag ich.«

Sie lächelte vorsichtig, seine Stimme war rau und nervös, doch auch ein wenig verspielt, so klang er an guten Tagen, wenn ihm etwas Spaß machte.

»Neulich hatte ich doch irgendeinen anderen Takt.«

»Das Temperament spielt mit rein und die Sorge im Herzen. Du warst in der Küche, nicht wahr?«

»Warum sagst du das?«

»Ich fand ...« Er nahm die Hände vom Gesicht. Seine Wangen waren blutbefleckt, wahrscheinlich von seiner rechten Hand, die blutete. Sein Blick war unstet, aber klar.

»... es klingt, als würde eine Glasscherbe in deiner linken Sohle stecken«, sagte er.

Sie hob den linken Fuß und schaute nach, konnte aber kein Glas entdecken.

»Sieht nicht so aus«, sagte sie.

»Dann habe ich mir das eingebildet.«

»Aber ich war tatsächlich in der Wohnung. Was ist passiert?«

Er sah ergeben zu ihr auf und wischte sich mit einer linkischen Bewegung über die Wange. Draußen auf dem Wasser glitt ein weißer Schwan vorbei und wirkte geradezu grausam in seiner majestätischen Haltung, als wäre er ein Teil der Bedrohung, die ihnen dräute.

»Ich bin zu Boden gegangen, aber nur kurz«, sagte Rekke mit einem Lächeln.

Unerwartete Zärtlichkeit stieg in ihr auf. Sie wollte einen Arm um ihn legen. »Wie kam das denn?«, fragte sie.

»Und was ist dir passiert?«, konterte er, und jetzt schien er derjenige zu sein, der einen Arm um sie legen wollte.

»Nichts«, sagte sie.

»Nein, natürlich nichts, meine kriegerische Freundin.«

»Mach dich nicht über mich lustig. Erzähl mir lieber, was passiert ist. Was heißt, du bist zu Boden gegangen?«

Er hob die Halskette hoch. Sie glitzerte im Abendlicht und wirkte schockierend schön und verhängnisvoll.

»Obwohl sie viel zu teuer und zu extravagant war, hab ich diese Kette vor langer Zeit auf den Champs-Élysées in Paris gekauft«, erklärte er. »Ich hatte halt einen manischen Schub. Am selben Abend legte ich sie um den Hals einer jungen Frau mit schmalen Schultern und schwarzen Augen. Ich sehe alles noch genau vor mir. Schon damals wusste ich, dass diese Frau mir nichts als Schwierigkeiten bescheren würde, aber ich liebte sie längst, und vielleicht wollte ich zu der Zeit auch einfach Schwierigkeiten haben.«

»Vorhin habe ich zu meiner Mutter was in der Art über mich selbst gesagt.«

»Wirklich?«

»Aber das ist eine andere Geschichte. Erzähl weiter«, sagte Micaela.

»Die Frau hieß Ida Aminoff. Sie sang wie ein Engel und schrieb Lyrik, die mir schier das Herz aus der Brust riss. Aber sie war auch von Amphetaminen, Alkohol und Beruhigungstabletten abhängig und wollte die ganze Zeit mit mir auf Hausdächer und Brückengeländer klettern – und das hat mir furchtbare Angst gemacht. Na ja, vielleicht …«

»Fandest du es auch verlockend?«

»Ja, leider. In gewisser Weise war ich darauf vorbereitet, dass ihr etwas Schreckliches zustoßen würde, und natürlich hätte ich ihr mehr helfen sollen. Aber ehrlich gesagt … damals konnte ich das nicht. Ich bin in ihr Kraftfeld gezogen worden, das war der Anfang einer lebenslangen Abhängigkeit.« Wie zum Beweis zog er einen Blister mit Tabletten aus der Hosentasche. »Aber sie hat mich auch dazu gebracht, das Leben zu bejahen und mit allen Sinnen zu genießen.«

»Du warst verliebt.«

»Ich war regelrecht verrückt nach ihr, meinte, ohne Ida nicht mehr leben zu können, und brachte sie dazu, mich auf meiner Tournee in Europa zu begleiten. Zwischendurch reiste sie immer wieder auf eigene Faust irgendwohin. Um nicht ihren Verwandten zu begegnen, die zu meinem Konzert kommen würden, blieb sie in Stockholm, als ich in ihrer Heimatstadt Helsinki spielte. Ich vermisste sie, als fehlte mir ein Körperteil. In der Nacht konnte ich nicht schlafen, die ganze Zeit suchte meine Hand nach ihr, und ich wälzte mich im Bett herum. In Stockholm fand zur gleichen Zeit eine Hochzeit statt, ein gesellschaftliches Ereignis in einem Haus hier auf Djursgården. Viele, die ich kannte, waren dort. Ida hatte mich von der Party aus angerufen und gesagt, sie sei all die lahmen Reden und aufgeblasenen Idioten so leid, dass sie am liebsten einen Skandal vom Zaun brechen würde. Ich sagte ihr, dass ich sie liebte, und riet ihr, die Party einfach zu verlassen. ›Ich liebe dich auch‹, antwortete sie. ›So sehr, dass es mir Angst macht. Fast habe ich Lust, alles zu zerstören.‹«

»Was meinte sie damit?«

»Das ist wortwörtlich zu nehmen, glaube ich. Immer wieder machte sie alles, was sie erreicht oder bekommen hatte, dem Erdboden gleich. Die Halskette hatte ich überhaupt nur deswegen gekauft, weil sie einen Diamantschmuck, den sie von ihrer Großmutter bekommen hatte, in die Seine geworfen hatte. Sie wollte ständig zerstören und zerreißen – und zwar alles, was sie glücklich zu machen drohte. Das Gespräch hatte mich aufgewühlt. Als ich sie am Morgen nicht erreichte, telefonierte ich panisch herum. Schließlich ging ihr Vater ran und sagte mir, dass sie tot sei. Man hatte sie leblos in seiner Stadtwohnung auf der Torstenssonsgatan auf Östermalm gefunden. Ich zerbrach völlig und war drauf und dran, auch meinem eigenen Leben ein Ende zu setzen. Aber das ist, wie du so schön sagst, eine andere Geschichte.«

»Die Geschichte kenne ich.«

»Vieles wies darauf hin, dass sie eine Überdosis genommen hat, und das hat auch die polizeiliche Ermittlung ergeben. Aber ein paar verdächtige Details gab es schon, zum Beispiel eine kleine Verletzung im Nacken, wo der Verschluss der Kette gesessen hatte.«

»Sie hatte sie also nicht mehr um den Hals?«

»Nein, die Kette war weg, und eigentlich war klar, dass jemand sie gestohlen hatte. Aber die Polizisten, die armen Idioten – und der noch schlimmere Idiot, nämlich ich –, dachten, sie hätte sie einfach nur, um zu provozieren, weggeworfen oder für eine lächerliche Summe verkauft. Es gab eine Zeugenaussage, die diese Hypothese stützte. Angeblich hatte sie angekündigt, die Kette in die Bucht bei Djurgården zu werfen. Und auch wenn ich diesen Quatsch eigentlich hätte von mir weisen müssen, glaubte ich ihn. Es bestätigte sozusagen mein Selbstbild.«

»Wie das denn?«

»Es war alles so bodenlos, dass ich den Eindruck gewann, sie sei nicht nur gestorben, sondern habe mich auch auf irgendeine Weise verlassen.«

»Eure Liebe aufgekündigt.«

»So ungefähr. Aber jetzt …«

»Jetzt hast du die Halskette zurückbekommen.«

»Ja«, sagte er.

»Es ist also ziemlich unwahrscheinlich, dass Ida sie ins Meer geworfen hat.«

Er nickte und senkte traurig den Kopf. Als er den Blick wieder hob, strahlte er Entschlossenheit aus.

»Glaubst du, sie ist ermordet worden?«

»Ja, das glaube ich«, antwortete er, »und ich bin ziemlich sicher, dass derjenige, von dem ich die Halskette jetzt bekommen habe, damit zu tun hat.«

»Wer ist derjenige?«

»Gabor Morovia heißt er. Er besitzt das Unternehmen, das du erwähnt hast. Cartaphilus.«

Ihr ganzer Körper spannte sich an. »Im Ernst?«

»Leider. Ich hätte gleich was sagen sollen, als du am Telefon darüber gesprochen hast, aber ich …« Er verstummte und nestelte an der Perlenkette.

»Du hast nicht an das glauben wollen, was du herausgefunden hattest«, ergänzte sie. »Sogar deine Überlegung zu der Knieverletzung der Frau auf dem Foto hast du angezweifelt.«

»Ich hatte das Gefühl, dass Samuel Lidman uns in seiner Geschichte auf diese Verletzung hingewiesen hatte, und vermutete, dass ich, anstatt das Foto objektiv zu betrachten, von ihm gelenkt worden war.«

Micaela setzte sich neben ihn auf die Bank und kontrollierte noch einmal ihre linke Schuhsohle, und da saß wirklich eine kleine Glasscherbe, die sie herausriss und, auch wenn sie womöglich gar nicht aus Rekkes Küche stammte, wie einen besonders wichtigen Fund hochhielt.

»Kuck mal. Du hast öfter recht, als du denkst.«

»Manchmal bestimmt«, sagte er düster. Vielleicht hätte sie ihn noch über seine Halskette und Morovia reden lassen sollen, aber sie wollte unbedingt endlich von ihrer eigenen Spur erzählen.

»Ich glaube wirklich, dass die Frau auf dem Foto Claire Lidman ist.«

»Von den Toten auferstanden.«

»Dieses Buch, das sie da in der Hand hat und das aussieht wie ein Liebesroman, ist in Wirklichkeit das hier ...« Sie reichte ihm das Schachbuch.

Er starrte auf den Umschlag. »Lew Polugajewski«, murmelte er. »Den habe ich mal in Prag getroffen, aber ich habe mich nie so sehr für Schach interessiert, wie die Leute gerne glauben wollten. Das Leben jenseits des Bretts war dann doch spannender. Warum sollte dieses Buch die Frau zu Claire Lidman machen?«

»Sie war eine leidenschaftliche Schachspielerin, die oft schwarz spielte und sizilianisch.«

»Ah so«, erwiderte er. »Das ist interessant. Du hast nicht zufällig das Foto bei dir?«

»Nein«, sagte sie nach kurzem Zögern.

»Nicht?« Er sah enttäuscht aus, und sie verfluchte noch einmal Kaj Lindroos.

»Aber dieser Gabor Morovia hat Claire offensichtlich getroffen und ihr Angst gemacht«, sagte sie. »Möglicherweise hat er sie sogar vergewaltigt. Ich habe das Gefühl, dass er irgendetwas mit ihrem Verschwinden zu tun hat.«

Rekke musterte sie beunruhigt. »Oje«, sagte er nur.

Beide saßen sie eine Weile da und hingen ihren Gedanken nach. Dann stand Rekke plötzlich auf. Er schien ein wenig zu schwanken und war noch immer so blass wie zuvor, wirkte aber fokussiert. Er murmelte etwas wie: »*Claritas, Claritas*«, aber wahrscheinlich hatte sie sich verhört, denn wo sollte die Klarheit plötzlich herkommen. Doch irgendetwas beschäftigte ihn, und Micaela stand auch auf und schlug vor, nach Hause in die Grevgatan zu gehen. Er schien sie nicht zu hören, sondern stand nur still da, den Blick aufs Wasser gerichtet.

»Ich habe eine Idee«, sagte er dann. »Oder besser gesagt, zwei Ideen«, und da musste sie einfach lachen.

Wie hatte sie diese Kraft vermisst. Plötzlich flammte auch in ihr wieder ein Feuer auf, das schon verloschen gewesen war. Sie hakte Rekke unter, und während die Sonne über der Stadt unterging, gingen sie gemeinsam Richtung Grevgatan.

VIERUNDZWANZIG

Julia bog auf die Fredrikshovsgatan ein und schaffte es knapp, nicht von der überehrgeizigen und überhübschen Lydia gesehen zu werden, die gerade in Yale angenommen worden war.

Sie hatte wirklich keine Lust auf die Leute aus der alten Clique. Das ganze statusfixierte Getue und das Gelaber über all die fantastischen Urlaube und Partys, die sie im Sommer haben würden, ging ihr auf die Nerven. Sie liebte einen Mann, der über all dem stand, und *er* liebte sie. Er sagte es schließlich immer wieder, und sie sah es in seinem Blick und spürte es daran, wie er sie nahm. Bloß ... warum haute er andauernd ab?

Gerade eben zum Beispiel war er einfach wunderbar gewesen. Doch dann hatte er plötzlich eine Nachricht auf dem Handy und musste mal kurz weg, wie er sagte. Nur was regeln. Ohne sie noch ein einziges Mal anzusehen, zog er sich an und hinterließ eine Leere, die sich furchtbar anfühlte. Und schon hatten die alten destruktiven Gedanken sie wieder im Griff.

Aus ihr würde nichts werden, nie im Leben hatte sie eine Chance gegen all die Lydias da draußen. Sie war nicht ehrgeizig und begabt genug – und hatte er nicht auch ein wenig gezögert, als sie fragte, ob sie zu dick sei? Kurz entschlossen hatte sie sich angezogen und war rausgegangen, um ein paar Kalorien loszuwerden und die Kontrolle zurückzugewinnen, und das hatte auch geholfen.

Aber jetzt, als sie sich ihrer Wohnung am Karlaplan näherte, kehrten die Sorge und die unbehaglichen Empfindungen zurück. Irgendetwas war seltsam an ihm, aber sie konnte nicht genau sagen, was. Manchmal wurde er zu einer anderen Person, dann war er nicht mehr nett und verständnisvoll, sondern sah sie an, als wäre sie eine Sache und kein Mensch. War er jemand, der andere verletzte? Nur widerwillig ging sie ins Haus und nahm den Fahrstuhl nach oben. Das bilde ich mir doch alles ein, dachte sie, konnte das Gefühl aber nicht abschütteln und sah seinen Rücken vor sich und die Spuren von Fingernägeln, die nur vielleicht ihre gewesen waren. Schaudernd schloss sie die Augen und machte sie erst wieder auf, als sie auf ihrem Stockwerk angekommen war. Als sie aus dem Fahrstuhl stieg, bewegte sich ein Schatten auf sie zu, und dieser Schatten hielt etwas in der Hand: eine Waffe, dachte sie, oder einen Knüppel.

Als Rekke sich mit einem um die Hand gewickelten Geschirrhandtuch im Wohnzimmer aufs Sofa setzte, musste Micaela an ihre erste Begegnung denken. Auch das war ein Sommertag gewesen. Zusammen mit der Ermittlergruppe, einer typischen Männergang, und einem Verdächtigen war sie zu dem großen Haus auf Djursholm hinausgefahren, in dem Rekke damals wohnte. Er sollte ihnen helfen, einen Mordverdächtigen im Verhör zu knacken.

Doch dann lief nichts so, wie sie es sich vorgestellt hatten: Sie kriegten kein Geständnis, sondern scheiterten krachend und mussten den Verdächtigen später laufen lassen. Eine fette Demütigung war das gewesen.

Obwohl er ihnen mit seinem Benehmen keinen Anlass dazu gegeben hatte, waren auf der Rückfahrt im Auto die unterdrückte Wut und der Neid auf Rekkes Status fast mit Händen zu greifen gewesen. Natürlich war ihr das auch ein Stück weit so gegangen. Es war, als würde Rekke einem auf ganzer Linie reindrücken, dass man es nicht draufhatte. Aber irgendwie hatte er verborgene Kräfte in ihr geweckt und ihr den Weg gewiesen.

An jenem Tag auf Djursholm hatte sie zum ersten Mal gespürt, dass sie diese Klarheit wollte, über die er zu verfügen schien, und wenn ihre Kollegen in den darauffolgenden Monaten unlogisch oder verquast argumentierten, dann überlegte sie oft, was Rekke an der Stelle wohl gesagt hätte. Auf diese Weise war er ständig präsent gewesen und gleichzeitig unerreichbar wie jemand vom Königshaus.

Und dann – wie sollte sie das beschreiben – fiel ihr der Himmel auf den Kopf. Sie stand auf dem Bahnsteig, als er gerade dabei war, sich vor den Zug zu werfen. Jemand anders hätte vielleicht Mitleid empfunden, aber sie war nur wütend, weil er, der schließlich alles hatte, sein Leben einfach wegwerfen wollte. Also zerrte sie ihn zurück und beschimpfte ihn.

Sie beschimpfte den Mann, der für sie eine Lichtgestalt gewesen war, und seither ging es bei ihr ständig zwischen Enttäuschung und Bewunderung auf und ab. Draußen auf dem Strandvägen rauschte der Freitagsverkehr, und neben ihr saß er zusammengesunken auf dem Sofa und wippte nervös mit dem linken Bein. Er sah fertig und verpeilt aus, aber seine Augen leuchteten.

»Darf ich dich zu etwas einladen?«, fragte er. »Als Entschädigung für meine Hoffnungslosigkeit oder um zu feiern, dass wir wieder gemeinsam hier sitzen und über einen Cold Case reden.«

Sie lächelte. »Okay, warum nicht?«

»Dann genehmigen wir uns den Weißwein, der in der Küche steht.« Er wedelte mit seiner umwickelten Hand. »Und danach sorgen wir dafür, dass wir was in den Magen bekommen.«

»Klingt gut.« Sie sah ihm hinterher, wie er in Richtung Küche ging und mit der Flasche zurückkam, die auf dem Küchentisch im Kühler gestanden hatte.

»Ist nicht mehr richtig kalt. Ich hoffe, es geht trotzdem.«

Sie zuckte nur mit den Schultern, so was war ihr total egal.

»Ich musste vorhin an meinen alten Freund Herman Camphausen denken. Herman und ich kennen uns seit Kindertagen«, erklärte Rekke. »Er spielte klassische Gitarre, war aber auch ein Bücherwurm, sammelte Bücher, hauptsächlich historische. Ebenso wie ich war Herman beeindruckt von Gabor Morovia, der so schnell im Bildungssystem aufgestiegen war wie niemand sonst.«

»Ihr kanntet Morovia also schon damals«, sagte Micaela.

»Ja, leider«, seufzte Rekke. »Für den armen Herman hatte das zur Folge, dass seine Erstauflage von Edward Gibbons *Verfall und Untergang des Römischen Reiches* – 18. Jahrhundert, du weißt schon, vier Bände in Leder, sauteuer, ihm so lieb wie ein Freund – eines Tages verschwand und dann verbrannt und mit verkohlten Seiten vor dem Haus seiner Familie wiederauftauchte. Das einte uns. Wir hatten einen gemeinsamen Feind.«

»Dann lagst du da schon im Clinch mit Morovia?«

»Schon viel länger. Seit er meinen Kater Ahasverus getötet hat … Wie auch immer, Herman und ich haben uns aus den Augen verloren, und erst lange später begegneten wir uns auf einem Empfang in der französischen Botschaft in Wien wieder. Und da antwortete Herman so ausweichend auf meine Fragen nach seinem Leben, dass klar war, dass er für den Geheimdienst arbeiten musste. Natürlich begriff er irgendwann, dass ich ihn durchschaute, und nahm es hin. Das ist sicher zehn Jahre her oder noch länger, Russland war damals unser neuer bester Freund, und plötzlich rekelten wir uns alle in der Umarmung der liberalen Demokratien. Also fragte ich neugierig, ob er und all die Spione denn jetzt, da der Kalte Krieg vorbei war, arbeitslos wären und Thriller schrieben oder sich als Berater anheuern ließen? Er antwortete – und daran erinnere ich mich sehr gut –, dass Russland sich zwar durchaus dem Westen angenähert habe, dass aber auch jede Menge Strukturen aus der kommunistischen Zeit noch intakt seien. Den KGB gebe es immer noch, auch wenn man ein paar Buchstaben im Namen ausgewechselt habe, und rein gar nichts deute darauf hin, dass diese Organisation freundlicher oder menschlicher geworden sei. Vielmehr gehe man dort gerade eine innige Verbindung mit dem Organisierten Verbrechen ein – und in dem Zusammenhang nannte er Gabor Morovia.«

»Was genau hat er gesagt?«, fragte sie.

»Er meinte, Gabor stehe dem russischen Nachrichtendienst nahe, vor allem dem Büro in Sankt Petersburg, und er helfe dabei, das Land auszuplündern und das gestohlene Vermögen in der Schweiz und in London zu deponieren. Als ich ihn aufforderte, Morovia festzunehmen, wand Herman sich ziemlich, ich glaube, das war ihm alles sehr peinlich.«

»Wieso denn?«

»An Morovia sei schwer ranzukommen, meinte er. Es sei unmöglich, jemanden dazu zu bringen, gegen ihn auszusagen. Diejenigen, die sich gegen ihn richteten, verschwanden oder wurden ermordet. Herman hatte mit Zeugenschutzprogrammen gearbeitet, doch nicht einmal das hat funktioniert. Wer einer Geheimpolizei nahesteht, findet eben auch Lücken in den Schutzprogrammen. Er sagt, er habe trotzdem alles getan, um die Sicherheit seiner Zeugen zu gewährleisten, und kreativ gedacht.«

»Okay ...«, sagte Micaela nachdenklich.

»Und daran habe ich mich erinnert, als wir vorhin da auf der Bank saßen. Es war plötzlich, als wollte er mir was zuflüstern.«

Sie sah ihn aus zusammengekniffenen Augen an. »Und was genau hat er dir zugeflüstert?«

Er schenkte ihnen beiden noch etwas Wein ein. »Dass es eine ganz einfache Erklärung für die seltsame Vermutung geben könnte, dass Claire Lidman aus dem Grab aufersteht und mit einem Schachbuch in der Hand in ein Urlaubsfoto marschiert.«

»Und diese Erklärung lautet wie?«

»Vielleicht wusste Claire Lidman etwas über Morovia. Möglicherweise war sie ernsthaft bedroht, und man hat ihr eine neue geschützte Identität angeboten.«

»Du meinst, die haben nur so getan, als wäre sie tot?«

»Ja, ich kann mir vorstellen, dass die Polizei – vielleicht auch mithilfe des Nachrichtendienstes – die Chance genutzt hat, dass es da in San Sebastian ein paar bis zur Unkenntlichkeit verbrannte Leichen gab. So hat man ihr den besten Schutz gegeben, der zu kriegen ist. Ich kenne ein paar ähnliche Fälle aus den USA und Italien. Aber natürlich ...«

Er nahm einen Schluck vom Wein, und seine Miene wurde

wehmütig. »Natürlich ist das keine ideale Lösung, vor allem nicht für Samuel«.

»Wieso nicht, klingt doch erst mal gut?«

»Normalerweise wird ein solcher Schutz beiden Eheleuten gewährt. Man trennt sie nicht voneinander, soweit nicht besondere Umstände vorliegen oder es der deutliche Wunsch eines der beiden ist.«

»Ach so, du meinst, Claire wollte Samuel in ihrem neuen Leben nicht dabeihaben?«

»Ich würde wirklich gerne noch mal dieses Foto ansehen«, antwortete er bloß und nahm noch einen Schluck.

Micaela fluchte ein weiteres Mal wegen Lindroos und fragte sich, was der in dem Foto gesehen hatte.

Kaj Lindroos hatte überhaupt nichts gesehen, zumindest redete er sich das ein. Eigentlich war er nur von der Rolle gewesen und hatte sich über die struppige Latinobraut geärgert, aber jetzt fing er an, überall Gespenster zu sehen. Auf dem Nachhauseweg hatte er schon gemeint, von einem Mann verfolgt zu werden, den er vor einigen Jahren wegen Betrugs festgenommen hatte, der dann aber aus Mangel an Beweisen schnell wieder auf freien Fuß gekommen war. Die ganze Stadt war plötzlich voller Schatten und Gestalten. Ohne den Berg Post zu Hause auf der Fußmatte auch nur eines Blickes zu würdigen, marschierte er geradewegs zum Kühlschrank und nahm sich erst mal ein Bier, merkte aber schnell, dass er Sprit brauchte, und setzte deshalb in einer Art russischer Kriegsstrategie auf Wodka, reinen Wodka, ohne erst den Umweg über Tonic oder auch nur ein Glas zu nehmen. Er schnappte sich einfach die Flasche und hockte sich in sein Arbeitszimmer, in dem dringenden Gefühl, jemanden anrufen zu müssen – am liebsten eine

Frau, am allerliebsten eine ehemalige Geliebte, die nicht rumzicken, sondern ihm helfen würde, all diesen Mist zu vergessen. Doch dann begann er doch, aus Sorge oder Neugier in seinen Schreibtischschubladen zu wühlen. Unter ein paar Versicherungspapieren fand er zwei Fotografien von Claire, die er natürlich schon längst hätte Samuel zurückgeben sollen. Doch es waren so viele Bilder im Umlauf gewesen, dass er sie unbemerkt hatte behalten können. Das hatte er nicht nur aus beruflichen Erwägungen heraus getan. Die Fotos hatten ihn ein wenig angeturnt, vor allem das, wo sie in einem schwarz-weiß gepunkteten Baumwollkleid, das über die Knie hochgezogen war, auf einer weißen Gartenbank saß. Manchmal, wenn er etwas Entspannung brauchte, nahm er das Bild mit ins Bett und machte die Hose auf. Er war ja schließlich auch nur ein Mann, und deshalb kannte er ihr Gesicht und ihren Körper in- und auswendig, und im Übrigen fand er, dass Samuel sie nicht verdient hatte.

Aber sollte er die Fotos wirklich vergleichen? Das war doch alles Blödsinn, konnte gar nicht anders sein. Also holte er das Urlaubsfoto vom Markusplatz heraus, das er aus dem Büro mitgenommen hatte, legte es neben das Bild von Claire in dem schwarz-weiß gepunkteten Kleid auf den Schreibtisch und nahm einen anständigen Schluck Wodka dazu. »Woll'n wir doch mal sehen«, murmelte er.

Zuerst war da Erleichterung. Das Urlaubsfoto war schlechter, als er es in Erinnerung hatte. Es war total unscharf, und eigentlich sprach nichts dafür, dass dies Claire sein könnte ... abgesehen von diesem unguten Gefühl, das ihn wieder überkam. Also trank er noch einen Schluck und schaute dann wieder hin – in der Hoffnung, jetzt sagen zu können, dass es sich um eine völlig andere Person handelte. Doch im Gegenteil schien die Frau auf dem Foto Claire nur immer ähnlicher zu werden, und er fühlte sich zutiefst schuldig, weil er die Ermittlung nicht so betrieben hatte, wie es richtig gewesen wäre.

Aus einem Reflex heraus zerriss er das Foto, nicht nur einmal in der Mitte durch, sondern in zehn oder zwanzig Fitzel. Die Schuldgefühle gingen davon leider nicht weg. Und wieder musste er an Commissario Antonio Rivera und an Claires Mutter und Schwester im Leichenschauhaus in San Sebastian denken. Wie eilig alles gewesen war, und dann der erstickende, süßliche Gestank der Leiche, der ihn fertigmachte und ihn – ganz entgegen seinen polizeilichen Instinkten – aus dem Leichenschauhaus trieb. Er hätte genauer hinschauen sollen. Er hätte alles Mögliche tun sollen, und nun fingerte er nervös am Handy herum und fragte sich, ob er nicht einfach mal checken sollte, wen man mit so was beauftragte. Es musste doch Experten dafür geben, oder? Aber er konnte ja wohl kaum ein zerrissenes Foto einreichen. Commissario Rivera anzurufen, hatte er wirklich keine Lust, und Claires Mutter war ja tot.

Aber die Schwester Linda mit ihrer Körbchengröße G, oder was es nun war, wohnte ja inzwischen in Stockholm. Zu der sollte er Kontakt aufnehmen, aber erst noch ein bisschen trinken und sich wegträumen. Am geilsten wäre es, selbst einen kleinen Abstecher nach Venedig zu machen und nach Claire zu suchen. Vielleicht würde sie ja in der Lobby sitzen, wenn er eines Abends runterkam und an der Bar einen Dry Martini bestellte. Vielleicht könnten sie dann … Er schnaubte und verspritzte dabei etwas Speichel und Wodka auf dem Schreibtisch. Er musste aufhören, James Bond zu spielen. »Prost!«, sagte er zu sich selbst, nahm noch einen Schluck und wählte dann ganz spontan die Nummer der

Schwester. Er war zwar nicht ganz nüchtern, aber schließlich Profi darin, so etwas zu verbergen.

»Entschuldigen Sie, dass ich an einem Freitagabend störe. Hier ist Kommissar Lindroos«, sagte er und verpasste sich damit quasi selbst eine nette Beförderung.

»Hallo«, erwiderte die Schwester. »Lang ist's her. Ist was passiert?«

»Nein, nein«, nuschelte er. »Oder ja, eigentlich schon. Wir haben da ein ziemlich neues Foto reingekriegt, und es scheint so, als sei Claire, aber kann ja gar nicht sein, also da im Hintergrund drauf. Darum wollte ich wissen …«

»Machen Sie Witze?«, unterbrach sie ihn.

»Nein, gar nicht«, sagte er. »Aber ich denke oft an die Identifizierung da in San Sebastian und frage mich manchmal … na ja, ob Sie mir nicht irgendetwas verschwiegen haben.«

»Mein Gott, haben Sie getrunken?«

»Nicht wirklich«, erwiderte er.

»Und was ist das für ein Bild, von dem Sie da reden?«

»Ein normales Urlaubsfoto«, sagte er und versuchte ein wenig linkisch, die Fetzen des Fotos zusammenzupuzzeln.

»Und was um Himmels willen hätten wir Ihnen verschwiegen sollen? Sie ist tot. Wir haben sie beide gesehen, Sie und ich, und ich kann nicht fassen, dass Sie an einem Freitagabend hier anrufen und alte Wunden wieder aufreißen«, sagte sie und klang empört, aber irgendwie nicht nur das. Sie war nicht nur wütend auf einen besoffenen Bullen, sondern auch verängstigt und erschrocken, das spürte er, und vielleicht war ihre Angst die eigentliche Antwort auf seine Frage.

Sie hatten ihn reingelegt, auch wenn er nicht wusste, was er mit dieser Information anfangen sollte, außer jetzt mal die Wodkaflasche zu leeren und dafür zu sorgen, dass er keine weiteren idiotischen Telefongespräche tätigte. Vielleicht sollte er auch ein paar Worte zu der Schwester sagen, um die Wogen zu glätten. Nur für den Fall, dass sie womöglich Lars Hellner oder einen seiner Vorgesetzten anrief.

»Tut mir leid, wenn das jetzt ein bisschen plump rübergekommen ist. Ich hab Sie immer gemocht, Linda. Haben Sie nicht Lust, bei einem Drink darüber zu reden? Freitagabend und so …«

Er hörte das Klicken im Telefon und trat an den Schreibtisch. Die Wodkaflasche rutschte ihm aus der Hand.

FÜNFUNDZWANZIG

War Claire bei diesem Abendtermin mit dem ungarischen Investmentunternehmen vergewaltigt worden?

Der Gedanke machte Samuel wütend. Niemand hatte Claire so gekannt wie er. So etwas wäre ihm niemals entgangen. Es stimmte, sie war in jener Nacht in schlechter Verfassung nach Hause gekommen, aber sie hatte ihm doch den Fahrradunfall beschrieben, laut Polizei gab es auch Zeugen dafür. Sie war mit dem Rad gestürzt, nichts anderes – davon war er überzeugt, oder zumindest fast. Denn langsam wurde ihm klar, dass er offensichtlich doch nicht so wahnsinnig gut über Claire Bescheid gewusst hatte.

Sie hatte ihn verlassen, und er wusste nicht, warum. Schon deshalb war klar, dass es massenhaft Dinge gegeben hatte, die ihm einfach nicht aufgefallen waren. Sogar dass Claire mit dem Besitzer dieses Unternehmens was gehabt hatte oder dass sie zumindest irgendwie verbunden waren, hatte er in der Zwischenzeit schon in Erwägung gezogen. Sie war aufgeregt gewesen vor dem Treffen, aber warum, hatte sie nicht erklären wollen.

Er musste sich eingestehen, dass sie bezüglich der ganzen Sache beunruhigend schweigsam und verschlossen gewesen war, und auch von Lindroos hatte er hinterher nicht viel mehr erfahren. Der sagte nur, dass der Besitzer des Unternehmens überprüft, vernommen und dann aus der

Ermittlung herausgenommen worden sei, ganz offensichtlich hatte er nicht so gründlich ermittelt, wie es sich gehört hätte.

Allerdings hatte er eine Frau sprechen können, die für das Unternehmen arbeitete, Kovács oder so ähnlich. Und die war so freundlich und zuvorkommend gewesen, dass ihn das idiotischerweise beruhigt hatte, vor allem, als die Frau sich später noch einmal meldete und sagte, sie habe ihn auf der Beerdigung vermisst. »Sie waren also dort?«, hatte er gefragt. »Selbstverständlich war ich dort, Claire hat uns schließlich auf die wunderbarste Weise unterstützt«, hatte die Frau geflötet und noch eine ganze Reihe freundlicher Worte hinzugefügt. Wie war er eigentlich an ihre Telefonnummer gekommen? Er konnte sich nicht erinnern, vielleicht über Rebecka Wahlin, Claires alte Kollegin? Die könnte er doch mal anrufen. Er konnte nicht einfach nur hier rumsitzen, er musste irgendetwas tun. Deshalb stand er auf, holte sein Telefon und rief an.

Der Schatten bewegte sich auf Julia zu und sie wich erschrocken ein paar Schritte zurück. Jetzt sah sie seine Umrisse, dann sein Gesicht, er hielt wirklich etwas in der Hand. Blumen.

»Süße, entschuldige, dass ich einfach so abgehauen bin. Ich werde dich nie wieder verlassen«, sagte er.

Sie konnte es kaum fassen, schmiegte sich an seine Brust. *Blumen.* Er war so unglaublich fürsorglich. Er hatte gespürt, dass sie nervös war, und war in ein Blumengeschäft gelaufen. Julia kannte niemanden, der so etwas tun würde. Sie betrachtete die Blumen und dann ihn, und wieder fühlte sie: Wenn er da war, konnte die ganze übrige Welt ihr gestohlen bleiben.

»Die sind superschön«, sagte sie.

»Du solltest jeden Tag Blumen bekommen«, erwiderte er.

Sie küsste ihn, dann schloss sie die Tür auf, holte die blaue Vase aus der Küche und stellte die Blumen hinein. Er presste sich an sie. Der Geruch von Rasierwasser und etwas Schärferem stieg ihr in die Nase. Mann, dachte sie. Er riecht nach Mann. Sie drehte sich um und umschlang ihn, legte die Hände auf seinen Rücken und war selbst überrascht, als sie sich sagen hörte: »Nimm mich hart.«

Sie bereute es sofort, nicht, weil sie es nicht meinte, ihr war nur peinlich, sich so entblößt zu haben.

Er sah sie fragend an. »Ernsthaft?«

Sie nickte tapfer, und da entdeckte sie etwas Neues in seinem Blick. Er packte ihre Handgelenke so fest, dass die Hände weiß wurden. Kurz darauf lag er auf ihr, und auch wenn Panik ihr die Luft abschnürte, schauderte es sie doch vor Erregung, oder zumindest redete sie sich das ein, und sie schrie ebenso sehr vor Schmerz wie vor Lust. Hinterher wollte sie sich all die idiotischen Gedanken, die sie aus Gehorsam von ihrem Vater übernommen hatte, von der Seele reden. All diese Dummheiten, die nur daher kamen, dass sie ihrem Vater was bedeuten wollte.

»Papa findet, du tust mir nicht gut.«

Für einen Moment sah er nervös aus. Dann sagte er: »Denken Väter das nicht immer? Niemand ist gut genug für die eigene Tochter.«

Sie befühlte ihr schmerzendes Handgelenk. »Ja, aber es ist nicht nur das. Er sieht immer jedes kleine Detail und zieht dann irgendwelche großartigen Schlüsse.«

»Typ Detektiv?«, fragte er und grinste jetzt breit.

»Ja, total. Die Leute glauben, er ist abgefahren schlau, weil er das die ganze Zeit macht. Aber mal ehrlich, eigentlich begreift er gar nichts. Manchmal sagt er die absurdesten Sachen«, erklärte sie, und er hörte ihr sehr aufmerksam zu, und das brauchte sie, das gab ihr Selbstvertrauen.

Sie erzählte von den Depressionen und der Tablettenabhängigkeit ihres Vaters. Er strich ihr übers Haar und den Hals und sagte, dass sein Vater genauso gewesen sei. Der habe nur über Büchern gehangen und sei voll der Schwächling und zu nichts zu gebrauchen gewesen, also habe er eben selbst an sich gearbeitet, sei voll der Selfmade-Mann. Und sie war berührt von seinen Worten.

Sie redete viel an dem Abend, formulierte quasi eine neue Lebensgeschichte für sich selbst – eine Geschichte, in der sie sich von ihrem Vater, der nicht mehr der Held war, befreite, um schließlich bei ihm zu landen, ihm, Lucas, der sie vor allem Bösen beschützen würde.

Alicia Kovács schlug die Autotür zu und ging auf ihr Haus zu. Das hier war ein weiterer Tag der Trauer, und sicherlich war sie deshalb so von Rekkes Musik ergriffen gewesen, der mit seinem Spiel die Engel zum Weinen bringen konnte und eine verloren geglaubte Welt für sie wieder zum Leben erweckt hatte. Aber sie sollte sich nicht verführen lassen. Sie durfte nicht weich werden.

Es hatte zu regnen angefangen, und vom Meer her frischte der Wind auf. Sie schaltete das Sicherheitssystem aus und betrat ihre Villa. Manchmal war sie immer noch über den Luxus erstaunt, in dem sie lebte. Schon ein einziges der Bilder an der Wand kostete mehr, als ihre Mutter in ihrem ganzen Leben verdient hatte. Keines der klassischen Möbelstücke konnte in einem gewöhnlichen Laden erstanden werden. Doch manchmal gestand sie sich ein, dass sie für den Luxus mit ihrer Seele bezahlt hatte.

Sie zog den Blazer und die hochhackigen Schuhe aus und ging in die Küche, wo sie eine Flasche aus dem Weinkühler holte. Dann setzte sie sich mit Blick auf den Garten und den Pool aufs Sofa und trank.

Vor ihrem inneren Auge sah sie den Professor: seinen durchdringenden Blick aus den blauen Augen und die langen, feingliedrigen Hände. Rekke war Gabor ähnlich und gleichzeitig sein Gegenstück. In gewisser Weise war er genau so, wie Alicia gehofft hatte, dass Gabor werden würde: ein denkender, fühlender Intellektueller, der auch trauern konnte und nicht nur immer zurückschlug oder für erlittene Enttäuschungen Rache nahm.

Alicia wusste, dass Gabor als kleiner Junge von seiner Mutter verlassen worden war und aller Privilegien verlustig ging, von denen er dachte, sie ständen ihm selbstverständlich zu. Sie wusste auch, dass Gabor der Ansicht war, Familie Rekke trüge die Schuld an seinem Unglück und dass jedes Verbrechen gerechtfertigt wäre, um dieses Unrecht zu rächen. Für Gabor war es existenziell wesentlich, immer die klügste Person im Raum zu sein, und sie wusste, dass der einzige Mensch, der das ernsthaft bedrohte, Hans Rekke war. Gabor hasste und bewunderte ihn gleichzeitig dafür.

Dass sie nicht genau wusste, was Gabor eigentlich von Rekke wollte, beunruhigte sie. Sie hielt es für ein gutes Zeichen, dass er so lange gezögert hatte, die Halskette zu übergeben. Offensichtlich war er also nicht immer schonungslos. Er spielte auch gern mit seinen Feinden und würde Rekke vielleicht später einmal vernichten, brauchte aber die Herausforderung, ihn zunächst immer wieder intellektuell besiegen zu können.

Gabor war in den frühen Achtzigerjahren in Alicias Leben getreten und hatte sie mit seinem Charme und seinem Scharfsinn verzaubert. Sie waren damals drei junge Frauen gewesen, strebsam und loyal. Doch ohne dass sie es bemerkten, wurden die Grenzen verschoben, und am Ende erwachten sie in einer Wirklichkeit, die ihnen eigentlich hätte zutiefst widerstreben sollen. Doch sie gewöhnten sich daran – zumindest ihr selbst ging es so. Sie lernte sogar das Spiel zu lieben. Aber … hatte sie eine Wahl? Sie war diejenige von ihnen, die schwanger wurde, sie war die Siegerin, oder …

Das Telefon klingelte.

Sie kümmerte sich nicht darum, massierte ihre Füße und trank noch ein Glas. Draußen, weit entfernt, fuhr ein Zug vorbei, und sie wollte aufstehen und Musik anmachen, vielleicht Liszt, vielleicht einen der *Liebesträume*, die hatte sie immer gemocht. Das Telefon klingelte wieder, und da nahm sie es. Es könnte ja Gabor sein … aber nein, von allen alten Gespenstern, die herumgeisterten, war es ausgerechnet Samuel Lidman, und das war ja wohl kaum ein Zufall, oder? Rekkes Nachforschungen erweckten so allerhand Totgeglaubte wieder zum Leben.

»Guten Abend«, sagte sie. »Ich habe lange nichts von Ihnen gehört, Samuel. Wie geht es Ihnen?«

»Ich habe Ihre Telefonnummer von Rebecka Wahlin bekommen«, sagte er aufgeregt.

»Dann grüßen Sie sie doch bitte herzlich.«

»Das werde ich«, sagte er. »Ich habe erfahren, dass Sie Claire offensichtlich lange gekannt haben.«

Sie musste vorsichtig sein. »Das stimmt«, antwortete sie. »Die Welt ist ein Dorf. Wir waren im selben Jahrgang auf der London School of Economics.«

»Waren Sie befreundet?«

»Das könnte man wohl sagen«, erwiderte sie. »Aber es war nicht leicht, Claire hinaus ins gesellschaftliche Leben zu kriegen. Sie war sehr ehrgeizig, arbeitete immer mehr als alle anderen.«

»Aber irgendwas haben Sie doch bestimmt zusammen unternommen, oder?«

»Ein paarmal sind wir zusammen joggen gewesen, und einmal war ich tatsächlich mit ihr beim Arzt. Sie hatte plötzlich schreckliche Knieschmerzen, aber Sie wissen ja, welche Probleme sie da hatte.«

»Schach haben Sie nicht gespielt?«

Er schien etwas herausfinden zu wollen, aber sie konnte nicht orten, was es war, und gab sich erst mal belustigt.

»Nein, das hätte ich nie gewagt. Sie war eine Meisterin.« Aber gegen Gabor hatte sie keine Chance. »Warum fragen Sie?«, fügte sie hinzu.

»Weil …«

Und dann sagte Samuel etwas völlig Unbegreifliches.

»Wie bitte?«, fragte sie nach.

»In dem Sarg, der bei der Beerdigung in die Erde gesenkt worden ist, muss eine andere Leiche liegen als die von Claire.«

»Was reden Sie da?«

»Claire lebt, ich habe Beweise dafür«, sagte er.

Ihr wurde eiskalt. »Ich verstehe nicht.«

»Aber es stimmt«, sagte er. »Und sie spielt immer noch Schach, und zwar sizilianisch.«

»Sizilianisch«, stammelte Alicia, und eine unangenehme Erinnerung stieg in ihr auf.

Während Samuel von einem seltsamen Urlaubsfoto erzählte, das plötzlich aufgetaucht war, versuchte sie fieberhaft, ihre Gedanken zu sortieren. Sie musste an Gabor denken und wie er damals wieder und wieder gesagt hatte: *Die Art und Weise, wie sie gestorben ist, und auch der Zeitpunkt des Unglücks gefallen mir nicht.*

»Und Sie glauben wirklich, dass die Frau auf dem Bild Claire ist?«, fragte sie.

»Ich bin ganz sicher«, erwiderte er.

Das muss Einbildung sein, dachte sie. Alle wussten, dass Samuel Lidman vor Trauer verrückt geworden war. Trotzdem gefiel ihr das alles überhaupt nicht. Offensichtlich war Gabor nicht der Einzige, der Zweifel bezüglich Claires Tod hatte. Sie hatte selbst auch schon spekuliert, dass die Polizei Claire benutzt haben könnte, um an Cartaphilus ranzukommen, und am Ende ihren Tod fingiert hatte. Doch dann waren die Jahre vergangen, nichts war passiert, und so verblassten auch ihre bösen Ahnungen. Falls Gabor mehr darüber wusste, hatte er das vor ihr ebenso geheim gehalten wie die Frauen, mit denen er sie betrog.

»Darf ich das Bild denn mal sehen?«, fragte sie.

»Natürlich«, antwortete Samuel Lidman und wirkte jetzt wieder unsicher.

»Kommen Sie doch morgen um neun Uhr in unser Büro am Strandvägen.«

»Okay, das passt gut«, antwortete er und verabschiedete sich.

Sie trank ein weiteres Glas Wein und dachte: Der arme Kerl, wenn er recht hat, kann er einem wirklich leidtun.

SECHSUNDZWANZIG

Während sie ein spätes Abendessen zu sich nahmen, das Frau Hansson im Kühlschrank deponiert hatte – in Butter gesottener Dorsch, Kartoffeln und Ratatouille –, erzählte Micaela ihm von ihrem Besuch bei Lindroos. Hans saß die meiste Zeit schweigend da und hörte zu. Am Ende stand er auf und wanderte rastlos in der Küche auf und ab.

»Wenn ich recht habe …«, sagte er.

»Du meinst, wenn Claire Lidman wirklich eine neue Identität bekommen hat?«

»Ja. Glaubst du, Lindroos wäre darüber informiert?«

»Wohl kaum«, erwiderte sie.

Er sah sie an. »Warum bist du dir so sicher?«

»Weil er total gereizt war. Er fühlt sich gedemütigt. Wenn der Typ in ein großes Geheimnis eingeweiht wäre, würde man das merken.«

»Das scheint mir eine kluge Schlussfolgerung zu sein«, sagte Hans. »Ist aber trotzdem ein wenig seltsam, dass er das Foto behalten hat.«

»Es ihm dazulassen, war bescheuert.«

»Hat er Claire vielleicht wiedererkannt und Angst gekriegt?«

»Hauptsächlich ist er total eitel und supernervös, dass er in ein schlechtes Licht geraten könnte, glaube ich.«

»Vermutlich ist er auch ein wenig besorgt, dass seine Ermittlungen kritisiert werden.«

Sie nickte, und ihr fiel auf, dass sie plötzlich über Claire Lidman redeten, als wäre sie wirklich am Leben.

»Glaubst du echt, dass sie noch lebt?«, fragte sie.

Hans hielt in seiner Wanderung durch die Küche inne und sah sie an.

»Ich glaube daran wie an eine Hypothese, die es wert ist, untersucht zu werden. Aber du hast natürlich recht, dass ich meine eigenen Gründe habe, mich hier zu engagieren.«

»Du hast deine Perlenkette.«

»Ja, die habe ich«, erwiderte er. »Allerdings frage ich mich …« Er musterte sie forschend. »Was ist deine Rolle in dem Ganzen?«

»Meine?«

»Man kann Morovia nicht einfach so zu einem Spielchen herausfordern. Der Mann ist richtig gefährlich.«

»Ich komme schon klar«, entgegnete sie.

»Besser als die meisten, das weiß ich. Aber unter Umständen genügt das nicht, und ich würde dich gerne draußen halten.«

Micaela überlegte, ob sie ihm von Lucas und Hugo erzählen sollte und dass sie bereits in alles Mögliche verwickelt war. Aber warum sollte sie ihn damit belasten. Das war eine andere Geschichte. Ihr Leben …

»Ich habe Julia getroffen«, sagte sie. »Sie hat jemanden kennengelernt.«

»Hat sie noch was über ihn gesagt?«

»Mein Gefühl war, dass es ein etwas härterer Typ ist, mehr aus meiner Umgebung als aus eurer.«

»Das muss ja kein Fehler sein«, entgegnete er.

»Ne, klar«, antwortete sie und war trotzdem ein bisschen gekränkt. Sie fühlte sich inzwischen in beiden Welten verloren, in Husby wie auch auf Östermalm. »Aber es macht die Sache auch nicht leichter«, fügte sie hinzu.

»Sie hat abgenommen«, sagte er. »Das macht mir Sorgen.«

»So was ist nicht so schlimm«, sagte sie, um ihn zu beruhigen. Er schaute aus dem Fenster, und sie wartete ab, ob er noch etwas sagen würde. Als nichts kam, fragte sie: »Wie geht es nun mit Claire Lidman weiter?«

Hans setzte sich wieder an den Küchentisch. »Ich schlage vor, wir lassen sie in Ruhe. Solltest du nicht eigentlich Urlaub haben, Micaela? Verreise, denk an was anderes.«

Sie schüttelte den Kopf. »Ich bleib hier.«

»Trotzdem sollten wir sie in Ruhe lassen.«

»Warum denn das?«

»Eine Frau, die nicht gefunden werden will, sollte man nicht unnötig in Schwierigkeiten bringen.«

»Stimmt.«

»Und selbst wenn wir eine Suche starten, wird das nicht leicht. Ausgerechnet Venedig …«

»Da sind alle Touristen.«

»Ja, und sie kann genauso gut in Italien wohnen wie in Japan.«

»Ich fände es trotzdem spannend, es zu versuchen.« Micaela lächelte.

»Außerdem ist da noch eine Sache, die mir bei dem Bild immer einfällt«, sagte er nachdenklich.

»Was denn?«, fragte sie.

»Diese leichte Drehung des Kopfes, erinnerst du dich? Man ahnt, dass sich die Pupillen nach links bewegen, so als wäre sie dabei, sich umzuschauen.«

»Okay, und was bedeutet das deiner Meinung nach?«

»Dass sie jemanden bei sich hatte. Vielleicht wollte sie sehen, ob ihre Begleitung hinterherkommt. Sie schien ja schnell unterwegs zu sein.«

»Das ist echt interessant«, sagte Micaela.

»Vielleicht.«

»Na ja, und dann die Frage, ob deine Theorie mit dem Zeugenschutzprogramm stimmt.« Micaela beugte sich über den Tisch. »Was wusste sie über Morovia, was die Polizei und den Nachrichtendienst dazu gebracht hat, sie zu schützen?«

Auch Hans lehnte sich über den Tisch und sagte eindringlich: »Ich nehme mal an, dass Morovia und sie sich schon von früher her kannten.«

»Wie kommst du darauf?«

»Hast du nicht gesagt, dass Claire Anfang der Achtzigerjahre an der London School of Economics studiert hat?«

Sie nickte.

»Ich weiß nicht sonderlich viel über Morovia«, fuhr er fort. »Es gibt erstaunlich wenig über ihn im Netz. Ich nehme mal an, dass er Leute hat, die überall hinter ihm ausputzen. Aber ich weiß immerhin, dass er zu der Zeit an ebenjener London School of Economics Dozent war und begabte Menschen um sich geschart hat, vor allem Frauen von hoher Moral. Es ist, als würde er es lieben, einen Albert Speer aus ihnen zu machen.«

»Was soll das denn heißen?«

»Speer, Hitlers Architekt und Rüstungsminister, wird ja manchmal etwas sehr großzügig als jemand beschrieben, der Großes erschaffen wollte, aber das Pech hatte, auf einen durch und durch bösen Charismatiker zu treffen, der sein Talent vereinnahmte. Daran musste ich jetzt bei Alicia Kovács wieder denken.«

»Ist sie denn eine Frau von hoher Moral?«

»Früher vielleicht einmal. Aber sie ist nicht so wie du.«
Er sah sie an.

»Wie bin ich denn?«

»Du würdest dich nicht von einer Machtperson formen lassen.«

»Das klingt ja wie ein Kompliment.«

»Es ist ein Kompliment.« Ich könnte noch so viel mehr sagen, dachte er, sah Micaela lächelnd an und erkannte, was er bereits geahnt hatte. Sie wandte den Blick ab.

Sollte er vielleicht einfach schweigen?

»Du hast Streit mit deinem Bruder gehabt«, sagte er.

»Woher weißt du das?«, fragte sie.

Wenn du wüsstest, dachte er. Wenn du nur wüsstest.

Julia musste eingeschlafen sein. Nun erwachte sie mitten in der Nacht mit der Panik zu ersticken und schlug die Augen auf. Lucas neben ihr drehte sich gerade zum Wohnzimmer um und richtete sich auf, als hätte er etwas Verdächtiges gehört. Sie horchte auch. Auf dem Karlaplan fuhr ein Bus vorbei. Weiter entfernt heulte ein Motorrad auf. Ansonsten war es still.

Sie fasste sich an die Kehle und hustete Blut und Schleim ins Taschentuch. Es ging ihr wirklich beschissen. Ich muss aufstehen, dachte sie. Ich muss mich auf den Balkon stellen und atmen, aber nicht einmal das schaffte sie. Sie konnte nur ganz still daliegen und versuchen, Luft zu bekommen.

»Ich habe Angst«, sagte sie unwillkürlich und hatte sofort Sorge, sich lächerlich gemacht zu haben.

Lucas war den ganzen Abend über wunderbar gewesen und hatte ihr zugehört und die richtigen Dinge gesagt. Aber sie wusste auch, dass man in seiner Welt stark sein musste und nicht rumjammern durfte. Ihr gefiel, dass man mit ihm nicht alles analysieren sollte, wie ihr Vater das immer tat. Aber jetzt krampfte sich ihr ganzer Körper zusammen, und da war es nicht mehr so leicht, tough zu sein.

»Mir geht's nicht gut«, sagte sie.

Er drehte sich zu ihr um. Die verblasste Narbe auf seiner Stirn färbte sich rot. Seine Augen wurden zu schmalen Schlitzen, fast wie bei einem Reptil.

»Wieso?«, fragte er.

»Irgendwas drückt mir auf die Kehle.«

Er beugte sich vor und legte die Hände viel zu fest an ihren Hals.

»Wo drückt es?«, fragte er.

»Ungefähr da, wo du jetzt hinfasst«, antwortete sie und hoffte, dass er den Wink verstand.

Stattdessen drückte er noch fester zu, oder kam ihr das nur so vor? Sie hatte das Gefühl zu ersticken, und als er endlich losließ, setzte sie sich lieber schnell auf. Was passierte hier eigentlich gerade, war sie in Gefahr? Nicht nur, dass er ihr die Kehle zudrückte, war seltsam, sondern auch, wie genervt er war.

»Und selbst?«, fragte sie.

»Gut, wieso fragst du?«

»Ich dachte nur«, meinte sie, »du bist irgendwie angespannt.«

»Da gibt's grad ziemlich viel Zeug, um das ich mich kümmern muss.«

»Zum Beispiel?«

Sie wusste immer noch viel zu wenig über ihn. Doch wieder antwortete er nicht, und das war ja auch okay, weil es ihr so schlecht ging. Aber dass er wortlos aufstand und in die Küche ging, verletzte sie schon. Als er zurückkam, hielt er ein Bier in der Hand. Eine Kalorienbombe, so gesehen war es gut, dass er nur für sich selbst eins mitgebracht hatte. Aber konnte er nicht fragen, ob sie auch etwas wollte? Ihr brannte der Hals vor Durst, und das wurde noch schlimmer, als sie ihn jetzt gierig und fast aggressiv trinken sah.

»Sei froh, dass du keine Geschwister hast«, sagte er.

»Warum sollte ich darüber froh sein?«

»Weil es wehtut, wenn sie einen im Stich lassen.«

»Hat dich jemand von deinen Geschwistern im Stich gelassen?«

Er nahm einen weiteren gierigen Schluck. Die Narbe auf seiner Stirn zog sich zusammen und breitete sich wieder aus, als hätte sie ein Eigenleben.

»Ja«, sagte er. »Und zwar nicht zu knapp.«

»Das tut mir leid.« Sie strich sich über den Hals, das Druckgefühl auf der Kehle wollte nicht nachlassen. »Was ist denn passiert?«, fragte sie.

Er antwortete nicht. »Bei euch war es doch genauso«, sagte er dann.

»Was war genauso?«

»Hast du nicht gesagt, dass dein Onkel Magnus deinem Vater die ganze Zeit in den Rücken fällt?«

»Doch, schon«, antwortete sie, obwohl sie nicht mehr sicher war, ob sie das wirklich so formuliert hatte.

»Und dein Vater verzeiht ihm die ganze Zeit, oder was?«

»Ja, weiß nicht genau«, sagte sie. »Ich glaube, er hat sich irgendwie daran gewöhnt.«

»Weißt du, was dein Vater eigentlich machen sollte?«

»Ne, was denn?«

Etwas kam durch die Luft gesaust, so schnell konnte sie gar nicht reagieren. Ihr Kopf wurde zur Seite geschleudert, sie verspürte einen brennenden Schmerz, und ihre Wange war heiß. Lucas hatte ihr eine Ohrfeige gegeben. Aber warum denn? Doch er grinste nur und trank von seinem Bier.

»Das sollte er mit ihm machen. Zurückschlagen. Dann traut sich dieser Magnus überhaupt nichts mehr«, sagte er.

Sie bekam kein Wort heraus.

»Ist doch klar, oder?«, fragte er.

»Ich werde es ihm ausrichten«, murmelte sie und fasste sich an die Wange.

Dann ging sie auf die Toilette, saß zitternd da und fragte sich, ob sie ihren Vater anrufen sollte. Aber das würde doch nur alles verschlimmern. Und im Grunde – so versuchte sie, sich selbst zu trösten – war ja nichts passiert, das war ein Scherz gewesen, eine sehr deutliche Erklärung, oder? Sie erhob sich, stand lange vorm Spiegel und befühlte ihren Bauch, der wieder rausstand. Sie fühlte sich hässlich und elend und dachte, dass sie am besten weit weg fahren sollte.

SIEBENUNDZWANZIG

»Wie kannst du wissen, dass ich mit meinem Bruder Streit habe?«, fragte Micaela.

»Ich sehe es dir an.« Hans erinnerte sich, wie er Lucas in die Augen gesehen hatte. Darin kam die ganze dunkle Triade zum Ausdruck – Psychopathie, Narzissmus, Machiavellismus –, das hatte er damals gedacht.

Aber hauptsächlich war ihm aufgefallen, wie Micaela auf den Bruder reagiert hatte. Ihre Pupillen wurden kleiner, der Kiefer spannte sich an, und sie zog die Schultern hoch. Seitdem konnte er immer sehen, wenn Micaela ihn getroffen hatte oder sich von ihm bedroht fühlte. Lucas hinterließ Spuren in ihrem Gesicht und veränderte den Rhythmus ihrer Schritte.

»Das ist creepy«, sagte sie.

»Überhaupt nicht. Wir sind von der Evolution so eingerichtet, auf Drohungen zu reagieren. Hast du ihn herausgefordert?«

Sie nickte, und er betrachtete sie. Sie war so seltsam jung und anziehend. Aber wenn sie von Lucas sprach, wirkte sie älter, und wahrscheinlich war das schon lange so gewesen, selbst in der Zeit, als sie ihn noch bewunderte.

»Was hast du gemacht?«, fragte er.

»Ich war so naiv«, erklärte sie, »ich hab viel zu lange weggeschaut. Aber inzwischen weiß ich, dass er mit Drogen handelt und halbwüchsige Jungs, die nicht strafmündig sind, als Verkäufer benutzt. Die letzten Wochen war ich ziemlich darauf fokussiert, Beweise dafür zu finden.«

»Wie ist es dir aufgefallen?«

Sie dachte nach. »Ich habe was gesehen«, erzählte sie dann. »Vor einer Weile bin ich mal draußen am Järvafältet hinter ihm hergegangen, weil ich wissen wollte, was er treibt. Lucas hat dort einen Teenager getroffen, und plötzlich zog er eine Waffe und drückte sie dem Jungen an den Hals. Er hat ihn in Todesangst versetzt, aber das war noch nicht mal das Schlimmste.«

»Sondern?«

»Ganz offensichtlich war das für ihn einfach ein Routineding, das habe ich gesehen, etwas, was er seit Ewigkeiten so macht. Das hat mich richtig übel schockiert. Plötzlich habe ich mein ganzes Leben auf eine völlig neue Weise gesehen.«

Er legte auf dem Küchentisch seine Hand auf ihre und schaute ihr in die Augen. Ihr Blick wirkte gleichzeitig unstet und wütend.

»Das ist alles einfach nur beschissen«, fuhr sie fort. »Meine Kindheit in Husby war ganz in Ordnung. Ich hatte nie das Gefühl, in einem Brennpunktvorort zu leben. Aber jetzt schwemmen die Drogen nur so rein: Amphetamine, Khat, Ecstasy, Cannabis und all der Scheiß, den du auch nimmst, Fentanyl und so. Wir hatten so krasse Todesfälle, einer der Jungs war erst vierzehn. Er hieß Muhammad, falls es dich interessiert.«

»Das tut mir leid.«

Wütend zog sie ihre Hand weg. »Hör schon auf«, zischte sie. »Du steckst bis zu den Ohren in dem Sumpf. Dass du das Zeug von einem Arzt kriegst, macht die Sache nicht besser.«

»Nein, wahrscheinlich hast du recht.«

»Jedenfalls«, fuhr sie milder fort, »seit ich Lucas gesehen habe, wie er diese Waffe zieht, sind alle Teile an ihren Platz gefallen, und anstatt wie vorher passiv zu sein, habe ich aktiv versucht, die Leute in Husby dazu zu bringen, gegen ihn auszusagen.«

»Das ist riskant, nehme ich mal an«, sagte er.

»Genau, und ich bin zu schnell vorgegangen. Aber irgendwie war ich mit meiner Geduld am Ende. Du weißt ja, mein Vater ...«

»Der Historiker.«

»Genau. Er hat mir immer Bücher gegeben und wollte, dass ich in die Welt hinausgehe. Er hat Husby gehasst. Für ihn war das Viertel die Hölle, die immer gleichen Mietskasernen, ein futuristischer Albtraum, und er wollte unbedingt, dass ich studiere und da abhaue. Also wollte ich das auch. Ich sollte einen Hochschulabschluss machen, so wie er, und ins Ausland gehen oder wenigstens nach Lund. Aber als ich mit dem Gymnasium fertig war ...«

»Mit guten Noten natürlich.«

»Ja, ziemlich ... also, da habe ich mich auf der Polizeihochschule beworben.«

»Und hast dich für das Revier in Husby entschieden.«

»Genau, und manchmal, wenn ich meine alten Lehrer getroffen habe, dann habe ich gemerkt, wie enttäuscht die waren, und ich konnte weder ihnen noch mir selbst erklären, warum ich da in Uniform rumlief.«

»Aber tief in dir drin hast du es ja doch gewusst.«

»Schon. Irgendwie. Es ging die ganze Zeit um Lucas.«

»Du wolltest Klarheit.«

»Da waren einfach viel zu viele Fragen aus meiner Jugend, die mir zu schaffen gemacht haben.«

»Zum Beispiel die Frage, wie dein Vater gestorben ist.«

»Möglich. Aber so lange danach kriegt man doch keine Antworten mehr. Ich hätte meine Kollegen den Job machen lassen sollen. Jetzt habe ich alles nur noch schlimmer gemacht und noch dazu ein paar Idioten am Hals.«

»Nicht nur deinen Bruder?«

»Nein.« Sie zögerte. »Heute, als ich zu Rebecka Wahlin gehen wollte, um noch mal in ihr Bücherregal zu schauen, habe ich einen der Laufburschen von Lucas getroffen, Hugo heißt der.«

»Und Hugo hat dir diese Lippe verpasst?«

»Er hat mich bedroht, aber eigentlich nicht nur mich. Er hat gedroht, jemandem, der mir nahesteht, was anzutun, und da dachte ich plötzlich, dass sie es vielleicht auf dich abgesehen haben, Hans. Deshalb war ich so erschrocken, als ich das Blut auf dem Küchenfußboden gesehen habe.«

»Ich komme schon klar«, sagte er und lächelte in sich hinein, und das trotz seiner Ahnung, dass eine große Gefahr auf sie zurollte.

ACHTUNDZWANZIG

Natürlich konnte das auf dem Foto nicht Claire sein. Das war überhaupt nicht möglich. Alicia Kovács legte eine Reihe alter Fotos von früher, auf denen Claire zu sehen war, auf dem Schreibtisch aus.

Sogar heute noch nagte der alte Neid an ihr. Claire hatte etwas gehabt, was ihr und Sofia fehlte. Sie strahlte Weltgewandtheit aus. Sie wagte Gabor zu widersprechen und seine Analysen infrage zu stellen. Claire war der Star unter ihnen gewesen, und alle gingen davon aus, dass Gabor sie auserwählen würde. Aber was geschah dann?

Alicia stand auf, legte eine Hand aufs Herz und horchte auf den Garten und die Straße. Da draußen in der Dunkelheit schien etwas zu lauern, was ihr Leben bedrohte. Es war, als wären schreckliche Dinge in Gang gesetzt worden.

»Ach was, sei nicht albern«, sprach sie sich Mut zu.

Gabor sorgte für sie, er liebte sie, sie waren durch ein Kind und eine Tragödie miteinander verbunden. Nichts würde ihnen zustoßen, gar nichts. Aber dennoch ... sie waren drei gewesen: sie, Claire und Sofia – drei hoffnungsvolle, junge, glückliche Frauen, die überzeugt davon waren, dass ihre Zukunft hell und strahlend sein würde, und die Gabor verliebt umschwärmten.

Heute war von ihnen einzig noch sie selbst am Leben – zumindest hoffte sie, die Einzige zu sein, auch wenn das hart klang. Sofia Rodriguez war, gestorben an Folter, in ihrem abgebrannten Haus in Madrid aufgefunden worden. Claire Lidman war verbrannt, als ein Tanklaster in San Sebastian von der Straße abgekommen war. Feuer, Feuer, immer Feuer. Sie hinterließen verbrannte Erde.

Alicia wandte den Blick vom Fenster ab und ging noch einmal in die Küche hinunter, um eine weitere Flasche Wein zu öffnen und ihre Nervosität zu stillen. Doch sie überlegte es sich anders. Noch mehr zu trinken, wäre nicht klug.

Sie musste an den September 1990 denken, als sie Claire in Stockholm wiedergesehen hatten. Im Unternehmen herrschte eine erwartungsfrohe Atmosphäre, Sekretärinnen eilten hin und her, Dokumente und Vertragsentwürfe wurden gebracht. Gabor stand vor dem Spiegel, rückte seinen Anzug zurecht und tat sich Gel in die Haare.

Das Ganze war eine große Sache für ihn. Nicht nur, dass er die Gelegenheit bekam, sich Axel Larssons Vermögen einzuverleiben und in einer Zeit, in der andere ausbluteten, noch reicher zu werden. Auch Claire wiederzusehen, war eine große Sache für ihn. Sie war der *Missing Link*, sie interessierte ihn an der ganzen Sache am meisten. Doch es lief nicht so, wie er erwartet hatte. Claire kam, und Gabor küsste sie auf beide Wangen. Claire reagierte mit physischem Unbehagen und machte sogar eine Bewegung, wie um seine Küsse wegzuwischen. Ganz offensichtlich verabscheute sie ihn und versuchte auch nicht, es zu verbergen. Alicia hatte sofort gewusst, dass das schlimm enden würde.

Selbstverständlich ließ Gabor sich nichts anmerken. Er umschmeichelte Claire, bot ihr Champagner an und schlug zum Warm-up vor den Verhandlungen eine Partie Schach vor. Widerwillig ging Claire darauf ein. Alicia saß daneben und beobachtete die Partie, und man merkte sofort, dass

Claire besser geworden war. Sie spielte schwarz und sizilianisch und hielt sich lange, ehe Gabor sie schließlich mattsetzte und mit dem kleinen Finger ihren König umlegte. »Du hast noch einen langen Weg vor dir«, sagte er. »Du kannst mich immer noch nicht herausfordern.«

Er sagte das lächelnd und fast zärtlich, doch Alicia hörte, welche Drohung in den Worten mitschwang, und kurz darauf geschah, was sie befürchtet hatte: Gabor bat sie zu gehen. Er wollte mit Claire allein sein. Alicia erinnerte sich an den hilflosen Blick von Claire, die panisch in Richtung Tür schaute. Von Eifersucht und Angst gequält, ging sie hinaus und die Treppe hinunter. Ihr war, als könnte sie den Hall ihrer eigenen Schritte immer noch hören.

Sie hatte nie erfahren, was in der Nacht geschehen war, aber es musste schrecklich gewesen sein. Das hatte sie Gabor am nächsten Tag angesehen, auf seinem Gesicht und allen seinen Bewegungen hatte ein Schatten gelegen, und deshalb war sie auch nicht erstaunt gewesen, als Claire einige Wochen später verschwand. Das war vorauszusehen gewesen, und auch wenn sie weinte, als sie von ihrem Tod hörte, hatte sie doch nichts anderes erwartet. Claire hatte ihr Schicksal schließlich selbst besiegelt, als sie Gabor mit diesem eisigen Hass angesehen hatte. So war es einfach. Das war die Wirklichkeit, in der Alicia nun lebte und die sie allmählich akzeptiert hatte, in letzter Konsequenz, seit sie Gabors Sohn geboren und gesehen hatte, wie sehr er trotz allem lieben und trauern konnte. Gabor war immer noch der intelligenteste, interessanteste Mann, der ihr je begegnet war. Er war es, der ihr die Welt eröffnet und das Leben zum Leuchten gebracht hatte.

Draußen auf dem Wasser bewegte sich ein Boot in der Dunkelheit. Sie horchte wieder zum Garten hinaus und schaute auf ihre Uhr.

Es war nach zehn, zu spät, um anzurufen. Seine Abende waren Gabor heilig. Aber verdammt … sie hatte schließlich ein Anliegen und viele Fragen zu stellen. Alicia wählte die Nummer, und er ging auch direkt ran und klang freundlich und warmherzig. *Wie der gute Gabor, der Mann, mit dem sie verbunden war.*

»Wir haben vorige Woche Jans Geburtstag vergessen. Den neunzehnten«, sagte er.

»Mir war nicht nach Feiern zumute. Aber ich habe mit einer Kerze auf der Terrasse gesessen.«

»Das ist doch schön. Hast du noch etwas von Rekke zu berichten?«

Sie dachte nach. »Er hat Danke gesagt.«

»Danke?«

»Weil er aus seinem Dämmer geweckt wurde.« Sie erinnerte sich nicht mehr, was genau Rekke gesagt hatte. »Er sah ziemlich fertig aus«, fügte sie noch hinzu.

»Man sollte ihn niemals unterschätzen, egal wie er aussieht. Hat er noch mehr Beobachtungen angestellt?«

Er hat gesehen, dass ich mich schäme, dachte sie. *Für den, der von Schuld niedergedrückt wird, gibt es immer Hoffnung.*

»Eigentlich nicht«, sagte sie.

»Dann hat er es verborgen«, sagte er. »Er liest Menschen.«

So wie du, Gabor, dachte sie. *So wie du.* »Bewunderst du ihn?«, fragte sie.

»Er sieht klar. Das fasziniert mich.«

Aber hauptsächlich hasst du ihn, dachte sie. »Gibt es etwas über Ida Aminoffs Tod, das ich wissen sollte?« Sie hielt den Atem an.

»Sie scheint eine interessante Frau gewesen zu sein«, erwiderte er. »Ein wenig undiszipliniert, aber spannend.«

Hast du sie getötet? »Warum war es plötzlich so eilig, die Kette zurückzugeben?«

Gabor schwieg, dann sagte er: »Er hat nach mir gefragt, und ich habe etwas zurückgegeben.«

»Aber mal ehrlich, Gabor. Warum?«

»Ich wusste schon vorher, dass er auf uns zukommen würde.«

»Wirklich?«

»Ja, ich habe einen Tipp bekommen, und dann habe ich ein wenig geforscht und gewisse unerwartete Informationen erhalten. Bisher ist es nur ein Verdacht, aber ich bleibe dran. Es hat mit Jan zu tun.«

»O nein«, sagte sie und wagte nicht weiterzufragen. Stattdessen kam sie zu ihrem eigentlichen Anliegen. »Samuel Lidman hat angerufen«, sagte sie.

Sie hörte, wie Gabor tief einatmete. »Tatsächlich?«, sagte er. »Aber auch das war ja wohl zu erwarten. Was wollte er?«

»Er behauptet, ein Foto aus Venedig zu besitzen, das beweist, dass Claire lebt.«

Gabor atmete schwer. »Sieh mal einer an«, sagte er, und jetzt war der dumpfe Hass aus seiner Stimme verschwunden, und er klang nur noch neugierig und belustigt.

»Klingt ziemlich schräg. Aber ich habe ihn trotzdem für neun Uhr morgen früh hergebeten, um ihm mal auf den Zahn zu fühlen.«

»Verschieb es ein paar Stunden nach hinten«, sagte Gabor. »Ich nehme einen Flieger und empfange ihn selbst. Vielleicht ...« Er zögerte. »Vielleicht bringe ich Gesellschaft mit.«

Das überraschte sie nicht, er tauchte ständig mit irgendwelchen Schönheiten auf, aber dass er das Treffen mit Lidman übernehmen wollte, war erstaunlich. Sonst wurde nur den Reichen und Mächtigen die Ehre zuteil, ihn persönlich zu treffen.

»Darf ich fragen, warum?«

»Weil es interessant sein könnte«, erwiderte er.

»Schaffst du es bis dreizehn Uhr?«

»Ich glaube schon.«

»Wer ist die Gesellschaft? Wen machst du diesmal glücklich?«

»Es ist nicht, wie du denkst. Du wirst eine ausführliche Erklärung bekommen. Aber erst möchte ich dich um eine andere Sache bitten.«

Sie biss sich auf die Lippe.

»Ich habe mich der delikaten Aufgabe angenommen, Rekkes private Situation zu durchleuchten.«

»Aha«, sagte sie nervös.

»Wie sich herausstellte, hat Rekke eine Mitbewohnerin, eine junge Frau, schlaues Mädchen, glaube ich, Polizistin, sehr geradeheraus, in vielerlei Hinsicht eine Fighterin und nicht so verzärtelt wie er.«

Lass sie bitte in Ruhe, flehte Alicia im Stillen. »Die habe ich nicht gesehen, als ich dort war.«

»Ja, das dachte ich mir. Das Interessante ist, dass sie einen Bruder hat, der sich von ihr bedroht fühlt und Rekke hasst, weil der solchen Einfluss auf seine Schwester hat. Er heißt Vargas, Lucas Vargas, ich habe kurz mit ihm gesprochen, und er ist für Vorschläge offen.«

»Hat Rekke nicht schon genug gelitten?«

»Er hat nicht so gelitten wie wir.«

»Was soll ich tun?«, fragte sie.

»Sprich mit dem Bruder. Es hat sich da eine Möglichkeit eröffnet. Die Details gebe ich dir noch. In der Zwischenzeit versuche ich, meine Informationen bestätigt zu bekommen.«

»Natürlich, Gabor«, sagte sie. »Selbstverständlich. Aber ...«

Sie beendete den Satz nicht, sondern wünschte ihm nur einen guten Abend und machte sich an die Arbeiten, die er ihr aufgetragen hatte. Sie verschob das Treffen mit Samuel Lidman und telefonierte lange mit Lucas Vargas, dessen Charme und Humor sie erstaunten. Er erinnerte ein wenig an Gabor, wenn auch in einer primitiveren Version. Anschließend rief sie Gabor noch einmal an, und während sie sprach, starrte sie mit leerem Blick in die Dunkelheit und dachte: Was mache ich da eigentlich?

Was mache ich?

NEUNUNDZWANZIG

Hans fuhr zusammen, als sein Handy klingelte. Doch als er ranging, war da niemand. Sofort rief er Julia an. Die hatte offensichtlich schon geschlafen, es war zehn vor elf am Abend, und er entschuldigte sich und legte wieder auf.

»Warum hast du Julia angerufen?«, fragte Micaela.

»Ich weiß nicht genau.«

»Ich finde das immer noch komisch mit der Halskette, die du mit einem Mal wiedergekriegt hast.«

»Was?«

Er fingerte nervös am Handy herum, als wolle er noch einmal anrufen.

»Die Perlenkette. Hast du nicht gesagt, an Idas Tod sei irgendwas verdächtig gewesen?«

»Ja«, sagte er, war aber abgelenkt.

»Was war denn verdächtig?«

»Wie gesagt, eine rote Stelle im Nacken, direkt unter dem Haaransatz.«

»Und wie ist die erklärt worden?«

»Sie müsse entstanden sein, als die Halskette abgerissen worden sei.«

»Abgerissen?«

»Ja, das ist schon möglich. Andererseits kann sie das auch selbst getan haben. Es war immer etwas schwierig, die Kette abzulegen. Eigentlich hat sie es alleine nie geschafft, und wenn sie betrunken war, konnte sie sehr ungeduldig und jäh-zornig werden.«

»Offizielle Todesursache war eine Überdosis?«

»Ja, Ersticken durch eine Überdosis. Sie hatte große Mengen Opiate und Amphetamine im Blut, hatte 1,6 Promille und war mager. Vollkommen logisch, dass sie davon gestorben sein könnte.«

»Aber nicht gesichert?«, beharrte sie.

Er saß schweigend ihr gegenüber am Küchentisch und schob nervös sein Handy hin und her.

»Laut Gerichtsmedizin war es gesichert. Es gebe keine Anzeichen für äußere Gewalt, haben die gesagt.«

»Und was war deine Meinung?«

»Ich war nicht so überzeugt davon. Aber ich hatte keine Kraft und denen ja auch nichts vorzuschreiben.«

»Hast du ihre Leiche gesehen?«

»Ja, ich bin von Helsinki nach Hause geflogen und habe sie zu sehen verlangt. Aber ich durfte nur ganz kurz zu ihr und wurde schnell wieder rausgeführt.«

»Aber du hast dennoch was gesehen, oder?«

Er beugte sich zu ihr vor. »Eine Sache vielleicht. Und zwar habe ich ihre Lippen nach außen gedreht, obwohl mir das sehr respektlos vorkam.« Er schien die Situation vor sich zu sehen und verzog das Gesicht. »Ich hatte mich vorher schlaugemacht und wusste, dass es schwer bis unmöglich ist zu erkennen, ob ein Mensch durch Ersticken gestorben ist. Die Frage war, ob Ida ermordet worden war, und wenn ja, ob sie zum Zeitpunkt des Mordes bereits bewusstlos war. Dabei muss man nach winzig kleinen Zeichen suchen.«

»Und das hatte keiner gemacht?«

Er lächelte. »Nicht mit der Sorgfalt, die ich später perfektioniert habe.«

»Was hast du innen auf den Lippen gesehen?«, fragte sie.

»Eine kleinere Blutung am oberen Lippenband, etwas, was auf forcierte oder verzweifelte Aktivität der Zunge und Zähne hinweisen könnte. Es war so diskret, dass ich mich vom Gerichtsmediziner habe abwimmeln lassen.«

»Aber eigentlich ...«

»Eigentlich weckte es den Verdacht in mir, dass hier unter dem Deckmantel eines akuten Krankheitsverlaufs ein Mord begangen worden sein könnte. Die Ermittler waren aber natürlich nicht auf meiner Seite, und ich war zu der Zeit viel zu verzweifelt und unsicher, um hartnäckig zu sein.«

»DNA von jemand anders ist nicht gefunden worden?«

»Diese Technik gab es damals noch nicht.«

»Und irgendwelche Abwehrverletzungen?«

»Nur Blutergüsse auf den Schultern, doch man ging davon aus, dass die schon früher am Abend entstanden wären. Allerdings gab es in der Wohnung Anzeichen für einen Kampf. Ein Blumentopf lag zerschlagen auf dem Fußboden. Die Polizei meinte aber, Ida habe den selbst umgeworfen.«

»Aber ansonsten war die Wohnung unauffällig?«

»Wie man's nimmt. Wie immer lagen überall Idas Kleider herum. Aber jemand hatte gestaubsaugt, und Nachttischlampe und Nachttisch waren sorgfältig abgewischt worden.«

Sie sah ihn verwundert an. »Unfassbar, dass ausgerechnet du das hast durchgehen lassen.«

»Ja«, sagte er leise. »Das finde ich auch.«

»Warum hast du nichts unternommen?«

»Ich konnte nicht. Und vielleicht ist daraus inzwischen für mich so was geworden wie für dich das mit deinem Bruder«, sagte er mit einem wehmütigen Lächeln.

»Wie jetzt?«

»Ich dachte, ich hätte ihren Tod und dessen Umstände akzeptiert, aber im Grunde genommen hat das mein ganzes Leben beeinflusst. Ich habe meine Karriere als Konzertpianist beendet und angefangen, Psychologie zu studieren, und dann habe ich mich auf Zeugenaussagen und Kriminaltechnik spezialisiert.«

»Verstehe.« Sie nahm einen Schluck aus ihrem Glas. »Damals gab es doch sicher Zeugenaussagen. Sind dir welche davon komisch vorgekommen?«

Er strich sich das Haar aus der Stirn. »Ja«, sagte er. »Eine bestimmte Zeugenaussage gefiel mir nicht.«

»Von wem war die?«

»William Fors.«

Sie sah erstaunt auf. »Der William Fors von der Nordbank?«

»Damals studierte er noch an der Handelshochschule, aber ja, den meine ich.«

»Besteht da irgendein Zusammenhang mit Claire Lidmans Tod?«

»Es gibt etwas, was mich an der Sache mit der Perlenkette, die plötzlich auftaucht, stört. An dem Abend, als Ida starb, war eine High-Society-Hochzeit auf Djurgården. Alle aus meiner Welt waren da – alle außer mir –, und offenbar hat William Fors sich spektakulär danebenbenommen. Er hat gesoffen, geprahlt und Ida angebaggert. Aber Ida hat ihn vorgeführt, und als sie nach Hause ging, folgte er ihr. Sie schrie ihn an, er solle sich verpissen, aber er hat nicht lockergelassen, hat sich über die Halskette mokiert, und sie gerieten in Streit. Zumindest hat er das ausgesagt.«

»Zu dem Zeitpunkt trug Ida die Kette also noch.«

»Ja, und William hat ausgesagt, er habe die Kette bewundert und nur wissen wollen, was sie gekostet habe. Aber sie sei sofort in die Luft gegangen und habe gesagt, dass sie die Kette am liebsten ins Meer werfen würde, weil sie das ganze Getue darum und die armseligen Komplimente nicht mehr ertragen könne.«

»Okay, das kam also von ihm.«

»Ja, das kam von ihm, und jetzt im Nachhinein fühlt es sich an, als hätte er die Theorie, dass Ida selbst die Halskette weggeworfen hat, untermauern wollen. Je länger ich über seine Zeugenaussage nachdenke, desto verlogener kommt sie mir vor.«

»An diesem Abend in Stockholm, war da auch Morovia anwesend?«

»So viel ich auch herumgefragt habe, konnte ich das nicht klären. Aber jetzt denke ich, es wäre gut …« Er stand auf.

»Da noch mal zu recherchieren?«

»Ja, in der Tat. Ich habe eine vage Ahnung, was da nicht stimmen könnte, und wie meine werte Kollegin und Mitbewohnerin immer sagt, soll ich meinen Ahnungen nicht immer misstrauen.«

Er lächelte kurz und verließ mit dem Telefon in der Hand und einem bekümmerten Gesichtsausdruck die Küche.

Julia erwachte früh und hatte Hunger. Um das Hungergefühl unter Kontrolle zu bekommen, visualisierte sie sich federleicht tanzend auf einem Steg am Meer und wurde von einer sanften Euphorie ergriffen.

Am unteren Rand der zugezogenen Vorhänge sickerte Tageslicht herein. Draußen tropfte Regen auf das Fensterblech. Sie sah Lucas an. Endlich hatte er bei ihr übernachtet und war nicht wie üblich verschwunden. Trotzdem fühlte es sich nicht wirklich gut an, und das lag nicht nur an der Ohrfeige. Den ganzen Abend bis spät in die Nacht war er hin und her gelaufen und hatte im Treppenhaus telefoniert. Anscheinend gab es in seiner Familie eine Krise, vielleicht ja die Sache, von der er erzählt hatte. Aber irgendetwas war da komisch.

Lucas schlief auf dem Rücken liegend und schnarchte leise. Seine Schultern und die kräftige Brustpartie verursachten ihr Unbehagen, und sie schob sich, so weit es ging, von ihm weg. Was sollte sie jetzt machen? Natürlich hatte sie überhaupt noch nicht geschlafen, als ihr Vater am Abend zuvor angerufen hatte. Sie wollte bloß nicht mit ihm reden, wenn Lucas dabei war. Keiner nahm Stimmungen so gut wahr wie ihr Vater, und er hätte sofort die Krise gekriegt, sobald sie auch nur ein Wort gesagt hätte. Aber vielleicht könnte sie sich jetzt rausschleichen und ihn anrufen. Es wäre schön, seine Stimme zu hören und sich ein bisschen was von der Seele zu reden. Aber sie konnte ja wohl kaum von der Ohrfeige erzählen. Das würde ihr Vater nur falsch verstehen. Sicher hatte Lucas wegen dieser Familiengeschichte schlechte Laune gehabt, und eigentlich war es ja auch keine große Sache. Bestimmt würde sich alles regeln.

Sie hatten es zwischen all seinen Telefongesprächen in der Nacht ja auch gut gehabt. Lucas hatte ihr als Ausgleich dafür, dass er keine Zeit gehabt hatte, obwohl er ja bei ihr war, eine »superluxuriöse Überraschung« versprochen. Heute und morgen würde er nur für sie da sein, keine Telefonate, hatte er gesagt. Das klang doch schön. Nein, es wäre dumm, jetzt die Stimmung zu ruinieren.

Sie fühlte eine Hand auf ihrer Schulter. Lucas war aufgewacht und sah sie mit seinem größten, schönsten Lächeln an.

»Guten Morgen«, sagte er.

Sie erwiderte das Lächeln und fragte sich, ob sie ihn küssen sollte. Doch sie begnügte sich mit einem Guten Morgen.

»Mein schönes Mädchen«, sagte er.

Sie holte tief Luft. »Was machen wir heute?«

»Wir fahren weg und übernachten im Hotel. Das wird fantastisch. Magst du Champagner?«

»Na klar«, antwortete sie und dachte an all die Kalorien, die Alkohol hatte.

»Ich muss nur noch ein paar Telefonate erledigen. Dann packen wir und hauen ab«, sagte er.

»Ich will heute noch mal bei meinem Vater vorbeigehen.«

»Jetzt hör aber auf«, sagte er. »Du magst ihn doch gar nicht. Ab jetzt sind es nur wir beide.«

»Stimmt, okay«, sagte sie und lächelte. »Nur wir beide.«

Dann umschlang sie ihn, auch wenn sie sich seltsamerweise dazu überwinden musste.

DREISSIG

Samuel Lidman hatte einen neuen Abzug von dem Urlaubsfoto besorgt, und jetzt saß er frisch gekämmt und rasiert
in seinem besten Anzug in einer Kneipe auf der Birger Jarls-
gatan und nahm ein frühes Bier.

»Ich halte das nicht aus«, murmelte er aus lauter Nervosität wegen des Treffens mit Alicia Kovács vor sich hin.
»Ich halte das nicht aus.« Vielleicht war es aber auch wegen
dem, was Rebecka Wahlin über das Schachbuch auf dem Bild
gesagt hatte.

Im Grunde war ihm erst da wirklich klar geworden, dass
tatsächlich Claire auf dem Bild zu sehen war. Er hatte in
letzter Konsequenz begriffen, dass Claire ihn nicht einfach
nur verlassen hatte, sondern, als hätte er niemals existiert,
immer noch elegant angezogen herumlief und hochtrabende
Schachbücher las. Das war wirklich kaum auszuhalten, und
er bestellte ein weiteres Bier und steigerte sich so in seinen
Ärger hinein, dass er am Ende sogar auf Micaela Vargas
wütend war, weil die ihm nicht gesagt hatte, welches Buch
auf dem Foto zu sehen war, obwohl sie es wusste. Ging
ihn ja auch nichts an, oder was? Er holte das Telefon heraus und rief sie an und war erstaunt, wie aufgeräumt sie
klang.

»Hallo, Samuel«, sagte sie. »Ich wollte Sie gerade anrufen.«
»Ich habe auch …«, begann er.

»Wir haben etwas entdeckt«, unterbrach sie ihn.

»Ich weiß«, antwortete er wütend und ließ eine lange, zornige Tirade vom Stapel, wie Claires Liebe zum Schachspiel offensichtlich viel größer gewesen sei als die Liebe zu ihm.

Micaela wartete ab, bis er fertig war. »War denn Lew Polugajewski ein Vorbild oder so für Claire?«, fragte sie dann.

»Was? ... Ja, na klar. Aber am Ende hat sie dann doch Kasparow vorgezogen.«

»Ist Ihnen noch was zu der Nacht eingefallen, als sie sich mit Gabor Morovia getroffen hat?«, fragte Micaela.

Wieder sah er vor sich, wie sie bleich und blutend in die Wohnung gestolpert und im Bad verschwunden war. Aber im Unterschied zu früher fühlte er keine Wärme mehr dabei. Ihr Gesichtsausdruck kam ihm hinterlistig vor, und sie war seinen Küssen ausgewichen.

»Sie war eine falsche Bitch«, zischte er. »Sie hat mein Leben ruiniert.«

»Ja, aber ...«, sagte Micaela erschrocken.

Er drückte sie weg und stolperte hinaus auf die Straße. Die Erinnerungen flimmerten immer weiter vor seinem inneren Auge vorbei, und nur um ihn völlig lächerlich zu machen, war Claire in den meisten davon nackt und wunderbar. Doch anstatt sich an sie zu schmiegen, wollte er nur schreien und toben, und vor lauter Wut riss er vor einer Boutique einen grauen Damenhut von einer Schaufensterpuppe und warf ihn in den Schmutz.

»Was tun Sie da?«, schrie jemand.

»Ich hasse Hüte«, erwiderte er bloß, ging weiter Richtung Dramaten und fragte sich, wie er um Himmels willen die Stunden bis zum Treffen mit Alicia Kovács auf dem Strandvägen totschlagen sollte.

Micaela stand mit dem Handy in der Hand da und sah Rekke fragend an, der eben aus seinem Arbeitszimmer gekommen war. Er trug dieselben Sachen wie am Tag zuvor, graue Hose und schwarzes, jetzt noch mehr zerknittertes Hemd. Er sah sie aus zusammengekniffenen Augen an, offensichtlich war er die Nacht über auf gewesen. Möglicherweise hatte er keine Pillen intus. Seine Hände zitterten, als er sich durch die Haare fuhr.

»Das gerade war Samuel Lidman«, sagte sie.

»Was wollte er?«

»Er hat Claire eine falsche Bitch genannt.«

»Das könnte man unfreundlich nennen.«

»Hör bitte mal auf, ironisch zu sein«, sagte sie verärgert.

»Natürlich«, erwiderte Rekke. »Möchtest du darüber reden?«

Sie starrte ihn wütend an. »Jetzt klingst du wie ein verdammter Psychologe.«

»Ich *bin* ein verdammter Psychologe«, entgegnete er.

»Okay, und wie erklärst du dann, dass unser freundlicher Eisenbieger plötzlich grob wird?«, fragte sie.

Rekke machte eine Geste in Richtung Sofa, was bedeutete, dass er sich gerne selbst hinsetzen würde. Inzwischen hatte sie kapiert, dass er ungern saß, wenn sie stand.

»Mich hat von Anfang an erstaunt, dass der freundliche Eisenbieger nicht wütender über das Foto und Claire gesprochen hat«, sagte er.

»Wieso denn?«

»Er hat gerade so geredet, als wäre schon alles gut, wenn er sie nur findet. Aber wenn jemand auf diese Art verschwunden ist, wird nichts gut.«

»Du meinst, er könnte austicken oder so?«

Er zuckte nur mit den Schultern.

Micaela sah wieder das Urlaubsfoto vor sich, die Frau, die im Menschengetümmel mit ihrem Schachbuch in der Hand einem Ziel entgegenzustreben schien. »Du meintest doch, Claire beziehungsweise die Frau von dem Foto sei auf dem Markusplatz nicht allein.«

»Das habe ich für einen Moment vermutet.«

»Womöglich hat sie einen neuen Mann. Klar, dass ihn das verletzt.«

»Das könnte natürlich sein, aber ich frage mich eher ...«

Micaela beugte sich vor. »Was?«

»Ob der Blick der Frau dafür nicht ein wenig zu ängstlich war.«

»Das Foto ist doch krass unscharf. Wie willst du da irgendwelche Angst erkannt haben?«

»In ihren Bewegungen ist etwas Widersprüchliches.«

»War das nicht die Kniegeschichte?«

»Nicht nur. Sie sieht selbstbewusst und defensiv zugleich aus. Erinnere dich: Eine Taube war hochgeflattert, und sie hebt die Hand, um sich zu schützen, scheint aber auch den Körper zu drehen, um ein wenig besorgt über ihre Schulter zu schauen.«

»Du meinst also ...?«

»Ich denke weniger an einen Mann oder Geliebten hinter ihr, sondern an ein Kind.«

Sie erinnerte sich an Rebecka Wahlins Worte, dass Claire, kurz bevor sie verschwand, schwanger ausgesehen habe. »Wie alt könnte das Kind sein?«, fragte sie, obwohl sie wusste, dass man die Frage unmöglich beantworten konnte.

Zu ihrem Erstaunen überlegte Rekke dennoch. »Ich würde mal sagen, zwölf oder dreizehn Jahre. Aber sicher ist das nicht.«

Sie sah ihn fassungslos an. »Echt jetzt?«

»Ein kleineres Kind würde sie an der Hand halten, vor allem an einem Ort wie dem Markusplatz. Ein älteres Kind würde nicht diese starke Fürsorge bei ihr hervorrufen.«

»Also müsste das ...?«

Samuels Kind sein, wollte sie sagen. Doch sie vollendete den Satz nicht, es war einfach viel zu früh, darüber zu spekulieren. Das hier konnte auch Wunschdenken sein, der Drang, der ganzen Geschichte ein glückliches Ende zu geben.

»Es wäre doch schön, wenn Samuel Claire zurückbekommen würde und dazu noch ein Kind.«

»Siehst du«, entgegnete er, »ich verfüge über die fatale Fähigkeit, unsinnige Hoffnungen zu wecken.«

Daraufhin nickte er Micaela zu, erhob sich ächzend von der Couch und verschwand wieder in seinem Arbeitszimmer.

Hans hielt kurz inne und hörte zu, wie Micaela in diesem Takt aus punktierten Achtzehnteln, den er so mochte, aus der Küche hinaus und durch den Flur ging. Wie ganz anders klangen doch ihre Schritte im Vergleich zu denen von Ida Aminoff. Wenn die von Micaela wie ein unregelmäßiger, vorwärtsdrängender Marsch trommelten, waren Idas irrlichternd wie ein Jazz-Solo gewesen. Jederzeit hätte sie in eine neue, unerwartete Richtung verschwinden können, und das hatte alle Ermittlungen um ihren Tod so schwer gemacht. Immer war da diese Unberechenbarkeit, das Gefühl, dass sie wirklich imstande war, ungeheuer wertvollen Schmuck in die Bucht bei Djurgården zu werfen.

Hans hatte die ganze Nacht lang über seinen Ermittlungsnotizen gebrütet, und das war schlimmer, als in alten Tagebüchern zu blättern. Er hatte damals so wenig zielstrebig und so laienhaft agiert, dass Scham in ihm brannte. Inzwischen war ihm völlig unbegreiflich, wieso er aufgegeben hatte, denn es fehlten entscheidende Informationen. Das musste nicht heißen, dass Ida umgebracht worden war, gar nicht, aber es blieb doch das höchst unangenehme Gefühl, nicht zu wissen, was in den letzten Stunden ihres Lebens geschehen war.

Ida hatte auf dem Rücken im Bett gelegen, einen ihrer Stilettos noch am Fuß. Die rechte Hand ruhte auf ihrer Kehle, so als hätte sie schwer Luft bekommen. Ihrem Gesicht war anzusehen, dass sie gelitten hatte.

Die Tür war nicht verschlossen gewesen, es hätte also ohne Weiteres irgendjemand reinkommen und sie töten können, um dann die Halskette mitzunehmen. Natürlich konnte dieser Jemand Gabor gewesen sein oder eine von ihm beauftragte Person. Einer der Nachbarn hatte ausgesagt, am frühen Morgen in der Wohnung Schritte gehört zu haben und möglicherweise so etwas wie einen Streit.

Außerdem gab es eine ganze Reihe von Idioten, denen man zutrauen musste, mitten in der Nacht bei ihr aufzutauchen, und leider war der wahrscheinlichste Kandidat William Fors. Hans hatte sich nur wenige Tage nach Idas Tod in einer Bar mit ihm getroffen. William Fors war zutiefst betroffen gewesen und kaum ansprechbar – natürlich schämte er sich. In seinen Notizen zu dem Treffen hatte Hans geschrieben: *Ist wortkarg, windet sich, wohl kaum ein Täter, aber verbirgt er etwas? Er berichtet, wie sie in der Nacht vor dem Nordiska Museet auseinandergegangen sind. Sie sei Richtung Djurgårdsbron getorkelt. »Sie sah völlig fertig aus«, sagt er und macht viel Wind darum, dass Ida angedroht habe, die Perlenkette ins Wasser zu werfen. Wieder und wieder bittet er um Entschuldigung: »Ich hätte sie in Ruhe lassen sollen. Ich wusste doch, dass sie dich liebt, Hans.«*

Die Aufzeichnungen waren Hans peinlich, nicht eine einzige präzise Beobachtung darin, nichts von Wert. Warum hatte er den letzten Satz überhaupt noch hingeschrieben? Wahrscheinlich aus Sehnsucht nach dem einzigen Trost, den er bekommen konnte: Idas Liebe. Dabei hätte er besser mal seine eigene Frage beantwortet: Verbirgt William etwas? Oder er hätte wenigstens zu ergründen versuchen sollen, warum er die Frage gestellt hatte. Die Jugend war wirklich ein unverzeihlicher Zustand.

Sein Instinkt sagte ihm, dass William ihm nicht alles erzählt hatte. Vielleicht sollte er noch mal mit ihm sprechen. Aber wie bekam man einen Mann dazu, über etwas zu reden, was er einfach nur vergessen wollte? Er würde ihn bezahlen müssen.

Eilig stand er auf, fest entschlossen, die Sache anzugehen. Leider war Idas Tod nicht das Einzige, was ihn beunruhigte. Er dachte an Julia und das kurze Gespräch am Abend zuvor und wählte noch einmal ihre Nummer, aber sie ging nicht ran. Mit wachsendem Unbehagen versuchte er es noch einmal und noch einmal – dann beschloss er kurzerhand, bei ihr vorbeizuschauen. Es konnte ja nicht schaden herauszukriegen, ob sie bei abgeschaltetem Telefon zu Hause hockte.

Julia stand vor dem Spiegel. Sie hatte mitbekommen, dass sie nach Trosa fahren würden, ein pittoresker Ferienort südlich von Stockholm. Sie freute sich darauf, war aber mit ihrem Aussehen nicht zufrieden. Irgendwie kam sie sich kindlich vor, mit Pausbacken und Puppenaugen. Und der Bauch? Dicker denn je. Außerdem brannte die Haut auf ihrer Wange, und am linken Wangenknochen hatte sie einen blauen Fleck. Das war wahnsinnig peinlich. Ich werde mir eine gute Erklärung ausdenken müssen, dachte sie und verließ das Bad. Im Wohnzimmer blieb sie kurz stehen. Würde er noch einmal zuschlagen?

Ach was, das war eine absolute Ausnahme gewesen. Aber sie hätte deutlicher sagen sollen, dass sie es nicht in Ordnung fand. Gewalt gegen Frauen – sie murmelte die schicksalhaften Worte. Natürlich war das hier keine echte Gewalt, aber trotzdem, sie hätte mit ihm darüber reden sollen, vielleicht einfach nur sagen, dass sie nicht richtig kapierte, wieso er das eigentlich machte.

»Lucas!«, rief sie.

Er antwortete nicht. Sie fand ihn im Schlafzimmer mit seinem Handy beschäftigt vor. Irgendwas an seiner Haltung ließ sie runterschlucken, was sie eigentlich hatte sagen wollen. Es wäre ja auch blöd, jetzt zu meckern, wo sie doch nett verreisen und im Hotel wohnen würden, oder? Sie ging rüber und schmiegte sich an ihn. Dabei wanderte ihr Blick unbeabsichtigt kurz über das Display seines Handys, und er schubste sie weg, als würde sie spionieren. Sie war verletzt, lächelte aber trotzdem.

»Sollten wir nicht mal langsam los? Ich habe gepackt und mich schön gemacht«, erklärte sie und hoffte auf ein Kompliment.

Nicht einmal einen Blick bekam sie, auch nicht, als sie sagte, dass er gut aussehe. Er murmelte nur, dass er noch einmal rausgehen und telefonieren müsse, dann würden sie fahren. Er verschwand im Treppenhaus, ging eine Etage nach unten, und auch wenn sie das natürlich nicht tun sollte, lauschte sie doch. Er redete Englisch mit ziemlich schlechter Aussprache – er kam halt doch aus einer anderen Welt als sie. »I must have a guarantee that you don't hurt her«, sagte er, und sie erschrak. Wer sollte wen nicht verletzen?

Betraf das hier die Familienkrise? Oder sprach er von ihr? Sie machte einen weiteren Schritt in den Hausflur, um besser zu hören. Lucas sagte: »Yes, yes, sounds great.« Dann wirkte er geradezu fröhlich. Er lachte und sagte: »Wow, cool«, und das hätte sie eigentlich beruhigen müssen. Aber das Lachen gefiel Julia nicht, denn es klang gierig, als würde ihm viel Geld für irgendwas angeboten. Sie versuchte, mehr zu hören, doch da schien Lucas ein Stück weiter weg gegangen zu sein, also kehrte sie ins Badezimmer zurück.

Es war wie ein Fluch. Je unzufriedener sie mit ihrem Aussehen war, desto mehr trieb es sie vor den Spiegel. Noch einmal begutachtete sie ihren Bauch und ihre Oberschenkel und kniff sich angewidert in die Haut. Was machte sie da eigentlich? »Ich brauche eine Garantie, dass ihr sie nicht verletzt« – unwillkürlich kam ihr das wieder in den Sinn. Wie erstarrt stellte sie sich ganz dicht vor den Spiegel. Sollte sie lieber abhauen? Dann begann sie, sich zu schminken, und deckte den blauen Fleck mit Concealer ab. Sie sollte über ihren Schatten springen und ihren Vater anrufen.

Als sie die Schritte von Lucas auf der Treppe hörte, verließ sie das Badezimmer und musterte ihn nervös. Er ging an ihr vorbei in die Küche und schrieb etwas auf einen Post-it-Zettel, den er dann abzog und in die Hosentasche steckte.

Danach lächelte er sie strahlend an und küsste sie, und das beruhigte sie, und sie fühlte sich besser, wenn auch immer noch nicht richtig gut. Eigentlich wollte sie immer noch abhauen, aber sie packte trotzdem die letzten Sachen und ging mit ihm zusammen zum Fahrstuhl. Auf dem Weg nach unten holte er wieder sein Handy raus und schaltete es mit einer großen, feierlichen Bewegung aus.

»Das Handy ist aus. Jetzt sind es nur noch wir beide.«

Auch sie schaltete ihr Telefon aus, war aber zittrig dabei, was er zu merken schien.

»Ich habe Sehnsucht«, sagte er und strich ihr übers Haar. Er roch nach Rasierwasser.

»Ich auch«, sagte sie.

Er legte den Arm um ihre Taille, und sie gingen zu seinem Audi-Cabrio, das direkt vor dem Haus stand. Es war ein schöner Tag, keine einzige Wolke am Himmel, und vielleicht würde es trotz allem ein wunderbares Wochenende werden. Die Luft flimmerte bereits von der Hitze, und irgendwo spielte ein Orchester. Ein Tag wie zum Feiern gemacht.

Als wollte sie ein letztes Mal die Großstadt in sich einsaugen, ehe sie wegfuhren, schaute sie den Narvavägen hinunter und erschrak: Dahinten auf der Straße kam ein wohlbekannter, schwarz gekleideter Mann, und auch wenn sie am liebsten hingelaufen wäre und ihn umarmt und ihm alles erzählt hätte, siegte doch der Fluchtinstinkt.

»Komm, wir fahren schnell los«, sagte sie. »Ich glaube, dahinten ist mein Vater.«

»Was?«, antwortete Lucas in einem angespannten Tonfall, der ihr nicht gefiel.

Er öffnete die Autotür für sie, setzte sich hinters Steuer und fuhr so rasant los, dass ein Ruck durch ihren Magen ging.

EINUNDDREISSIG

In der Normandie versammelten sich gerade die Veteranen der Invasion – eine Parade klappriger Greise. Sie sahen alle aus, als wären sie hundert, einige wurden in Rollstühlen geschoben, andere stolperten noch selbstständig vorwärts. Die sollten eigentlich mit einer Decke um die Beine zu Hause hocken.

Hinten an der Atlantikküste lagen die Kriegsschiffe aufgereiht. Unterhalb von Magnus auf der Tribüne saß eine beeindruckende Menge an Prominenz. Aber wie er diese Art von Veranstaltung doch hasste. Das alles war so aufgeblasen und verlogen, dass er am liebsten unflätig herumgebrüllt hätte.

Bald würden wahrscheinlich auch noch die Kampfflugzeuge kommen und mit ihrem Dröhnen seinen Kater martern. Was war er für ein Idiot, dass er gestern getrunken hatte. Aber das war natürlich die Schuld von Hans – und von Gabor Morovia. Das grausige Unbehagen hatte ihn dazu verleitet, ein Bier nach dem anderen zu kippen. Nächstes Mal muss es Wein sein, dachte er und befühlte seinen Bauch. Aber er würde das hier mit Würde hinter sich bringen. Jetzt ging da unten der langweilige Scheiß erst richtig los. Präsident Chirac, der in der ersten Reihe neben der Königin von England saß, erhob sich. Wahrscheinlich würde die Königin irgendwelche Orden verteilen und eine Rede halten, die ungefähr so überraschend sein würde wie das Amen in der Kirche. Warum konnte er nicht einfach abhauen und sich ein Ausgleichsbier gönnen, eine kleine Unterstützung? Aber er wusste ja, dass das nicht ging.

Er schaute sich auf der Tribüne um. Wo war eigentlich Putin? Dem widerstrebte es wahrscheinlich, dass die Alliierten beim Sieg gegen Hitler auch dabei gewesen waren. Aber halt … da war er ja, oben auf dem Balkon zusammen mit König Harald. Sollte er versuchen, zu ihm Kontakt aufzunehmen? Als Putin noch Jelzins Premierminister gewesen war, hatten sie einige Male miteinander gesprochen. Putin musste auch Morovia kennen, wahrscheinlich hatten sie sich gegenseitig zu Reichtum verholfen, indem sie Russlands Vermögen plünderten.

Kleeberger klopfte ihm auf die Schulter. »Sehen Sie mal, Chirac kriegt langsam eine Glatze.«

Normalerweise hätte Magnus ihm bei so was recht gegeben: Stimmt, Schröder sieht wie ein Alki aus, Berlusconi ist definitiv kaputt operiert worden, tja, Tarja Halonen wirkt wie eine Grundschullehrerin. Aber jetzt hatte er gerade keine Lust dazu.

»Finde ich nicht«, erwiderte er hart. Und gegen seinen Willen erschien ein grausiges Bild von Gabor Morovia vor seinem inneren Auge: Gabor, wie er sich über jemanden beugte und der Gewalt freien Lauf ließ.

Draußen auf der Straße traf Hans auf Frau Hansson, die mit ein paar Tüten vom Supermarkt kam. Er half ihr, alles in ihre Wohnung zu tragen, und fragte, ob es mit der Gicht besser gehe. Natürlich wollte sie nicht klagen, aber sie war ja *so* froh, dass Micaela wieder zurück war.

»Nun zieht vielleicht ein bisschen Ordnung ein.«

»Ja, möglich«, sagte er.

»Willst du einen Spaziergang machen?«

»Ich wollte Julia besuchen«, sagte er und erwiderte ihr Lächeln, als handele es sich lediglich um einen ganz normalen Besuch.

Doch sowie er Frau Hanssons Wohnung verlassen hatte, war das Unbehagen wieder da, und es gelang ihm auch nicht, es als irrational beiseitezuschieben. Er musste an die etwas spinnenartigen Bewegungen von Julia denken, als sie sich ihm in der Küche entzogen hatte.

Sie wurde zurzeit von einem härteren Blick als seinem beurteilt. Das konnte ihr eigener sein oder der von jemand anderem.

Auf der anderen Straßenseite war ein älterer Herr in kariertem Jackett unterwegs. Der Mann ging langsam, und als kleine Übung beobachtete Hans ihn, um zu sehen, was er aus seiner Körperhaltung über sein Leben ablesen konnte.

Je mehr er auf die Füße des Mannes starrte – Größe 46 –, desto mehr verschwand die Welt um ihn und desto größer schienen die Füße zu sein. Natürlich wusste er, woran das lag: So behalf sich das Gehirn, sie nicht aus dem Blick zu verlieren. Wahrscheinlich passierte genau das gerade mit Julia. Sie schaute so oft auf einzelne Teile ihres Körpers, dass die in ihren Augen zu wachsen schienen. Das gehörte zu den dunklen Mechanismen der Essstörungen, und wieder musste er an den Klang ihrer Stimme denken, als er am Abend zuvor angerufen hatte. Er ging schneller. Irgendetwas stimmte nicht, da war er ganz sicher.

Oben vom Karlaplan her durchschnitt das Motorgeräusch eines beschleunigenden Autos die Luft, ein Brüllen in einer großen Terz, ein Glissando von A zu Cis. Er hob den Kopf. Ein roter Sportwagen verschwand auf dem Karlavägen. Das hatte natürlich nichts zu bedeuten. Östermalm war voller testosterongeschwängerter Männer, die posen mussten und mit ihren verdammten Angeberautos Nervenkitzel erzeugen wollten. Doch irgendwas an dem Geräusch und dem Anblick des verschwindenden Fahrzeugs machte ihm schlechte Laune.

Im Fahrstuhl hing der Geruch von Rasierwasser und Parfüm. Ein Paar hatte eben hier gestanden, jung, dachte er, stieg im fünften Stock aus und klingelte an Julias Tür. Doch wie er schon geahnt hatte, öffnete niemand.

Micaela drehte eine Runde durch die Wohnung und stellte fest, dass Rekke nicht zu Hause war. Besorgt rief sie Frau Hansson an, die sie sofort beruhigen konnte. Rekke habe nur Julia besuchen wollen, und er habe fröhlich und sommerlich ausgesehen.

»Sie sind ja wohl nicht dabei auszuziehen, oder?«, fragte Frau Hansson.

»Keine Ahnung«, gab Micaela zurück.

»Er braucht Sie.«

»Weiß nicht, ob ich ihn genauso brauche.«

»Aber er inspiriert Sie, das stimmt doch.«

»Nur wenn er die Nase über der Wasseroberfläche hat. Sonst macht er mich wahnsinnig.«

»Er macht uns alle wahnsinnig. Aber manchmal lässt er uns auch Atem holen.«

Micaela dachte nach. »Kann sein.«

»Und Sie mögen ihn ja schließlich.«

Darauf antwortete sie nicht.

»Ich kann Ihnen versichern, falls Sie sich das gefragt haben ...«, begann Frau Hansson kryptisch, »er ist ein tadelloser Gentleman.«

Ein Langweiler, dachte Micaela und erwiderte: »So was will ich lieber nicht hören.«

»Dann bitte ich um Entschuldigung.«

Micaela kam ein völlig anderer Gedanke. »Sie haben sich doch um Magnus und Hans gekümmert, als die beiden Kinder waren. Erinnern Sie sich an einen Jungen namens Gabor Morovia?«

Frau Hansson stieß einen kleinen Laut der Überraschung aus. »Ich komme rauf«, sagte sie. »Ich komme rauf.«

ZWEIUNDDREISSIG

Hans hatte einen Schlüssel zu Julias Wohnung, war aber natürlich nie ohne ihre Erlaubnis reingegangen, so wie seine Mutter in seiner Jugend immer in sein Zimmer marschiert war, als wäre das ihr natürliches Recht. Seither wusste er immer sofort, wenn jemand an seinen Sachen gewesen war. Er hatte sich geschworen, Julias Privatsphäre zu respektieren. Aber trotzdem …

Er war Vater, und Väter brachen unentwegt ihre Prinzipien, das gehörte sozusagen zum Job. Also schloss er auf und erkannte sofort am Geruch von Rasierwasser und Parfüm, dass Julia und der neue Typ die Wohnung gerade eben erst verlassen haben mussten. Möglicherweise waren sie es gewesen, die mit diesem lauten Wagen verschwunden waren, und in dem Fall kannte er sowohl den Geruch des neuen Freundes als auch das Tonbild seines Autos. Das war schon mal ein Anfang, und hier drin gab es sicherlich noch mehr, wenn er nun schon mal dabei war rumzuschnüffeln. Es war wahnsinnig aufgeräumt – auch so etwas, was in der letzten Zeit als Folge der strikten Diät zugenommen hatte. Aus Ordnung folgt Ordnung. *Ordo ducit ad ordinem.*

Das Bett war gemacht, das Geschirr war in die Maschine geräumt, und Tisch und Arbeitsfläche waren abgewischt. Auf dem Küchentisch lagen in einem ordentlichen Stapel drei Nummern *Dagens Nyheter* und daneben ein Block Post-it-Zettel. Das reicht, dachte er, hau ab. Fang nicht an, Schubladen und mögliche Verstecke zu durchsuchen. Doch natürlich hatte er auf dem Zettelblock den schwachen Abdruck von einem längeren Wort und zwei Ziffern gesehen. Möglicherweise eine 52, bestimmt eine Adresse. Er konnte ein üppiges H zu Anfang erkennen und weiter in der Mitte ein ebenso breites b und ein g. Es war klar, dass nicht Julia das geschrieben hatte, sondern ein Mann mit einer ausladenden, ungepflegten Handschrift. In den schwedischen Schulen war 1975 eine neue Grundschrift eingeführt worden, mit dem Ziel, Handschriften schnörkellos und damit leichter lesbar zu machen. Das g zum Beispiel sollte nicht mehr mit dem nächsten Buchstaben verbunden werden, doch hier war das definitiv der Fall, und es war auch sonst keine Spur von dem neuen Stil zu erkennen. Wenn derjenige, der das hier geschrieben hatte, in Schweden aufgewachsen war, dann stammte er aus der Generation davor, und das machte ihn bedeutend älter als Julia. Was ja nicht unbedingt schlecht sein musste.

Aber gut war es auch nicht, und er nahm den Zettel mit dem Abdruck an sich und rief seine Tochter an – ihr Handy war ausgeschaltet.

Frau Hansson kam schick angezogen, in weißer Leinenhose und mit marineblauer Kaschmir-Strickjacke, die für das Wetter zu warm war, nach oben. Sie fasste sich an den Rücken und setzte Teewasser auf.

»Hat Hans angefangen, über Gabor Morovia zu sprechen?«, fragte sie besorgt.

»Er ist in einem Cold Case aufgetaucht, mit dem wir uns beschäftigen«, antwortete Micaela.

Frau Hansson lächelte vorsichtig. »Ihr habt wieder einen Fall?«

»Sieht ganz so aus.«

»Oh, das freut mich so. Die Arbeit wird Hans guttun. Das war schon so, als er klein war. Sowie er ein Rätsel fand, über das er nachgrübeln konnte, lebte er auf.«

Dann bekam sie wieder einen besorgten Gesichtsausdruck und ließ sich auf einen der Stühle sinken. Sie sah müde aus.

»Wie geht es Ihnen, Sigrid?«, erkundigte sich Micaela.

»Na ja, jünger werde ich nicht, und ich habe im Leben einiges durchstehen müssen. Das mit Morovia eingerechnet.«

Nun setzte sich auch Micaela an den Küchentisch. »Sie sind ihm schon mal begegnet?«

Frau Hansson strich sich mit der Hand über die Stirn und blinzelte nervös. »Ich habe den Kater begraben, den er angezündet hat, und damals habe ich einige Nächte gewacht, aus Angst, dass er sich in die Villa schleichen könnte. Aber kennengelernt hatte ich ihn schon vorher, als die Familie ihn noch für einen ganz normalen begabten Jungen hielt.«

»Was er aber nicht war?«

»O nein.« Frau Hansson stand auf, goss den Tee auf und stellte ein paar Scones hin. »Aber es dauerte eine Weile, ehe uns das klar wurde. Zu Anfang wussten wir nur, dass Doktor Brandt den Jungen auf einem Schachturnier in Wien kennengelernt hatte und zutiefst beeindruckt, ja fast verliebt, war. Er träumte davon, dass Hans und Gabor Freunde würden und gemeinsam trainieren und sich aneinander messen könnten. Ich glaube wirklich, dass er nur das Beste für Hans wollte.«

»Okay.«

»Aber das musste ja schiefgehen, denn Gabor hatte den Hass auf die Familie Rekke schon mit der Muttermilch eingesogen.«

»Ja, davon habe ich gehört«, sagte Micaela.

»Irgendwann erkannte Harald Rekke, wen er sich ins Haus geholt hatte, ging zur Polizei und zum Jugendamt und wurde außerdem in der ungarischen Botschaft in Wien vorstellig. Aber da war der Junge schon unauffindbar. Später erfuhren wir, dass ausgerechnet Doktor Brandt ihm geholfen hatte, ein Stipendium auf einer Schule in Bonn zu bekommen. Harald hat dem Doktor das nie verziehen, und der Kontakt zu ihm wurde abgebrochen.«

»Wie ist es mit Gabor Morovia weitergegangen? Wissen Sie das?«, fragte Micaela.

Frau Hansson schenkte ihnen beiden Tee ein. »Da ich die Einzige bin, die mit Doktor Brandt Kontakt gehalten hat, weiß ich mehr als jeder in der Familie Rekke«, erklärte sie.

»Würden Sie mir ein bisschen was erzählen?«

»Ich weiß nicht.« Frau Hansson zögerte.

»Warum haben Sie Hans nie erzählt, was Sie wissen?«

»Ich habe immer befürchtet, dass Gabor es wieder auf ihn abgesehen haben könnte, und wollte verhindern, dass Hans Sympathie für ihn entwickelt. Das würde ihn doch schwächen.«

»Nach allem, was passiert ist, kann Hans Gabor nicht mehr sympathisch finden, oder?«

»Bei Hans weiß man nie. Er kann sich praktisch in jede Psyche einfühlen. Nichts Menschliches ist ihm fremd. *Homo sum, humani nihil a me alienum puto*, wie er immer zu sagen pflegt. Aber Ihnen kann ich es erzählen, Micaela, wenn Sie versprechen, es nicht sofort weiterzutragen.«

»Das verspreche ich«, sagte sie, ohne es so zu meinen.

»Für Morovia lief es erwartungsgemäß gut«, fuhr Frau Hansson fort. »Er legte eine glänzende akademische Karriere hin und baute ein erfolgreiches Unternehmen auf. Aber trotzdem war irgendetwas seltsam. Menschen in seiner Nähe verschwanden oder starben, und Doktor Brandt bereute längst, sich mit dem Jungen befasst zu haben. Dann geschah etwas, das alles zu verändern schien.«

»Was?«

»Gabor hatte viele Frauen, und seine Anwälte mussten immer wieder Anzeigen wegen gewalttätiger Übergriffe abwehren. Doch die ganze Zeit gab es eine Frau, die unverrückbar an seiner Seite stand, eine Landsmännin, die in London bei ihm studiert hatte. Sie heißt Alicia Kovács, und mit ihr bekam er einen Sohn, einen sehr hübschen Jungen, wie gesagt wird, sowohl in der Schule als auch im Sport ein Ass. Gabor liebte ihn so sehr, dass er sich sogar aus seinen dubiosen Geschäften mit russischen Vertretern des Organisierten Verbrechens rausziehen wollte.«

»Hat er das auch getan?«

»Keine Ahnung. Ich weiß nur, dass er sich noch mehr Feinde gemacht haben muss. Im Frühjahr 1994 wurde an seiner Limousine in St. Petersburg eine Bombe angebracht. Doch die war so dilettantisch installiert, dass nur der halbe Wagen zerfetzt wurde. Gabor überlebte mit Brandverletzungen an Oberkörper und Beinen. Der Sohn, Jan, schaffte es nicht. Er starb in den Armen seines Vaters, und wie es heißt, ist Gabors Rachedurst seither völlig ungehemmt. Das beunruhigt mich einfach. Der Junge wäre heute so alt wie Julia.«

»Aber wieso sollte Morovia es deswegen auf Hans abgesehen haben?«

»Man weiß es nicht. Gabor ist fixiert auf ihn. Ehrlich gesagt, Micaela …« Frau Hansson fasste sich wieder an den schmerzenden Rücken.

»Ja?«

»All die Jahre hatte ich Angst, dass Morovia zurückkommen und irgendeinen Grund finden würde, über Hans herzufallen. Er ist der grausamste Mensch, dem ich je begegnet bin. Habe ich schon gesagt, dass er den Kater gefoltert hat, ehe er ihn anzündete?«

»Nein.«

»Und damals war er erst zwölf Jahre alt, und ich möchte gar nicht erzählen, was ich sonst noch mitbekommen habe. Es heißt, das Beste, was einem Zeugen passieren kann, der gegen ihn aussagt, sei eine Kugel in den Kopf. Normalerweise blüht ihnen sonst dasselbe Schicksal wie dem Kater.«

»Ja, von Folterungen habe ich auch gehört.«

»Er ist das Böse selbst, Micaela, und sehr intelligent, auf eine furchtbare Weise genial. Sie müssen mir versprechen, dass Hans sich nicht wieder mit Gabor Morovia anlegt.«

»Ich geb mein Bestes«, sagte Micaela und hörte wie aufs Stichwort draußen im Treppenhaus die Schritte von Hans.

Hans betrat die Wohnung und merkte, dass Frau Hansson und Micaela von ihm sprachen. In den Stimmen schwang Besorgnis mit, aber er scherte sich nicht darum, sondern ging geradewegs in sein Arbeitszimmer und schaute sich den Abdruck auf dem gelben Zettel an. Viel war nicht zu erkennen. Der Stift war nicht fest aufgedrückt worden. Er konnte *Hög* lesen, dann etwas Unleserliches, und dann *gatan* 52. Zu Anfang der unleserlichen Stelle konnte man ein *ä* erahnen, etwas schlampig geformt, was das Ganze zur *Högbärsgatan* machen könnte. Die lag auf Söder, und die Nummer 52 – er suchte im Netz – war die Maria-Grundschule. Das klang harmlos. Vielleicht war er nur paranoid, denn was hatte er eigentlich vorzuweisen? Einen Abdruck an Julias Handgelenk, etwas Trotziges in ihrem Blick, am Telefon ihre unruhige, zittrige Stimme, mit der sie ihn belog, und dann die Handschrift eines Mannes, der älter als dreißig war und dessen ausladende Schrift möglicherweise auf Narzissmus hinwies.

Aber Grafologie war nun mal keine seriöse Wissenschaft, und Töchter logen ihre Väter an, wenn sie jemanden im Bett hatten. Vielleicht waren das alles nur irgendwelche väterlichen Verirrungen, aber es drückte ihm auf die Brust und tat im Herzen weh, und die immer wieder aufflammende Sorge ruinierte seine Konzentration.

Er war abstinent und sollte wahrscheinlich etwas nehmen, auch wenn ihn das nicht gerade zu einem verantwortungsvollen Vater machte. Aber was half es Julia schon, wenn er nicht klar denken konnte? Lieber fokussiert als drogenfrei, stellte er für sich fest und stand auf, um ins Badezimmer zu gehen.

Auf dem Weg dorthin hörte er Micaela telefonieren und von einem Treffen um dreizehn Uhr sprechen. Als sie aufgelegt hatte, ging er zu ihr. Sie sah zu Boden, als hätte er sie bei etwas Verbotenem erwischt.

»Hast du Julia angetroffen?«, fragte sie.

»Nein«, antwortete er. »Sie war nicht zu Hause. Wohin willst du?«

»Ich treffe mich mit Claire Lidmans Schwester Linda.«

»Wieso das?«

Hinter ihnen klapperte Frau Hansson unruhig in der Küche und hielt ab und zu in ihren Bewegungen inne. Als sie die Weingläser in die Spülmaschine stellte, war ein scharfes C zu hören.

»Ich will eine Bestätigung, dass Claire lebt.«

»Ist das eine gute Idee?«

»Keine Angst, ich werde schon kein Porzellan zerschlagen. Kaj Lindroos hat sie offenbar gestern Abend besoffen angerufen und wirres Zeug geredet.«

»Hat der womöglich auch zu lange auf dieses Foto gestarrt?«

»Kommt mir ganz so vor.«

»Soll ich mitkommen?« An ihrer Reaktion merkte er, dass sie ganz klar etwas erfahren hatte, was sie nicht mit ihm teilen wollte. Instinktiv horchte er wieder in die Küche zu Frau Hansson, hoffte beinahe, aus den Tönen, die ihre Bewegungen verursachten, mehr Informationen herauszuhören.

»Na ja, du machst das wahrscheinlich am besten alleine«, sagte er.

»Weiß nicht«, antwortete sie.

»Doch, das glaube ich«, sagte er, strich ihr über die Schulter und überlegte, womit er sich solange beschäftigen sollte.

Er konnte sich nicht die ganze Zeit Sorgen um Julia machen, schließlich hatte er noch anderes zu tun. Die Halskette war wieder da, und er hatte die Widersprüche in der alten Zeugenaussage von William Fors aufgedeckt. Da gab es einen Zusammenhang, eine direkte Linie von den Verhandlungen der Nordbank mit Axel Larsson hin zu Claire

Lidmans Verschwinden. Anstatt die Freunde seiner Tochter dubios zu finden, sollte er besser etwas Richtiges anpacken. Er machte kurz die Augen zu, ging ins Badezimmer und öffnete den Medikamentenschrank, machte ihn dann jedoch wieder zu.

DREIUNDDREISSIG

Auf dem Weg zum Monument am amerikanischen Soldaten-
friedhof in der Normandie sah Magnus einen Mann mittleren Alters mit dunkel gelocktem Haar, das an den Schläfen
schon weiß wurde. Er meinte den Mann zu kennen, konnte
ihn aber nicht einordnen.

Dieser Typ war lächerlich beliebt. Alle wollten ein paar
Worte mit ihm wechseln. Könnte das irgendein Strippen-
zieher sein, von dem er nur noch nicht gehört hatte? Nein,
das war unmöglich, denn niemand hatte einen besseren
Überblick als er. Doch dann fiel es ihm wie Schuppen von
den Augen. Der Mann war Tom Hanks! *Ein Schauspieler*.
Forrest Gump, dachte er mit einem verächtlichen Schnau-
ben und drängte sich vorbei. Das Gekrieche vor Hollywood-
stars fand er unerträglich. Das war noch schlimmer als bei
Angehörigen des Königshauses. Die Leute verloren komplett den Verstand und wollten ein Selfie. Aber Moment …
vielleicht gab es doch noch Hoffnung. Dahinten ging ein
kleiner Mann mit schütterem Haar und eingesunkenen
Wangen und scherte sich überhaupt nicht um diesen Aufstand. Oder zumindest tat er so, denn Magnus war klar,
dass auch dieser Mann den Umgang mit Stars liebte, auch
wenn Tom Hanks für seinen Geschmack sicherlich zu zag-
haft und zu liberal war. Putin war mehr für Action und Muskeln, die Kategorie Steven Seagal.

»Wladimir Wladimirowitsch!«, rief er ein wenig zu laut, und da machte sich in der Entourage sofort Unruhe breit, ob das nun daran lag, dass Magnus sich so schnell bewegte oder sich unangemessen ausdrückte. Also fügte er schnell hinzu: »*Herr Präsident.*«

»Magnus.«

Er konnte nicht anders, ihm schmeichelte, dass dieser bedeutende Mann ihn beim Vornamen nannte. Vor Putin bildete sich eine Öffnung in der Reihe der Bodyguards, eine Hand wurde vorgestreckt, ein etwas lahmer Handschlag, aber trotzdem – er bemerkte im Augenwinkel, dass die Leute, und vielleicht sogar Forrest Gump, zu ihnen hersahen.

»Wie geht es Ihnen?«, fragte er.

Er erhielt ein gleichermaßen wachsames wie belustigtes Lächeln zur Antwort.

»Viel Arbeit.«

»Sie sehen blendend aus.«

Putin machte eine Miene, als ob er genau diese Worte den ganzen Tag über schon zu oft gehört hätte.

»Und Glückwunsch zum Wahlsieg«, fuhr Magnus fort. »Da hatten Sie nicht viel Konkurrenz, nicht wahr?«

»Das ist jetzt Geschichte.«

»Die täglich neu geschrieben wird. Darf ich Sie nach einem gemeinsamen …« Er zögerte. Was sollte er sagen? Gemeinsamer *Freund* oder *Feind*? Seit dem Bombenanschlag auf Morovia und seinen Jungen war so vieles unklar. »Nach einer Person fragen, die wir beide kennen«, korrigierte er sich.

»Um wen geht es?«

»Gabor Morovia.«

Putins Blick wurde eisig, und Magnus dankte dem Himmel, dass er nicht »Freund« oder auch nur »Bekannter« gesagt hatte. Putin hasste Gabor, so viel war klar. Doch im nächsten Moment lachte der Präsident trotz allem, und da grinsten alle anderen ebenso, auch wenn sie kaum verstanden, worum es ging.

»Haben Sie Probleme mit ihm?«, fragte er.

»Noch nicht«, antwortete Magnus ehrlich.

Putin lehnte sich vor und sah ihn mit einem Blick an, der unmöglich zu deuten war. »Dann erschießen Sie ihn doch.«

Das war natürlich ein Witz. Trotzdem lief Magnus ein Schauer über den Rücken, nicht nur weil es unerhört war, so etwas von einem der mächtigsten Männer der Welt zu hören. Nein, diese Worte formulierten auch einen heimlichen Traum. Welche Erleichterung wäre es, wenn Gabor verschwinden und seine Geheimnisse mit ins Grab nehmen würde, und vielleicht antwortete er deshalb völlig unpassend für einen schwedischen Staatssekretär: »Können Sie den Job nicht für uns erledigen lassen?«

»Wir arbeiten daran«, erwiderte Putin und grinste wieder, und da lachte er selbst ein wenig übertrieben laut, für den Fall, dass jemand mithörte oder, noch schlimmer, dass die Worte aufgezeichnet würden.

Doch da hatten sich Putin und seine Entourage bereits von ihm abgewandt, und in einem Moment der Schwäche fragte Magnus sich, ob er nicht noch ein Kompliment nachschicken sollte, etwas über dieses Hockeymatch, das er gesehen hatte, oder die Angeltour, aber nein, ein wenig Stolz besaß er trotz allem. Er war ja nicht wie die Idioten, die sich um Forrest Gump scharten.

Er ging langsamer, damit Kleeberger und der Ministerpräsident zu ihm aufschließen konnten, und seine Laune besserte sich merklich. Was für ein verdammtes Glück, dass Morovia nicht auch noch Putin auf seiner Seite hatte. Gleich und gleich gesellte sich keineswegs immer gern. Und das mit

Gabors Sohn? Wer außer den Kreisen um Putin würde wagen, ihm so etwas anzutun? Er wandte sich um und hätte fast Kleeberger davon erzählt, beschloss dann aber, es für sich zu behalten. Schweigend und nachdenklich wanderte er weiter zum Monument, wo Präsident Bush seine Rede halten würde.

Rekke war ausgegangen, und Micaela war nervös und neugierig. Für dreizehn Uhr war sie mit Linda Wilson verabredet. Aber bis dahin war noch Zeit, und sie konnte nicht anders, als in Rekkes Arbeitszimmer zu gehen und nachzusehen, was er die ganze Nacht über gemacht hatte.

Er hatte definitiv gearbeitet. Auf seinem Tisch war ein Durcheinander aus alten Ermittlungsdokumenten mit unleserlichen Notizen am Rand, und sie warf einen Blick auf die Seite, die aufgeschlagen war – offenbar ein Auszug aus einem alten Polizeiverhör mit William Fors.

Fors gibt an, »angetrunken und neben der Spur« gewesen zu sein, stand dort. *Er hat kürzlich geerbt und eine große Summe Bargeld abgehoben und sich überlegt, aus den Scheinen Zigaretten zu rollen. Außerdem hat er Champagner an die Wände und auch auf Ida Aminoffs Kleid gespritzt. Er bat sie, ihn aus ihrem Stiletto trinken zu lassen, wollte den Schuh für zweitausend Kronen mieten. Er kann verstehen, dass sie sich geärgert hat. Aber das habe ihr noch lange nicht das Recht gegeben, seine Brieftasche zu stehlen, sagt er. Auf wiederholte Nachfragen gibt er zu, dass er nicht sicher ist, dass sie diejenige war, die die Brieftasche gestohlen hat. Er könnte sie auch selbst verlegt haben, gibt er zu. Er sei sehr betrunken gewesen und »ein wenig auf sie fixiert«. Sie »sah aus wie die Königin von Saba oder so mit ihrer Halskette, und ich wollte, dass sie mal weniger arrogant war«. Aber er habe ihr nichts angetan, sondern sei nur in der Nacht hinter ihr hergegangen. Ob das verboten sei?, fragt er. Sie bringe alle um den Verstand. »So wie die drauf war«* habe *er schon vorher das Gefühl gehabt, dass ihr mal was zustoßen könnte.*

So wie *er* drauf war, hätte er besser gesagt, dachte Micaela. Mein Gott, Champagner an den Wänden und Zigaretten aus Tausendern. Wütend dachte sie an das Geld, das sie ihrer Mutter gegeben hatte, und an ihren Vater, der früher seine Geldscheine mit so schuldbeladenem Ernst austeilte, als würde er sich schämen, dass er noch mehr davon hatte. Sie verließ das Zimmer und knallte die Tür zu.

In diesem Oberklassesumpf kann Rekke gern selber herumstochern, dachte sie, zog ihre Jeansjacke an und haute ab. Sie konnte gut und gerne ein wenig früher bei Linda Wilson aufschlagen.

Auf der E4 war nicht viel Verkehr. Sie fuhren konstant hundertvierzig, und Lucas sah Julia von der Seite an. Ihr rotblondes Haar flatterte im Wind, und er streckte eine Hand nach ihr aus. Sie war wirklich wahnsinnig hübsch. Er sollte sie mit nach Husby nehmen. Nichts gegen Natali, aber diese Klasse hatte seine Freundin definitiv nicht. Alle würden wahnsinnig neidisch sein. Alle würden denken, verdammt, Lucas kann eine solche Braut haben. Der kriegt einfach, was er will.

Trotzdem war Vorsicht angesagt. Julia war ungefähr so verlockend wie eine teure Vase. Er wollte sie besitzen und gleichzeitig zerstören. Sie war so zerbrechlich und fein, dass es ihn in den Fingern juckte, und er war schon einmal nah dran gewesen, diese Grenze zu überschreiten. Gestern Abend, als sie schlief und er sie im Licht der Dämmerung ansah, griff er um ihren Hals und drückte zu. Das war irre erregend. Es zog nur so im Bauch. Aber zum Glück hatte er rechtzeitig aufgehört.

Vielleicht war es ja nicht Julia gewesen, die er in diesem Moment gerne erwürgt hätte, sondern Micaela. Eigentlich hatte die ihn ja dazu getrieben.

Nach allem, was er für sie getan hatte, wollte sie ihn in den Knast bringen. Das war nur undankbar, und wenn seine Mutter und Vanessa nicht wären, hätte er sie längst umgebracht – und das konnte ihm ja wohl keiner vorwerfen. Niemand konnte behaupten, dass er sie nicht gewarnt hätte. Aber sie nutzte jede kleine Info, die sie je aufgeschnappt hatte, um ihm zu schaden, und deshalb musste er zurückschlagen.

Er brauchte jemanden wie Julia. Aber ihr richtig wehzutun, das war ausgeschlossen, das wäre Selbstmord. Da hätte er die ganze Welt an den Hacken. Der Plan war vielmehr zu zeigen, wie verliebt Julia in ihn war, und Micaela auf diese Weise klarzumachen, dass sie ihn nicht herausfordern durfte. Sonst konnte alles passieren.

Blöderweise war er nicht mehr sicher, ob er sich im Griff hatte. Julia weckte etwas Dunkles in ihm. Schon allein dieser schlanke Hals, dachte er, dieser Mund. Sie hatte alles im Leben auf dem Silbertablett serviert gekriegt, aber trotzdem – oder vielleicht gerade deshalb – bettelte sie um die kleinsten Kleinigkeiten. Das war einfach unwiderstehlich. Und dann noch ihr Vater, was für ein kaputter Typ. Kein Wunder, dass der Feinde hatte.

Aber zum Glück funktionierte die Welt ja so, dass die Feinde des Feindes die eigenen Freunde waren, und den ganzen Abend hatte er mit einer krass charmanten Anwältin gesprochen, die für einen Oberbonzen arbeitete, mit dem er auch schon mal geredet hatte. Die Anwältin hatte ihm

Geld angeboten, massenhaft Geld, wenn er sie mit Material versorgen würde, um Rekke unter Druck zu setzen. Sie wollten Fotos, mehr nicht, von Lucas und Julia zusammen. Im Gegenzug durfte Lucas ihr Haus in Trosa benutzen.

Die Hütte war angeblich ziemlich schick, und im Kühlschrank waren Champagner und Essen. Das alles kam ihm wie eine gute Idee vor, wenn auch vielleicht ein bisschen zu gut, als dass da kein Haken dran war. Doch die Anwältin namens Alicia hatte versprochen, ihn juristisch zu unterstützen, wenn irgendwas schiefging. Da musste er aber mal ganz vorsichtig sein und seine Hände in Schach halten, damit er sich nicht wieder vergaß und die Kleine doch noch erwürgte. Denn dann konnte die Anwältin ihm auch nicht mehr helfen. Aber das dürfte kein Problem sein. Verdammt nochmal, er hatte schließlich schon alles Mögliche hingekriegt, aus welchen beschissenen Zwickmühlen hatte er sich nicht schon befreit, weil er einfach schlauer war als andere. Selbstvertrauen blubberte in ihm hoch, und er betrachtete sich begeistert im Rückspiegel. Charmant war er und sah auch noch gut aus. Er kriegte, was er wollte, und niemand wagte mehr, ihn zu verarschen, dafür sorgte er jetzt. Der Gedanke an all das, was er zustande gebracht hatte, erzeugte in ihm den Wunsch, wie zur Belohnung die Grenze zu überschreiten.

Er trat das Gaspedal durch. Der Tacho sauste auf 170, und Julia erstarrte vor Schreck.

»Kannst du etwas langsamer fahren?«, bat sie.

»Tut mir leid, Liebling, ich bin einfach so scharf auf dich«, sagte er, und das war die Wahrheit. Er hatte alle möglichen Bilder im Kopf, und er packte sie fest ums Handgelenk, so, wie sie es mochte. Wenn du nur wüsstest, wie teuer du bist, du verwöhntes Ding, dachte er und verspürte wieder diese pochende Versuchung, sie zu Tode zu erschrecken.

VIERUNDDREISSIG

Linda Wilson sank auf die Knie. *Lieber Herr Jesus, heilige Mutter Gottes.* Doch weiter kam sie nicht. Der Rücken tat ihr weh, und sie streckte die Arme aus. In den Schulterblättern knirschte es, und das war wohl auch eine Art Antwort auf das versuchte Gebet. Seit Monaten war sie höchst angespannt, und das war keineswegs verwunderlich.

Auch wenn niemand Klartext redete und keiner es sicher wusste, war ihrer Schwester garantiert irgendetwas zugestoßen. An guten Tagen gelang es ihr, sich einzureden, das hier wäre nichts anderes als eine weitere lange Zeit des Schweigens, die Claire ihr schon viele Male während ihres Exils zugemutet hatte. Doch heute war die Angst schlimmer denn je zurückgekehrt. Die Polizei war da gewesen, und jetzt würde noch eine Frau von denen kommen.

Sie stand auf, beinahe gestärkt davon, dass sie sich nicht zu einem Gebet hatte hinreißen lassen. Claire hatte einmal vor langer Zeit gesagt, wenn man bedachte, wie komplex die Welt war und in wie viele Menschenschicksale Gott eingreifen musste, um einen einzigen kleinen Wunsch zu erfüllen, sei die Logik des Gebets doch völlig absurd. Sie hatten darüber gelacht und einander versprochen, nicht mehr zu beten. Lange hatte Linda sich daran gehalten. Wenn sie einen Gott anbetete, dann eher Dionysos. Sie hatte gesoffen und gelebt, als gäbe es kein Morgen.

Doch mit der Krise hieb auch die Religion wieder ihre Klauen in sie. Heute war es so schlimm wie lange nicht. Von den guten Seiten des katholischen Glaubens hatte sie nichts abbekommen, aber dafür umso mehr von den schlechten: Schuld, Scham und ein Gefühl von Verlorenheit. Sie brauchte einen Drink oder drei, aber vor allem brauchte sie ein Lebenszeichen.

»Bitte, geliebte Claire, melde dich«, murmelte sie und ging in die Küche, um sich einen Gin Tonic zu machen. Hier war alles modern, aber ansonsten war ihre Wohnung voller Möbel aus dem neunzehnten Jahrhundert. Linda handelte mit viktorianischen Antiquitäten, verdiente keine großen Summen damit, hatte aber trotzdem genug Geld. Claire hatte mehr hinterlassen als nötig, denn auch wenn sie nicht wirklich gestorben war, hatte man doch sicherheitshalber ein Testament vorgelegt, und so hatte sich Linda hier mitten in der Stadt, nicht weit vom schicken Östermalstorg entfernt, niederlassen können.

Das war mehr, als sie sich hatte erhoffen können, nachdem sie sich jahrelang mit Gelegenheitsjobs in Kneipen und Bars über Wasser gehalten hatte und mit nur vierzig Jahren wegen Rückenproblemen vorzeitig in Rente gehen musste. So gesehen gab es keinen Grund zur Klage. In gewisser Weise war sie nur durch die Verbindung mit Claire überhaupt jemand. Doch leider hatte die ganze Spionagewelt in ihrem Leben Einzug gehalten – mit verschlüsselten Nachrichten, Boten, ständiger Paranoia und allem Drum und Dran. Wann immer sie sich gerade an einen Zustand gewöhnt hatte, passierte etwas, so wie jetzt, und das machte sie wahnsinnig. Sie konnte nicht schlafen und keinen klaren Gedanken fassen, und dafür hasste sie Claire. Sie hasste und liebte sie.

Es klingelte. Linda fluchte. Nicht jetzt schon. Sie hatte kaum die Gläser von Lars Hellners Besuch weggeräumt. Jetzt ging sie zum Flurspiegel und seufzte bei ihrem Anblick. Sie sah ängstlich aus, fand sie – und wie eine Alkoholikerin. »Gleich!«, rief sie in Richtung Tür. Aber zumindest war sie einigermaßen angezogen, gebügelte Baumwollhose und schwarze Bluse. Und auch heute würde sie sehr gut lügen können, in dem Punkt konnte ihr niemand was vorwerfen.

»Ich komme!«, rief sie. »Ich komme.«

Linda Wilson gab Micaela das Gefühl, klein zu sein. Sie war hochgewachsen, mit verlebten, aber schönen Gesichtszügen und großen, wachen Augen. Man konnte Claire in ihr erkennen, wenn auch eine gröbere, etwas ältere Claire. Linda Wilson war zugewandt, hatte ein nervöses, nettes Lachen und schien in ein anderes Jahrhundert zu gehören. An der Wand hing ein dunkles Ölgemälde von einer Kreuzabnahme, und überall standen alte Kommoden und Stühle herum.

Micaela wusste, dass die Mutter der Geschwister – die mit einem britischen Ingenieur verheiratet gewesen war, der die Familie früh verlassen hatte – in jungen Jahren ein wildes Leben geführt hatte. Nach einem Entzug in einer religiösen Einrichtung wandte sie sich dem Katholizismus zu und war strikt und wohl auch etwas seltsam in ihrem Glauben. Von Rebecka Wahlin hatte sie gehört, dass die Mutter großen und in vielerlei Hinsicht destruktiven Einfluss auf ihre Töchter gehabt habe.

»Schön haben Sie es hier«, sagte Micaela.

»Wie man's nimmt«, erwiderte Linda und bot Micaela einen der Sessel mit dunkelgrünem, fadenscheinigem Bezug an, die vor dem offenen Kamin standen. »Ich finde gerade alles sehr anstrengend. Was wollen Sie eigentlich?«

Die Frage war nicht übertrieben aggressiv gestellt, aber Micaela war doch verunsichert und verhedderte sich in einer längeren, nicht sonderlich überzeugenden Erklärung, die mit ihrem Besuch bei Inspektor Lindroos in der Polizeizentrale endete.

»Sie haben ihn aufgescheucht«, sagte Linda.

»Das tut mir leid.«

»Jetzt scheint er zu glauben, Claire könnte noch leben. Das ist völlig verrückt und respektlos. Sie können sich gar nicht vorstellen, was das an Wunden aufreißt. Er hat sie schließlich selbst in Spanien identifiziert.«

Micaela nickte mit gespieltem Bedauern. »Meinten Sie nicht, er sei betrunken gewesen?«

»Also nüchtern war er jedenfalls nicht«, erwiderte Linda. »Hat sogar versucht, mich abzuschleppen.«

Micaela erinnerte sich nur zu gut an seine Blicke, als sie bei ihm in der Polizeizentrale gewesen war. »Das macht er immer.«

Linda lächelte sie etwas erstaunt an. »Hat er Sie auch angebaggert?«

Micaela verdrehte nur die Augen.

»Vielleicht sollte ich mich geschmeichelt fühlen«, fuhr Linda fort, »denn inzwischen kriege ich nicht mehr so viele Angebote. Aber mal im Ernst, das belastet mich wirklich.«

»Tut mir leid, ich wollte keine alten Wunden aufreißen«, antwortete Micaela.

Linda sah sie misstrauisch an.

»Haben Sie früher schon mal von Gerüchten gehört, dass Claire noch leben könnte?«, fragte Micaela.

»Ich habe vierzehn Jahre mit Samuel ausgehalten, die Antwort ist also Ja.«

»Aber sonst aus keiner Ecke?«

»Nein, kann ich nicht sagen.«

Micaela hörte das Schwanken in ihrer Stimme und sagte,
so beiläufig sie konnte: »Ich wüsste gern, was eigentlich passiert ist, bevor sie verschwunden ist.«

»Das geht uns allen so.«

»Was war da los?«

Linda Wilson sah gekränkt aus. »Das wissen Sie doch
besser als ich. Sie ist bedroht und unter Druck gesetzt worden.«

»Von wem?«

»Von Axel Larsson natürlich und von diesem ungarischen
Unternehmen, Cartaphilus.«

»Hat sie jemals den Besitzer des Unternehmens, Gabor
Morovia, erwähnt?«, fragte Micaela, und da zog nur ganz
kurz, aber doch klar erkennbar ein Schatten über Linda Wilsons Gesicht.

»Ich weiß nicht«, sagte sie.

»Denken Sie noch mal nach.«

»Könnte sein, dass sie ihn mal erwähnt hat.«

»Und was hat sie gesagt?«

»Dass er zuerst hilfsbereit und aufmerksam gewesen
ist. Sie kannten sich von der Uni. Morovia hat ihr – bevor
irgendjemand anders das begriffen hatte – klargemacht,
dass die Blase auf dem Finanzmarkt platzen würde. Sie …
oder besser gesagt, ihre Erben … haben daran ziemlich
viel verdient. Morovia hatte einen klaren Blick auf die
Dinge.«

Einen klaren Blick.

»Aber dann …«

»Wurde das Verhältnis angespannt. Claire hatte Angst vor ihm.«

»Hat er sich an ihr vergangen?«

»Irgendwas muss gewesen sein. Sie hatte Bauchschmerzen und Albträume und fing an, sich auf der Straße andauernd umzusehen.«

»Wollte sie ihn vor Gericht bringen?«

»Das gehört zu den Dingen, die wir wahrscheinlich niemals erfahren werden.«

»Aber sie ist wegen Morovia geflohen?«

»Ach, ich nehme mal an, da gab es alle möglichen Gründe.«

»Samuel?«

Linda Wilson zögerte und sah auf ihre Armbanduhr. Offenbar gefiel ihr nicht, welche Richtung das Gespräch genommen hatte. »Vielleicht auch.«

»Warum?«

»Geliebt zu werden, ist erst mal schön, kann aber bisweilen erdrückend sein.«

»Na ja, trotzdem …«, begann Micaela.

»Was trotzdem?«

»Ihn einfach so, ohne eine Erklärung zu verlassen, das ist schon hart.«

»Vielleicht hat sie keinen anderen Ausweg gesehen«, antwortete Linda. Ihre Stimme war jetzt tiefer und ließ ihre vorherigen Antworten wie bloße Phrasen wirken. Micaela überlegte, wie sie weitermachen sollte.

»Sie hat Samuel nur eine Ansichtskarte geschickt, ehe sie … starb.« Dieses letzte Wort zögerte sie bewusst etwas hinaus. »Aber ich frage mich … hat sie Ihnen nicht mehr geschrieben?«

»Ich habe keine Zeile bekommen«, erwiderte Linda.

»Und das, obwohl sie Ihnen am Abend ihres Verschwindens einen Brief geschrieben hat?«

»Das behauptet Samuel, ja. Aber der Brief kam nie bei mir an, und wie Sie wissen, haben Ihre Kollegen nichts unversucht gelassen, ihn zu finden.«

»Hat sie Ihnen öfter Briefe geschrieben?«

Linda Wilson lächelte belustigt. »Sie hat gern meine Mutter gespielt.«

»Echt?«

»Ja, obwohl sie doch meine kleine Schwester war. Aber in gewisser Weise kann man das auch verstehen. Unsere Mutter war nicht gerade ein leuchtendes Vorbild. Claire wollte früh schon die Rolle der Vernünftigen in der Familie übernehmen, während ich ausgeschert bin.«

»Ist ja auch eine Lösung.«

»Durchaus, und je mehr ich ausflippte, desto besser funktionierte Claire. Meine Schwäche machte sie stark.«

Micaela dachte an ihre Mutter und ihren anderen Bruder Simon, der sein ganzes Leben lang auf jeden Widerstand nur damit reagiert hatte, sich zu unterwerfen, während sie selbst die Zähne zusammengebissen und noch härter gekämpft hatte.

»Kommt mir bekannt vor«, sagte sie.

Linda sah sie forschend an. »Aber aus der anderen Richtung, oder?«, erwiderte sie.

»Ja, schon eher. Aber ich bin auch ziemlich langweilig.«

Linda sah sie mit einem vorsichtigen Lächeln an. »Dann sollten Sie mal was ändern.«

»Ich arbeite dran.« Sie lächelte auch. »Musste Gabor Morovia sich vor Claire fürchten? Hatte sie Informationen über ihn?«

»Na ja«, sagte Linda. »Vielleicht.«

»Hat sie denn was angedeutet?«

»Ja, doch.« Linda Wilson sah wachsam aus – oder sogar ängstlich? Das war schwer zu deuten.

»Wollen Sie es mir erzählen?«

»Sie hatte eine Freundin, die gestorben ist, und zwar ist die im selben Herbst, kurz bevor Claire verschwand, in ihrem Haus in Madrid verbrannt«, sagte Linda.

»Sofia …«

»Genau, Rodriguez. Sofia und Claire haben zusammen studiert und waren beide im engeren Kreis um Morovia. Sie haben ihn angehimmelt. Aber dann wollte Sofia sich freistrampeln, und vielleicht hat sie auch der spanischen Polizei irgendwas geflüstert. Eigentlich sollte ich das nicht erzählen.«

»Warum nicht?«

Sie zögerte. »Weil ich nicht genug darüber weiß. Aber meines Wissens ist Sofia Rodriguez in dem abgebrannten Haus im Bett liegend gefunden worden. Es gab Anzeichen dafür, dass der Brand unten an ihren Füßen ausgebrochen ist und sich dann weiter nach oben ausgebreitet hat. Die Position ihrer Hände deutet darauf hin, dass sie festgebunden war.«

»Als wäre sie gefoltert worden.«

»Ja.«

»Und Claire glaubte, Morovia hätte ihr das angetan?«

»Direkt gesagt hat sie es nicht, aber ich habe es so aufgefasst.«

Micaela beugte sich vor und sagte sarkastisch: »Und Lindroos und seine Truppe haben natürlich gründlich ermittelt.«

Linda sah sie zornig an. »Lindroos nicht gerade.«

»Aber andere, oder was?«

Linda Wilsons Blick wanderte zur Küche. »Ich habe gehört, dass Sie mit einem Professor zusammenarbeiten, der Spuren und beinahe unsichtbare Zeichen interpretieren kann.«

»Sie wechseln das Thema«, sagte Micaela.

»Nein, das tue ich nicht. Ich überlege bloß. Ich könnte jemanden bitten, Sie anzurufen. Vielleicht wird da sowieso schon darüber nachgedacht.«

»Von wem?«

Fahrig wischte sie imaginäre Fussel von ihrem Oberschenkel. »Das kann ich nicht sagen.«

»Aber Sie machen sich wegen irgendetwas Sorgen, oder?«, hakte Micaela nach.

»Schon möglich.«

»Möchten Sie darüber reden?«

»Ich möchte, dass Sie gehen.«

»Was? Warum das denn?«

»Es ist einfach so. Vielleicht hören wir ja wieder voneinander. Aber jetzt möchte ich tatsächlich allein sein.«

Micaela überlegte, was sie noch sagen könnte, um bleiben zu dürfen. »Dieses Urlaubsfoto mit der Frau ...«, begann sie.

Linda Wilson stand auf. »Ich will nichts davon hören.«

»Rekke, der Professor, mit dem ich zusammenarbeite, glaubt, die Frau würde sich ängstlich nach jemandem umschauen, der direkt hinter ihr ist. Haben Sie eine Ahnung, wer das sein könnte?«

»Danke für den Besuch«, lautete Lindas Antwort. Sie streckte die Hand aus. Auch Micaela erhob sich. Es war wohl wirklich an der Zeit zu gehen. Sie hatte das Gefühl, als müsste sich Linda zu einer Entscheidung durchringen.

Hans rief Julia an und stellte fluchend fest, dass ihr Telefon immer noch ausgeschaltet war. Also schickte er stattdessen eine Nachricht an Lovisa, seine Ex-Frau. Vielleicht redete Julia ja nur mit ihr und zog die kühle Mutter dem nervösen Papa vor – die erfrischende Gleichgültigkeit der nervigen Unruhe.

Er war gerade auf einem ruhelosen Spaziergang durch Djurgården und befand sich zwischen scheinbar sorglosen Menschen und ihren Kindern auf der Touristenmeile direkt zwischen Skansen, Hasselbacken und dem Vergnügungspark Gröna Lund. Die Sonne brannte, er schwitzte und hatte schlechte Laune. Högbergsgatan 52. Könnte das eine Adresse in einer anderen Stadt als Stockholm sein? Sowie er nach Hause kam, würde er das überprüfen. Aber wenn er nun wirklich William Fors anrufen wollte, musste er erst eine Strategie entwerfen.

Inzwischen war er sicher, dass es da mehr gab als Williams Exzesse und was er rumgestammelt hatte. Allein, dass er bereit gewesen war, so schnell zuzugeben, wie idiotisch und lächerlich er sich im Laufe des Abends benommen hatte, musste man schon suspekt finden. William war kein Mensch, der mal eben Fehler eingestand. Weder damals noch irgendwann.

Doch in dem Verhör schien er dringend zeigen zu wollen, was für eine aufrichtige Seele er war. Vermutlich hatte Morovia irgendetwas gegen William Fors in der Hand. Das Agieren der Nordbank während der Verhandlungen über Axel Larssons Vermögen deutete darauf hin. Rekke würde seine Worte sorgfältig wählen und sich auch in der Praxis als ein Experte der Verhörtechnik erweisen. Doch im Moment fühlte er sich elend und auf Entzug und wusste nicht, ob ihm das gelingen würde.

Andererseits war William wahrscheinlich auch nicht gerade in Topform. Die Angebote für neue Jobs trudelten bei ihm inzwischen bestimmt auch nur noch spärlich ein. Aber der Fallschirm von dreißig Millionen, den er bekommen hatte, hielt ihn, und bestimmt nutzte ihm sein Autoverkäufer-Charme immer noch.

Er musste es probieren. Rekke nahm sein Handy und rief an.

»Du«, sagte Fors. Dieser Anruf schien ihn nicht gerade zu erfreuen. Vielleicht sollte er ihn ein wenig aufmuntern, denn fröhliche Banker redeten bereitwilliger, aber er hatte keine Lust dazu.

»Es tut mir leid, dich belästigen zu müssen, aber ich glaube, wir sollten mal über Claire Lidman und Ida Aminoff reden.«

»Glaubst du, die beiden haben was miteinander zu tun?«, krächzte Fors.

»Erstaunlicherweise ja. Mit einem Abstand von ungefähr fünfzehn Jahren bewegten sich jeweils dieselben Männer um sie herum.«

»Von welchen Männern redest du?«

»Von dir und Gabor Morovia. Seid ihr möglicherweise Freunde?«

»Wirklich nicht.« Die Frage schien Fors geradezu zu schockieren.

»Du hast natürlich recht. So leicht wird man nicht zum Freund von Morovia. Aber vielleicht hat er dir gewisse Verhaltensregeln ins Ohr geflüstert?«

»Jetzt beleidigst du mich.«

»Nur ein bisschen.«

»Ich weiß nicht mehr als das, was ich dir und der Polizei damals gesagt habe. Wieso um Himmels willen rufst du mich nach all den Jahren deswegen an?«

»Erinnerst du dich an Idas Perlenkette?«

»Ja, doch, natürlich«, antwortete Fors angestrengt.

»Du warst der Letzte, der sie an ihrem Hals gesehen hat.«

»Das glaube ich kaum«, antwortete William und stieß im Hintergrund irgendetwas um, vielleicht eine Lampe.

»*Nostri nervi loquuntur.*«

»Was?«

»Unsere Nerven werden sprechen. Aber was ich eigentlich sagen wollte, ist, dass die Kette abgerissen wurde. Sie wurde ihr mit einer Brutalität vom Hals gerissen, deren Ausmaß mir jetzt erst klar wird.«

»Wie meinst du das, erst jetzt?« William wirkte erschüttert.

»Die Stelle an ihrem Hals«, erklärte Rekke, »die war die ganze Zeit da, ein *Missing Link*. Aber sie ist nicht gründlich betrachtet worden. Es war eine viel zu oberflächliche Wunde, die nicht tiefer als wenige Millimeter ging und nicht mit der Dicke der Halskette übereinzustimmen schien. Doch die Ermittler vergaßen dabei zwei Dinge: Die Halskette könnte *post mortem* abgerissen worden sein, und es könnte eilig und mit zwei Händen geschehen sein, die den Druck verteilten.«

»Was willst du damit sagen?«

»Dass ich eine neue Geschichte sehe, William, und deren Umrisse erkenne ich in deiner Zeugenaussage von damals. Du wolltest von Anfang an die Idee verkaufen, dass Ida die Kette selbst abgelegt hat. Deine Zeugenaussage damals hatte ein verstecktes Ziel.«

»Ich weiß nicht, wovon du redest.«

»Doch, das tust du. Du hast gelogen, und solange du sie nicht getötet hast, verspreche ich dir, dich zu verschonen.

Aber wenn du mir nicht hilfst, dann werde ich dich mit allem, was mir zur Verfügung steht, verfolgen.«

»Du drohst mir, Hans?«

»Sieht ganz danach aus. Erstaunt mich selbst ein wenig. Sonst bin ich immer viel zu höflich. Ich denke, wir sollten uns sofort treffen.«

»Nein, nein, das geht nicht.«

»Doch. Ich setze mich ins Café des Königlichen Motorboot-Clubs und trinke ein paar Espressi. Komm, so schnell du kannst.« Hans legte auf und dachte, dass er doch nicht ganz schlecht in so was war.

Samuel ging den Strandvägen hinunter und dachte wieder an Claire. Er war nicht mehr wütend oder verbittert, sondern nachdenklich, wollte einordnen, was er erfahren hatte.

Vor etwa fünfzehn Jahren hatte er sie auf einer Party in Bromma kennengelernt. Er selbst war in letzter Minute und mehr anstandshalber eingeladen worden, weil er für den Gastgeber, einen ziemlich arroganten Geschäftsführer bei der Alfred Berg Kapitalverwaltung, ein paar Couchtische angefertigt hatte. Folglich fühlte er sich auf der Party etwas verloren. Da waren nur Bonzen und Finanzhaie, und er hatte sich in den Garten verzogen, als sie plötzlich mit einem vorsichtigen Lächeln zu ihm kam und etwas wie »ich finde das hier auch furchtbar« sagte.

So entwaffnend und nett das war, verlieh es ihm doch keine Sicherheit. Ihre Schönheit machte ihn sprachlos, und er musste alles geben, nicht allzu linkisch zu wirken. Aber dann passierte etwas: Gott schickte ihm einen Idioten zu Hilfe. Ein Mann im Nadelstreifenanzug und mit zurückgegeltem Haar wanzte sich an sie heran, gestikulierte wild beim Reden und schüttete Rotwein auf ihr weißes Kleid.

Samuel witterte seine Chance. Er packte den Mann und hob ihn hoch.

»Du bittest jetzt um Entschuldigung und bietest an, die Reinigung zu zahlen«, sagte er mit unvermittelter Autorität.

Der Mann murmelte ein paar armselige Entschuldigungen und haute ab. Claire sah mit sehnsüchtigem Blick zu Samuel auf, nahm kurz darauf seine Hand und führte ihn zurück in die Villa, zu der Feier. Den ganzen restlichen Abend über hatte er das Gefühl gehabt, in seinem Element zu sein, daran erinnerte er sich noch gut. Er war nicht mehr linkisch, sondern witziger und unterhaltsamer als irgendjemand sonst, außerdem trunken von Alkohol und Verliebtheit. Claire verstand ihn intuitiv, sodass die Worte wie von selbst kamen, und deshalb trat an dem Abend nicht nur Claire in sein Leben, sondern er lernte auch einen Teil seiner Persönlichkeit kennen, von dem er bisher nichts gewusst hatte.

Danach ging alles wundersam schnell. Schon in der ersten Nacht hatte sich Claire um ihn geschlungen und mit plötzlichem Ernst gefragt: »Wirst du nett zu mir sein?«

»Immer«, sagte er wie einen feierlichen Eid. »Immer.«

Er hatte das stets als einen Teil ihres Paktes, ihrer geheimen Absprache, betrachtet. Doch jetzt, als er den Strandvägen entlangeilte, ahnte er zum ersten Mal, dass damals im Bett vielleicht noch etwas anderes zu spüren gewesen war: der Schatten eines anderen Mannes, der nicht nett gewesen war und der auf gewisse Weise die Bühne für ihn bereitet hatte.

Er blieb stehen. Was war er eigentlich für sie gewesen? Ein Kontrast? Ein Moment zum Atemholen zwischen zwei Stürmen? Jemand, der zu jeder anderen Zeit zu freundlich und uninteressant gewesen wäre, aber in dem Moment gerade in ihr Leben passte? Er hob den Blick und schaute übers Wasser. Viele Menschen waren unterwegs, und auf allen Bussen und Straßenbahnen konnte man die schwedische Flagge sehen. War heute Nationalfeiertag? Egal. Er ging einfach weiter, doch dann entdeckte er weiter vorn im Gewimmel Professor Rekke.

Sollte er schnell hinlaufen und sich erkundigen, ob sie noch was Neues herausgefunden hatten? Nein, der Professor schien es eilig zu haben, und Samuel nahm stattdessen das Urlaubsfoto aus der Tasche. War er wirklich nur ein Zwischenstopp für Claire gewesen, eine kurze Unterbrechung auf dem Lebensweg? Er weigerte sich, das zu glauben.

Er zählte die Hausnummern auf dem vornehmen Strandvägen. Genau hier müsste es sein, doch es gab kein Schild, und erst nachdem er die Fassade länger betrachtet hatte, sah er *Anwaltskanzlei Adler* in kleinen Buchstaben auf einem Messingschild stehen und drückte auf die Klingel. Eine Kamera verfolgte seine Bewegungen. Die Tür öffnete sich mit einem dumpfen Summen. Er stieg eine geschwungene Treppe hinauf und schaute sich nervös um.

Das hier war ein schickes Büro, und er bemühte sich, den Rücken gerade zu halten. Nicht buckeln, befahl er sich und suchte vergeblich nach etwas, das ihm Kraft geben könnte. Allein schon der Raum, die Möbel und die Kunst an den Wänden ließen ihn sich klein fühlen, und die junge Frau, die ihn am Empfang begrüßte, machte es nicht besser. Die hatte Klasse, war wahrscheinlich gerade mal dreißig, groß und schön und trug ein grau-grünes Kleid. Ihr Blick war freundlich und zugewandt.

»Welcome. Mr. Lidman, nehme ich an?«, fragte sie.

»Yes, guten Tag, ich bin mit Alicia Kovács verabredet«, antwortete er und schob den Brustkorb vor.

»Soweit ich weiß, möchte noch jemand ein paar Worte mit Ihnen wechseln. Doch leider sind wir heute etwas verspätet. Kann ich Ihnen irgendetwas anbieten?«

»Gerne ein Glas Wein«, sagte er und fragte sich, ob das wohl frech war oder sogar ein Zeichen für Alkoholismus. Es war erst dreizehn Uhr, und in vornehmen Kanzleien trank man wahrscheinlich nicht mitten am Tag. Außerdem war sicher deutlich, dass er sich bereits ein paar Biere genehmigt hatte. Doch die junge Frau ließ sich nichts anmerken.

»Bordeaux, Bourgogne, Chablis Premier Cru?«, fragte sie mit unverändert warmem Lächeln.

»Was am stärksten ist.«

Sie schwieg verdutzt, doch dann kicherte sie, und da gelang auch ihm ein einigermaßen lockeres Lachen, und er gewann etwas Selbstvertrauen zurück.

»Ich weiß nicht genau. Aber ich kann nachsehen, wenn Sie möchten«, antwortete sie.

»Tun Sie das«, sagte er und lächelte.

Als die Frau mit leichten Schritten aus dem Raum ging, schaute er sich um. Über ihm hingen Kristalllüster. An den Wänden Regale aus Walnussholz mit ledergebundenen Büchern darin und moderne Kunst, die aussah, wie bei Bukowskis ersteigert. Rechts von ihm stand auf einem kleinen Tisch aus schwarzem Marmor ein Schachbrett mit fein geschnitzten Figuren. Könnte Alicia Kovács mehr über Claire wissen? Könnte es ganz einfach so sein, dass sich die Informationen über Claire die ganze Zeit bei ihm um die Ecke befunden hatten? Die junge Frau kehrte mit einem Glas zurück.

»Das Stärkste, was ich gefunden habe, war ein Amarone, der hat vierzehn Prozent«, sagte sie.

»Danke, das ist gut«, antwortete er, doch der leichte Tonfall wollte ihm nicht mehr gelingen. Er war eher peinlich berührt und nahm zwei, drei nervöse Schlucke, als ob das mit dem Alkoholgehalt sein voller Ernst gewesen wäre. Kurz darauf kam die Frau zurück und sagte, er solle die Treppe hinaufgehen.

»Professor Morovia erwartet Sie.«

Professor Morovia. Samuels ganzer Körper spannte sich an, und er dachte an Claires Worte: »Wirst du nett zu mir sein?«

FÜNFUNDDREISSIG

Magnus konnte es einfach nicht mehr mitanhören, und da er weit hinten saß, schlich er sich raus. Er wollte nur weg und zum Meer, das da unten so seltsam still lag. Doch überall waren Soldaten und Wachleute, und die nasale Stimme von Bush drängte sich in seine Gedanken.

Der Präsident sprach vom D-Day, und sehr bald kam er auch auf sein Lieblingsthema: das Beten. Er sprach von dem Segen, der all den Soldaten, die hier vor sechzig Jahren an Land gegangen waren, von ihren Zeitgenossen mitgegeben worden war, und wie Gott damals mit ihnen gewesen sei. »Blödsinn«, murmelte Magnus. »Republikanische Taschenspielertricks.« Aber vielleicht funktionierte das einfach immer noch. Wenn man die Waffengesetze nicht ändern oder Ordnung in den Krieg im Irak bringen konnte, dann blieb immer noch die Möglichkeit, Gebete zu schicken. Das kostete nichts und kam menschlich rüber. Er würde es selbst mal ausprobieren, wenn er das nächste Mal eine Rede in den USA halten musste.

Oben am klaren Himmel kreiste ein Helikopter, der dann abdrehte und die Küstenlinie entlangflog. Weiter entfernt standen an der Allee ein paar junge Männer in weißen Hosen und Mützen und rauchten. Im Vergleich zu den anderen angespannten Zinnsoldaten, die sich in einer Reihe mit geraden Rücken aufgestellt hatten, sahen sie geradezu rebellisch aus. Magnus ging zu ihnen hinunter, etwas schuldbewusst wie ein Schüler, der sich von der Rede des Rektors weggeschlichen hatte. Und seine Kopfschmerzen waren leider auch nicht besser geworden.

Sein Zusammentreffen mit Putin war schon merkwürdig gewesen. Andererseits war Putin einfach eine Schlange, ein Mafioso. Magnus hatte eine ganze Weile gebraucht, ihn zu durchschauen, doch mit dem Urteil war er wirklich nicht allein. Bush selbst hatte vor nicht allzu langer Zeit die Aussage getroffen: »Ich schaute in seine Augen und sah seine Seele«, gerade so, als ob diese Seele schön und verlässlich wäre. Doch im letzten Jahr hatte man kaum übersehen können, wer Putin eigentlich war. Er hatte sich darauf verlegt, Medien zu zerstören, und bedrohte Oligarchen, um sie gefügig zu machen. Ein meisterlicher Zug war es gewesen, Chodorkowski festzunehmen, den reichsten von ihnen allen. Niemand sollte sich sicher fühlen, ganz gleich, wie viele Milliarden er auch angesammelt hatte. Könnten Morovia und Putin in dem Zusammenhang zu Feinden geworden sein? Nein, eigentlich musste das früher passiert sein. Magnus dachte wieder an die Bombe, die an Gabors Limousine platziert worden war und seinen Sohn getötet hatte. Keine gute Idee – gelinde gesagt –, so was einem Mann anzutun, der schon vorher rachsüchtig und gefährlich gewesen war.

Das war alles ziemlich beunruhigend, und was wusste Hans? Viel zu viel wahrscheinlich. Eine ganze Weile war sein Gefühl eher gewesen, dass sein Bruder das Thema Gabor losgelassen hatte, aber auf lange Sicht durfte man bei Hans nicht darauf hoffen, dass er Ruhe gab, dieser hoffnungslose Mensch …, und konnte dieser verdammte Präsident nicht mal aufhören zu krächzen? Man konnte ja keinen klaren Gedanken fassen. Bla, bla, bla, we stand united. Ja, wollen wir mal sehen, wie es damit wird. Hatte Bush nicht auch seinen texanischen Dialekt verstärkt? Doch, ganz sicher. Auch das ein weiterer Taschenspielertrick, das wusste er. Wenn der Präsident ein *tough guy* sein wollte, klang er mehr wie ein Cowboy. Aber dass das was brachte, war zu bezweifeln. Und was sollte er selbst in der Morovia-Sache machen? Kopf einziehen und abhauen? Natürlich nicht, sondern den Feind in der Nähe halten und versuchen herauszubekommen, in wie großer Gefahr man sich befand.

Er zögerte einen Moment oder zwei. Dann holte er sein Telefon raus und rief mit einer Todesverachtung, die ihn sowohl erschreckte als auch erregte, Gabor an.

Samuel hörte oben ein Telefon klingeln, während er die Treppe hinaufstieg und dann einen großen Raum mit Terrasse hinaus auf den Strandvägen und den Nybroviken betrat. Links von der Terrasse stand an einem großen Eichenschreibtisch ein Mann mittleren Alters, der ihm den Rücken zuwandte. Der Mann sah durchtrainiert aus und trug einen grauen, gut sitzenden Anzug. Er hatte dickes, dunkles Haar und schaute auf sein Handy.

Was er sah, schien ihn zu belustigen, und das ließ ihn noch mehr wie jemanden wirken, der sehr zufrieden mit sich selbst war. Der Mann drehte sich zu ihm um, und Samuel rang nach Atem.

Wahrscheinlich war er davon ausgegangen, einen Dämon zu sehen, eine Materialisierung dessen, was Claire so viel Leid zugefügt hatte. Doch Morovias Gesicht war angenehm und freundlich, und das entwaffnete ihn. Gleichzeitig ahnte Samuel, dass es nicht leicht sein würde, gegenüber einem solchen Menschen für sich selbst einzustehen.

»Samuel Lidman, nehme ich an«, sagte Morovia auf Englisch mit einer tiefen und klangvollen Stimme, die ihn sofort berührte. »Ich habe viel Gutes über Sie gehört.«

»Wirklich?«, antwortete er und versuchte, Morovias Blick standzuhalten, und das war auch nicht ganz leicht. Die Augen schienen ihre Farbe zu wechseln und gleichzeitig an ihm vorbei und direkt in ihn hineinzuschauen.

»O ja«, fuhr Morovia fort, »und dabei meine ich nicht nur Ihre Rekorde bei Bankpresse und Gewichtheben. Ich habe Ihre feinen Schnitzereien gesehen. Sie haben ein Auge fürs Detail. Sie sind ein leidenschaftlicher Mann, und Sie haben die Beste von allen ausgewählt, um sie zu Ihrer Frau zu machen.«

»Danke«, sagte er. »Aber dann war ich doch wieder allein.«

»Das sind wir am Ende alle«, antwortete Morovia nur und betrachtete ihn weiter. »Sind Sie und ich uns nicht …«, fuhr er fort und verstummte dann.

»Was?«, fragte Samuel nervös.

»Ein wenig ähnlich? Und damit meine ich nicht nur die Tatsache, dass wir beide unsere Körper fit halten. Ich dachte an die Gesichtszüge, hauptsächlich unsere Lippen.«

»Das weiß ich nicht«, sagte Samuel erstaunt und etwas widerstrebend. »Sie schmeicheln mir.«

Wie Morovia dastand, so elegant und würdevoll, mit seinem intelligenten Blick und der selbstbewussten Ausstrahlung, beeindruckte es Samuel, dass er ihm auf irgendeine Weise ähnlich sein sollte.

»Ganz im Gegenteil. Es ist wirklich ein Vergnügen, Sie kennenzulernen, Herr Lidman«, fuhr Morovia fort.

Samuel bemühte sich, ruhig zu bleiben. Er durfte sich nicht manipulieren lassen. »Worum geht es?«, fragte er. »Haben Sie Informationen über Claire?«

Morovia schaute aus dem Fenster. »Claire hat so viel von Ihnen erzählt.«

Samuel schoss das Blut in den Kopf. »Wann hat sie das, was meinen Sie damit?«, fragte er.

Morovia kam mit demselben freundlichen Lächeln auf ihn zu, doch mit einem Mal wirkte er bedrohlich, und Samuel wich erschrocken einen Schritt zurück.

»Setzen Sie sich doch.« Morovia zeigte auf einen braunen Sessel vor dem Schreibtisch.

Morovia ließ sich ihm gegenüber nieder. Sein Blick war konzentriert. »Ich halte mich informiert«, sagte er.

»Lebt sie?«

»Das scheint so zu sein. Sie hatten doch ein Bild, nicht wahr?«

Samuel gefiel das alles immer weniger. »Warum sollten Sie das einfach so akzeptieren, ohne das Foto auch nur gesehen zu haben?«, entgegnete er.

»Ich habe meine Gründe, es zu glauben. Aber bevor wir darüber reden, könnten wir uns das Bild doch mal ansehen. Vielleicht kann ich Ihnen helfen, sie zu finden.«

»Warum sollten Sie das tun?«

»Sie und ich, wir haben Gemeinsamkeiten.«

»Zum Beispiel?«

»Claire hat uns beide betrogen.«

»Das hat sie nicht ...«, begann er. Was auch immer er hier sagte, es würde doch das Falsche sein. Claire hatte ihn auf eine grausame Weise verlassen, das konnte er nicht abstreiten, und inwiefern Claire Morovia betrogen haben könnte, wollte er gar nicht erst wissen.

Er schob die Hand in die Innentasche seines Jacketts und reichte das Bild rüber. Morovia nahm es entgegen. Sein Körper spannte sich an, er kniff die Augen zusammen und sagte lange Zeit nichts. Plötzlich wirkte alles so unerträglich endgültig und schicksalhaft.

»Interessant«, sagte Morovia schließlich, »aber ein wenig unglücklich.«

»Sie erkennen also, dass sie es ist?«

Morovia antwortete nicht. Man hörte nur ein schwaches Pfeifen, als er ausatmete. Er drehte und wendete das Foto. »Seltsam«, sagte er dann.

»Sie denken also, dass sie es ist?«

»Ja, das denke ich. Gibt es noch mehr Bilder auf demselben Film?«

»Was, nein … wieso?«, sagte Samuel.

»Auf dem Foto fehlt eine Person.«

»Wer?«

Morovia sah ihn mit eiskaltem Blick an. »Niemand, den Sie kennen müssen, zumindest noch nicht. Aber ich bin dankbar für die Information, sie schenkt mir größere Klarheit.«

»Wie meinen Sie das?«

»Chronologisch, kausal – in vielfacher Hinsicht. Übrigens kenne ich das Buch, das sie in der Hand hält.«

Samuel fuhr zusammen. »Das Buch?«

»Ich habe es selbst auch schon in der Hand gehabt.«

»Polugajewski, *Sicilian Love*?«, stammelte Samuel.

»Exakt. Die Sizilianische Verteidigung war uns beiden sehr wichtig. Wir haben gemeinsame Erinnerungen, die damit verbunden sind. Hat Rekke diese Beobachtung gemacht?«

»Ich glaube, ja. Wie können Sie das Buch …«

»Was hat Rekke noch in dem Bild gesehen?«, unterbrach Morovia ihn grob. Das Bild, auf das er für einen Moment angespannt reagiert hatte, schien ihn jetzt nur noch zu belustigen.

»Haben Sie Claire getroffen?«, fragte Samuel.

»Was hat Rekke sonst noch in dem Bild gesehen?«, wiederholte Morovia.

Samuel wollte nicht antworten. Er wollte seine eigenen tausend Fragen beantwortet haben. Aber er befand sich in der Gewalt dieses erschreckenden Mannes und dachte: Zumindest zu Anfang muss ich tun, was er will.

»Er hat gesehen, dass die Frau einen verletzten Meniskus hat, genau wie Claire, und dass sie etwas Besonderes ausstrahlt. Was hat er noch gesagt? *Where I go, life goes.*«

»Ist das nicht ein Marilyn-Monroe-Zitat?«

»Weiß ich nicht«, sagte Samuel.

»Na ja, spielt keine Rolle. Man begegnet solchen Menschen nicht so oft.«

»Was für Menschen?«

»Menschen wie Rekke. Die meisten sind blind, aber manche sehen. Und die Dinge sprechen zu ihnen, anstatt einfach nur stumm wie Requisiten dazuliegen.«

»Sie müssen mir sagen, ob …«, versuchte es Samuel, doch Morovias Blick ließ ihn verstummen.

»Was halten Sie von Rekkes Begleiterin, Vargas?«

Samuel verstand die Frage überhaupt nicht.

»Micaela Vargas, was ist Ihre Meinung über sie?«, wiederholte Morovia.

Da kochte die Wut in Samuel hoch. »Warum reden wir über die, wenn … wenn Claire doch lebt?«

»Ich werde auf Ihre Fragen antworten, Herr Lidman, aber zunächst möchte ich, dass Sie mir von Vargas erzählen.«

»Was soll ich da sagen, keine Ahnung. Sie müssen wissen …«

»Es hat mich schon immer interessiert, welche Frauen sich Rekke aussucht«, unterbrach Morovia ihn wieder grob. »Oft haben sie eine wesentliche Eigenschaft, die ihm selbst fehlt, und ziehen auch mich immer wieder an. Aber diese Vargas hier, die kann ich nicht einordnen. Warum von allen Frauen, die er sich aussuchen könnte, ausgerechnet sie? Ich werde nicht schlau daraus.«

Samuel sprang auf. »Hören Sie auf«, sagte er durch zusammengebissene Zähne. »Diese Vargas ist mir scheißegal. Und mir ist scheißegal, warum Rekke mit ihr zusammenarbeitet! Was wissen Sie von Claire?«

Morovia schaute wieder auf das Foto und antwortete ruhig. »Genau wie Ihnen fiel es auch mir schwer, diese Todesnachricht zu akzeptieren. Das war doch alles ziemlich dilettantisch zusammengebastelt, oder? Ich habe schon früh erkannt, dass sie vor mir geschützt werden sollte. Die ganze Charade ist nur meinetwegen gespielt worden. Aber ich habe schon immer meine Methoden gehabt. Nach ein paar Jahren ist es mir gelungen, sie aufzuspüren, und zu der Zeit waren meine Absichten keine guten, und Claires, nebenbei bemerkt, auch nicht. Aber es ist uns trotzdem gelungen, eine ordentliche, wenn auch angespannte Beziehung aufzubauen, bis ich etwas erfahren habe, was tatsächlich Sie, Samuel, betrifft.«

Samuel stand der Mund offen, und er sank zurück in den Sessel. »Mein Gott, wo ist sie?«

Morovias Lächeln wirkte jetzt fast ein wenig freundlich. »Möchten Sie Claire treffen?«

»Natürlich!« Samuel war den Tränen nahe.

»Dann werde ich ihr das ausrichten. Denn Sie müssen wissen, Samuel Anders Benjamin Lidman, mich hat sie nie geliebt, nicht einmal in der ersten Zeit, als ich ihr noch die Welt zu Füßen legen wollte. Ihre große Liebe waren *Sie*.«

Morovias Worte überfluteten Samuel, und er saß ganz still da und versuchte, sich nicht zu rühren. »Was sagen Sie da?«

»Sie sind es, den sie die ganze Zeit geliebt hat.«

Samuels Wangen wurden heiß, das Herz pochte heftig. »Aber warum hat sie sich dann nicht gemeldet?«

Morovia sah ihn mitleidig oder zumindest mit einem gewissen Interesse an. »Weil sie das nicht tun konnte und weil ich es nicht wollte. Sie war in einer Zwickmühle.«

»Wollen Sie damit sagen, es war Ihre Schuld, dass sie sich nicht gemeldet hat?«, fragte Samuel tonlos.

»So würde ich es nicht formulieren«, erwiderte Morovia. »Wenn die Verantwortung nur bei mir gelegen hätte, dann wäre Claire kein Problem mehr. Aber sie hat auf eine ziemlich beeindruckende Weise ein doppeltes Spiel gespielt, und ich muss zu meiner Schande gestehen, dass ich mich habe reinlegen lassen. Aber das ist jetzt alles vorbei, und ich bin überzeugt, dass sie bereit ist, Sie zu treffen – wenn Sie mir jetzt zuhören.«

»Ich höre zu«, antwortete er. Er verabscheute den flehenden und unterwürfigen Klang seiner Stimme, konnte aber nicht anders. »Was soll ich tun?«

»Sie sollen auf meiner Seite sein, Samuel, und nicht mit der Polizei oder Rekke sprechen.«

»Okay«, antwortete er verunsichert.

»Gut«, sagte Morovia. »Alicia Kovács wird Sie anrufen. Aber jetzt müssen Sie gehen, ich habe einen Termin.«

»Nein«, bat Samuel. »Ich will mehr erfahren.«

Doch dann ergab er sich. Er musste erst mal verarbeiten, was er hier gehört hatte, und so stolperte er ins Sonnen-

licht hinaus, plötzlich glücklich oder zumindest hoffnungs-
voll, während er wieder und wieder murmelte: *Sie liebt mich,
sie liebt mich.*

Magnus schnorrte eine Zigarette von den Soldaten, die da-
standen und rauchten, und wollte eben ein Gespräch mit
ihnen beginnen, als sein Handy brummte. Es war Gabor,
der zurückrief, und er erschrak und entschied, nicht ranzugehen. Es war ein Fehler gewesen, ihn anzurufen. Doch
schließlich nahm er das Gespräch nach dem sechsten oder
siebten Klingeln an. Morovia behauptete, sich zu freuen,
seine Stimme zu hören, er habe selbst schon darüber nachgedacht, ihn einmal anzurufen.

»Was hört man denn da im Hintergrund?«

Magnus hielt das Telefon hoch.

»Ist das Präsident Bush?«

Magnus erklärte, dass er sich anlässlich des sechzigsten
Jahrestags des D-Day in Arromanches in der Normandie
befinde, und da brach Gabor völlig unbegreiflicherweise
in lautes Lachen aus.

»Und du rufst mitten in seiner Rede an?«

»Findest du das respektlos?«

»Überhaupt nicht«, erwiderte Gabor. »Aber so bist du
eben, Magnus, eine Karikatur deiner selbst.«

»Was willst du damit sagen?«

»Du liebst die Macht. Aber noch mehr liebst du es, Pomp
und Prunk der Macht zu verhöhnen.«

Magnus fiel etwas angestrengt in das Lachen ein.

»Übrigens habe ich gerade Wladimir Wladimirowitsch getroffen«, sagte er.

»Putin?«

»Genau.«

»Und das hat dein Blut in Wallung gebracht?«

»Wovon sprichst du?«

»Dein Bruder nimmt seine Opiate. Du betäubst dich mit Macht, Magnus. Putin hat dir den Mut gegeben, deinen Feind anzurufen, war es nicht so?«

»Blödes Gerede«, entgegnete Magnus, aber natürlich hatte Morovia recht. Als Putin ihn beim Vornamen genannt und sie gewitzelt und fast wie Ebenbürtige miteinander geplauscht hatten, hatte er sich für einen Moment unüberwindlich gefühlt und war dummdreist geworden. Das war die Wahrheit, und er schämte sich dafür. »Du solltest dich vor Putin in Acht nehmen. Er möchte dich erschossen sehen«, fügte er hinzu.

»War das vielleicht eigentlich dein Anliegen?«

»Nein«, erwiderte Magnus und schluckte. »Was ich sagen wollte, ist … Hans hat wieder angefangen, zu Ida Aminoffs Tod zu recherchieren.«

Morovia erwiderte nichts, und für einen Moment glaubte Magnus, dass Gabor dieser Gedanke ebenso viel Angst machte wie ihm selbst. Doch dann lachte Morovia schon wieder.

»Und ich dachte, du würdest mir was Neues erzählen, mein guter Magnus.«

»Du wusstest das also schon?«

»Ich habe es sozusagen in Gang gesetzt.«

»Wie meinst du das?«, fragte Magnus.

»Ich habe ihm eine kleine Sache zurückgegeben. Aber ich glaube, das Ganze begann mit seinem Interesse an Claire Lidman.«

Magnus räusperte sich. Mit Claire Lidman hatte er Gabor geholfen, und das musste einfach zu seinem Vorteil sein.

»Ich habe dich vor ihr gerettet«, sagte er.

»Ich habe mich selbst vor ihr gerettet. Aber vielen Dank für deinen Beitrag.«

Magnus wollte das Gespräch nur noch zum Ende bringen.

»Wir haben ein gemeinsames Interesse daran, dass Hans die Sache ruhen lässt.«

»Ist das so?«, erwiderte Morovia sarkastisch, und Magnus biss sich auf die Lippe. »Tatsächlich bin ich an einer anderen Sache viel mehr interessiert«, fuhr Gabor fort. »Ich habe schon eine Weile darüber geforscht, es ist mir aber nicht gelungen, einen definitiven Bescheid zu erlangen, und ich will ja niemanden ohne Beweis verurteilen.«

Magnus holte tief Luft. »Lass hören.«

»Es geht um Hans' alten Freund Herman Camphausen. Du erinnerst dich doch an Herman?«

Magnus erinnerte sich sehr gut an den ängstlichen Bücherwurm, der später im Leben ziemlich aufgerüstet und beim Bundesnachrichtendienst in Berlin angeheuert hatte, wo er mit allen Mitteln, die ihm zur Verfügung standen, das Organisierte Verbrechen bekämpfte.

»Was ist mit ihm?«, fragte er.

»Er hat Hans ja immer bewundert.«

»Ganz bestimmt.«

»Exakt, und ich wüsste gern, ob Herman 1994 deinen Bruder um Hilfe gebeten hat.«

»Warum gerade in dem Jahr?«, fragte Magnus zurück.

»Ja, warum wohl?«, antwortete Morovia ironisch. »Vielleicht, weil ein paar Idioten im Nachrichtendienst des Westens damals fanden, dass Russland ein netter neuer Freund sei, und dem KGB – oder wie auch immer der sich damals nannte – qualifizierte Informationen übermittelt haben.«

Magnus spürte, wie ihm das Unbehagen unter die Haut kroch.

»Aber genauer gesagt«, fuhr Morovia fort, »möchte ich wissen, ob Herman damals Hans für die Ermittlung um den Mord an Chaborow in Berlin engagiert hat.«

Jetzt bekam Magnus es richtig mit der Angst zu tun. »Woher soll ich das wissen?«

»Aus dem einen einzigen Grund, Magnus, weil du dich immer um alles gekümmert hast, was Hans betraf.«

Sein ganzer Körper war vor Konzentration angespannt. »Das stimmt nicht«, erwiderte er.

»Wie schade.« Jetzt war Morovias Stimme von eisiger Kälte.

»Aber«, begann Magnus, »wenn ich das wirklich rauskriegen könnte, warum sollte ich es dir dann erzählen?«

»Aus Selbsterhaltungstrieb natürlich. Wenn du mir die Information gibst, bleibe ich dein Freund.«

»Und wenn nicht?«

»Dann flüstere ich den Leuten vielleicht ein paar Dinge.«

Magnus sah zu Präsident Bush hin, der eben seine Rede beendete.

»Es war idiotisch von mir, dich anzurufen«, murmelte er.

»Überhaupt nicht, du hast meine Gedanken gelesen«, entgegnete Gabor.

Magnus legte auf und beschloss, die Weltpolitik Weltpolitik sein zu lassen und sofort abzureisen.

SECHSUNDDREISSIG

Micaela verließ Linda Wilson und ging die Nybrogatan entlang. Am Östermalmstorg bekam sie eine Nachricht von Natali, Lucas' Freundin, wahrscheinlich sollte sie es auf die sanfte Tour bei ihr versuchen: Lass Lucas in Ruhe, um der Familie willen. Warum streitet ihr, wo ihr doch füreinander da sein sollt?

Das hatte Micaela schon oft gehört, und es war keine schlechte Taktik – definitiv effektiver als Drohungen und Gewalt, Micaela konnte ihr nur schwer etwas abschlagen. Doch sie täuschte sich, Natali fragte, wo Lucas sein könnte. Sie mache sich Sorgen. Das war ein höchst seltsames Geständnis. Natali zeigte sonst niemals irgendeine Schwäche und war in ihrer Loyalität gegenüber Lucas unbeirrbar. Doch jetzt war sie plötzlich *eifersüchtig*. Mir egal, dachte Micaela.

Sie dachte an Claire Lidman und die Reaktion der Schwester, als sie Morovia erwähnt hatte. War das, was sie da in Lindas Gesicht gesehen hatte, Angst gewesen? Und was hatte sie damit gemeint, dass jemand sich melden werde?

Irgendwie hatte sie andauernd das Gefühl, als würde ihr jemand auflauern. Vielleicht sollte sie wirklich mal freinehmen oder sich zumindest hinsetzen und über alles nachdenken. Sie könnte sogar Vanessa anrufen oder sich bei Jonas Beijer melden und sich für ihre hysterische Fragerei über Rekke entschuldigen.

Also ging sie die Riddargatan hinauf und an der Hedwig-Eleonora-Kirche vorbei, wieder durch dieses Stadtviertel, in das sie eigentlich nicht gehörte. Aber in Husby war es ja auch nicht viel besser, denn da gab es Lucas und seine Handlanger. Ihr Handy klingelte, und sie dachte, es sei Natali.

Doch es war eine unbekannte Nummer, und sie ging nur zögernd ran. Ein gewisser Polizeidirektor Lars Hellner vom Dezernat für Wirtschaftsverbrechen. Die Stimme klang angespannt, und sie hatte das Gefühl, gleich etwas Schockierendes oder zumindest Beunruhigendes zu hören zu bekommen.

»Wo sind Sie gerade?«, fragte er.

»Ich bin auf der Riddargatan. Warum?«

»Das trifft sich gut«, sagte er, jetzt entspannter. »Gehen Sie runter Richtung Grevgatan und halten Sie nach einem ziemlich kleinen, mageren Alten um die sechzig Ausschau. Er trägt eine lächerliche Sonnenbrille, die er an irgendeiner Tankstelle gekauft hat. Übrigens haben Sie ihn kürzlich schon mal getroffen.«

»Worum geht es?«

»Ich habe Sie gesucht. Gerade war ich oben bei Ihnen und Professor Rekke, aber Sie scheinen beide ausgeflogen zu sein. Aber da … wie praktisch … da sind Sie ja und telefonieren mit dem mageren, kleinen Alten.«

Sie legte auf und sah die Straße hinunter. Da ging ein Mann in hellgrauem Hemd, der eine graue, dicke Aktentasche bei sich hatte. Sein Gesicht war ausgezehrt und gerötet, aber er wirkte jugendlich und lief mit federnden Schritten. Und eigentlich war er weder sonderlich klein noch mager, trug aber tatsächlich eine Brille, die auf seiner Nase unpassend aussah. Nun nahm er sie ab und winkte fröhlich. Und natürlich hatte er recht, irgendwo waren sie sich kürzlich begegnet. Als er näher kam und seine Hand ausstreckte, wurde es ihr klar: Das war der Mann, der in Lindroos' Büro gekommen war und sie unterbrochen hatte.

»Sie sind das«, sagte sie.

»Genau, ich. Sie haben meinen sowieso schon erschöpften Inspektor völlig aus dem Gleis gebracht.«

»Kann sein«, sagte sie zögernd.

»Wie ist Ihr Besuch bei Linda gelaufen? Sie war nervös, weil Sie kommen würden.«

Micaela hob erstaunt den Kopf. »Woher wissen Sie das?«

»Ich war den ganzen Tag über mit ihr in Kontakt«, sagte er.

Nachdenklich ging sie weiter. »Wie kommt das denn?«

»Lindroos hat sie gestern angerufen und irgendetwas von einer neuen Fotografie aus Venedig genuschelt, auf der Claire Lidman zu sehen sei. Natürlich interessiert mich das aus unterschiedlichen Gründen sehr. Sie haben nicht zufällig einen Abzug des Fotos dabei?«

Micaela war jetzt auf der Hut. »Nein, sorry«, sagte sie.

Hellner sah sie enttäuscht an. »Das ist aber schade. Ich habe nämlich nur Teile des Bildes gesehen. Heute Morgen habe ich versucht, sie zusammenzupuzzeln, aber ein paar Stücke fehlen. Lindroos, der arme Irre, hatte das Foto in einer Art Panikattacke zerrissen.«

»O nein, wie konnte er nur.«

»Ja, das allein schon hat mein Interesse geweckt. Er würde ja wohl kaum auf das Bild losgehen, wenn er darauf nicht irgendetwas gesehen hätte. Sie müssen wissen, diese Ermittlung ist wie eine offene Wunde für ihn. Er fühlt sich betrogen, und ich nehme mal an, er hatte schon immer den

Verdacht, dass es da irgendetwas gab, in das wir ihn nie eingeweiht haben.«

»Stimmt das denn?«

Nun sah der Polizeidirektor gar nicht mehr belustigt und heiter aus.

»Das hätte ich gerne mit Rekke besprochen«, sagte er. »Ich habe Geheimhaltungsvereinbarungen dabei, von denen ich möchte, dass Sie und er sie unterschreiben. Denn wie Sie wahrscheinlich verstehen, befinde ich mich in einer kniffligen Situation.«

Ehe sie antwortete, stellte sie sich mal probehalber ein paar *knifflige Situationen* vor. »Inwiefern?«

»Ich brauche ganz dringend einen Spurenleser und habe gehört, dass Rekke wie kein Zweiter Orte und Menschen lesen kann.«

»Manchmal ganz sicher«, sagte sie und lächelte ein wenig. »Wenn er gerade mal an sich glaubt.«

»Mit anderen Worten, ein Sherlock ohne Übermut?«

»Irgendwie so«, sagte sie und lächelte wieder. »Was wollen Sie ihn fragen?«

»Der Zeitpunkt, zu dem das Foto gemacht wurde, macht es sehr interessant für uns, und ich frage mich ...« Er zögerte. »Sie haben nicht zufällig eine Nummer von Rekke, mal abgesehen von seinem Handy?«

»Ich glaube, er ist in einer Besprechung.«

»Die Sache ist die, wir haben einen Aderlass erlitten«, fuhr der Polizeidirektor fort. »Die Ermittlung ist seit Langem eingestellt, was wir tatsächlich der Regierung zu verdanken haben – Verbrecher allesamt. Außerdem gibt es ziemlich viele Leute in meinem Umfeld, denen ich nicht vertraue. Und wie gesagt, wir brauchen Hilfe von jemandem, der ein Puzzle legen kann, und Ihr Einsatz mit diesem Schiedsrichter damals ist bei uns so was wie ein Mythos. Deshalb habe ich gedacht ...« In seinem Blick lag ein begeistertes Glitzern.

»Was haben Sie gedacht?« Sie beugte sich vor.

»Dass ich mal was riskieren könnte.«

Gut, dachte sie, sehr gut.

»Die Situation ist jetzt ja eine ganz andere als damals«, sagte Hellner. »Aber ehe ich was erkläre, müssen Sie und Rekke unterschreiben, dass Sie das, was Sie erfahren, für sich behalten. Ich würde Sie sogar festnehmen, wenn Sie reden.«

»Schon klar«, sagte sie.

»Sehr schön, ich habe wie gesagt die Dokumente dabei, die Sie unterschreiben sollen, und noch ein bisschen technischen Kram.« Er wühlte in seiner Aktentasche. »Das zum Beispiel«, sagte er und zeigte auf eine graue Metallkiste. »Eine Geräuschkiste für unsere Handys.«

»Sicher doch«, sagte sie und hob ihr Telefon hoch. In dem Moment klingelte es. Jetzt war es wirklich Natali, und sie sah Hellner an, der beide Hände hob, als ob er sagen wollte: *Gehen Sie nur ran. Wir machen das hinterher.*

»Hallo, Natali, ich hab grad nicht richtig Zeit«, antwortete sie. »Kann ich dich später anrufen?«

Natali schien sie aber nicht zu hören, sondern fing sofort an zu erzählen, dass Lucas in der Nacht nicht nach Hause gekommen sei und dass er sich ganz sicher mit einer anderen getroffen habe, irgendeinem überkandidelten, kleinen Mädchen, viel zu jung. Sie habe ihn telefonieren hören, das sei ein schreckliches Gespräch gewesen. Micaela machte einen Schritt beiseite, damit Polizeidirektor Hellner nicht alles hörte.

»Denkst du, das ist was Ernstes?«

»Ne«, sagte Natali. »Mehr wie ein fieses Spiel. Ich glaub, es geht ihm selbst nicht gut damit. In den letzten Tagen habe ich echt Angst gehabt, ich muss das einfach sagen. Er macht mir Angst. Zum ersten Mal.«

»Lucas würde dir niemals etwas antun«, sagte sie.

»Ich habe ja nicht um mich Angst«, antwortete Natali.

»Um wen denn sonst?«

»Da am Telefon hat er so eine widerliche Handbewegung gemacht, so als würde er einem Vogel das Genick brechen. Das war grässlich, Micaela, und ich glaube, das hat mit eurem Streit zu tun. Der dreht total frei. Kannst du nicht mal mit ihm reden?«

»Na klar, ich werd's versuchen.«

»Aber sag ihm bloß nicht, dass ich dich angerufen habe.«

»Versprochen. Ich melde mich. Jetzt muss ich hier grade was anderes machen. Pass auf dich auf«, fügte sie noch hinzu. So etwas hatte sie Natali gegenüber bisher nie zu sagen gewagt.

Sie wandte sich wieder Polizeidirektor Hellner zu. Der sah besorgt aus, fragte aber nicht nach, sondern nahm ihr Handy und schob es in seine Metallschachtel. Dann gingen sie Richtung Strandvägen und Djurgårdsbrunnsviken.

»Ich soll Sie von Ihrem Kollegen Jonas Beijer grüßen, der uns manchmal hilft«, fuhr Hellner fort.

»Was hat Jonas gesagt?«

»Er hat gesagt, dass Sie eine gute Polizistin sind, aber über Rekke auf dem Revier in Solna nur hergezogen wird. Können Sie sich vorstellen, warum das so ist?«

Sie dachte nach. »Ist doch klar, dass man keinen mag, der mehr sieht als man selbst.« Hellner lachte ein wenig, wurde aber schnell wieder ernst.

Micaela war in Gedanken noch bei dem Anruf von Lucas' Freundin. Was genau hatte Natali eigentlich gesagt?

Vielleicht war das alles hier ein Fehler. Lucas hatte ein mieses Gefühl, nicht nur weil er so geil darauf war, Julia in Angst und Schrecken zu versetzen. Auch wegen Alicia, der Anwältin, seiner Kontaktperson.

Die schien nicht zu wissen, was sie wollte, er hatte nur widersprüchliche Informationen von ihr bekommen, und nun, da er an der Abfahrt Richtung Gnista an eine Tankstelle gefahren war und wie ausgemacht angerufen hatte, sagte sie ihm, dass sie noch auf einen Befehl warte, eine Art Bestätigung. Lucas sollte solange die Stellung halten und nichts Dummes tun. Da wurde er richtig sauer. Was war denn das für ein Ton?

Er machte ganz klar, was er wollte, die hatte ihm keine verdammten Anweisungen zu geben. Aber als er genau das gerade sagen und dann auflegen wollte, wurde er mit diesem Mann verbunden, mit dem er schon einmal gesprochen hatte. Lucas blieben die Worte im Hals stecken. Irgendetwas an der Stimme dieses Mannes ließ ihn einfach nur wie einen Schuljungen »ja, ja, klar« murmeln. Als er aus der Tankstelle rauskam und Julia da auf dem Beifahrersitz sitzen sah, mit ihrem nervösen Blick und den großen Augen, wurde er noch wütender. Er knallte die Autotür zu. Diese Stimme hatte ihn kleingemacht. Was zur Hölle glaubte der eigentlich, wer er war?

»Was hast du gemacht?«, fragte Julia.

»Nichts«, antwortete er und reichte ihr eine Cola Light, die er drinnen noch schnell mitgenommen hatte.

»Hast du jemanden angerufen? Ich würde auch mal …«

»Nein«, unterbrach er sie. »Ich hab nur gepisst.«

Er fuhr wieder auf die E4 raus, trommelte wütend auf das Lenkrad und musste an Micaela denken. Wenn hier irgendwas total schieflief, dann war das ganz allein ihre Schuld.

Hans saß im Café des Königlichen Motorboot-Clubs am Strandvägen, als William Fors den Gang entlanggeschlendert kam. Es sah aus, als wäre das Leben gut zu ihm gewesen, er wirkte genauso aufgeblasen wie früher, mit Golfhose und Segeljacke und all dem. Wahrscheinlich hatte er selbst keinerlei Ahnung, dass es ihm an den Kragen gehen würde. *Beati pauperes spiritu.* Selig sind, die arm sind im Geiste.

Allerdings hatte Hans keinen Grund für Überheblichkeit. Es bestand kein Zweifel, wer von ihnen beiden seine Tage in der Sonne verbracht und wer im Haus gehockt und Selbstbefragung betrieben hatte. Das schien auch William mit einer gewissen Befriedigung festzustellen.

»Hans«, sagte er und setzte sich. »Was ist denn mit dir passiert? Als ich dich das letzte Mal sah, hast du in der Aula Magna gesprochen, und wir saßen alle mit offenen Mündern da und lauschten deinen Weisheiten.«

»Das ist sehr freundlich von dir, an meine besseren Tage zu erinnern. Du hingegen siehst aus, als hättest du jetzt deine beste Zeit.«

»Ich kann nicht klagen. Die Börsenkurse gehen rauf und mein Golf-Handicap runter.«

»Wunderbar. Was will man mehr? Dann bist du ein starker Gegner für mich«, sagte er, und William schaute unruhig zum Wasser hinunter.

»Warum willst du in alten Geschichten herumstochern?«, murmelte er. »Das ist vorbei und vergessen.«

Hans strich sich übers Haar und sah William in die Augen. »Vergessen?«, fragte er. »Ein nicht aufgeklärter Mord an dem Menschen, den ich auf der ganzen Welt am meisten liebte? Wie könnte der jemals vergessen sein?«

»Ich will dir nicht zu nahe treten. Aber ist es denn ein unaufgeklärter Mord? Ich dachte, es wäre eine Überdosis gewesen.«

Hans bemühte sich, ruhig zu atmen. »Es war die ganze Zeit ein unaufgeklärter Mord«, sagte er dann. »Ich habe das damals nur nicht ausreichend klar gesehen. Aber vor allem fehlte mir der Nabel in der Geschichte, die Sonne, um die alles kreist.«

»Was meinst du?«

»Die Perlenkette, die ich ihr gekauft habe.«

William wand sich. »Ist die nie gefunden worden?«, fragte er.

»Ich habe endlos gesucht und alle führenden Händler dieser Art orientalischer Perlen aufgesucht, doch nichts gefunden. Wenn eine solche Kette wirklich auf dem Markt auftaucht, erfahren die Kenner davon. Diese Information hätte mich also erreicht. Derjenige, der sie an sich genommen hatte, musste sie als Trophäe behalten haben. Höchstwahrscheinlich wäre diese Person gut situiert, ansonsten wäre die Versuchung viel zu groß, die Kette zu veräußern. Ich habe viel Zeit darauf verwandt, ein Täterprofil zu zeichnen. Wer bewahrt ein solches schicksalhaftes und wertvolles Ding Jahr um Jahr bei sich zu Hause auf? Schaut er es regelmäßig an und erinnert sich genüsslich an den Augenblick, in dem sie starb? So habe ich mir das immer vorgestellt, und ich glaubte – weil dieser Abdruck in ihrem Nacken so unbedeutend war –, dass die Kette vorsichtig von Idas Hals genommen worden sei. Ich meinte, eine Art Empfindsamkeit in der Bewegung zu erkennen, die feierliche Handlung eines Diebs, eine rücksichtsvolle Schändung, aber jetzt ...«

Er packte Williams Handgelenk.

»Ja?«, fragte der nervös und zog seine Hand weg.

»Jetzt habe ich begriffen, dass ich mich getäuscht habe. Du kannst selbst nachsehen.«

Hans nahm die Halskette aus der Tasche und legte sie auf den Tisch. Das Sonnenlicht glänzte auf den Perlen, in denen man alle Farben des Regenbogens erahnen konnte, und für einen Moment war es selbst für Hans unbegreiflich, wie er etwas derart Exklusives mit einem so überirdischen Schimmer hatte kaufen können. Noch heute raubte ihm das Schmuckstück den Atem, und zweifellos berührte es auch Fors.

»Schön, nicht wahr?«

William sah sich unruhig um, als ob Hans verbotenes Schmuggelgut auf den Tisch gelegt hätte.

»Doch, sehr«, murmelte er.

»Aber was ich dir zeigen wollte, ist das hier: Sieh dir die Schließe an.« Hans hob die Kette an und reichte sie rüber. »Robuste Qualität, nicht wahr? Trotzdem zerrissen.«

William nickte und schob die Hand mit der Kette von sich weg.

»Du möchtest sie also nicht anschauen?«

William schüttelte den Kopf.

»Okay, aber diese Schließe hier ... siehst du ... die ist kaputt. Worauf deutet das hin?«

»Ich weiß nicht«, sagte William und sah weg.

»Das deutet auf Gewalt hin, und was kommt vor Gewalt?«

William Fors senkte den Blick. »Aggression«, murmelte er.

»Sehr gut, aber auch Gewalt. Gewalt erzeugt Gewalt, und ich habe eine Blutung im oberen Lippenband von Ida gesehen, deren Bedeutung ich erst heute begreife. Sie hat versucht, den Mund zu öffnen, um Luft zu kriegen. Natürlich hatte sie Alkohol und Drogen im Körper, aber damit sie erstickt, ist nachgeholfen worden. Das sehe ich jetzt ganz deutlich und finde unglaublich, dass du mich damals angelogen hast.«

»Ich habe nicht gelogen«, antwortete William und warf der Bedienung einen flehenden Blick zu, als sollte sie kommen und ihn retten. Doch die, ein junges Mädchen mit Pagenkopf, ging unbeteiligt vorbei.

»Ist schon anstrengend, unsichtbar zu sein, nicht wahr, William? Aber allzu sichtbar zu sein, ist auch nicht ganz leicht. Ich bestelle für dich. Was willst du haben?«

»Ein Glas Wasser und einen Cappuccino.«

»Ein Glas Wasser, bitte, und einen Cappuccino«, rief Hans.

Die Bedienung reagierte sofort und brachte die Bestellung auf den Weg.

»Deine Autorität ist ungebrochen. Ich bin beeindruckt«, sagte William, klang jedoch nicht mehr weltmännisch.

»Aber wie gesagt ...«, fuhr Hans fort. »Ich habe heute Nacht noch einmal deine Aussagen von damals gelesen und muss schon sagen, du hast dich ganz schön dumm gestellt.«

William zupfte nervös an der Kette. »Wie meinst du das?«

»Du sagst, Ida sei das zu viel nervige Aufmerksamkeit gewesen.«

William fuhr sich mit der Hand nervös übers Gesicht. »Ja, genau. Du weißt doch, wie sie war. Das ganze verdammte ...«
Er verstummte, denn Hans beugte sich vor und bohrte seinen Blick in ihn.

»Genau, ich weiß exakt, wie sie war. Sicherlich habe ich dir deswegen auch geglaubt, dass sie die Kette ins Wasser geworfen haben könnte. Doch jetzt, da ich alles noch einmal durchgehe, erkenne ich, dass deine Aussage falsch war. Sie unterscheidet sich von den Zeugenaussagen der anderen an jenem Abend.«

»Warum sollte ich bei so etwas lügen?«

»Um eine alternative Erklärung dafür zu liefern, dass die Kette verschwunden ist, und nein, komm mir jetzt nicht mit irgendwelchen idiotischen Ausflüchten.«

»Das will ich auch gar nicht.«

»Gut, denn wenn du sie getötet und ihre Kette gestohlen hast, dann werde ich dich vernichten. Ich werde nicht aufgeben, ehe ich das bewiesen habe und du im Gefängnis sitzt. Aber wenn du etwas gesehen hast und mir das verschweigst, weil du Angst hast oder weil du versprochen hast, die Klappe zu halten, dann werde ich dich als meinen wichtigsten Alliierten schützen, sobald du redest. Ich will nur denjenigen haben, der seine Hände um die Halskette gelegt und sie abgerissen hat.«

»Ich habe deinen Bruder gesehen.«

»Was?«

Hans verstand nicht. Magnus hatte ihn schon so oft betrogen und noch öfter gegen ihn intrigiert, aber dass er in den Tod von Ida Aminoff verwickelt sein könnte, war unvorstellbar. »Ich muss gerade an Claire Lidman denken«, sagte er nach einer Weile des Schweigens.

»An Claire Lidman?«, echote William, von dem plötzlichen Themenwechsel völlig verwirrt.

»Genau«, fuhr Hans mit aller Kälte, die er aufbringen konnte, fort. »Ich frage mich, was du mit ihrem Verschwinden zu tun hattest.«

Jetzt sah William zu Tode erschrocken aus. »Nichts, ich hatte ...«, stammelte er.

»Sicher? Wer in der einen polizeilichen Ermittlung lügt, dem traut man das auch in der anderen zu.«

»Du würdest ja wohl nicht wagen, so was anzudeuten.«

»Warum denn nicht, William? Aber genauso gut kann ich dich schützen.«

»Dagegen nicht.«

Hans musterte ihn. »Ist es so schlimm?«

»Schlimmer.«

Hans rang sich ein Lächeln ab. »Vielleicht bin ich ja eine Art Detektiv, aber ich bin bestimmt kein Polizist oder Jurist, den Meineid oder Kronzeugenschutz interessiert. Wenn du weder Claire noch Ida getötet hast, dann könnte ich sogar meine Schweigepflicht als Psychologe geltend machen. Aber sonst ...«

»Was sonst?«

»Wenn du nicht redest, William, dann werde ich zu einem Bluthund.«

»Das sieht dir gar nicht ähnlich.«

»Nein, das ist wahr. Mord an denen, die ich liebe, verdrängt alle Freundlichkeit aus meinem Charakter. Du bist, nachdem du Ida verabschiedet hattest, nicht wie behauptet direkt nach Hause gegangen.«

»Ich *bin* direkt nach Hause gegangen«, verteidigte sich William.

»Wirklich?«

»Ich wohnte damals ja in der Styrmansgatan. Ich erinnere mich noch, dass ich kaum die Tür aufschließen konnte.«

»Du warst voll?«

»Wie eine Haubitze völlig neben der Spur.«

»Was ist passiert?«

»Ich habe mich auf die Bettkante gesetzt und angefangen, Mädchen anzurufen, mit denen ich zusammen gewesen war. Das war so im Suff, weißt du. Man fängt verzweifelt an, Leute anzurufen.«

»Nicht man, William. Du!«

»Okay, ich. Soll ich jetzt weiterreden, oder willst du moralisieren?«

»Rede weiter.«

»Aber ich brauche Garantien. Ich will über das hier nicht irgendwo lesen oder Anrufe von der Polizei oder so einen Scheiß.«

»Ich werde meine Schweigepflicht geltend machen, und die ist mir heilig. Aber dann rede auch, Mann.«

»Was soll ich sagen?«, begann William. »Da keine von denen ans Telefon ging oder diejenigen, die rangingen, mich beschimpften, bin ich wieder raus. Ich glaube nicht, dass ich überhaupt irgendeinen Plan hatte, sondern wahrscheinlich habe ich hauptsächlich gehofft, dass von selbst was passieren würde. So bin ich sicher eine Stunde oder so herumgezogen, aber am Ende landete ich in der Torstenssonsgatan und stand wie ein Idiot vor Idas Tür.«

»Du standest nur da?«

»Vielleicht habe ich auch ›Ida, Ida, verzeih mir‹ oder was in der Art gerufen. ›Lass uns reden, lass mich rein.‹ Ich war peinlich, Hans, ich war blau. Aber plötzlich ging die Tür auf, und ein mitgenommen wirkender junger Mann in einem dunklen Jackett kam herausgestolpert, und ich rief: ›Hallo, Hallo‹, und da drehte er sich um, und ich sah, dass es Magnus war. Verdammt, ich schwöre es, Hans, so habe ich ihn noch nie gesehen. Er wirkte völlig verzweifelt und kam auf mich zu, konnte sich kaum auf den Füßen halten, nicht weil er besoffen gewesen wäre, sondern weil er verletzt war, und eigentlich kann ich mich nicht erinnern, was er gesagt hat, außer: ›Du warst nicht hier‹, hat er gesagt. ›Du warst nicht hier.‹«

»Und du warst natürlich sofort einverstanden«, höhnte Hans.

»Ich habe sie nicht angerührt. Ich weiß nichts darüber, was ihr zugestoßen ist. Du hast mir versprochen, zu mir zu stehen, Hans.«

»Vorausgesetzt, dass du die Wahrheit sagst«, antwortete Hans, ließ den Blick schweifen und sah zu seinem Erstaunen, wie Micaela in Begleitung eines kleinen, resoluten Herrn mit runder Sonnenbrille Richtung Nobelpark ging.

SIEBENUNDDREISSIG

Der Himmel war inzwischen bewölkt, und es waren nicht mehr viele Leute unterwegs. Der Kies knirschte unter ihren Füßen. Oberhalb des Parks lagen die schicken Diplomatenvillen – von hohen Zäunen umgeben und manchmal mit vergitterten Fenstern versehen. Micaela sah Polizeidirektor Hellner an. Eine Zeit lang hatte er verlegen und nachdenklich gewirkt, jetzt räusperte er sich, als wolle er eine Rede halten oder ein Bekenntnis ablegen.

»Noch vor ungefähr einem Jahr wäre es undenkbar gewesen, dass ich hier mit Ihnen zusammen langspaziere und in Erwägung ziehe, über Claire Lidman zu sprechen. Aber wie gesagt, die Situation hat sich verändert.«

»Was ist passiert?«

Er lächelte melancholisch und nahm die Sonnenbrille ab. »Leider muss man sagen, dass wir nichts mehr zu befürchten haben, denn alles ist bereits passiert. Nun wollen wir nur noch in der eitlen Hoffnung auf Hilfe eine Hand ausstrecken.«

»Das klingt echt verschroben.«

»Sie werden es schon noch verstehen.«

»Erklären Sie mal ein bisschen, damit ich begreife, worum es geht.«

Er blieb stehen und schüttelte den Kopf. »Nein, nein«, sagte er. »Wir sollten uns zu dritt zusammensetzen, sonst muss ich alles zweimal sagen. Aber okay … ganz kurz in aller Einfachheit: Claire Lidman lebt. Aber das haben Sie sich wahrscheinlich schon zusammengereimt. Oder besser gesagt: Wir hoffen, dass sie lebt. Das letzte Lebenszeichen von ihr bekamen wir im März dieses Jahres, kurz bevor jenes Foto gemacht wurde.«

Micaela stockte kurz der Atem. »Was ist dann passiert?«

»Sie ist verschwunden. Keiner unserer Kontakte kann sie noch erreichen, und das beunruhigt uns sehr. Dank Überwachungskameras und Zeugenberichten wussten wir bereits, dass sie Venedig besucht hatte, was sehr ungewöhnlich ist, da sie sonst niemals solche öffentlichen Plätze aufsucht. Aber vielleicht erzähle ich am besten ganz kurz von Anfang an.« Micaela nickte, und Hellner ging langsamer und senkte die Stimme. »Das alles weiß Rekke sowieso, also kann ich es auch Ihnen erzählen: Ende der Achtzigerjahre beschlossen wir, eine konzertierte Aktion gegen das Organisierte Verbrechen zu unternehmen, da es mittlerweile selbst unter seriösen Finanzunternehmen und Banken gang und gäbe war, Kapital von kriminellen Organisationen anzunehmen. Geld war für sie einfach Geld. So war schließlich der Zeitgeist. Doch andere fürchteten sich – und das mit Recht. Menschen wurden ermordet und verschwanden. Und nur sehr wenige Schuldige, wenn überhaupt, wurden für ihre Verbrechen angeklagt. Die ganze Gesellschaft war infiltriert, und wir erhielten von der Regierung die Direktive, uns darum zu kümmern. Zu Anfang war es als gesamteuropäisches Projekt angelegt. Wir waren sechs oder sieben nationale Polizeiorganisationen in Europa, die zusammenarbeiteten, und wir wurden mit Ressourcen und Befugnissen ausgestattet. Die Frage war nur: Wo sollten wir anfangen? Sollten wir unbedeutende Spieler aufgreifen und uns nach oben raufarbeiten oder andersherum mit einem großen Kopf beginnen und damit sofort große Aufmerksamkeit auf uns lenken? Wir entschieden uns für Letzteres und wussten auch, auf wen wir uns konzentrieren wollten.«

»Gabor Morovia.«

»Exakt. Er war perfekt: weltgewandt, schlau, Mathematiker und befreundet mit Leuten wie Putin – auch wenn Putin zu der Zeit nur ein einfacher KGB-Mann in Dresden war. Doch Morovia hatte eine ziemliche Laufbahn hingelegt, und von allen Verbrechern, die wir beobachteten, verschwanden in seinem Umkreis die meisten Menschen. Viele wurden verbrannt oder zu Tode gefoltert aufgefunden. Wir waren mehr als motiviert, diesen Teufel dingfest zu machen. Doch man warnte uns, dass wir gegen ihn chancenlos wären. Es hieß, er habe mächtige Beschützer.«

»Zum Beispiel beim schwedischen Staat«, sagte sie.

»Ja, aber das kam später. Anfang der Neunzigerjahre war die Morovia-Ermittlung ein Projekt mit höchster Priorität, und da eröffnete sich uns unerwartet eine Möglichkeit. Sie können es sich wahrscheinlich denken. Claire Lidman kam zu uns in die Polizeizentrale und wollte reden. Ich selbst habe sie damals empfangen.«

»Was wusste sie über ihn?«

»Sie war außer sich, es war früher Morgen, und ich glaube nicht, dass sie viel geschlafen hatte. Das Sitzen fiel ihr schwer, und ihr Nacken war steif. Sie wollte nicht darüber sprechen, doch hatte ich gleich das Gefühl, dass sie Gewalt erlitten hatte. Ich konnte ihr den Hass ansehen.«

»Worüber wollte sie reden?«

»Sie hatte Dokumente bei sich – Notizen, Tagebücher, Namenslisten – und wollte auspacken. Aber vor allem verfügte sie über Beweise, dass eine ihrer Freundinnen aus der London School of Economics in Madrid ermordet worden war.«

»Sofia Rodriguez.«

»Genau, und als uns klar wurde, dass wir ihrer Geschichte sogar noch weitere Beweise hinzufügen konnten, die wir selbst zusammengetragen hatten, wussten wir, dass wir ihn hatten.«

»Klingt vielversprechend«, warf Micaela ein.

»Genau«, sagte er. »Es war ein großer Moment, die Vorahnung eines Durchbruchs. Gleichzeitig war uns klar, welchem Risiko wir sie aussetzten, und wir begannen, ein Schutzprogramm für Claire und ihren Mann zu entwickeln.«

»Samuel war anfangs also mit auf der Rechnung?«

»O ja, wir hatten nicht vor, die beiden zu trennen, und das war auch das Letzte, was Claire wollte. Sie liebte Samuel und sagte immer wieder, dass sie ohne ihn nicht leben könne.«

»Trotzdem ist er nicht mitgegangen.«

»Nein, mittendrin kriegte sie plötzlich Panik und machte eine Kehrtwendung. Wir verstanden nicht, wieso, und haben lange mit ihr darüber gesprochen. Aber sie weigerte sich. Erst hinterher, als die spanische Polizei zusammen mit uns ihren Tod arrangiert hatte, begriffen wir.«

»Was?«

»Dass sie schwanger war.«

»Okay, und sie hat es wirklich durchgezogen?«

Sie kamen an einer roten Ziegelsteinvilla vorbei, auf deren Balkon zwei Frauen saßen und lachten.

»Genau«, fuhr Hellner fort. »Sie war schwanger, wusste aber nicht, von wem. Natürlich war es höchstwahrscheinlich Samuels Kind, und das wäre doch eine gute Nachricht, eine glückliche Fügung gewesen. Claire und Samuel hatten lange versucht, ein Kind zu bekommen, und sie hatte sich so nach einem neuen Anfang gesehnt. Doch bestand ihrer Aussage nach auch die geringe Chance, dass es das Kind von Morovia sein könnte, und das wäre natürlich eine Katastrophe, da waren wir ganz ihrer Meinung.«

»Sie hoffte und fürchtete gleichzeitig.«

»Ja, während der kommenden Wochen überlegte sie fieberhaft, ob sie eine Abtreibung vornehmen lassen sollte. Es war wirklich nicht leicht für die Arme. Trotzdem hatten wir noch sehr schöne Tage. Claire war in einer geschützten Unterkunft in einem kleinen Haus in den Alpen an der Grenze zu Österreich untergebracht worden. Natürlich gab es Leibwächter, und es war auch immer einer von uns Ermittlern da. Ich bin selbst ein paarmal dort gewesen. An den Abenden brachte sie mir Schachspielen bei, und wir tranken Tee und redeten. Dass Samuel glaubte, sie sei tot, quälte sie, und ich hatte Angst, sie könnte sich bei ihm melden. Wir mussten ja mit der größten Vorsicht vorgehen.«

»Schon klar.«

»Für den Fall der Fälle hatte ich auch ein Szenario für eine Wiedervereinigung der beiden entworfen. Es musste schließlich Samuels Kind sein. Claire sagte das die ganze Zeit, und am Ende überzeugte sie uns alle, und wir träumten von einem glücklichen Ende, bei dem die Eheleute um ein kleines Kind herum vereint sein würden. Wir diskutierten lange, wie wir Samuel dorthin bekommen und sein Verschwinden würden erklären können. Das war ein umfangreiches Projekt.«

»Aber es war nicht Samuels Kind, oder?«

Hellner sah sie mit einem Blick an, der Micaela hoffen ließ, dass sie sich irrte.

»Nach der Entbindung, es war ein kleiner Junge, waren wir alle sehr erleichtert. Ich werde nie Claires Anruf vergessen. Sie klang so froh«, sagte der Polizeidirektor und schaute zum Technischen Museum hinüber, das sich vor ihnen erhob.

Als Rekke Micaela Richtung Nobelpark verschwinden sah, wäre er am liebsten hinterhergestürmt. Angespannt wandte er sich wieder William Fors zu.

»Erzähl weiter«, sagte er.

»Ich bin nach Hause gegangen, mehr nicht. Und am nächsten Abend hörte ich dann in den Fernsehnachrichten, dass Ida tot war. Eine halbe Stunde später klingelte Magnus an meiner Tür. Er sah nicht viel besser aus als am Tag zuvor, hatte wahrscheinlich nicht geschlafen. Er hielt einen Umschlag mit Fotos in der Hand, die er über einen Boten bekommen hatte. Die legte er auf meinem Küchentisch aus. Eine ganze Serie grobkörniger Bilder, in der Dunkelheit mit Teleobjektiv aufgenommen, und es dauerte eine Weile, bis ich kapierte, was da zu sehen war: Magnus, wie er aus Idas Haus kommt. Man konnte erkennen, dass er aufgewühlt und schockiert war. Magnus legte die Fotos eines nach dem anderen auf den Tisch, bis …«

»Bis du auch auf einem zu sehen warst.«

»Ja, auf einem der Fotos stand ich und redete mit ihm und wirkte zwar nicht schockiert, aber doch so, als hätte ich etwas zu verbergen, und da kriegte ich es mit der Angst zu tun. Schließlich war von Mord die Rede gewesen. Magnus wollte nicht sagen, wer die Fotos gemacht hatte. Er meinte, es sei am besten, wenn ich das nicht wüsste. Doch ich schrie ihn an, wenn ich schweigen solle, müsse ich wenigstens kapieren, was passiert sei, und da hat er es mir erzählt. Er hatte mitten in der Nacht einen Anruf bekommen. Jemand, er sagte nicht, wer, habe ihn angerufen und behauptet, dass seinem Bruder etwas zugestoßen sei.«

»Mir?«

»Ja, dir, Hans. Die Stimme habe gesagt, es sei eilig, und hat die Adresse an der Torstenssonsgatan angegeben, also ist Magnus dort hingeeilt. Anscheinend hatte er keine Ahnung, dass Ida da wohnte, sondern war nur durch die Nacht gestürmt, und als er hinkam, lag Ida tot im Bett, und das war offensichtlich der Grund für den Anruf gewesen. Jemand wollte, dass er gesehen und in die Sache verwickelt würde.«

Hans konnte erst mal nicht begreifen, was William da sagte. Er sah nur Magnus in jener Zeit vor sich, da war er noch kein Machtmensch gewesen, sondern ein ichbezogener junger Mann, der nie die Konzerte seines Bruders besuchte, weil er es nicht ertrug, in dessen Schatten zu stehen. Hatte dieser Mensch, der da noch nicht einmal gewusst hatte, was er mit seinem Leben anfangen sollte, ein Geheimnis dieses Ausmaßes bewahrt? Das war kaum zu glauben, oder zumindest klang es nur wie die halbe Wahrheit.

Nachdenklich schob Hans die Perlenkette in die Tasche.

»Wir kennen nicht viele, die einen solchen Anruf tätigen würden«, sagte er.

»Nein, das stimmt, aber damals kannte ich ihn ja noch nicht. Ich hörte nur, dass er grausam und gefährlich sei, und also hielt ich lieber die Klappe. Es tut mir leid, Hans.«

»Unbegreiflich, dass ich das nicht geahnt habe.«

»Damals warst du noch nicht der berühmte Professor Rekke.«

Nein, ich war blind und taub, dachte er und sagte: »Und dann tauchten die Fotos wieder auf, nicht wahr?«

William erschrak. »Woher weißt du das?«

»Irgendwas muss euch veranlasst haben, in den Verhandlungen gegen Axel Larsson einzuknicken.«

William Fors sah auf seine Hände. »Ja, du hast natürlich recht. Morovias Mitarbeiterin Alicia Kovács hat uns an die Bilder erinnert.«

»Also musste meine Ida sogar dort noch eine unrühmliche Rolle spielen. Sie hat dafür gesorgt, dass der Staat mehrere Milliarden verlor.«

»Wir haben trotzdem ziemlich gut zurückgeschlagen.«

»Ja, ihr hattet ja schließlich Claire Lidman.«

»Wir waren ein gutes Team und kämpften für unser Recht.«

Rekke fuhr sich mit der Hand über die Stirn. »Euer Recht zu plündern.«

»Ich habe halt gemacht, was ich gut konnte«, murmelte Fors.

»Ehrlich?«

»Damals hatte Cartaphilus einen guten Namen.«

»Aber du wusstest doch, wie die Dinge in Wirklichkeit lagen. *Non omnes infortunati corrupti.*«

»Was?«

»Die Not macht nicht alle korrupt, William. Du hattest das bereits in dir. Hau ab und fürchte dich. Jetzt werde ich meinen Bruder anrufen, denn in deiner Geschichte fehlt was«, sagte er, stand auf und nahm sein Handy zur Hand.

Im selben Moment bekam er eine Nachricht von Micaela und sah, dass er mehrere verpasste Anrufe hatte.

ACHTUNDDREISSIG

Um kurz vor vier am Morgen des 23. Juli 1991 gebar Claire
Lidman, geborene Wilson, hoch oben in den Alpen, nicht
weit von Garmisch-Partenkirchen entfernt, einen Sohn, der
keinen Laut von sich gab.

Es war beunruhigend still im Raum. Nur die Bewegungen der Hebamme Hannah waren zu hören, kein Kind schrie
oder maunzte auch nur. Es ist tot, dachte sie, und es kam
ihr völlig folgerichtig vor, als eine Strafe. Sie hatte es schon
bei Hannahs angestrengtem Lächeln und ihren nervösen
Schritten geahnt. Und hatten sich die Schmerzen nicht mehr
wie die Qualen der Hölle angefühlt?

Es war, als hätte ihr Körper von Anfang an begriffen, dass
er etwas Totes und Lebloses oder vielleicht sogar halb Mons-
tröses gebar. Das hatte auf eine Weise wehgetan, die nicht
gesund und natürlich sein konnte, und sie schloss die Augen
und versuchte jetzt, da der schlimmste Schmerz weg war,
in ihrer Erschöpfung zu verschwinden. Doch natürlich gab
es kein Vergessen und keine Gnade. Das Wesen, das Kind,
der kleine Tote, wurde auf sie gelegt. Begrüßung und Abschied zugleich. Ich habe dich ermordet, dachte sie. Ich habe
meinen Rachedurst über das Leben und die Liebe gestellt.
Vergib mir, heilige Mutter Gottes.

Doch in dem Moment, als ihre Verzweiflung am größten war, nahm sie eine Bewegung wahr, eine Hand, die nach

ihrer Haut griff, und kleine, hastige Atemzüge. Sollte sie es wagen hinzusehen?

»Es ist ein Junge«, sagte Hannah. »Ein gesunder Junge, der eine anstrengende Reise hatte. Aber er wird sich erholen. Seine Gesichtsfarbe sieht gut aus.«

»Er wird überleben?«

»Ja, Claire. Herzlichen Glückwunsch.«

Sie versuchte, zu verstehen und sich zu freuen, doch noch ehe die Nachricht eingesunken war, kam alles andere, was sie in den Nächten wach gehalten hatte: Wer ist er? Der Sohn des freundlichsten Menschen, der ihr je begegnet war?

Oder des schrecklichsten?

»Wem sieht er ähnlich?«, fragte sie.

»Er sieht Ihnen ähnlich.«

Das war keine Antwort, sondern eine Ausflucht. Sie senkte das Kinn, um ihn betrachten zu können. Er kam ihr schwer vor, und das war vielversprechend. Sie dachte an Samuels Gewicht auf ihrer Brust. Sie erinnerte sich an seinen Geruch und seine Arme wie an eine verlorene Welt, die sie eingetauscht hatte, aber wogegen? Sie blickte auf das Wesen hinunter, das ein seltsamer kleiner Mensch war. Faltig, feingliedrig, keuchend, mit einem intensiven Blick, wie bei einem Menschen, der gerade vor dem Ertrinken gerettet worden war. Sie schloss die Augen wieder.

Das Bild des Jungen blieb auf ihrer Netzhaut und floss mit ihren Erinnerungen zusammen. Das da ist kein Morovia, dachte sie, und Freude überkam sie. Ziehe keine voreiligen Schlüsse, ermahnte sie sich. Doch dann schaute sie wieder hin und war immer mehr überzeugt. Sie erkannte Samuels Stirn und seine Lippen. Als sie den Jungen auf ihrer Brust zurechtschob, schien sich das Herz des Kindes zu beruhigen und im Takt mit ihrem eigenen zu schlagen. Still lag sie da, völlig erschöpft, mit schwerer, tiefer Atmung, und stellte sich vor, wie sie Samuel anrufen und alles, was kaputt war, wieder heil machen würde.

Bin das hier ich? Diese Frage hatte sich Julia im vergangenen Jahr oft gestellt, und das war nicht verwunderlich. Sie wurde älter, also maß sich ihr altes Ich mit dem neuen, erwachsenen.

Immer noch war keine Wolke am Himmel, und Lucas fuhr jetzt langsam, suchte nach dem richtigen Haus. Er hatte sich beruhigt, und ihr selbst ging es auch besser. Vielleicht lag es an der pittoresken Umgebung mit den alten Holzhäuschen und kleinen Gärten. Ein älteres Schweden, eine Astrid-Lindgren-Welt. Sie schaltete das Radio ein, wo gerade Nachrichten kamen. Im ganzen Land wurde der Nationaltag gefeiert. In der Politik gab es einen Aufstand um eine kleine, fremdenfeindliche Partei, die Sverigedemokraterna. Und dann ein kurzer Nachruf über Ronald Reagan, der am Tag zuvor gestorben war. »Tear Down this Wall«, hörte sie ihn sagen. Präsident Bush hatte in der Normandie gesprochen. Lucas schaltete das Radio aus.

»Ich ertrag diesen Scheiß nicht«, erklärte er.

»Man kann sich doch informieren«, murmelte sie.

Lucas antwortete nicht, und sie dachte an ihren Vater, wie er jeden Morgen in diverse Zeitungen versunken dasaß und manchmal den Blick hob, immer willig, die Weltlage zu diskutieren oder einen kleinen Vortrag zu halten. Sie musste ihn wirklich anrufen.

»Bitte, Lucas, kannst du mir mein Telefon wiedergeben?«

»Keine Handys, vergessen?«

»Aber du hast auch telefoniert.«

Sie fand ihren unterwürfigen Ton selbst schrecklich.

»Später, jetzt muss ich mal die Adresse hier finden.«

Er fuhr im Schneckentempo und musterte links und rechts die Gebäude, suchte die richtige Hausnummer. Irgendwann nickte er, hielt an und schaltete den Motor aus. War es das hier? Die weiße Villa rechts von ihnen war definitiv kein Hotel, aber sie war größer als die anderen Häuser in der Straße und hatte eine Terrasse. Wieder fragte sie sich: Bin das hier ich? *Jemand, der die Nachrichten nicht hören darf.* Auf einem Nachbargrundstück lachte eine Frau, wie aus einer Welt, von der sie abgeschnitten war. Lucas stieg aus dem Auto.

Sein Rücken war breit und bedrohlich, und sie betrachtete ihn, während er sich vor einer Garage mit zwei Türen hinunterbeugte und unter einem grünen Blumentopf ein Schlüsselbund hervorholte. Er winkte sie zu sich, und sie stieg mit übertrieben eifrigen Bewegungen aus, als hätte er Macht über sie. Aber vielleicht wollte sie ihm nur kurz alles recht machen, damit sie ihr Telefon zurückbekam. Über ihnen an der Fassade saß wie ein kaltes, leeres Auge eine graue Kamera.

Lucas schob die Schultern zurück und streckte sich. Als er aufschloss und reinging, folgte sie ihm und schaute sich um. Was war das für eine Einrichtung? Im Grunde überhaupt keine. Unpersönlich und luftig, aber luxuriös – wie in einer Flughafenlounge. Sie betraten eine große, frisch renovierte Küche und gingen dann hinaus auf eine weitere Terrasse, die in einen nicht einsehbaren Garten mit Swimmingpool und Jacuzzi führte.

»Wollten wir nicht in ein Hotel?«, fragte sie.

»Das hier ist doch besser, ein ganzes Haus für uns allein.«

Es fühlte sich überhaupt nicht besser an, und sie dachte an das Gespräch, das sie am Morgen belauscht hatte.

»Warum sind wir eigentlich hier?«, fragte sie.

Er wirkte gekränkt, doch dann erhellte sich seine Miene, und er kam auf sie zu. »Wenn es nicht gut ist, hauen wir einfach woandershin ab«, sagte er, als wollte er geradezu, dass sie sagen würde: Ja, lass uns abhauen.

Trotzdem schüttelte sie den Kopf und sagte, das werde doch bestimmt sehr gut in dem Haus.

»Dann hole ich unsere Taschen rein, wir ziehen uns um und springen in den Pool, oder?«, fuhr er fort.

Julia hatte keine Lust zu baden, aber sie wollte nicht langweilig oder zickig wirken. Sie wollte ihr Telefon zurück. Also nickte sie nur, und er ging weg. Als er zurückkam, wirkte er gar nicht mehr unsicher, öffnete mit einem kleinen Grinsen den Reißverschluss seiner Sporttasche und holte eine blaue Badehose heraus. Er zog sich genau vor ihr um und stand eine Weile ganz nackt am Pool.

Sie selbst wollte sich lieber ein bisschen verstecken und zog ihren Bikini, den sie voriges Jahr in Nizza gekauft hatte, in der Küche an. Er war inzwischen zu groß, und wieder fragte sie sich: Bin das hier ich? Dann trat sie zu ihm in die Sonne hinaus. Lucas lächelte sie an und sprang dann ungestüm und viel zu laut ins Wasser.

Julia tauchte vorsichtig ein, springen wollte sie nicht, denn dann würde sie womöglich den Bikini verlieren. Das Wasser war kalt, und sie berührte den Boden mit den Zehen, als Lucas zu ihr geschwommen kam und sie an den Rand des Pools drückte. Sie ließ zu, dass er sie küsste und ihren Hintern umfasste, aber am liebsten wäre sie woanders gewesen. Sie horchte geradezu auf Schritte, die sie retten könnten.

Micaela und Polizeidirektor Lars Hellner gingen weiter am Wasser entlang, Richtung Djurgården.

»Es war also Samuels Kind«, sagte sie.

»Das dachten wir jedenfalls«, fuhr Hellner fort. »Das redeten wir uns ein. Claire wollte keinen Vaterschaftstest machen. ›Er ist Samuels Junge‹, sagte sie nur. ›Ich spüre es im Herzen.‹ Trotzdem meldete sie sich nicht bei Samuel und schob auch unsere Zusammenarbeit hinaus. Sie sagte das eine und tat das andere. Offensichtlich war nur, dass sie eine starke Bindung zu ihrem Sohn hatte. Und natürlich verstehe selbst ich, der keine Kinder hat, dass das eine ungeheuer besondere Sache ist, und niemand bezweifelte, dass Claire einsam war und jemanden brauchte. Aber trotzdem, Micaela, trotzdem …«

»Was?«

»Sie überschritt alle Grenzen. Sie ging völlig in der Liebe zu ihrem Sohn auf. Jakob sollte er heißen, Samuels zweiter Name. Die ganze Zeit saß sie mit ihm an ihre Brust gedrückt da und lächelte versonnen. Es war schön, ein Urbild, aber wir hatten Angst, den Fokus zu verlieren und den rechten Moment zu verpassen, vor allen Dingen, als …«

Er zögerte, denn ein müder Jogger kam keuchend auf sie zu.

»Ja?«, fragte sie, nachdem er vorbei war.

»Außerdem bekamen wir nicht mehr so viel Rückhalt wie zuvor.«

»Wieso nicht?«

»Der Chef der Reichspolizei war verunsichert. Jemand, der zu den wenigen in der Regierung gehörte, die wussten, was wir da machten, hatte ihm was geflüstert, und leider entbehrte das nicht einer gewissen Logik. Wenn wir Morovia festsetzten, dann würde offenbar, dass eine schwedische staatliche Bank nicht nur Geschäfte mit dem Organisierten Verbrechen gemacht hatte, sondern tatsächlich im Kampf um Milliarden, die den Steuerzahlern gehörten, eingeknickt war. Wir hatten Sorge bezüglich des Fortgangs der Ermittlung und waren im Winter 1993 in einer Sackgasse. Wir kamen nicht weiter. Claire zog sich mit ihrem Jungen zurück, und ich muss zu meiner Schande gestehen, dass wir in unserer Aufmerksamkeit nachließen. Zu der Zeit hatten wir sie nach Süden verlegt, in ein Dorf vor Limena in Norditalien, wo sie in einem Haus wohnte, das einem deutschen Verleger gehörte. Ein paar Kilometer entfernt, mitten im Nirgendwo, gab es einen kleinen Laden, da ist sie wohl ein paarmal allein einkaufen gegangen. Irgendein Knallkopf dachte offenbar, das sei ohne Risiko. ›Ich muss mal unter Leute‹, sagte sie ständig. Und der Junge war wirklich ein Kapitel für sich. Er konnte laufen, ehe andere Kinder krabbeln, und saß keine Sekunde still. Es war, als würde man eine Katze oder einen Fuchs hüten.«

»Wessen Kind war er denn jetzt?«, fragte Micaela ungeduldig.

»Greifen Sie nicht vor. Erst möchte ich noch die italienischen Leibwächter verteidigen: Claire sah nicht mehr so aus wie vorher. Sie hatte eine neue Haarfarbe, einen neuen Stil, eine neue Identität und sprach anders. Außerdem war sie nicht oft auf eigene Faust unterwegs.«

»Aber oft genug.«

»Ja, leider. Die Katastrophe passierte, und danach gab es keinen Weg zurück. Unsere Ermittlung war gestorben.«

»Wann genau war das?«

Obwohl er gerade von einer Katastrophe gesprochen hatte, lächelte Lars Hellner, als würde ihn der Informationsvorsprung belustigen. Das ärgerte Micaela, und sie machte eine ungeduldige Bewegung mit der Hand, damit er weiterredete.

Doch er antwortete nicht, sondern nahm nur seine Aktentasche und holte die Handyschachtel heraus.

»Wenn ich das erzähle, hätte ich doch gern Rekke dabei. Ich habe schon viel zu viel geredet. Sollen wir mal versuchen, ihn anzurufen?«

Sie nickte, nahm ihr Handy entgegen und starrte darauf. Zwei verpasste Anrufe von Natali, Lucas' Freundin. Hellner und seine ganze Geschichte waren vergessen. Was hatte Natali noch gesagt? Irgendein überkandideltes, viel zu junges Mädchen. Es gab ungefähr eine Million junger Mädchen aus gutem Hause, aber Hugo hatte zu ihr gesagt: »Jemand, den du magst, bezahlt«.

Könnte er Julia gemeint haben? Nein, nein, dachte sie. Julia stammte aus einer anderen Welt. Sie war gerade erst mit der Schule fertig und würde niemals auf einen fünfzehn Jahre älteren Kriminellen reinfallen. Oder doch? Julia hat ihren Stil geändert, da war definitiv jemand Neues an ihrer Seite, vielleicht sollte sie das doch mal checken.

Wie vereinbart rief sie Rekke an, aber er ging nicht ran. Sie sah zu Hellner und schüttelte den Kopf. »Er wird sich melden«, sagte sie und musste an Vanessa denken.

Vanessa wusste immer als Erste Bescheid. Könnte sie etwas wissen? Micaela trat ein paar Schritte beiseite und rief sie an. Vanessa ging mit einem lauten »Darling!« ran, als hätte es auch nicht für eine Sekunde irgendwelchen Zoff zwischen ihnen gegeben. »Hallo, Süße«, erwiderte Micaela. »Nur eine ganz kurze Frage: Treibt Lucas sich mit einer anderen rum?«

Vanessa zögerte. »Ich soll eigentlich nichts sagen.«

»Jetzt komm schon.«

»Er macht mit irgendeinem jungen Mädchen aus der Oberschicht rum, sagt Hugo. Wohnt irgendwo dahinten bei euch.«

»Am Karlaplan?«

»Was in der Art. Sie studiert Kunst oder so. Ziemlich creepy.«

Micaela sah Hellner erschrocken an.

»Bist du noch dran?«, fragte Vanessa.

»Ich rufe dich später zurück«, sagte Micaela und legte auf.

Sie murmelte eine Entschuldigung, wandte sich um und ging eilig Richtung Innenstadt. Hellner rief ihr nach, und sie überlegte kurz, ob sie auf ihn warten und sich erklären sollte, schließlich war ihr gerade ein großes Geheimnis anvertraut worden. Es war unprofessionell, einfach abzuhauen, und dass Julia wirklich in Gefahr war, schien unwahrscheinlich. Lucas würde ihr nichts antun. Wahrscheinlich wollte er einfach nur Druck auf seine Schwester ausüben. Aber Julia war Rekkes Tochter, und wie hatte Natali die Handbewegung von Lucas beschrieben? *Als würde er einem Vogel das Genick brechen.* Wie konnte er so dumm sein, sie herauszufordern! Und was sollte sie jetzt Rekke sagen?

Vielleicht nichts, noch nicht. Erst musste sie mehr herausbekommen. Sie nahm wieder das Telefon und rief Julia an.

Hellner lief hinter ihr her. »Was machen Sie denn?«, rief er.

Julias Handy war ausgeschaltet und das von Lucas auch. Verdammt, verdammt. Was ging hier vor? Sie drehte sich kurz um und erklärte Hellner, dass sie Rekke finden und sich so bald wie möglich bei ihm melden werde. Dann rannte sie schnell an der amerikanischen Botschaft vorbei, die sich mit ihrer seelenlosen Architektur auf dem Hügel auftürmte. Sie zog ihre Jeansjacke enger um sich. Gott, eben war sie noch wütend auf Rekke gewesen, weil er so düster war. Jetzt war sie daran schuld, dass seine Tochter in Gefahr war. Ohne groß darüber nachzudenken, schickte sie ihm eine Nachricht, nichts Konkretes, nur dass sie reden müssten.

So schnell wie möglich. Vor allen Dingen musste sie handeln. Wenn Julia etwas zustieß, dann würde sie sich das nie verzeihen können. Sie blieb abrupt stehen. Ein paar Tauben flatterten um ihre Beine.

Was sollte sie tun? Am liebsten hätte sie geschrien: Mach, was du willst, Lucas, schlag mich zusammen, bring mich um, aber lass die Finger von Julia! Sie schrieb eine Nachricht an ihn. *Ich höre auf, gegen dich zu ermitteln, wenn du Julia Rekke in Frieden lässt.* Das war nicht perfekt und provozierte ihn vielleicht, aber sie wollte es einfach mal getippt haben. Ein Versprechen würde Lucas nicht ausreichen, er würde sicher Garantien verlangen. Am liebsten würde er sie natürlich mit reinziehen und an sich binden. Sie wedelte mit den Händen, um die Tauben zu verscheuchen.

Dass die Telefone der beiden ausgeschaltet waren, war alarmierend und konnte eigentlich nur bedeuten, dass Lucas nicht aufgespürt werden wollte und irgendwas plante. Oder war das nur Show? Möglich, aber es ging um Julia, da durfte sie nichts dem Zufall überlassen. Irgendwo musste Lucas das Handy ja ausgeschaltet haben, das könnte einen Hinweis darauf geben, was er vorhatte. Sie rief sofort Jonas Beijer an. Zwar war es zwischen ihnen nicht mehr so unkompliziert wie früher, aber Jonas war trotzdem immer freundlich. Er saß im Dezernat für Gewaltverbrechen in Solna. Wer, wenn nicht er könnte ihr helfen, und netterweise ging er ans Telefon.

»Na, hast du deinen Rekke gefunden?«, fragte er fröhlich.

»Jetzt brauche ich Hilfe bei was anderem.«

»Okay«, antwortete er. »Ich höre.«

»Es geht um Lucas, meinen Bruder. Ich muss rauskriegen, bei welchem Mobilfunkmast sein Telefon zuletzt eingeloggt war.«

»Sagst du mir auch, warum?«

»Nein, noch nicht.«

»Du machst Witze.«

»Komm, stell dich nicht so an, Jonas. Ich sitze wirklich in der Scheiße.«

»Okay«, sagte er nach einer ganzen Weile. »Aber das wird nicht leicht. Du weißt genauso gut wie ich, dass diese Typen die ganze Zeit ihre Telefonkarte wechseln.«

»Kuck trotzdem.«

»Ich mache einen Versuch. Weil du es bist«, sagte er, und da wollte sie schon etwas Nettes zu ihm sagen, kam aber wieder nicht dazu, denn plötzlich stapfte Rekke mit abwesendem und finsterem Blick auf sie zu.

NEUNUNDDREISSIG

Magnus wollte eben das Flugzeug nach Stockholm besteigen, als Hans' alter Freund Herman Camphausen ihn auf einer sicheren Leitung anrief. Magnus hatte ihn direkt nach dem Gespräch mit Morovia kontaktiert und angedeutet, dass es dringend sei, was natürlich unvorsichtig gewesen war, denn jetzt hatte er Erwartungen geweckt.

»Herman«, sagte er nervös und verließ die Schlange am Gate, »lange nichts gehört, wie geht es dir?«

»Ich bin neugierig, weil ein so beschäftigter Mann mich anruft«, antwortete Herman. »Sitze gerade hier und betrachte ein AFP-Bild von dir und Putin. Ihr scheint Spaß miteinander gehabt zu haben.«

Für einen Moment gewann Magnus sein ganzes Selbstvertrauen zurück. *Von dir und Putin.* Das klang doch gar nicht mal so schlecht. Nein, er brauchte nicht mehr um Informationen zu betteln. Er bekam auch so, was er wollte.

»Putin und ich haben über Morovia gesprochen«, erklärte er.

»O mein Gott.«

Jetzt fühlte er sich noch stärker. Wie leicht man doch die Machtverhältnisse umkehren konnte, dachte er.

»Was hat Putin denn über Morovia gesagt?«

»Putin würde ihn gern erschossen sehen.«

Herman Camphausen lachte zurückhaltend. »Dass du ihm so etwas entlockt haben solltest, erscheint mir unwahrscheinlich.«

»Wir haben gescherzt, aber es stand doch ein gewisser Ernst dahinter«, fuhr Magnus fort. »Und ich dachte, falls du immer noch in dem Laden arbeitest, solltest du vielleicht handeln.«

»Dass sich Moskau und Morovia nicht mehr grün sind, ist keine Neuigkeit«, sagte Herman wachsam.

»Nein, natürlich. Nicht seit dem Chaborow-Mord, oder?« Am besten nannte man den Elefanten im Raum gleich beim Namen. »Aber Morovia ist auch wieder zum Leben erwacht«, fuhr er fort. »Er hat sich gemeldet und gedroht.«

»Ich hoffe, du konntest die beiden irgendwie gegeneinander ausspielen.«

»Ich mache mir nur Sorgen, dass Morovia wieder über Hans herfällt.«

Vom Gate winkte man ihm, er solle kommen. Er machte eine abwehrende Armbewegung.

»Ist etwas Neues passiert?«, fragte Herman.

»Ich fürchte, Morovia weiß, dass Hans euch mit der Chaborow-Ermittlung geholfen hat.«

Herman antwortete nicht, und Magnus konzentrierte sich darauf, dieses Schweigen zu deuten.

»Ich kann dazu nichts sagen, und dein Bruder kann das auch nicht. Aber ...«

»Ja?« Er schloss die Augen.

»Falls Morovia auf so etwas gekommen sein sollte, dann braucht Hans Personenschutz oder muss an einen sicheren Ort gebracht werden.«

Das konnte doch nichts anderes als eine Bestätigung sein, dass Hans da seine Finger im Spiel gehabt hatte, dachte er und wusste plötzlich nicht mehr, was er noch sagen sollte.

»Ja, das stimmt«, erwiderte er nur. »Aber sag mal, Herman, ich muss gerade in den Flieger, die winken mir hier schon die ganze Zeit. Lass uns Kontakt halten und dafür sorgen, dass Morovia ein für alle Mal erledigt wird.«

»Hast du wieder irgendwelche großen Pläne?«, fragte Herman.

»Was? Nein, absolut nicht. Ich werde dafür sorgen, dass Hans Schutz bekommt. Ich melde mich«, sagte er, legte auf und war fest entschlossen, genau das zu tun: Hans warnen. Die Familie war doch alles und Blut dicker als Wasser, doch schon während er nach Flugticket und Pass kramte, merkte er, dass der Selbsterhaltungstrieb noch stärker war. Deshalb schickte er eine verschlüsselte Nachricht an Morovia, in der stand, dass Hans tatsächlich für die Chaborow-Ermittlung konsultiert worden war, und bestieg das Flugzeug. Gleich nach der Landung würde er sich bei Hans melden – das nahm er sich ganz fest vor.

Lucas hatte Julia fester angepackt als beabsichtigt. Sie strampelte und wand sich. Er verlor die Beherrschung und drückte sie unters Wasser, nicht lange, ganz und gar nicht. Aber hinterher war sie völlig wahnsinnig. Das Ganze artete in einen verdammten Zirkus aus, und er musste ihr aus dem Pool helfen und sie festhalten, während sie hustete und keuchte.

»Nur die Ruhe, ich bin einfach scharf auf dich«, sagte er.

»Ich habe Wasser geschluckt«, stammelte sie und rückte ihr Bikini-Oberteil zurecht, das verrutscht war, und er starrte ihre Brüste an.

Verdammt, was war sie mager. Man sah die Rippen, der Rücken war krumm wie bei einer Katze, und er hatte nicht übel Lust, sie noch einmal zu schlagen. Sie einfach nur zu bestrafen, weil sie so verdammt irritierend aussah. Aber vielleicht merkte sie das, denn sie fuhr zusammen, und anstatt sie zu schlagen, warf er einen Liegestuhl um, und da kreischte sie auf, als hätte sie eine Maus gesehen. Verzogene Göre, dachte er, hielt sie fest und murmelte widerwillig ein paar freundliche Worte, sogar ein »Entschuldigung«. Alles nur, um sie zu beruhigen. Er war das alles so leid. Er hatte sich nicht im Griff, merkte er nur zu deutlich, und konnte jederzeit irgendetwas wahnsinnig Dummes machen.

Aber wenn es passierte, dann war das alles nur Micaelas Schuld. Sie wollte sein Leben zerstören, und das, obwohl er alles für sie getan, sie sogar vor ihrem Vater gerettet hatte. Papa war ein Waschlappen gewesen die letzten Jahre. Saß den ganzen Tag nur schlecht gelaunt rum und kritzelte Vorwürfe auf seine Taubstummenzettel: *Ich mache mir Sorgen um dich, Lucas. Woher hast du das Geld?* Dabei ging ihn das überhaupt nichts an. Der Versager hätte lieber froh sein sollen, dass überhaupt jemand Geld ranschaffte. Micaela konnte bei dem kommen und gehen, wie sie wollte, aber an ihm moserte er die ganze Zeit herum: *Ich mache mir Sorgen um deinen Charakter, Lucas. Ist dir menschlicher Anstand völlig egal?*

Am Ende wollte der Vater ihn von Micaela fernhalten. Das war eine Unverschämtheit. Wer kümmerte sich denn eigentlich um alles? Lucas war der Mann in der Familie, nicht dieses Weichei. Deshalb musste er es einfach tun. Als sich an einem frühen Wintermorgen die Gelegenheit bot, ergriff er sie. Obwohl es so lange her war, erinnerte er sich noch deutlich: Es war so leicht gewesen, fast elegant, nur ein kleiner Stoß, eine hastige Bewegung und dann ein Fallen und nicht einmal ein Schrei.

In diesem Augenblick wurde er geschaffen. Er wurde ein zweites Mal geboren, als er seinen Vater über den Rand des Laubengangs schickte. Hinterher fuhr er alle Bücher, die zu Hause rumstanden, auf den Müllplatz, ließ neu streichen und tapezieren und stellte seine eigenen Regeln auf, erschuf sein eigenes Universum. Darin war niemand wichtiger als Micaela. Sie und er gegen den Rest der Welt und trotzdem … verdammt. Diese verdammte Bitch hatte ihn auf die schlimmste Weise betrogen.

Er wurde in die Gegenwart zurückgezerrt, und vielleicht hatte er in seiner Wut Julia versehentlich etwas zu fest ange-fasst. Sie trat ihn gegen das Schienbein.

»Lass mich los«, zischte sie.

Er erschrak. Diese Wut war neu an ihr. Plötzlich wirkte sie stark, und er ließ los und holte ein Handtuch. Er legte es ihr um die Schultern, sagte wieder »Entschuldigung« – das reichte dann bald mal mit der Entschuldigerei – und trocknete ihr fürsorglich den Rücken ab. Sie ließ ihn, und er fragte sich, ob er nicht diesen Champagner holen sollte, der angeblich im Kühlschrank stand. Wenn er jetzt ein Bild machte und es Micaela schickte, dann wäre es doch gut, wenn sie fröhlich und verliebt aussähen. Aber jetzt spannte sich Julias Körper plötzlich an, sie horchte angestrengt.

War jemand im Haus?

Er hörte nichts, aber ihm war schon zuvor aufgefallen, dass Julia eine Art Superkraft besaß. Sie konnte Dinge frü-her erkennen, zählte eins und eins schneller zusammen als irgendjemand sonst, den er kannte. Und tatsächlich: Jetzt hörte er es auch. Draußen auf der Straße hielt ein Auto. Der Motor wurde ausgeschaltet. Verdammt nochmal. Da war doch wohl niemand auf dem Weg hier rein? Sie hatten ver-sprochen, ihn in Ruhe zu lassen. Allerdings war auch von einem Beweis die Rede gewesen. Er verfluchte, das verdammte Geld genommen zu haben. Moment mal. Was war hier los? Die Haustür ging auf. Wenigstens klingeln könnten sie. Jetzt waren Schritte zu hören. Ihn irritierte, dass Julia eher erwartungsvoll als erschrocken aussah. Wollte sie vor ihm gerettet werden?

»Ich pass auf dich auf«, sagte er.

Linda Wilson war völlig erschöpft. Sie stand auf und schaltete ihr Handy aus. Für heute war es genug. Sie konnte mit niemandem mehr sprechen, nicht einmal mit Claire, wenn die sich wie durch ein Wunder plötzlich melden würde.

Seit Monaten hatte sie nichts von ihr gehört, und das war im Grunde nichts Ungewöhnliches. Ihr Kontakt war niemals besonders eng gewesen, einerseits natürlich aus Sicherheitsgründen und andererseits, weil Jahre vergangen waren. Doch jetzt fühlte es sich anders an, und sie hatte ja auch an Hellner gemerkt, dass irgendetwas nicht in Ordnung war. Sie ist tot, dachte sie, und es ist meine Schuld.

Anfangs hatte sie nicht begriffen, warum Claire alles aufgegeben hatte, um sich an einem Mann zu rächen, der ihr doch so viel Gutes ermöglicht hatte. Das machte sie geradezu wütend. Gabor Morovia hatte Claire den Weg zu den oberen Zehntausend geebnet und ihr zu Arbeit und Vermögen verholfen. Warum musste sie über eine solche Person herfallen? Das hatte Linda nicht verstehen können, und erst als es schon zu spät war, begriff sie, dass es Dinge gab, die einfach nicht ungestraft bleiben durften und denen man Einhalt gebieten musste, selbst wenn man dafür mit seinem Leben bezahlte.

Als sie das letzte Mal der ganzen Prozedur von Sicherheitsvorschriften getrotzt und Kontakt mit Claire gehabt hatte, da war die Schwester auf dem Weg nach Venedig gewesen. Aus irgendeinem Grund hatte man sie dorthin beordert, es gab ein Ultimatum, aber sie wollte keine Details verraten. Linda war sofort klar gewesen, dass es sich um eine wirklich wichtige Reise handelte, denn Claire hielt sich sonst immer im Verborgenen und hätte niemals einen solchen Touristenort aufgesucht. Hinterher hatte sie gespannt auf einen Bericht gewartet, doch es kam kein Lebenszeichen, und das war alarmierend. Es wurde fieberhaft ermittelt, doch mehr als verschwommene Bilder von Überwachungskameras und unsichere Zeugenaussagen förderte man nicht zutage.

Linda hoffte, dass Claire ganz einfach ihren Polizeikontakten nicht länger vertraute und sich deswegen versteckt hielt, doch so richtig glaubte sie nicht daran. Es war etwas Schreckliches geschehen, und zum wohl tausendsten Mal fragte sie sich, wie alles immer so schiefgehen konnte.

Soweit sie wusste, hatte es mit der Gang an der London School of Economics begonnen: Alicia, Claire und Sofia, drei junge Mädchen, auf die Linda so neidisch war, dass es wehtat. Sie schienen alles zu haben, waren hübsch, schlau, ehrgeizig, und sie hatten einen reichen ungarischen Star-Mathematiker, ein charismatisches Genie, der ihnen alle Türen öffnete und sie der Finanzelite vorstellte. Das sah in Lindas Augen aus wie der reine Traum, und in jenen Jahren gab es Momente, da hatte sie sich geradezu gewünscht, dass Claire irgendwas zustieß. Die Schwester schien einfach viel zu viel abbekommen zu haben, während sie selbst zu einem Schattendasein verdammt war. Dabei hätte sie über die Einfachheit ihres Lebens glücklich sein sollen. Während sie zwischen Kellnerjobs hin und her wechselte, wurde Claire immer tiefer ins Organisierte Verbrechen hineingezogen. Sie hatte einen Pakt mit dem Teufel geschlossen, aus dem man nicht anders herauskam als die wunderschöne Sofia Rodriguez: durch Höllenqualen und Tod. Oh, wie sie sich schämte. Sie hatte sich unverzeihlich verhalten. Aber mit Claire hatte sie ihre einzige wirkliche Unterstützung im Leben verloren, und niemand erklärte ihr, zumindest nicht überzeugend, warum Claires Untertauchen so wichtig gewesen war. Sie konnte nicht anders, als es egoistisch, fast gemein zu finden. Das Leichenschauhaus in San Sebastian fiel ihr wieder ein.

Niemals würde sie den erstickenden Gestank und die verbrannte Frau auf der Stahlpritsche vergessen, dazu diese ganze abscheuliche Charade, die zu spielen sie gezwungen waren. Vom ersten Moment an hatte sie das gehasst. Am liebsten wäre ihr gewesen, wenn die Tote tatsächlich Claire gewesen wäre, am liebsten hätte sie Rache an Claire genommen.

Vermutlich hatte sie außerdem – und das war ihr sehr unangenehm – davon geträumt, von dem Mann gesehen zu werden, der ihre Schwester erwählt hatte. Vielleicht hatte sie sich deshalb so leicht manipulieren lassen, so musste es gewesen sein, und ja: Sie hätte Alarm schlagen sollen, als er eines Tages direkt hinter ihr auf der Sibyllegatan aufgetaucht war. Nur ganz allmählich begriff sie, wer das war. Er war ganz anders, als sie ihn sich vorgestellt hatte. Sein Gesicht war von Trauer verschattet, Sanftmut lag in seinen grünen Augen, und er war ganz normal in Jeans und Lederjacke gekleidet, war vielleicht ein bisschen stilvoller und gepflegter als andere. Ohne Zweifel sah er sie. Er gab ihr das Gefühl, etwas Besonderes zu sein.

»Eigentlich sind Sie die Interessantere von Ihnen beiden«, sagte er und lud sie bei einem kleinen Chinesen direkt nebenan auf ein Glas ein. Seine Stimme lullte sie ein und vermittelte Sicherheit, und sie sagte wirklich nicht viel. Sie musste nicht einmal erzählen, dass Claire gar nicht tot war, Morovia schien schon zu wissen, dass sie lebte. Und mehr wusste Linda ja auch nicht. Hellner und die anderen hatten wohl darauf geachtet, sie nicht mit zu vielen Informationen zu versorgen.

Doch irgendeinen Hinweis musste sie trotzdem gegeben haben, und Morovia war ja anerkanntermaßen ein Genie. Mit dem Wissen, dass ihr an jenem Tag etwas rausgerutscht war, konnte sie nur schwer leben. Aber nun war es so. Jetzt kam es darauf an, bestmöglich zu kompensieren und dafür zu sorgen, dass Claire wieder in Sicherheit kam. Oh, heilige Mutter Gottes, wie kompliziert doch alles war.

VIERZIG

Die Katastrophe kündigte sich durch kleine Ereignisse an. In der Zeit, als sie in der Nähe von Limena in Norditalien lebten, ging Claire manchmal ohne Leibwächter in den kleinen Laden, der mitten im Niemandsland an der Straße bei den Maisfeldern lag. Ihr Sohn Jakob war damals kaum drei Jahre alt und klapperdürr. Was Gewicht und Größe anging, lag er unter jeder Norm, doch mit allem anderen weit darüber: Sprache, Motorik, kognitives Denken. Sie war unbeschreiblich stolz auf ihn.

An jenem Tag hatte sie ihm Shorts und ein himmelblaues Hemd angezogen. Der Laden, in dem nicht nur Lebensmittel, sondern auch Textilien, Spielzeug und Gartengeräte verkauft wurden, befand sich in einem gelben Steinhaus mit weißen Fensterrahmen. Jakob hüpfte wie ein Frosch hinein. Damals war alles ein Abenteuer für ihn, und wie üblich plauderten sie mit Francesca, der Tochter des Ladenbesitzers, die sich an der Kasse langweilte, und machten sich dann Hand in Hand auf den Heimweg.

Claires Knie schmerzte, und eigentlich waren die Tüten zu schwer für sie, doch es war herrlich, mal ohne Leibwächter unterwegs zu sein, denen der Junge auf die Nerven ging. Es war ein wunderbarer wolkenloser Tag, an dem nichts bedrohlich war, und was dann geschah, war zumindest von außen betrachtet auch nicht schlimm.

Jakob holte einen Flummi und einen in rotes Papier eingewickelten Schokoladenkeks aus der Hosentasche. Natürlich hatte er beides im Laden mitgehen lassen und zeigte es mit großen Augen und fröhlich her. In ihrem Schreck verpasste sie ihm eine Ohrfeige.

Jakob war so baff, dass er nicht weinte oder wegrannte, sondern einfach nur mit bebender Unterlippe dastand. Es dauerte kurz, bis ihr klar wurde, was da passiert war. Nicht der Diebstahl hatte sie die Fassung verlieren lassen, sondern Jakobs Blick und sein Lächeln, als er seine Beute aus der Tasche gezogen hatte. In dem Moment war seine Miene überhaupt nicht der von Samuel ähnlich gewesen, sondern hatte sie an so vieles erinnert, was sie doch vergessen wollte: das bedrohliche Lächeln von Gabor, der ihr befahl, sich auszuziehen und reglos vorm Spiegel zu stehen. Gabor, der flüsterte, dass sie wie Sofia brennen würde, wenn sie ihn betrog. Ein einziges kleines Lächeln des Jungen, den sie doch liebte, beschwor so viele schreckliche Erinnerungsbilder in ihr herauf.

Als er aus seiner Erstarrung erwachte, ließ sie ihn losrennen und sah ihn in einer kleinen Staubwolke verschwinden, während sie selbst mit ihren Tüten auf dem Weg zusammensackte.

Rekke kam Micaela bei den Diplomatenvillen mit forschem Gang entgegen. Er ist wieder auf der Höhe, dachte sie, oder zumindest auf dem Weg nach oben, und das war einfach nur fantastisch. Aber wahrscheinlich würde sie ihm jetzt wieder einen Schlag verpassen. Wie sollte sie das nur sagen? *Lucas, mein Bruder, trifft sich mit deiner Tochter …*

Sie beschloss, es erst mal aufzuschieben und zu warten, was Jonas Beijer herauskriegte. Vielleicht war es ja gar nicht so eilig. Lucas wollte, dass sie aufhörte, gegen ihn zu ermitteln, bislang drohte er nur, und das war kein Verbrechen. Am besten verhielten sie sich still, bis er sich selbst meldete. Micaela senkte den Blick.

Machte sie sich gerade etwas vor? Sie hatte keine Ahnung, welche Gefühle ein Mädchen wie Julia in Lucas wecken konnte. Lust, Hybris, Zorn, Eifersucht, den Wunsch, sie zu besitzen – oder zu zerstören?

»Hallo«, sagte sie.

Rekke war wütend, seine Augen wirkten blutunterlaufen, und die rechte Hand war zur Faust geballt. Er wollte gerade etwas erwidern, als sein Handy brummte. Erstaunt sah er auf das Display und machte eine nervöse Bewegung mit der Hand. »Ich muss da rangehen«, sagte er und trat ein paar Schritte beiseite. Sie hörte ihn deutsch reden und bemerkte, dass sich seine Miene noch mehr verhärtete. Als er zurückkam, war sein Blick nicht mehr fokussiert, sondern er schaute an ihr vorbei aufs Wasser, wofür sie eigentlich ganz dankbar war.

»Du hast mir eine Nachricht geschickt«, sagte er.

Sie hätte ihn gern gefragt, was für ein Gespräch er da gerade geführt hatte.

»Ich habe einen Polizeidirektor von der Bundespolizei getroffen«, antwortete sie, »der will, dass du ein paar Geheimhaltungsverpflichtungen unterschreibst. Er hat viele Jahre an der Ermittlung um Claire Lidman gearbeitet.«

Rekke hatte die Hand immer noch zur Faust geballt und schien gedanklich mit etwas ganz anderem beschäftigt zu sein.

»Sie lebt also wirklich?«, fragte er.

»Zumindest hat sie im März noch gelebt. Ich glaube, der Polizeidirektor – Lars Hellner heißt er – will, dass du für ihn rauskriegst, was danach passiert ist.«

Rekke nickte abwesend. »Verstehe«, antwortete er. »Aber ich muss erst meinen Bruder Magnus erreichen.«

»Was willst du von ihm?«

»Tja, was soll ich sagen …«, erwiderte Rekke und sah für einen Moment schockiert aus. »Ich habe bloß gerade eben erfahren, dass ich mich in Sicherheit bringen sollte. Und Magnus hat … ich fasse es nicht.« Doch dann hellte sich seine Miene plötzlich auf. »Aber da«, fuhr er fort, »kommt mit Aktentasche und Sonnenbrille dein Polizeidirektor Hellner. Du scheinst ihn einfach stehen gelassen zu haben.«

Sie fragte nicht, wie er das wissen konnte, sondern winkte nur Hellner schuldbewusst zu und zeigte auf Rekke, als ob sie gefunden hätte, was sie suchte. Und Hellner strahlte und kam mit einer kleinen Verbeugung zu ihnen herüber.

»Welche Ehre. Ich habe schon so viel von Ihnen gehört«, sagte er.

Lars Hellner übertrieb nicht. In den letzten fünfzehn Jahren war Rekkes Name immer wieder aufgetaucht, und wenn es nach Hellner gegangen wäre, hätte man Rekke schon früher in ihre Arbeit einbezogen, doch er wurde als parteiisch und nicht ganz zuverlässig angesehen. Dennoch hatte der Professor einen höchst bedeutenden Beitrag zu der Ermittlung geleistet, das kam ihnen aber erst später zu Ohren. Ein hoher Beamter des deutschen Nachrichtendienstes hatte ihn auf eigene Initiative um Rat gebeten, und das war ein Glückstreffer gewesen. Offenbar vermochte der Professor aus ein paar Fußspuren in der Asche eine ganze Welt herauszulesen – diejenigen, die dabei gewesen waren, sprachen jedenfalls heute noch davon. Schlimm war nur, dass es am Ende keine Rolle gespielt hatte. Die Schlacht war trotzdem verloren, und sie hatten Claire aufgeben müssen. Nun musste sie mehr oder weniger alleine klarkommen, und niemand wusste, auf welcher Seite sie jetzt stand – aber leider war es wohl nicht die des Gesetzes. Das war sehr unglücklich, und ihr Sohn … Hellner mochte gar nicht daran denken. Sie hätten sich besser um die beiden kümmern müssen.

»Es ist wirklich eine Freude und eine große Ehre, Sie zu treffen«, wiederholte er.

»Die Freude ist ganz meinerseits«, antwortete der Professor und lächelte matt. »Bedauerlicherweise ist jedoch nicht nur Claire Lidman verraten worden, sondern ich selbst ebenfalls. Wenn ich also versuchen soll zu helfen, dann müssen wir uns beeilen.«

»Selbstverständlich, selbstverständlich«, stammelte Hellner und begann, nervös in seiner Aktentasche zu kramen.

EINUNDVIERZIG

Als an einem ungewöhnlich heißen Tag die Sonne am höchsten stand, war dann die Katastrophe da. Claire hatte angefangen, unter ihrem neuen Namen Aktien- und Derivatengeschäfte zu betreiben, und investierte in Immobilien. Aber vor allem war sie Mutter. Jakob war zwanghaft eng mit ihr verbunden und reagierte stark auf Geräusche, Licht, Gerüche und Veränderungen von Tonfall und Gesichtsausdruck.

»Bist du böse auf mich, Mama?«, fragte er andauernd, und dabei war sie doch, abgesehen von dem einen einzigen Mal, als sie ihn geschlagen hatte, niemals böse auf ihn. Sie liebte ihn abgöttisch, aber manchmal machte er sie fast wahnsinnig. Er legte manisch Puzzles und spielte ununterbrochen Schach. Als sie an jenem Tag auf dem Weg zum Laden waren – auch diesmal ohne Leibwächter –, ging er so dicht bei ihr, dass sie gut auf ihre Füße achten oder Zickzack gehen musste, um nicht zu stolpern.

Francesca stand mit offenen Haaren und aufgeknöpfter Bluse an der Kasse im Laden. Sie war nicht älter als zwanzig und gut fürs Geschäft. Die jungen Männer kauften etwas mehr, um mit ihr rummachen zu können, und jeder von ihnen glaubte, dass sie in ihn verliebt sei. Mit Claire oder Sara, wie sie jetzt hieß, unterhielt sie sich gern. Francesca wusste nichts über sie, niemand in der Gegend wusste etwas.

Trotzdem hatte Francesca erkannt, dass Claire aus besseren Verhältnissen stammte, und strahlte immer, wenn sie in den Laden kamen.

Doch ausgerechnet an diesem Tag wirkte sie scheu und geheimnistuerisch. Als Claire zur Kasse kam, wurde sie rot.

»Was ist los mit dir?«, fragte Claire.

»Ich darf es nicht sagen.«

»Dann sag es nicht.«

»Ich sag es doch: Ein Mann sucht nach Ihnen, ein richtig stilvoller, reicher Mann.«

Francesca wirkte freudig erregt, als sie das sagte, und vielleicht erwartete sie das auch von Claire. Doch die nickte nur und sagte: »Aha, sieh mal einer an.« Danach bezahlte sie und ging ganz ruhig hinaus, hielt aber Jakobs Hand so fest, dass er »Aua!« sagte.

»Entschuldige«, murmelte sie, ohne jedoch seine Hand loszulassen, und tastete gleichzeitig nach ihrem Telefon und dem Alarmknopf. Doch anstatt sofort ihre Leibwächter anzurufen und Alarm zu schlagen, ging sie erst mal nur wie erstarrt die Straße hinunter. Sie waren zu lange hiergeblieben. Wieder einmal würden sie umziehen müssen. Die Sonne brannte ihr im Nacken, ihr Rücken war nass von Schweiß. Ein Traktor fuhr vorbei, und sie ging schneller, sodass Jakob rennen musste.

»Was ist denn, Mama? Was ist denn?«, fragte er.

»Nichts«, versuchte sie ihn zu beruhigen. »Wir müssen uns nur ein bisschen beeilen.«

Sie hob ihn auf ihre Schultern. Er war immer noch so erstaunlich leicht. Nervös zupfte er sie an den Haaren, und sie schaute die Straße hinunter. Gleich da unten floss der Bach, und von dort konnte man nach links abbiegen Richtung Wald, noch mal kurz den Hügel hinauf, und dann waren sie zu Hause. Das würde gut gehen. Sie schickte einen Alarm an die Leibwächter ab, die würden in wenigen Minuten da sein.

Sie streichelte Jakobs Bein und ermahnte ihn, ihre Haare in Ruhe zu lassen.

Hinter ihnen näherte sich ein Auto. Es fuhr langsam, und sie wartete darauf, dass es an ihnen vorbeifahren würde, machte sogar eine Bewegung, um es vorbeizuwinken. Doch das Auto kroch nur weiter hinter ihnen her. Sie hob Jakob von den Schultern, um jeden Moment mit ihm beiseitespringen und die Böschung hinunterrollen zu können.

Kurz darauf hielt das Auto an. Eine Tür ging auf und schlug wieder zu. Schritte kamen hinter ihnen her, und es dauerte lange, ehe sie wagte, sich umzudrehen. Erst als Jakob fragte: »Mama, wer ist das?«, sah sie sich um. Ihr erster Eindruck war, dass er aussah wie immer. Er trug einen kakifarbenen Leinenanzug, ein weißes Hemd und einen Hut, wie ein Gangster im Film, und sah sie mit seinem grün schillernden Blick an.

»Soll ich sterben?«, fragte sie auf Englisch.

»Ja, meine Liebe«, erwiderte er.

Aus einem Holster unter dem Jackett zog er eine Waffe, und sie dachte noch: wie gut. Zumindest wollte er sie nicht quälend verbrennen.

»Wie hast du uns gefunden?«, fragte sie.

»Ich habe nie an dieses Unglück geglaubt, das ihr euch ausgedacht habt«, sagte er und fasste sich an die Brust. »Ich habe in meinem Herzen gespürt, dass du noch lebst, aber wie du merkst, hat es eine Weile gedauert, dich zu finden. Ich habe viel Mühe darauf verwandt. Sie hatten dich zumindest gut versteckt.«

»Er ist dein Sohn.«

Doch er schien sie nicht zu hören, sondern schaute nur übers Maisfeld hinaus. Dann hob er seine Waffe und ließ den Blick auf ihre Brust wandern. Seine Schuhe waren staubig, und auf der Stirn und am Kinn stand ihm Schweiß. Die Lippen waren trocken und aufgesprungen, und er hatte sich mehrere Tage nicht rasiert. Strengte ihn das hier an?

Doch seine Hand war ruhig und die Schritte zielgerichtet, und sie zog Jakob an sich, auch wenn sie ihn besser so weit wie möglich von sich weggestoßen hätte.

»Er ist dein Sohn«, wiederholte sie.

»Ich habe keinen Sohn mehr«, entgegnete er.

»Sieh ihn an, Gabor. Er ist von dir.« Sie war immer noch nicht ganz sicher – zumindest hoffte sie an manchen Tagen das Gegenteil –, doch jetzt ergriff sie die Chance, es herauszubrüllen: »Er hat niemanden außer mir. Und er ist von dir, du Untier!«

Wie um sich nicht beeinflussen zu lassen, sah Gabor den Jungen nicht an. Aber dann senkte er doch den Blick und betrachtete Jakob, erst flüchtig, dann länger, intensiver, und da geschah etwas mit ihm. Ein Schatten zog über sein Gesicht. Sein Blick flackerte, ihm kamen Tränen, und die Hand begann zu zittern.

»Ich habe meinen Jungen verloren«, sagte er. »Er ist in meinen Armen gestorben, und niemand kann ...«

Er verstummte, senkte die Waffe und richtete sie stattdessen auf Jakob. Sie konnte gerade noch schreien, da ging der Schuss los. Es folgte eine entsetzliche Stille.

Julia horchte auf die Schritte, die sich näherten. Sie war erleichtert, denn Lucas hatte ihr Angst gemacht, und sie war froh über die Störung. Aber wer kam denn einfach ohne zu klingeln rein? Es war ein Mann im grauen Anzug, der freundlich und ungefährlich aussah und mit einem Lächeln auf den Lippen auf sie zukam. War das der Besitzer des Hauses? Sie warf Lucas einen Blick zu. Vielleicht hatte es irgendein Missverständnis mit der Vermietung gegeben.

Lucas schien auch verwirrt. Sie wickelte sich in ihr Handtuch und sah den Mann an, der eine Augenbraue hochzog, wegging und mit einem Bademantel wiederkam, den er ihr reichte. Sie zögerte, die ganze Situation war seltsam. Dennoch warf sie sich den Bademantel über, der zu groß war, und bedankte sich. Der Mann antwortete auf Englisch.

»Keine Ursache, es ist mir ein Vergnügen.«

Er setzte sich auf einen der Liegestühle neben ihr.

»Entschuldigung, aber wer sind Sie?«, erkundigte sie sich.

»Ich war gerade in der Nähe«, erwiderte er, als ob das eine Antwort auf ihre Frage wäre. Was ging hier vor? Das gefiel ihr alles nicht. Und Lucas sah jetzt richtig verärgert aus.

»Wie meinen Sie das?«, hakte sie nach.

Der Mann, der eine starke Ausstrahlung hatte und eine Stimme, die ihr durch und durch ging, antwortete ruhig: »Verzeihen Sie, wenn ich Sie gestört habe. Ich werde es erklären. Aber vielleicht muss ich erst ...« Er entschuldigte sich, stand auf, ging zu Lucas und sprach so leise auf ihn ein, dass sie nicht hören konnte, was er sagte. Sie war beunruhigt, dass Lucas so wütend aussah.

»Entschuldigen Sie«, sagte der Mann, als er zurückkam. »Wie geht es Ihnen?«

Er ließ sich wieder auf dem Liegestuhl nieder. Am Handgelenk hatte er eine teure Uhr, und die Adern auf den Händen waren deutlich sichtbar.

»Gut. Aber ich bräuchte mein Telefon.«

Der Mann lächelte wehmütig. »Dann werden wir dafür sorgen, dass Sie es bekommen. Hast du das Handy der jungen Dame gesehen?«, rief er über die Schulter.

Obwohl er ihr das Telefon weggenommen hatte, weil sie ja ihr »fantastisches Weekend« haben sollten, schüttelte Lucas nur den Kopf. Hol es einfach raus, du Idiot!, wollte sie schreien. Die ganze Situation verunsicherte sie zunehmend, und sie bat darum, das Telefon des Mannes ausleihen zu dürfen.

»Selbstverständlich«, sagte er.

»Ich muss meinen Vater anrufen«, schob sie nach, als der Mann keine Anstalten machte, es rauszuholen.

»Glauben Sie, er macht sich Sorgen?«

»Ganz sicher«, erwiderte sie und fragte dann: »Haben Sie Kinder?«

Sie verstand nicht, warum der Mann ihr nicht einfach sein Handy gab. Sie betrachtete ihn näher. Er sah elegant aus in seinem Anzug. Das schwarze Haar war dick und mit Mittelscheitel zurückgekämmt, die Gesichtszüge ausgeprägt und klar, wenn auch auf eine befremdliche Weise asymmetrisch. Die Augen schienen verschiedene Farben zu haben, und das verlieh ihm einen widersprüchlichen Ausdruck. Er war ungefähr so alt wie ihr Vater. Vielleicht erinnerte auch der durchdringende und gleichzeitig wehmütige Blick ein wenig an ihn, allerdings war sein Lächeln nicht so warmherzig, aber das war ja auch gar nicht möglich.

»Ich hatte zwei Jungen«, sagte er.

Sollte sie fragen, was denn geschehen war, oder einfach so tun, als hätte sie das nicht gehört, und noch einmal um das Telefon bitten?

»Aber jetzt nicht mehr?«, fragte sie.

»Ich habe sie verloren.«

»Das tut mir leid. Was ist passiert?« Die Frage kam wie von selbst – aus Höflichkeit oder Neugier, oder ganz einfach, weil sie das Gefühl hatte, dass es wichtig sei, das zu wissen, um den Mann einordnen zu können.

»Einer von ihnen ist bei einem Bombenattentat ums Leben gekommen«, sagte der Mann.

Sie schrak zusammen. »Wie schlimm«, sagte sie.

»Er hieß Jan und war der erstaunlichste Junge, den man sich nur vorstellen kann. Er war erst neun Jahre alt, aber bereits ein Meister in Karate und Judo, das habe ich ihm beigebracht.«

»Er war also ein Fighter.« Sie versuchte ein Lächeln.

»Ja«, erwiderte der Mann mit großem Ernst. »Er war stark und selbstsicher.«

»Und der andere Sohn?«, fragte sie.

»Er war niemals wie Jan.«

»Was ist mit ihm geschehen?«

»Das würden Sie nicht verstehen. Er war schwach. Ich kenne Ihren Vater.«

»Wirklich?« Dass er ihren Vater kannte, gefiel ihr nicht, und warum nannte er seinen eigenen Sohn schwach?

»Ja«, sagte er. »Seit Langem schon.«

»Wie das?«

»Unsere Eltern kannten sich. Sein Vater, Ihr Großvater, hat meinen Vater ruiniert. Davon hat er sich nie erholt.«

»Das tut mir leid«, erwiderte sie.

»Dann sind wir uns in unserer Kindheit begegnet. Ihr Vater hatte einen Lehrer, der wollte, dass wir miteinander wetteifern.«

Sie schluckte und sah zu Lucas. »Und wie ist es ausgegangen?«, fragte sie.

Der Mann sah aus, als würde die Frage ihn amüsieren. »Er war mir ebenbürtig. Ich war immer von ihm fasziniert. Haben Sie etwas von seinen Fähigkeiten geerbt?«

Erschrocken schüttelte sie den Kopf. »Nein«, sagte sie. »Ich bin ein ganz gewöhnliches Mädchen.«

»Vielleicht werden Sie das Gegenteil beweisen können.«

»Was meinen Sie damit?«

Er antwortete nicht, sondern nahm sein Telefon heraus, und sie vergaß für einen Moment seine unangenehme Andeutung. Jetzt würde sie endlich ihren Vater anrufen können. Doch der Mann gab es ihr nicht, sondern schaute nur auf eine Nachricht, die er bekommen hatte.

»Könnte ich Ihr Telefon ausleihen?«, fragte sie. Da sah er sie mit neuem, intensivem Blick an.

»Ich hätte Ihren Vater gern hier«, sagte er. »Doch leider ist die Sache etwas kompliziert.« Sein Tonfall ließ das schrecklich klingen.

»Wie meinen Sie das?«

Er schwieg eine Weile. »Ich hätte gern, dass er sieht.«

Sie wollte nicht wissen, was ihr Vater sehen sollte. Sie wollte nicht einmal raten. Ihr Leben, das ahnte sie mit plötzlicher Klarheit, hing davon ab, was sie beobachtete und von der Situation erfasste, also konzentrierte sie sich darauf. Zwei Dinge fielen ihr sofort auf: Zwischen Lucas und dem Mann herrschte Uneinigkeit. Das wurde immer deutlicher, als Lucas sich jetzt mit trotzigen und zornigen Bewegungen am Pool anzog. Vielleicht könnte sie die beiden aufeinanderhetzen und sich so eine Möglichkeit verschaffen, sich davonzustehlen. Allerdings hatte sie draußen noch andere Schritte gehört, und das beunruhigte sie.

Der andere Gedanke war, dass sich hinter der Geschichte von den Söhnen des Mannes etwas Entscheidendes verbarg. Womöglich hatte es sogar etwas mit ihr und ihrem Vater zu tun, und anstatt noch einmal um das Telefon zu bitten, fragte sie völlig ruhig: »Was ist mit Ihrem anderen Sohn passiert? Mit dem, der schwach war?«

ZWEIUNDVIERZIG

Der Schuss schien ihr Gehör in Mitleidenschaft gezogen zu haben. Sie sah zum Himmel hoch. Die Sonne brannte unbarmherzig heiß. In der Ferne hörte sie Menschen schreien, vielleicht reagierten sie auf den Schuss. Es roch nach Mist und verbrannter Erde, und sie dachte: Nicht runtersehen, noch nicht. Lass mich noch eine Sekunde hoffen. Doch dann hörte sie etwas, ein schwaches Atmen, ein Röcheln, und begriff, dass sie Jakob immer noch festhielt.

Sie fühlte seine Hand in ihrer und sah auf ihn hinab. Er stand noch, war leichenblass und stumm, lebte aber, und sie sank auf die Knie und begann hektisch, seinen Körper zu betasten, um zu sehen, wo er blutete. Irgendwo musste der Schuss eingedrungen sein, er war doch offensichtlich verletzt. Das Leben wich aus ihm. Aber sie fand nichts, und erst da sah sie Gabor an. Er hielt immer noch seine Pistole in der Hand.

Er nickte wie zur Bestätigung, und im selben Moment spürte sie, wie Jakob gegen sie sackte, und sie fing ihn auf, ehe er auf den Boden fiel.

»Ruf einen Krankenwagen!«, schrie sie.

»Das ist nicht nötig«, antwortete Gabor.

»Warum hast du nicht mich erschossen?«, brüllte sie.

»Ich war …«

»Was zur Hölle warst du?«

»Wütend, weil er lebt und Jan nicht. Ich hätte fast die Fassung verloren.«

»Was heißt hier, fast?«, schrie sie und zog Jakob den Pullover aus. Sie suchte weiter nach Schusswunden, fand aber immer noch nichts, sondern bemerkte nur, dass der Junge in die Hose gemacht hatte und der Urin ihm die Waden herunterlief.

»Ich habe in den Boden geschossen«, sagte Gabor und schob die Waffe zurück ins Holster. Sein Gesicht nahm wieder Farbe an, und er sah ihr in die Augen – nicht so selbstsicher wie sonst, aber er hatte sich wieder unter Kontrolle und sagte etwas, was sie nicht verstand.

»Was?«, fragte sie.

»Wie du siehst, werde ich euch immer finden. Das kleinste Wort von dir, und ich erschieße euch beide«, sagte er. »Oder ich verbrenne euch.«

Sie antwortete nicht, senkte nur den Blick und sagte immer wieder den Namen ihres Sohnes, bis der Junge die Augen aufschlug und damit das Leben zurückkehrte und die Landschaft wieder Farbe annahm. »Mama«, murmelte er, und sie drückte ihn an sich, war sich Gabors Nähe jedoch nur zu bewusst, und die ganze Zeit spulte sich in ihrem Kopf die Frage ab: Was soll ich ihm sagen? Was soll ich ihm sagen?

»Ich werde niemals in einem Gerichtsverfahren gegen dich aussagen, das schwöre ich beim Leben des Jungen. Wenn ich dir sage, auf welchem Kenntnisstand die Polizei ist, kann ich dir vielleicht sogar helfen, und außerdem ...«

Sie stammelte alles heraus, was ihr Leben irgendwie schützen würde.

»Ja, Claire?«

»Wenn du ihn jemals kennenlernen willst, das Ergebnis von dem, was du mit mir gemacht hast, dann können wir das arrangieren. Er ist ein wunderbarer Junge.«

»Er ist mager und klein und überhaupt nicht wie mein …«

»Ich werde ihn dazu bringen, mehr zu essen, das verspreche ich, du wirst stolz auf ihn sein«, beschwor sie ihn fiebrig, und da nickte Gabor und trat näher.

Auch er ging in die Hocke und strich Jakob mit dem Zeigefinger, demselben Finger, der eben noch den Abzug gedrückt hatte, über die Wange. Dann sagte er kindlich einfältig: »So ein tüchtiger Junge, das hat ganz schön bumm gemacht, was?«

Danach stand er auf und ging weg. Claire hörte, wie sich seine Schritte entfernten, wie die Autotür zuschlug, und sie spürte Jakobs Herz, das an ihrer Brust hämmerte. Dann rappelte sie sich auf, hob Jakob hoch und setzte ihn sich auf die Schultern. Auf dem Weg nach Hause kamen ihr die Leibwächter entgegengestürzt.

Wann sollte sie es ihm sagen? Bald natürlich, ganz bald. Sie musste nur noch den Anruf von Jonas Beijer abwarten und vielleicht auch noch Lucas erreichen, um rauszukriegen, was er wollte. Vor ihr gingen Rekke und Hellner ins Gespräch vertieft. Hellners Körpersprache zeigte, dass er vor Rekke ganz anderen Respekt hatte als vor ihr. Jetzt war er angespannt, aufmerksam, unterbrach sich beim kleinsten Einwand von Rekke.

»Wann haben Sie die Ermittlung gegen Morovia eingestellt?«, fragte Hans.

»Endgültig aufgegeben haben wir 1994. Wir bekamen weder Unterstützung von oben noch die allerkleinste Hilfe von Claire. Sie hat zurückgezogen, was sie zuvor ausgesagt hatte.«

»Wie kam das?«

Lars Hellner schaute sich um und erblickte etwas entfernt die Bank, auf der Rekke und Micaela am Abend zuvor gesessen hatten.

»Sollen wir uns setzen?«, fragte er.

Der Polizeidirektor legte ihre Handys in seine Schachtel. Dann wartete er ab, bis eine Dame mittleren Alters mit zwei Dackeln an der Leine vorbeigegangen war.

»Ehrlich gesagt fürchte ich, dass wir Claire Morovia in die Arme getrieben haben«, gestand er. »Da wir sie nicht mehr schützen konnten, sah sie keine andere Möglichkeit, als bei ihm Zuflucht zu suchen.«

»Heißt das, Morovia hat sie ausfindig gemacht?«, fragte Rekke.

»Ja, allerdings haben wir das nicht sofort begriffen. Wir wussten nur, dass irgendetwas passiert war. Der Junge sprach eine ganze Zeit lang kein Wort, und Claire war offensichtlich erschüttert und zog sich von uns zurück. Wir konnten aus keinem von beiden herauskriegen, was passiert war, und dann wollte Claire bald, dass wir sie etwas von der Leine ließen und den Schutz herunterfuhren.«

»Und das haben Sie getan?«

»Letztendlich ja, allerdings nicht, weil sie es wollte. Wir hatten Beweise, dass sie insgeheim Kontakt zu Morovia hatte, und es war ja sinnlos, sie vor jemandem schützen zu wollen, mit dem sie freiwillig in Verbindung stand.«

Micaela mischte sich in das Gespräch ein.

»Wenn Morovia sonst mit allen kurzen Prozess macht, die gegen ihn sind, warum hat er dann Claire verschont?«

Hellner wandte sich ihr zu. »Wegen des Jungen«, antwortete er. »Ich kann mir keinen anderen Grund denken. Vielleicht ist das sein schwacher Punkt. Er hatte eben einen Sohn bei einem Bombenattentat verloren, und dann taucht plötzlich ein Junge auf, von dem Claire behauptet, es sei seiner. Das muss ihm wie ein kleines Wunder vorgekommen sein.«

»Er ist also Morovias Sohn?«

»Zumindest übernimmt Morovia für eine Weile Vaterpflichten, trifft sich mit dem Jungen und schickt ihm teure Geschenke. Das wissen wir von unseren Quellen. Doch hält er das Ganze strikt geheim, nicht einmal diejenigen, die ihm nahestehen, wissen davon.«

»Aber dann geschieht etwas?«

»Claire beginnt in vielerlei Hinsicht ein neues Leben und wird wieder eine erfolgreiche Finanzanalystin. Sie kauft Immobilien in Deutschland und Frankreich. Die wenigen Male, die ich sie treffe, wirkt sie recht zufrieden. Sie ist vermögend und strahlt eine neue Kraft und Sicherheit aus. Doch irgendetwas quält sie, und auch dem Jungen geht es nicht gut. Claire will auf keinen Fall nach Schweden zurückkehren, und ich bin auch ziemlich sicher, dass Morovia irgendetwas gegen sie in der Hand hat. Claire versucht, Jakob von Morovia fernzuhalten, aber manchmal werden sie beide zu ihm gerufen, und dann wagt sie nicht, Nein zu sagen. Ich bin ganz sicher, dass so etwas dieses Jahr im März geschehen ist. Claire und Jakob sind nach Venedig gereist, wo Morovia ein Haus am Canal Grande besitzt. Es schien eigentlich nur eines dieser sporadischen Treffen mit seinem Sohn zu sein, die Morovia verlangt, und nichts deutete darauf hin, dass an dieser Reise irgendetwas Besonderes gewesen wäre. Doch in Venedig ist Claire verschwunden. Sie hat sich in Luft aufgelöst.«

»Wann genau?«, fragte Micaela.

»Am 22. März, und deshalb ist das Foto, das Sie Lindroos gebracht haben, so wichtig für uns. Möglicherweise ist es eines der letzten Lebenszeichen von ihr, die wir besitzen.«

Micaela versuchte, sich an das Urlaubsfoto zu erinnern. »Was haben Sie denn sonst noch für Spuren?«, erkundigte sie sich.

»Das wollte ich Ihnen heute zeigen. Ich wüsste einfach gern, ob Sie da mehr sehen als wir. Doch zunächst …« Hellner wandte sich wieder Rekke zu und wartete einen weiteren vorbeieilenden Hundebesitzer ab, »… muss ich Sie eine andere Sache fragen, Professor. Warum haben Sie gesagt, Sie seien verraten worden?«, fragte Hellner.

»Offensichtlich bin ich ein Glied in der Kette von Umständen, die dazu geführt haben, dass Morovias Sohn Jan von einer Autobombe getötet wurde«, erwiderte Rekke.

»Das ist sehr drastisch formuliert.«

»Ich betrachte es einfach mal aus Morovias Perspektive. Für mich ist es auch neu.«

»Aber eigentlich haben Sie doch nur den Kollegen in Berlin geholfen, den Mordfall Andrej Chaborow zu lösen, oder?«, fuhr der Polizeidirektor fort.

Rekke zuckte mit den Schultern.

»Wer war Chaborow?«, fragte Micaela.

»Ein Silowik, wie man damals sagte«, erklärte Rekke. »Ein Geschäftsmann, oder eher ein Gangster mit Vergangenheit im KGB, der den führenden Kreisen in Sankt Petersburg, darunter auch Putin, nahestand und eine heftige Abneigung gegen die neureichen Oligarchen hegte. Im Februar 1994 wurde er in einer Lagerhalle in Ostberlin tot aufgefunden. Verbrannt. Offensichtlich hat er schrecklich gelitten, ehe er starb, die Zunge war abgebissen, die Leiche verzerrt und verkohlt. Ich arbeitete damals gerade an einem Buch über Verhörtechniken in Kriegszeiten. In dem Zusammenhang habe ich viel über Folter gelernt und war dumm genug zuzusagen, als mein alter Freund Herman Camphausen mich als Berater für diese Mordermittlung hinzuziehen wollte. Im Grunde genommen habe ich gar nicht viel beigetragen. Herman ahnte bereits, wer der Täter war, und ich habe lediglich seinen Verdacht bestätigt. Mit dem Bildmaterial und der kriminaltechnischen Untersuchung war nicht viel anzufangen, denn der Tatort war sehr sorgfältig aufgeräumt worden. Doch ungefähr zehn Meter entfernt waren drei Fußspuren im Staub und in der Asche zu erkennen, und auf die habe ich mich dann konzentriert.«

»Was haben Sie gesehen?«, fragte Hellner.

»Der linke Fuß war schwach nach innen geneigt. Der Abdruck hier war leicht und weich, während der rechte Schuh bei dem dritten und letzten Abdruck mit unvergleichlich mehr Kraft aufgesetzt worden war, als solle er die Leichtigkeit der beiden ersten Schritte kompensieren. Dieses Muster hatte ich schon einmal gesehen.«

»Wo?«

»Entlang der Büsche vor unserem Haus in Wien, als ich elf oder zwölf Jahre alt war. Damals waren die Füße kleiner gewesen und der Schrittabstand nicht so groß. Doch ansonsten war es ganz klar, und ich sagte nur kurz zu Herman: ›Das sieht nach Morovia aus.‹ Das war alles. Ich vergaß die ganze Sache bald. Aber jetzt ...« Rekke blickte auf die Nobelgatan oberhalb von ihnen. »Jetzt bin ich eben wieder von Herman angerufen worden. Er sagte, dass unsere Vermutung über den Täter damals offensichtlich nach Sankt Petersburg durchgesickert ist, wo jemand – direkt oder indirekt mit der Organisation verbunden – beschlossen haben muss, die Sache selbst in die Hand zu nehmen.

Die Situation ist wirklich gefährlich für mich«, sagte Rekke und machte Anstalten aufzustehen.

»Ja, das ist wirklich sehr unglücklich«, erwiderte Hellner angespannt. Wahrscheinlich fürchtete er, Rekke könnte jede Minute gehen. »Aber sollen wir nicht trotzdem die Spuren anschauen, die wir von Claire und ihrem Sohn haben? Was meinen Sie?«

Rekke schien eher widerwillig und schaute übers Wasser. Micaela dachte an Lucas und Julia, ihren Bruder und Rekkes Tochter.

»Entschuldigung«, sagte sie, »aber ich brauche noch mal mein Handy.«

»Meine Güte«, sagte Hellner, »ich hatte gehofft, wenigstens für eine kleine Weile in Ruhe Ihre Aufmerksamkeit zu haben, aber na ja ...« Er holte das Handy aus der Schachtel. Micaela versicherte, dass es nur ein kurzes Gespräch sein würde, und ging rauf zur Nobelgatan, um Jonas Beijer anzurufen. Sie musste es ziemlich lange klingeln lassen, ehe er ranging. Er klang verärgert und gestresst, aber er hatte Informationen. Lucas' Handy war zuletzt mit einem Mast vor Järna, südwestlich von Stockholm, verbunden gewesen.

»Davor war er in Tumba, Salem und Pershagen, also nehme ich mal an, dass er die E4 nach Süden fährt. Danach haben wir aber nichts mehr«, sagte er.

Sie dachte, dass sie jetzt auch einfach weiterhin dreist sein konnte.

»Könnt ihr auch bei den Überwachungskameras entlang der Strecke nach Fotos von seinem Auto suchen? Ein Audi Cabriolet? Ich muss wirklich wissen, wo er ist.«

Jonas antwortete erst mal nicht. »Du verlangst ganz schön viel dafür, dass du uns nicht mal einen Tatverdacht präsentierst«, erwiderte er dann säuerlich.

»Bitte«, sagte sie. »Ich mach alles wieder gut.«

»Ich schaue, was ich tun kann.«

Sie legte auf und ging zur Bank zurück, fest entschlossen, Rekke sofort zu berichten, was da vor sich ging. Aber natürlich hatte Lars Hellner nicht auf sie gewartet, sondern einen Laptop aus seiner Aktentasche gezogen, auf dem er nun Überwachungsfotos aus Venedig zeigte. Rekke schien aber nicht gerade willig, sich damit zu beschäftigen, sondern saß da, als wäre er auf dem Sprung.

Doch dann wurde ihnen ein kleiner Film gezeigt, und da beugte er sich plötzlich über den Bildschirm, als hätte er etwas entdeckt.

Micaela beschloss, die schlechte Nachricht ein wenig später zu überbringen.

DREIUNDVIERZIG

Auf Lars Hellners Computer lief der grobkörnige Film einer Überwachungskamera auf dem Markusplatz in Venedig vom 22. März des Jahres um 18.22 Uhr.

Wahrscheinlich war der Film, kurz nachdem Claire durch das Urlaubsfoto von Erik Lundberg spaziert war, aufgenommen worden. Doch während Claire auf dem Foto noch ausgesehen hatte, als hätte sie ihr Leben im Griff, oder wie Rekke das auch ausgedrückt hatte, schien sie hier nervös zu sein.

Hinter ihr ging ein Junge mit großen Augen und dunklem gelocktem Haar. Hellner behauptete, er sei dreizehn Jahre alt, er war aber so feingliedrig und klein, dass er viel jünger wirkte. Auf dem nur sechs Sekunden dauernden Filmausschnitt sah man, wie Claire etwas zu ihm sagte, der Junge aber den Kopf schüttelte. Seine ganze Gestalt wirkte rührend und verletzlich, als würde er sich in seinen Kleidern nicht wohlfühlen. Er trug einen hellen Anzug mit dunklem Hemd und schien gerannt zu sein oder sich zumindest beeilt zu haben. Jedenfalls atmete er schwer und stand einen Moment still, bis Claire ihn aus der Reichweite der Kamera zog.

»Was meinen Sie?«, fragte Hellner und wandte sich an Rekke.

»Ich weiß nicht recht«, antwortete der, »aber es sieht beunruhigend aus. Offenbar fühlt sie sich verfolgt. Außerdem ... könnten Sie kurz zurückspulen?«

Sie sahen den Abschnitt noch einmal an, und Rekkes Miene hellte sich auf.

»Sie sprechen Englisch miteinander, nicht wahr? Ich bin ziemlich sicher, dass Claire hier sagt: ›We will leave the car.‹ Haben Sie ein Auto oder irgendein Fahrzeug gefunden, das ihr gehören könnte?«

»Es gibt kein Auto in der Gegend, das auf sie gemeldet oder auf ihren neuen Namen Sara Miller gemietet worden wäre. Bilder davon, wie sie in Venedig ankommt, gibt es auch nicht. Sie muss äußerst vorsichtig gewesen sein.«

Rekke fuhr sich mit der Hand durchs Haar. »Haben Sie überprüft, ob in den Tagen nach Claires Verschwinden irgendwelche Autos von den Parkplätzen um Venedig herum abgeschleppt worden sind, weil sie zu lange dort standen?«, fragte er.

»Das haben wir versucht, aber ohne Erfolg. Wie Sie sich vorstellen können, ist das keine kleine Aufgabe.«

»Gewiss, aber das ist nun auch keine unwichtige Ermittlung«, entgegnete Rekke. »Bitte zeigen Sie mir noch mal die anderen Bilder.«

»Selbstverständlich.« Hellner holte ein paar Fotos aus seiner Tasche, die er Rekke gezeigt hatte, während Micaela telefonierte: sechs Bilder, aus unterschiedlichen Winkeln im Verlauf von nur wenigen Minuten aufgenommen.

»Ist Ihnen irgendetwas aufgefallen, was auf allen Bildern zu sehen ist?«

Lars Hellner dachte nach. »Eigentlich nicht, mal abgesehen von dem hier.« Er zeigte auf einen jungen Mann in schwarzer Hose und dunkel gemustertem Hemd, den man auf einem der Fotos direkt hinter Jakob erkennen konnte. »Der ist auf zweien der Bilder zu sehen«, erklärte Hellner.

»Auf dreien, wenn wir seinen Rücken hier noch mitzählen«, entgegnete Rekke und legte den Finger auf ein anderes Bild, und tatsächlich: Das war der Mann, allerdings wurde er weitgehend von der Gruppe Japaner verdeckt, die auch auf dem Urlaubsfoto mit Claire war.

Micaela erkannte ihn an seinen Schultern und der effeminierten Weise, die linke Hand zu heben. Die Haare des Mannes waren offenbar blondiert, denn dicht am Kopf war ein dunkler rausgewachsener Streifen zu erkennen. Wahrscheinlich war er gar nicht sonderlich jung, fünfunddreißig vielleicht oder sogar vierzig. Er hatte einen Ring im Ohr und grinste selbstgefällig. Tourist und schwul – genau so sah er aus. Schwer vorstellbar, dass er etwas mit Claire zu tun hatte, höchstens dass er hinter ihrem Sohn hersah, aber dafür konnte es jede Menge Gründe geben. Mit seiner mageren, nervösen Gestalt und dem Anzug zog der Junge die Blicke auf sich.

»Er schaut zu Jakob«, sagte sie. »Vielleicht will er was von ihm.«

»Claire hat ihn vermutlich noch nicht entdeckt«, fuhr Rekke fort. »Aber das stört mich gerade noch gar nicht. Sehen Sie ihn sich hier mal an.« Rekke nahm eines der Fotos hoch. »Sehen Sie seine rechte Hand, und da den Daumen? Der ist auf eine unnatürliche Weise gekrümmt.«

Hellner betrachtete konzentriert die Hand des Mannes. »Das stimmt«, sagte er. »Das ist mir bisher nicht aufgefallen.«

Rekke schloss kurz die Augen. »Haben Sie einen Stift?«, fragte er dann. »Oder etwas Schmales, Langes? Genau, danke.«

Er schob den Kugelschreiber, den Hellner ihm gegeben hatte, von unten in den Ärmel seines Hemds und ließ ihn auf seinem gekrümmten Daumen ruhen.

»Ja, mein Gott«, sagte Hellner. »So ist es. Der Mann versteckt da irgendetwas. Könnte das eine Waffe sein? Ein Messer vielleicht?«

»Das könnte sein. Ist aber schwer zu erkennen, vielleicht ist da was Schwarzes, das auf den Daumen drückt, wie ein Stück von einem Griff. Mir gefällt auch nicht, wie der Mann den Jungen ansieht, Micaela, du hast recht, das ist beunruhigend.«

»Er starrt ja richtig.«

»Mein Rat ist, diesen Mann zu finden. Ich habe keine Ahnung, wie gut Ihre Programme zur Gesichtserkennung inzwischen sind, aber mit etwas Glück müssten Sie ihn noch auf weiteren Überwachungsfilmen entdecken und kriegen vielleicht eine Adresse oder einen Startpunkt, von dem aus er losgegangen ist. Und dann werden Sie ihn finden und können ein *examen rigorosum* abhalten.«

»Wie bitte?«

»Ein strenges Verhör. Der Mann hat etwas zu erzählen, und der Junge ... Er ist doch noch klein. Ich frage mich ... Irgendetwas Charakteristisches ist da mit ...«

Er beendete den Satz nicht und wirkte für einen Moment fahrig. Dann sammelte er sich und erbat ebenfalls sein Telefon zurück. So wie Micaela ging auch er ein paar Schritte beiseite, und auch wenn sie nicht viel verstand, war ihr doch klar, dass er seinen Bruder anrief.

Hellner und sie konzentrierten sich in der Zwischenzeit wieder auf die Überwachungsfotos. Sie wollten herauskriegen, was Rekke an dem Jungen aufgefallen war, fanden aber nichts und besprachen nur allgemein, wie man den Mann auf dem Foto wohl würde ausfindig machen können.

Als Rekke sein Gespräch beendet hatte und zu ihnen zurückkam, wirkte er ernst und geradezu schockiert.

»Ich bitte wirklich um Entschuldigung«, sagte er. »Es würde mich freuen, wenn Sie mir ein verschlüsseltes Dokument mit den Bildern und so viel Material wie möglich übersenden würden. Denn jetzt muss ich leider gehen.«

»Nein, nicht doch«, entgegnete Hellner mit einem verzweifelten Kopfschütteln. »Da gibt es noch mehr, wofür ich Ihren Rat brauche.«

»Tut mir leid«, beharrte Rekke, gab Hellner die Hand und nickte Micaela zu, dass sie mitkommen solle, und das schmeichelte ihr schon ein wenig. Sie waren ein Team. Nebeneinanderher gingen sie Richtung Zentrum, und obwohl Rekke wieder in Gedanken versank und sicherlich genug Probleme hatte, konnte sie es nun doch nicht länger hinausschieben.

»Du hast dir doch Sorgen gemacht wegen Julias neuem Freund«, sagte sie.

»Ja, das stimmt.«

»Ich fürchte, der Freund ist mein Bruder Lucas«, erklärte sie und ging vorsichtshalber etwas auf Abstand.

»Was?« Er blieb abrupt stehen.

»Das tut mir wahnsinnig leid.«

»Wissen wir, wo die beiden sind?«, fragte er alarmiert.

Sie erzählte, was passiert war und was sie von Jonas Beijer erfahren hatte. Er antwortete nicht, sondern murmelte irgendetwas, das wie eine Adresse klang. Dann eilte er weiter, ohne sich zu erklären oder die schockierende Tatsache, dass seine Tochter offenbar mit ihrem Gangsterbruder zusammen war, zu kommentieren. Bald ging er so schnell, dass sie rennen musste, um hinterherzukommen.

»Nur dass du es weißt«, keuchte sie, »ich habe Lucas eine Nachricht geschickt, dass ich ihn ab jetzt in Ruhe lassen werde. Er hat keinen Grund, ihr irgendetwas anzutun.«

Rekke antwortete nicht, er befand sich in einer trance-artigen Konzentration und sog jedes Detail auf. Er öffnete die Haustür, und sie betraten gemeinsam den Fahrstuhl. Rekke beugte sich vor und betrachtete etwas Kies, der reingetragen worden war, nahm die Steinchen und wog sie in der Hand. Oben angekommen, richtete er sich auf, schob die Fahrstuhltür auf und sagte, sie hätten Besuch. Micaela bemerkte, dass Parfüm im Treppenhaus hing, und öffnete vorsichtig die Wohnungstür. Frau Hansson kam ihnen mit entschuldigender Miene entgegen.

»Deine Mutter ist da«, sagte sie an Rekke gewandt.

»Ich weiß«, erwiderte er, ging aber trotzdem geradewegs zu seinem Computer und tippte ein paar Suchwörter ein.

Micaela hörte, wie hohe Absätze mit scharfen Schritten auf sie zumarschierten. Macht, dachte sie, Autorität, aber auch Vorwurf. Und im nächsten Moment stand sie da: die Mutter, von der Micaela so viel gehört hatte, die Rekke aus der Schule genommen hatte, um ihn zum Konzertpianisten und Weltstar zu machen, und die lange jedes Bestreben in ihm bekämpft hatte, sich seinen Begabungen in der Logik und der empirischen Analyse zuzuwenden.

»Hans«, sagte sie streng. Rekke sah nicht einmal auf. Nur Micaela starrte wie verhext auf diese Frau und war versucht, einen Knicks zu machen. Die Mutter war vielleicht fünfundsiebzig, wirkte aber agil, war schlank, mit gerader Haltung, die Haare hochgesteckt. Sie trug Reitstiefel, eine blaue Bluse und eine schwarze Hose und war sicher eins achtzig groß. Und immer noch schön. Irgendwie ähnelte sie Hans, hatte aber die Ausstrahlung einer ehemaligen Ballerina, mit scharfen Wangenknochen und großen, aufmerksamen Augen.

»Hans, begrüßt du mich vielleicht mal?«, fragte Frau Rekke.

»Hallo, Mutter«, erwiderte er. »Hast du irgendwelche Barsche gefangen?«

»Was? Ja, zwei Stück. Wie um Himmels willen kannst du das wissen?«

»Der Kies, den du mitgebracht hast, stammt von dem Weg runter zur Fischerhütte, draußen auf deinem Landsitz, und ich könnte mich nicht entsinnen, dass du jemals aus einem anderen Grund dorthin gegangen wärest, als das Barschnetz einzuholen.«

»Mein Gott, bist du wieder manisch?«

Grund genug hätte er, dachte Micaela.

»Ich bin zielgerichtet«, entgegnete er. »Darf ich dir Micaela vorstellen? Meine Freundin und Mitbewohnerin.«

Elisabeth Rekke, geborene von Bülow, begutachtete Micaela von Kopf bis Fuß und war sichtlich unzufrieden.

»Endlich, liebe Freundin«, rief sie und streckte ihre Hand aus. »Ich habe ja schon so viel von Ihnen gehört.«

Micaela nickte und überlegte, was sie sagen sollte, beschränkte sich dann aber auf ein »angenehm«.

»Sie sind eine sehr reizende junge Dame mit einem wunderbaren Gesicht. Aber wenn Hans Zeit hat und nicht mit irgendwelchen Dummheiten beschäftigt ist, sollte er mit Ihnen shoppen gehen. Hier auf Östermalm haben wir doch einen etwas anderen Stil.«

»Vor allem sind wir vorurteilsbehaftet und offenkundig herablassend«, erwiderte Rekke. »Aber es ist trotzdem nett, dich zu sehen, Mutter.« Er sah sie kurz an. »Und ich bin stolz auf dich, dass du diesmal das Netz selbst geputzt hast. Hatte Lotte frei?«

Elisabeth Rekke sah auf ihre Hände. »Ganz und gar nicht. Aber ich konnte sie damit nicht allein lassen, alles hatte sich furchtbar vertüdelt. Vivian Sparre hat kürzlich angerufen und war empört darüber, dass im Internet ein Bild in Umlauf ist, auf dem Magnus mit Präsident Putin nett tut. Ich finde, er könnte etwas mehr Würde beweisen.«

»Wenn du wüsstest«, murmelte Rekke und erhob sich mit finsterem Blick. »Es tut mir leid, Mama, aber ich muss schnell weg. Wolltest du was Bestimmtes?«

»Mein Gott, Hans, muss ich etwas Bestimmtes wollen? Du gehst nicht ans Telefon, und ich habe mir Sorgen gemacht. Ich verstehe nicht, wie du deine Karriere einfach so aufgeben konntest. Du hättest alles werden können.«

»Du auch, Mutter. Aber es ist noch nicht zu spät. Sowie wir Zeit haben, werden Micaela und ich ein bisschen mit dir shoppen gehen. Seit den Zwanzigerjahren hat sich der Stil hier doch etwas verändert. Wusstest du, dass ich die Perlenkette zurückbekommen habe, die ich Ida Aminoff geschenkt habe?«

»Oh, dass du diese schreckliche Person erwähnen musst. Ich finde wirklich, du solltest dich schleunigst mit Lovisa versöhnen.«

»*Vare, Vare, redde mihi legiones meas*«, murmelte Rekke und verschwand im Schlafzimmer, wo er zunächst noch in konzentrierter Ruhe in Schubladen und Jackentaschen, auf Kommoden und unter einem Pulloverstapel suchte.

Doch je länger er suchte, desto nervöser wurde er. Seine Hände begannen zu zittern, der Blick flackerte, und er suchte und kramte, während seine Mutter und Frau Hansson wie bei einer Choreografie um ihn herumtanzten. Diese Szene gehört zum Standardrepertoire, dachte Micaela belustigt, das passiert öfter.

»Mein Gott, was suchst du denn, Hans?«, fragte Elisabeth Rekke schließlich.

»Den Autoschlüssel vielleicht?«, warf Frau Hansson ein.

»Ja, genau«, sagte Rekke.

»Ich habe ihn für dich versteckt, Hans. Ich fand, du warst nicht in der Verfassung zu fahren. Und ehrlich gesagt solltest du dich auch jetzt nicht in ein Auto setzen.«

»Ich habe keine Wahl, Sigrid. Sei so gut und gib mir den Schlüssel, und zwar jetzt«, sagte er und klang dabei so empört, dass Frau Hansson nur nickte und losging, um ihn zu holen.

Während die Mutter und Frau Hansson noch protestierten, gingen Rekke und Micaela aus der Tür. »Wir fahren nach Trosa«, erklärte er ihr im Fahrstuhl.

VIERUNDVIERZIG

Es war zum Verzweifeln. Er hätte Hans anrufen sollen, ehe er ins Flugzeug stieg. Jetzt, da er selbst von ihm angerufen worden war, hatte er keine Chance mehr. Mit dem Jackett über der Schulter, den aufgeknoteten Schlips über der Brust, verließ er soeben den Flughafen Arlanda. Er fühlte sich wie ein schlechter Mensch – ein Hinweis darauf, dass es ziemlich schlimm stand. Um seine eigene Haut zu retten, hatte er seinen Bruder in ernsthafte Gefahr gebracht, und da verlief sogar für ihn eine Grenze. Wie hatte es nur so weit kommen können?

Er eilte aus der Ankunftshalle, sprang in ein Taxi und wies den Fahrer an, in die Grevgatan zu fahren. Es war doch am besten, Hans von Angesicht zu Angesicht zu begegnen und die Kollateralschäden möglichst klein zu halten. Viel konnte er wahrscheinlich nicht mehr tun, oder doch? Er rief seinen Kontakt bei der Sicherheitspolizei an, erklärte die Lage und bat ihn, Hans zu beschatten und zu schützen. Danach fühlte er sich zumindest für ein paar Augenblicke besser.

Das Gespräch mit dem Bruder war sehr kurz gewesen, und er hatte die meiste Zeit selbst gesprochen, doch Hans hatte es trotzdem noch geschafft, mit einer unangenehmen Kälte in der Stimme zu sagen, dass er Details über Ida Aminoffs Tod erfahren habe, und das war natürlich furchtbar.

Der Fahrer, ein älterer Mann mit langen Koteletten, musterte ihn im Rückspiegel und fragte, was passiert sei. Es war doch zum Kotzen, dass er hier wie jeder gewöhnliche Schwede in einem Taxi saß. Er hätte das Außenministerium um einen Wagen bitten sollen, aber irgendwie hatte er sich schuldig und nicht so mächtig wie sonst gefühlt, und jetzt war auch noch Stau. Er war nah dran, in die Luft zu gehen. Die Erinnerungen an diese Scheißhochzeit auf Djurgården damals, auf der irgendwelche Idioten Champagner verspritzt und Kleider zerrissen hatten, überkamen ihn. Es war die Karikatur eines Oberschicht-Gelages gewesen, und er hatte gesoffen, um es überhaupt auszuhalten, war spät nach Hause gekommen und sofort in Kleidern eingeschlafen, als plötzlich das Telefon klingelte. Er erinnerte sich noch, wie er die Hand zum Nachttisch ausstreckte und den Hörer abnahm.

Es war Gabor Morovia, und er klang aufgeregt, und da hätte Magnus natürlich sofort Verdacht schöpfen sollen. Gabor war niemals aufgeregt, sondern durch und durch berechnende Kälte, und es dauerte eine ganze Weile, ehe Magnus überhaupt begriff, was er sagte. Aber Gabor war offensichtlich auch in Stockholm, und er bat um Verzeihung, was noch seltsamer war, denn er war kein Mann, der sich entschuldigte. Er sei ungerecht gewesen, sagte er, und er habe es mit Hans zu weit getrieben.

»Ist Hans nicht in Helsinki?«, fragte Magnus.

»Nein, es geht ihm nicht gut«, fuhr Gabor fort. »Ich brauche Hilfe.« Und natürlich hätte Magnus auch das durchschauen müssen.

Aber er war verschlafen und immer noch betrunken und hatte keinen Überblick über Hans' Tourneekalender. Vielleicht war dieses Konzert in Helsinki ja am Tag oder in der Woche zuvor gewesen, und irgendwie könnte es ja auch nicht schaden, wenn er mal half, denn er brauchte Pluspunkte bei seinem Bruder. Also fuhr er zu der Adresse, die Gabor ihm nannte: Torstenssonsgatan Nummer sechs. Ein Teil von ihm schien immer noch zu schlafen, als er den Türcode eingab, den Gabor geschickt hatte, und wie im Traum zwei Treppen hinaufstieg.

Im Treppenhaus lag ein hochhackiger schwarzer Schuh. Das war ein wenig seltsam, doch er dachte nicht groß darüber nach, denn schließlich war er grade erst auf einem Fest gewesen, wo die Leute mit Kleidern um sich geworfen hatten. Ohne sich die Mühe zu machen, den Schuh aufzuheben, klingelte er an der Tür. Morovia öffnete und sah wach und frisch rasiert aus, als ob sein Tag gerade beginnen und nicht enden würde.

»Was ist los?«, fragte Magnus.

Gabor antwortete nicht. Er ließ ihn nur herein, schloss die Tür und zeigte auf ein großes Doppelbett direkt rechts. Auf dem Bett lag Ida Aminoff auf dem Rücken, mit der schimmernden Perlenkette um den Hals. Obwohl es ihr offensichtlich schlecht ging, sah sie doch verführerisch aus. Das schwarze Kleid war über die Oberschenkel hochgerutscht, und das eine Bein, an dessen Fuß immer noch ein Schuh saß, lag auf dem Bett, während das andere über die Kante hing.

Das Kleid war über der Brust aufgeknöpft, und sie atmete schwer. Ihre rechte Hand umfasste ihre Kehle, und sie wirkte verwirrt und schmerzerfüllt. Sie murmelte etwas über Hans, er meinte, eine Entschuldigung zu hören, ein »Ich liebe ihn«, Worte, die eher verzweifelt als liebevoll klangen. »Bitte hilf mir«, flehte sie. Doch da hatte Magnus sich bereits mit einer heftigen Bewegung umgedreht.

»Wir müssen einen Arzt rufen.«

Gabor sah ihn immer noch absolut gefasst und still an. »Nur die Ruhe. Sie hatte einfach ein bisschen zu viel Tabletten und Alkohol. Ich dachte, du könntest mir helfen, sie in Ordnung zu bringen. Ich habe Naloxon dabei, gegen die Atemnot«, sagte er, und auch wenn das pragmatisch wirkte, stimmte da irgendetwas überhaupt nicht.

Wenn Gabor ihr helfen konnte, warum hatte er das nicht bereits getan? Und warum hatte er anstatt eines Arztes jemanden angerufen, der überhaupt nichts über Überdosen und Atemprobleme wusste?

»Was soll das werden?«, fuhr er Gabor an.

»Ich helfe ihr«, antwortete Gabor und schob die Hand in die Innentasche seines Jacketts, als wolle er die Medizin herausnehmen, doch das war nur ein Ablenkungsmanöver.

Magnus sackte auf die Knie. Der Schlag war aus dem Nichts gekommen, und er rang nach Atem. Doch nicht er war in Gefahr, sondern Ida. Er krümmte sich auf dem Fußboden, streckte eine Hand aus und musste doch zusehen, wie Gabor sich über sie beugte, sie küsste, ihre Brüste betatschte und ihr zwischen die Beine griff. Eine ekelhafte Schändung. Verzweifelt versuchte Ida, ihn abzuschütteln, hatte aber nicht die Kraft. Magnus rappelte sich hoch, kassierte sofort einen neuen Schlag und ging wieder zu Boden. Während er noch versuchte, zu sich zu kommen, sah er, wie Gabor sich über Ida neigte und ihr beide Hände über Nase und Mund drückte.

Es dauerte nicht lange. Es konnte nicht lange gedauert haben, denn Magnus schaffte es nicht einmal auf die Beine, da zuckte Idas Leib schon auf unerträgliche Weise: kurz und lautlos und dennoch entsetzlich. Als Magnus es endlich bis an das Bett geschafft hatte, war ihr Gesicht qualvoll verzerrt. Sie war tot.

Magnus wusste nicht mehr genau, wie es dann weiterging. Doch zumindest war er völlig außer sich über Gabor hergefallen, gegen den er natürlich chancenlos war und der ihn für ein paar Sekunden in einer wahnsinnigen Umarmung festhielt und flüsterte: »Jetzt sind wir miteinander verbunden, Magnus, jetzt stürzen wir gemeinsam, oder wir steigen gemeinsam auf.«

Magnus blieb nichts anderes übrig, als aus der Wohnung auf die Straße zu stolpern, wo er auf William Fors traf. An jenem frühen Morgen glaubte er nicht, dass man so etwas überleben könnte. Wie sollte irgendetwas noch einmal so sein wie früher? Aber die Tage und Monate und Jahre vergingen, und das Leben ging einfach weiter – zumal die polizeiliche Ermittlung glücklicherweise darauf hinauslief, dass es sich um eine Überdosis gehandelt habe, und Hans, soweit er überhaupt dazu imstande war, die ganze Zeit Spuren verfolgte, die zu der Hochzeit zurückführten. Doch da gab es nichts zu holen, denn Gabor war auf dem Fest nicht in Erscheinung getreten und wusste genau, wie er seine Erpressungsopfer bei der Stange halten musste. Er verstand es, ihnen Vorteile zu verschaffen, und auch wenn Magnus sich einzureden versuchte, dass alles nur vorübergehend sei, akzeptierte er allmählich, mit Morovia verbunden zu sein. Durch eine schreckliche Erinnerung zusammengeschweißt, gaben und nahmen sie voneinander.

So ging das nun schon lange, und er hatte gemeint, die Gefahr sei vorüber. Doch das war natürlich naiv gewesen. Hans war schließlich Hans. Er konnte selbst Dinge, die Jahrzehnte zurücklagen, jederzeit wieder aufgreifen.

Magnus sah ungeduldig aus dem Seitenfenster. Ganz allmählich näherten sie sich Östermalm. Das Telefon klingelte. Außenminister Kleeberger, der sich wahrscheinlich fragte, wohin er verschwunden war. Magnus konnte nicht rangehen. Warum konnte Putin, dieser Teufel, Morovia nicht erschießen, was hinderte ihn daran?

Unfassbar, wie lange sie heute brauchten. Überall rote Ampeln, Einbahnstraßen mit Stau, trödelnde Fußgänger und senile Autofahrer. Es war nicht auszuhalten. Putin hätte die Stadt wahrscheinlich längst gesäubert. Doch da vorne war endlich die Grevgatan, dieser kleine Straßenabschnitt, der runter zum Strandvägen führte. Magnus wiederholte schon mal für sich selbst, was er seinem Bruder sagen würde, da bremste der Taxifahrer abrupt und fluchte.

Fast wären sie mit irgendeinem Idioten zusammengestoßen, und im nächsten Moment sah er, dass es sich bei diesem Idioten um Hans und seine Latinoputze, oder was immer sie nun war, handelte.

FÜNFUNDVIERZIG

Rekke hätte sich mal eine bessere Karre zulegen können, dachte sie. Aber wahrscheinlich lief das nicht so wie bei ihnen draußen in Husby.

In Husby waren Autos Statussymbole. Mit einem teuren Schlitten konnte man zeigen, dass man es geschafft hatte. Für Rekke schien das völlig unerheblich zu sein. Er konnte nicht einmal sagen, was für ein Modell seins war. »Volvo«, murmelte er bloß und fuhr mit der ihm eigenen ungeschickt-ruckartigen Art aus der Garage raus. Im nächsten Moment wären sie fast mit einem Taxi zusammengestoßen.

»Entspann dich mal«, sagte sie.

Doch Rekke machte das Gegenteil. Er trat die Bremse durch und stürzte aus dem Auto, und Micaela war überzeugt, dass er jetzt den Fahrer anschreien würde, auch wenn das sonst nicht wirklich seine Art war. Aber nicht der Fahrstil des Typen machte ihn so wütend, sondern sein Bruder, der aus dem Taxi ausstieg und sich auf dem Bürgersteig aufbaute. Rekke war rasend vor Zorn, und Magnus wedelte mit dem rechten Arm und murmelte etwas von Schutz.

»Ich brauche keinen Schutz, aber ich habe eine Tochter, hast du das vergessen?«

Magnus sah ihn erschrocken an. »Ist Julia was passiert?«

»Ich hoffe nicht.«

»Es tut mir so leid, ich wollte doch immer …«

Rekke unterbrach ihn. »Ich kann mir deine Entschuldigungen denken und keine Lust, mir auch nur eine davon anzuhören. Aber sobald ich Zeit habe, möchte ich genau wissen, wie Morovia so viel Macht über dich gewinnen konnte. Dann werde ich darüber nachdenken ...« Rekke verstummte und sah zu Micaela, die immer noch im Auto saß.

»Ja?«, fragte Magnus. »Was?«

Rekke schien irgendetwas Hasserfülltes, wie zum Beispiel *Was deine Strafe sein wird,* erwidern zu wollen, doch ein Stück die Straße runter schlug die Haustür zu, und Elisabeth Rekke kam in ihrer ganzen militärischen Erscheinung anmarschiert, was die Lage nicht gerade verbesserte.

»Scheiße«, murmelte Magnus. »Willst du jetzt Mama in diese Sache reinziehen?«

Rekke wandte sich ihm wieder zu. »Wenn Julia etwas zustößt, dann werde ich mein restliches Leben darauf verwenden, dich und Morovia zu zerstören.«

Plötzlich hielt Magnus Hilfe suchend nach seiner Mutter Ausschau.

»Ich liebe Julia doch. Sag mir, was ich tun kann.«

»Mein Gott, was ist mit Julia?«, rief Elisabeth Rekke, die jetzt fast bei ihnen war. Hans würdigte sie keines Blickes, sondern sah Magnus nur unverwandt an und sagte: »Du kannst abhauen, Magnus. Aber behalt dein Telefon in der Hand.«

»Ja, natürlich. Ist doch klar«, stotterte dieser.

Rekke stieg wieder ein, und sie fuhren los. Keiner von ihnen sagte etwas, denn sie waren beide mit Vorahnungen beschäftigt.

Doch als Rekke auf der E4 Gas gab und der Himmel sich zu verdunkeln schien, hielt Micaela es nicht mehr länger aus. Sie sagte leise und durch zusammengebissene Zähne:

»Ich kann mir nicht vorstellen, dass Lucas Julia etwas antun würde. Er will mich einfach unter Druck setzen. Warum sollte er sie verletzen?«

Rekke sah sie kurz an und wandte den Blick wieder der Straße zu. »Warum sagst du das?«

Sie dachte nach. Ja, warum? »Wenn Lucas was Schlimmes macht, dann überlegt er sich das vorher«, sagte sie. »Ich glaube, wir können ruhig bleiben, bis er Kontakt aufnimmt. Er ist nicht impulsiv.«

»Da wäre ich nicht so sicher«, erwiderte Rekke, und natürlich hatte er recht. Lucas war ganz und gar nicht so cool, wie er erscheinen wollte, er hatte nur hinterher immer eine gute Erklärung für seine Ausfälle gehabt. Im Grunde war er eine tickende Bombe. Trotzdem wollte sie Rekke nicht so einfach nachgeben.

»Er ist nicht vorbestraft«, wandte sie ein. »Bisher hat er immer aufgepasst, keine völlig durchgedrehten Sachen zu machen.«

Rekke murmelte etwas.

»Oder befürchtest du, er könnte sich mit Morovia verbündet haben?«

»Ja«, antwortete er, »das befürchte ich.«

»Lucas hasst es, wenn andere sich bei ihm einmischen, vor allem Typen wie Morovia. Er will immer alles selbst bestimmen.«

»Eins vergisst du«, sagte Rekke mit einem melancholischen Lächeln. »Lucas ist nicht so schlau wie seine Schwester. Morovia zieht junge Menschen wie Lucas an. Er benutzt ihre Geltungssucht, um ihnen den Kopf zu verdrehen«, fuhr er fort. »Und dann überschüttet er sie mit Geld.«

Sie holte tief Luft. »Du glaubst also wirklich, dass sie irgendwie zusammenarbeiten?«

»Ich fürchte, ja«, erwiderte er. »Ich habe eine Adresse in Trosa herausgefunden, und kurz bevor wir losgefahren sind, habe ich sie noch mal kontrolliert. Das Haus gehört einer Stiftung in der Schweiz, und das finde ich beunruhigend. Aber vielleicht täusche ich mich auch. Hoffen wir das Beste.«

Schweigend umklammerte er das Steuer mit beiden Händen. Micaela hatte ihn noch nie Auto fahren sehen. Er war wirklich eine widersprüchliche Persönlichkeit. Seine Bewegungen wirkten immer so weltgewandt, und gleichzeitig sah er ständig so aus, als würde er gleich zusammenklappen. Seine linke Hand fuhr seinen Körper hoch und runter, und er suchte in den Ablagen des Fahrersitzes, ohne etwas zu finden, dann in seinen Taschen, und am Ende hatte er eine kleine Pille in der Hand, die er kurz betrachtete und dann in den Mund steckte.

»Du bist auf Entzug«, sagte sie.

Er nickte.

»Soll ich fahren?«

»Nein, es ist besser, wenn ich beschäftigt bin.«

»Und dann auch noch Claire Lidman, die wahrscheinlich lebt«, stöhnte sie.

»Hoffentlich«, entgegnete er.

»Findest du den Mann mit den blondierten Haaren auf den Bildern gefährlich?«

Er nickte bloß.

»Und Claires Sohn, Jakob? Bei ihm hast du auch irgendwas gesehen, oder?«

»Na ja, vielleicht«, sagte er.

»Was denn?«, fragte sie ungeduldig.

»Weiß ich auch nicht richtig«, murmelte er. »Aber das ist ganz klar ein begabter Junge, der gerade etwas Dramatisches und Überwältigendes erlebt hat.«

»Woran siehst du das?«

»An seinen Armen, seinen Augenbrauen, seiner Art, die Welt zu betrachten und die Knie durchzudrücken. Aber jetzt ...«, er zögerte, »jetzt muss ich erst mal Julia wieder nach Hause kriegen, dann sehe ich mir den Film noch mal näher an, um sicher zu sein. Ich habe eine Idee.«

»Wieso machst du so ein Geheimnis draus?«

»Ich versuche, mich selbst reinzulegen.«

Sie sah ihm zu, wie er weiter nach Tabletten suchte, obwohl er wusste, dass es im Auto keine mehr gab.

»Dann hat Morovia auch deine Ida getötet?«

»Sieht ganz so aus.«

»Und Magnus wusste davon?«

»Ich glaube, er war Zeuge.«

Sie ließ das sacken. »Wir sollten unsere Brüder erwürgen«, schlug sie vor.

Rekke lächelte traurig und trat aufs Gaspedal, während er mit allen Fingern auf das Lenkrad trommelte, sodass es wie ein kleines Marschorchester auf dem Weg nach Trosa klang.

Am Morgen des 22. März stand Claire lange vorm Spiegel, dann zog sie einen neuen roten Mantel über, den sie sich in London hatte schneidern lassen. Doch auch Jakob sollte gut aussehen, sie hatte ihm einen Leinenanzug gekauft, und dazu bekam er ein weißes Hemd und einen locker geknoteten Schlips. Auch wenn er wirklich klein und zerbrechlich war, konnte er doch mit seinem ernsten Gesicht erwachsen und entzückend aussehen. Auf jeden Fall würde es nicht schaden, wenn er so gut wie möglich angezogen war. Sie war nervös.

Morovias Einladung war wie immer liebenswürdig formuliert gewesen: *Ich würde euch gerne zu Mittagessen und*

Festlichkeiten in meinem Haus in Venedig empfangen, stand auf der handgeschriebenen Karte. Doch es war lange her, seit sie sich zu dritt getroffen hatten, und an ihre letzte Begegnung in Paris erinnerte sie sich nur ungern. Gabor war offen feindselig gewesen und hatte Jakob völlig unmotiviert an den Haaren gezogen.

Natürlich war das Ganze von Anfang an ein völlig wahnsinniges Arrangement gewesen, ein Akt der Verzweiflung. Doch sie hatte keinen anderen Ausweg gesehen. Wenn man seinem Feind nicht entkommen konnte, dann musste man sich mit ihm verbünden. Ihr war bewusst, dass Gabor sie überwachte, deshalb brauchte er sie auch nie wieder zu bedrohen. Die Angst war trotzdem da – in jedem Schritt, in jedem Atemzug und in der Erinnerung an den staubigen Weg in Italien.

Sie rechnete damit, am selben Abend zurück zu sein oder auf dem Heimweg in einem Hotel einzuchecken, deshalb packte sie nur Unterwäsche, Toilettensachen und ein Buch in ihre Handtasche. Dann ging sie in die Diele hinaus und rief nach Jakob. Er kam widerwillig angetrabt. Gemeinsam traten sie hinaus in den kühlen Morgen und setzten sich ins Auto – ein unauffälliger Passat, den sie mithilfe eines gefälschten Führerscheins, den sie über Gabor bekommen hatte, gemietet hatte. Im Frühling wohnten Jakob und sie immer in der Nähe von Rosenheim in Süddeutschland, und nun fuhren sie durch Österreich, hinein nach Norditalien und dann nach Venedig. Während der Fahrt meinte sie, ihre Nervosität ganz gut verstecken zu können, fürchtete aber, dass Jakob sie trotzdem spürte. Als sie im Parkhaus auf Santa Croce geparkt hatten, sah er ängstlich aus.

»Beeil dich ein wenig, mein Liebling«, bat sie.

Jakob hatte die Arme vor der Brust verschränkt und ging nur ganz, ganz langsam, und als sie sich umdrehte, um ihn zur Eile anzutreiben, trat sie falsch auf. Ein scharfer Schmerz fuhr ihr durch das Knie mit der alten Verletzung, und sie musste sich kurz an die Hausmauer lehnen. Er kam zu ihr.

»Können wir nicht einfach wieder nach Hause fahren?«, fragte er.

Sie sah ihn liebevoll an. Jakob war jetzt dreizehn Jahre alt, mit großen, dunklen Augen und lockigen schwarzen Haaren. In der Schule lief es nicht so gut für ihn, wie sie erwartet hatte. Er lebte in seiner eigenen Welt und hatte keine Freunde, saß viel zu Hause am Computer. Ständig fragte er, ob sie böse auf ihn sei. Er war nervös, und die ganze Zeit gingen ihm Dinge kaputt, oder er verlor sie.

»Was ist denn?«, fragte er jetzt.

»Mir tut einfach nur das Knie weh.«

»Du hast Angst vor ihm, stimmt's?«

»Nein«, entgegnete sie. »Ich habe keine Angst. Aber wir sorgen dafür, dass es ein kurzer Besuch wird.«

Dann gingen sie dicht nebeneinander zum nahen Kai. Dort unten saß in einer braunen Lederjacke Ricardo Bruni auf einer Bank und rauchte. Sie hatte Ricardo eigentlich immer gemocht, weil er das Muster von Machomännern und hübschen jungen Frauen durchbrach, die Gabor umgaben. Ricardo war schwul, plauderte gern und sah im Unterschied zu Gabor nur das Schöne in Jakob. Die letzten Male hatte Claire aber auch in seiner Anwesenheit ein gewisses Unbehagen empfunden, vielleicht gerade wegen seiner Art, Jakob anzusehen.

»Schnell, schnell«, drängte Ricardo, als sie sich näherten.

Sie stiegen auf die wartende Motorjacht und gingen unter Deck. Während der Fahrt durften sie sich nicht zeigen, konnten aber durch die kleinen Fenster sehen. Es war Viertel nach zwei am Nachmittag. Obwohl er keine Lust auf diesen Besuch hatte, konnte Jakob doch nicht anders, als sich mit großen Augen umzusehen. Der arme Junge. Nach einem Leben im Untergrund war er, was besondere Erlebnisse anging, nicht gerade verwöhnt. Sie fuhren den Canal Grande entlang, und die Häuser spiegelten sich wie ein vielfarbiges Kaleidoskop im Wasser. Sie kamen an Touristenbooten und Gondeln vorbei und fuhren unter Brücken und Arkaden hindurch. Weiter hinten konnten sie die Kuppeln des Markusdoms sehen, und sie dachte an Samuel, an ihr altes Leben und ihre Schwester Linda.

An Gabors Anleger stiegen sie aus, wurden eilig ins Haus und dort zwei Treppen hinauf gebracht. Gabor empfing sie in dem großen kirchenähnlichen Raum mit Deckenbemalung, und sie bemerkte sofort, dass er Jakob keines Blickes würdigte. Als er ihr den roten Mantel abnahm, fiel bei einer unvorsichtigen Bewegung das Schachbuch, das sie mitgenommen hatte, aus ihrer Handtasche.

Gabor hob es auf und sagte: »*Sizilianische Liebe?*«

Sie riss ihm das Buch aus der Hand.

»Interessant«, sagte er.

»Was willst du?«, fragte sie ihn.

Er antwortete nicht, sondern lächelte nur kühl. Dann sah er Jakob zum ersten Mal an, und sie erschrak über seinen angeekelten Blick. Sie zog den Jungen dicht an sich. Gabor führte sie auf die Terrasse hinaus, wo ein langer Tisch mit Meeresfrüchten, Burrata, Bruscetta, Prosciutto und einem Meer von italienischen Vorspeisen und Champagner gedeckt war. Ricardo, der sie bei Tisch bediente, schenkte ihr ein Glas ein.

»Ich trinke heute nichts«, erwiderte sie. »Ich muss noch fahren.«

»Wirklich?«, erwiderte Gabor, und da begriff Claire, dass sie stark sein musste. Sie nahm Jakobs Hand, zupfte ihr Kleid zurecht und ließ sich mit dem Rücken zum Kanal und der Stadt nieder. Es war halb drei Uhr nachmittags am 22. März 2004, und in nur wenigen Stunden würde sie auf einem Urlaubsfoto festgehalten werden.

SECHSUNDVIERZIG

Jonas Beijer hatte angerufen. Er hatte es geschafft, eine Aufnahme von Lucas' Audi auf dem Weg nach Trosa hinein zu beschaffen. Das bestätigte, was Rekke schon angenommen hatte, seit er die Schrift bei Julia zu Hause auf dem Zettelblock entziffert hatte.

»Högbergsgatan«, sagte er. »Wir fahren hin und schauen nach.«

Micaela nickte und überlegte, bei der Polizei anzurufen und zu fragen, ob Kollegen aus dem Streifendienst in der Nähe waren, die man um Hilfe bitten könnte. Doch sie beschloss, damit zu warten.

Sie glaubte immer noch nicht, dass Lucas für Julia gefährlich war, und konnte sich auch nicht vorstellen, dass er sich mit jemandem wie Morovia eingelassen hatte. Eigentlich sollten sie Lucas und Julia besser in Ruhe lassen. Wenn sie so in ihr Date reinmarschiert kamen, würde das bei ihm bestimmt nicht gut ankommen.

Außerdem war sie ohne Waffe. Wenn sie freihatte, nahm sie niemals ihre Dienstwaffe mit, und was würde Rekke schon ausrichten können, wenn Lucas ausflippte? Gar nichts. Bei einer Schlägerei hatte niemand gegen Lucas eine Chance, das wussten alle in Husby, und im Gegensatz zu ihr hatte er wahrscheinlich eine Pistole.

»Lass uns lieber abwarten, bis wir eine Nachricht von

Lucas kriegen«, sagte sie. »Ich habe ihm inzwischen sicher zehnmal geschrieben. Irgendwann muss er antworten.«

Rekke nickte und tastete wieder nach Tabletten. Es hatte schon eine Weile genieselt, und jetzt kam der richtige Regen. Sie schaltete die Scheibenwischer für ihn ein, und Rekke ahmte das Geräusch nach – tack, tick –, traf perfekt den Ton und sagte, es sei wie ein Metronom für seine Gedanken. Er lenkte sie nach Trosa rein. Micaela war hier noch nie gewesen, hatte aber schon gehört, dass es so was wie ein Mittelschichtparadies war, ein Ferienort mit alten Holzhäusern entlang kleiner Kanäle. Weiter vorne waren plaudernd und lachend zwei Mädchen in Julias Alter unterwegs.

»Es tut mir leid …«, begann sie.

»Wie bitte?« Er sah sie verwirrt an, als hätte er nicht gewusst, dass sie auch im Auto war.

»… dass ich dich in das hier reingezogen habe.«

»Wir haben einander doch gegenseitig ganz gut hier reingezogen«, antwortete er.

»Aber du hast Julia, das macht es schlimmer.«

»Ja«, sagte er. »Das macht es schlimmer.« Sie fuhren eine Weile auf der Suche nach der Adresse herum, bis sie den Audi von Lucas vor einem Haus entdeckte. Micaela wurde nervös, als sie sah, dass da noch andere Autos standen, ein Mercedes und ein Land Rover. Sollte sie doch Jonas anrufen und Alarm schlagen? Nein, das wäre zu früh, schließlich war kein Verbrechen begangen worden, soweit sie wussten. Und natürlich standen auf dieser Straße schicke Autos herum, die verdammten Spießer hier waren schließlich alle reich.

Sie war angespannt und ärgerte sich über Rekke, der schlampig parkte und dann beim Aussteigen den Sicherheitsgurt in der Tür einklemmte. Doch dann betrachtete er die Autos und das Haus mit scharfem Blick. An dem ungefähr einen Meter breiten Kiesweg, der zur Eingangstür führte, ging er in die Hocke und sah auf den Boden. Hier waren vor Kurzem mehrere Personen gegangen, das konnte sie erkennen. Aber es waren so viele und so oberflächliche Spuren, dass sie nichts ablesen konnte.

Rekke richtete sich mit ernstem Blick auf. »Du hattest Kontakt zu einem Kollegen?«

»Ja, genau«, antwortete sie.

»Vielleicht solltest du ihm Bescheid geben, dass wir jetzt in diese Villa gehen.«

»Wir werden ganz sicher nicht reingehen«, entgegnete sie. »Dadrin sind anscheinend ziemlich viele Leute. Aber ich werde ihm Bescheid geben, dass wir hier sind.«

Sie ging beiseite und schrieb eine Nachricht mit einer kurzen Erklärung und der Adresse an Jonas Beijer. Dann trat sie wieder zu Rekke. Der stand jetzt an der Tür und betrachtete erneut die Spuren im feinen Kies. Jetzt sah er richtig blass aus.

»Wahrscheinlich hast du recht«, sagte er.

»Womit?«

»Dass wir nicht reingehen sollten. Ich sehe die Spuren von fünf Personen, eine davon ist Julia. Die anderen sind Männer, aber das macht mir keine Sorgen. Es ist eher …« Er verstummte. »Es ist dieser linke Fuß. Die Neigung und wie er gedreht ist. Es tut mir leid, Micaela.«

»Nicht«, flehte sie, doch es war bereits zu spät. Rekke riss die Tür auf, und sie eilte ihm leise fluchend hinterher. Das war ganz sicher ein Fehler. Aber das konnte man nun nicht mehr ändern, und erst mal passierte nichts. Im Haus war es still, und sie rief: »Hallo! Polizei, wir kommen rein«, was wirklich völlig idiotisch war. Was machten sie hier bloß? Das konnte doch nur schiefgehen.

Mit klopfendem Herzen schaute sie sich um. Links lag ein unpersönlich eingerichtetes Wohnzimmer, geradeaus eine Küche, und eine Treppe führte nach oben. Doch es waren keine Schritte zu hören, nichts, was darauf hindeutete, dass jemand im Haus war. Wieder beugte sich Rekke hinunter. Er betrachtete den Boden und fuhr mit dem Zeigefinger über das Parkett.

Dann bog er nach links ins Wohnzimmer ab. Micaela konnte immer noch keine Anzeichen dafür sehen, dass hier Leute waren. Doch vorn gab es noch ein Zimmer und da hörte sie jetzt einen Menschen atmen, der ganz still dagestanden haben musste, denn sie nahm keine Bewegung wahr, hörte nur den Atem.

Sie rief wieder: »Hallo!«

»Schwesterherz.«

Im nächsten Augenblick hörte sie schnelle Schritte. Als sie ihn schließlich sah, war er überhaupt nicht mehr der beherrschte Lucas. Er war rot im Gesicht vor Wut und kam direkt zu ihr und packte sie fest am Arm.

»Was machst du hier?«, blaffte er sie an, sah zu Rekke und warf einen hektischen Blick nach hinten. Weiter drinnen im Haus war offensichtlich irgendwas passiert, aber sie konnte nicht erkennen, was, und versuchte vergeblich, sich aus seinem Griff zu befreien.

»Wo ist Julia?«, fragte sie.

»Wie zum Teufel könnt ihr wissen, dass wir hier sind? Haben die Idioten dadrin geplaudert?«, fragte er und nickte über seine Schulter.

Sie wusste nicht, wen er meinte, fragte aber nicht nach. Erst musste sie mal kapieren, was hier eigentlich los war. Also riss sie sich mit einem wütenden Ruck los und kassierte sofort einen harten Schlag mit der Faust.

»Was ist passiert?«, fragte sie.

»Ich habe sie nicht angerührt, und wenn was passiert ist, dann ist das deine verdammte Schuld. Du hast alles kaputt gemacht.«

Sie schob ihn beiseite, um weiter ins Innere des Hauses zu gehen. Doch Lucas schlug ihr ins Gesicht. Reflexhaft schlug sie zurück und fürchtete sich in diesem Moment überhaupt nicht vor ihm. Sie wollte nur noch dieses Haus durchsuchen und Julia finden. Plötzlich knallte Lucas gegen die Wand, und vor ihm stand Rekke. Doch Lucas erholte sich schnell von dem Schreck. So was hier war sein Ding, und Micaela nahm an, dass Rekke zurückrudern würde. Doch er entschied sich für die schlechteste aller Strategien. Er hielt Lucas einen Vortrag.

»Du fasst sie nicht an, ist das klar?«, sagte er. Jetzt würde es knallen, zumal Rekke noch hinzufügte: »Mach mal Platz.«

Lucas stand wie ein Stoppschild vor der Küchentür.

»Sonst was?«, zischte Lucas.

»Du wirst dich wundern«, antwortete Rekke und wandte den Blick von ihm ab.

»Julia!«, rief er ins Haus hinein.

»Papa«, war von weit hinten eine Stimme zu hören.

»Und worüber genau werde ich mich wundern, Herr Professor?«, fragte Lucas drohend.

Rekke antwortete nicht. Er war jetzt völlig auf Julias Stimme fixiert, stieß Lucas beiseite und marschierte einfach in die Küche. Lucas rastete aus und warf sich von hinten auf Rekke. Micaela konnte nur noch denken: Klare Sache, alles wie immer. Lucas verlor niemals eine Schlägerei, das wusste jeder. Er war durchtrainiert und gewalttätig, und außerdem fehlte ihm jedes Zögern, das andere Menschen zurückhielt. Er schlug einfach zu und zielte auf die schwächsten Punkte. Und tatsächlich ging Rekke chancenlos zu Boden, und Micaela rannte hin, um dazwischenzugehen. Doch dann passierte etwas, was sie so schnell nicht vergessen würde: Rekke verwandelte sich.

SIEBENUNDVIERZIG

Natürlich war Claire die ganze Zeit bewusst gewesen, dass es unvernünftig war, Schutz bei dem Mann zu suchen, der sie töten wollte. Dennoch hatte das eine dunkle Logik besessen. Als sie Gabor an jenem Tag auf der staubigen Straße vor Limena beobachtete, seine heftige Gefühlsreaktion, die so anders war als seine gewöhnliche Kälte, ahnte sie, dass dies eine Lebensversicherung bedeuten könnte.

Lange sah es ganz so aus, als hätte sie damit recht, als könnte ein Sohn als Ersatz für den anderen, den er verloren hatte, sie beide am Leben erhalten. Gabor zeigte sich Jakob gegenüber milde, und auch seine Feindseligkeit gegen sie nahm ab. Doch nichts war von Dauer. Immer öfter nahm sie Enttäuschung in Gabors Blick wahr, wenn er den Jungen betrachtete, und seine ständigen Vergleiche mit Jan fielen nie zu Jakobs Vorteil aus.

Wenn Jan stark, athletisch und kontaktfreudig gewesen war, dann war Jakob das Gegenteil: zerbrechlich, mager und introvertiert. Mit jedem Jahr wurde das deutlicher, und während der mystische Glanz um den toten Sohn sich verstärkte, wurde Jakob immer nur noch mehr kritisiert, und jetzt, da sie in Venedig auf der Terrasse angekommen waren, sah Gabor Jakob mit Abscheu an, und Claire hätte am liebsten ihre Gabel genommen und sie ihm in die Hand gehauen.

»Er ist besser als du«, zischte sie.

»Wer?« Gabor tat so, als verstünde er nicht.

»Jakob«, antwortete sie.

»*Der*?«, sagte Gabor verächtlich. »Der taugt höchstens für ein paar praktische Sachen, einfache Schnitzereien oder so, obwohl er dafür wahrscheinlich auch zu nervös ist.«

»Ich will nicht, dass du in seiner Gegenwart so über ihn redest«, sagte sie entschieden und ergriff unter dem Tisch die Hand des Jungen.

Gabor hob die Hand, und Ricardo eilte herbei und schenkte ihm Champagner nach.

»Ich rede, wie ich will«, fuhr Gabor fort. »Der Junge ist ein Versager im Sport, er beherrscht keine höheren Künste, und von Mathematik hat er überhaupt keine Ahnung.«

»Du weißt doch gar nichts von ihm!«

»Er ist feige.«

»Er hat es nicht leicht gehabt, kein Wunder bei der Kindheit, die du ihm beschert hast.«

»Mein Sohn wäre nie so. Der würde sich am Riemen reißen. Ich weiß noch, wie Jan …«

»Jan ist mir scheißegal«, fuhr sie ihn an und sah zu Jakob, der den Blick stur auf seine Oberschenkel gerichtet hatte. »Wir sind hier, Gabor. Du darfst uns jetzt gern sagen, warum du uns hergebeten hast. Ansonsten würden wir gern wieder verschwinden. Ich habe nicht vor, hier zu sitzen und mich beleidigen zu lassen.«

»Du hast mich dreimal hintergangen, Claire, dreimal. Du bist nicht in der Position, irgendwas zu fordern.«

Sie erschrak. »Wie meinst du das?«

»Bei unserem vorigen Treffen habe ich ein paar Haare von Jakob mitgenommen und in ein Labor in Berlin geschickt, wo sie mit meinen verglichen wurden.«

»Du hast was?!«, rief sie empört.

»Du hast mich ausgenutzt.«

»Er ist dein Sohn, Gabor.«

»Anfangs mochte ich den Jungen. In meiner Verzweiflung habe ich mich blenden lassen. Meinte, Ähnlichkeiten zu sehen, die es niemals gab. Aber dann, meine Liebe, klärte sich mein Blick, und ich entdeckte die Armseligkeit seines Wesens, die Schwäche seines Charakters. Sieh ihn dir doch an. Er kann uns nicht einmal in die Augen sehen. Windet sich wie ein Aal.«

»Rede gefälligst nicht so!«

Gabor nahm einen Schluck Wasser. »Er ist nicht mein Sohn, Claire«, sagte er. »Vor ein paar Wochen habe ich den Bescheid bekommen.«

In jeder anderen Situation wäre diese Nachricht die reine Freude gewesen, doch jetzt sah Claire nur die Gefahr auf sich zurollen.

»Das ist unmöglich«, erwiderte sie. »Ich habe doch …«

»Was hast du?«

Sie sah Jakob an, der krampfhaft den Kopf gesenkt hielt. »Ich habe dich in ihm gesehen.«

»Da bin ich aber nicht. Du hast mich reingelegt.«

»Ich war überzeugt davon, Gabor, fest überzeugt.«

»Aber nun sind wir klüger, und ich habe nicht vergessen, dass du zur Polizei gegangen bist, Claire. Ich vergesse nie.«

»Was hast du vor?«

»Noch habe ich mich nicht entschieden.«

Sie nahm wieder Jakobs Hand. »Nicht?«

»Nein«, sagte er und lächelte plötzlich fast charmant. »Weißt du, was ich gerade denke?«

Sie schüttelte den Kopf.

»Dein Buch, Claire.«

»Welches Buch?«

»Polugajewski. Über die Sizilianische Liebe. Als ich es gesehen habe, musste ich an unsere alten Partien denken.«

Sie sah sich nervös um.

»Ich habe dich immer besiegt«, fuhr er fort. »Aber ich denke noch oft an den Abend in Stockholm.«

»Als du mich vergewaltigt hast.«

»Als wir Schach gespielt haben«, korrigierte er sie. »Da hättest du mich fast geschlagen.«

»Ich kann mich nicht erinnern.«

»Du hast alles auf Sieg gesetzt.«

»Möglich«, antwortete sie.

»Und das willst du jetzt auch. Du willst siegen und dich aus der Klemme befreien, in die du dich manövriert hast.« Gabor lehnte sich zufrieden zurück und winkte wieder den Leuten, die sie bedienten.

»Ich will einfach nur gehen, Gabor. Ich möchte, dass du uns in Ruhe lässt«, sagte sie.

»Soll ich hier ruhig sitzen und darauf warten, dass du mir wieder ein Messer in den Rücken jagst, Claire?«

»Du weißt genau, dass ich niemals wieder zur Polizei gehen würde. Ich tue alles, um meinen Jungen zu schützen.«

Gabor bohrte seinen Blick in ihren. »Weißt du, dass sogar der Kreml hinter mir her ist? Putin persönlich. Ich lasse alles vorkosten, was ich esse. Ständig schaue ich mich um und versuche, auf alle Gefahren vorbereitet zu sein. Ich gehe kein Risiko ein.«

»Aber ich bin kein Putin«, entgegnete sie. »Ich bin völlig ungefährlich.«

»Bist du das wirklich? Womöglich bist du viel gefährlicher als alle anderen. Aber nun gut ... vielleicht gebe ich dir wirklich eine Chance. Als Dank für die Träume, die du mir einst beschert hast. Ich dachte mir, wir könnten um euer Schicksal Schach spielen.«

Sie packte Jakobs Hand noch fester. »Ich will nicht, Gabor.«

»Liebe Claire, du bist wie gesagt nicht in der Position, etwas zu wollen«, erwiderte er und rief laut: »Kristof!«

Kristof war einer seiner engen Vertrauten, ein junger, durchtrainierter Mann mit brutalem Blick und einer blassen Narbe am Kinn. Sie fürchtete ihn zwar nicht mehr als Ricardo, doch hatte er nichts von der gelegentlichen Freundlichkeit seines Kollegen. An ihm war nichts angenehm oder sanftmütig.

»Zaubere uns ein Schachbrett her, Kristof. Das schönste, das du finden kannst.«

Kristof ging weg, und Angst schnürte ihr die Kehle zu. Gabor liebte grausame Spiele. Es ging das Gerücht, er habe eines seiner Opfer in St. Petersburg um sein Leben würfeln lassen.

»Worum genau spielen wir?«, fragte sie.

»Um euch«, sagte er. »Um eure Freiheit.«

»Bitte, ich will das wirklich nicht.«

»Ich fürchte, das Spiel hat bereits begonnen.«

Sie schloss die Augen. »Okay«, erwiderte sie. »Aber wenn ich gewinne, lässt du uns in Ruhe.«

Er lächelte siegesgewiss. »Ja.«

»Und wenn es remis ausgeht?«

»Dann bekommt einer von euch seine Freiheit.«

»Ich will nicht, Gabor«, sagte sie erschrocken. »Das kann ich nicht.«

»Du hättest mich nicht hintergehen sollen«, erwiderte er nur.

Kurz darauf kam Kristof, deckte auf der kurzen Seite des Tisches ab, schlug das Tischtuch zurück und setzte ein Schachbrett mit bereits aufgestellten Figuren ab. Die Atmosphäre wurde immer unangenehmer. Kristof wirkte aufgeregt. Ricardo und die anderen wechselten neugierige Blicke, und ihr wurde klar, dass es keinen Sinn hatte, weiter zu protestieren.

Stattdessen konzentrierte sie sich und überlegte, ob es hier vielleicht eine Chance für sie gab. Konnte sie ihn überraschen? Sie hatte beim Schach immer sorgfältig Notizen gemacht, und während all der vielen einsamen Abende nach der Flucht aus Schweden war sie ihre alten Partien mit Morovia durchgegangen. Als er älter wurde, hatte Jakob dann so wie hier immer dicht bei ihr gesessen.

»Ich möchte gern schwarz spielen«, verkündete sie.

»Aha, du willst mir einen Vorteil geben?« Er drehte das Brett herum. »Oder ist das irgendein sizilianischer Trick, den du aus Polugajewskis Buch hast?«

»Ich habe mir durchaus ein paar Tricks beigebracht«, antwortete sie mit einem angestrengten Lächeln und betrachtete das Brett mit den ausgesucht schönen, geschnitzten chinesischen Figuren, die individuelle Züge und freundliche Gesichter hatten – bis auf die Königin, die mordlüstern aussah.

»Noch einmal: Wenn ich gewinne, lässt du uns ziehen«, sagte sie.

»Ja«, antwortete er. »Wir nehmen Abschied.«

»Wir müssen uns nicht ständig umsehen und Angst haben.«

»Solange ihr nichts gegen mich unternehmt, ja, darauf habt ihr mein Wort. Aber nun lass uns anfangen.«

Sie nickte. Ihr war nicht in letzter Konsequenz klar, worauf sie sich hier einließ. Aber schließlich war auch sie eine

Spielerin und hatte schon immer das Gefühl gehabt, dass man ihn besiegen könnte. Vielleicht war das ja heute der Tag, denn jetzt schrie ihr ganzer Körper danach, endlich von ihm befreit zu werden.

Gabor eröffnete mit dem Bauern auf E4. Sie antwortete mit C5. Dann begannen sie zu spielen, ohne Uhr oder besondere Regeln.

Gabors Miene war verbissen, doch das hatte sie nicht anders erwartet. Er will mich zerstören, dachte sie. Er will mir noch einmal seine Überlegenheit demonstrieren, ehe er mich vernichtet. Mit aller Kraft stemmte sie sich ihm entgegen. Da fiel ihr auf, dass Jakob, der das ganze Gespräch über den Kopf gesenkt gehalten hatte, das Brett mit derselben Konzentration beobachtete wie sie. So wie früher, wenn sie spielte. Doch jetzt konnte sie nicht weiter darüber nachdenken.

Gabor spielte immer aggressiver und unorthodoxer, es würde schwer werden, viel härter, als sie sich je hätte vorstellen können. Und obwohl sie sich ganz konzentrieren sollte, musste sie doch an Samuel denken.

Samuel Lidman war wieder im Fitnessstudio und schnallte den Gürtel fest. Heute war der Tag für die Beine. Er hasste das, aber er würde es durchziehen. Wie immer würde er bis zur völligen Erschöpfung trainieren – weil Routinen wichtig waren.

Genau wie in jüngeren, besseren Tagen begann er mit Kniebeugen unter Gewicht. Er schob 150 Kilo auf die Stange und stellte sich breitbeinig unter das Gestell. Jetzt, dachte er, Zähne zusammenbeißen und hoffen, dass Knie und Blutgefäße halten. Er stemmte das verdammte Ding hoch und stöhnte und prustete, dass der Speichel nur so spritzte, während die Stange auf seinen Schultern schaukelte. Dann holte er tief Luft und wollte gerade in die Hocke gehen, als in seiner Tasche das Telefon klingelte.

Nicht rangehen, dachte er. Nicht hoffen. Was hatte Morovia gesagt? *Ihre große Liebe waren Sie.* Weg mit dem Gedanken. Hör auf zu träumen. Ist doch Unsinn. Das konnte nicht Claire sein. Warum sollte sie nach all diesen Jahren zu ihm zurückkommen? Das war lächerlich. Trotzdem war jetzt seine Konzentration zum Teufel, und er machte erschöpft ein paar stolpernde Schritte nach vorn. Mit einem Mal wurde ihm schwarz vor Augen, die Beine gaben nach, und in einer verzweifelten Bewegung gelang es ihm noch, die Langhantel in Richtung Wand zu schleudern.

Ein ohrenbetäubendes Dröhnen war zu hören. Glas splitterte, und er fiel auf die Seite, während die Hantel herumhüpfte, als wäre sie lebendig geworden. Vermutlich war er verletzt, denn im Oberschenkel brannte es und irgendwie auch im Kopf, und von überallher kamen Leute angerannt. Doch ihn interessierte nur sein Telefon in der Tasche, und noch auf dem Boden liegend, holte er es heraus und schrie allen zu, er sei okay und müsse nur was checken. »Haut ab!«, rief er und starrte auf das Handy.

Die Nummer kam ihm bekannt vor. Ein Gefühl von drohendem Unheil und Hoffnung zugleich stieg in ihm auf. Genau, dies war die Nummer von Alicia Kovács. Er nahm alle Kraft zusammen, rappelte sich hoch, schubste Leute beiseite und hinkte raus, um zurückzurufen. Sein Herz pochte. Vielleicht ist ja doch was dran an der Sache, dachte er. Warum sollte sie sonst anrufen?

»Alicia Kovács«, sagte eine Stimme in der Leitung.

»Sie haben angerufen«, antwortete er.

»Meine Güte, Samuel, alles in Ordnung mit Ihnen? Sie keuchen ja.«

»Ich trainiere bloß«, erwiderte er. »Worum geht es?«

Alicia Kovács sagte nichts, und Samuel wurde klar: Jetzt kam etwas ganz Großes. Ob gut oder schlecht, konnte er nicht sagen, aber er lockerte schon mal den Gürtel und versuchte, seine Atmung und die Schmerzen in den Griff zu bekommen. Er schloss die Augen.

»Ich habe mit einer Person gesprochen, die Sie gerne treffen möchte«, fuhr Kovács fort.

Es passiert, dachte er, es passiert wirklich.

»Claire«, sagte er.

»Am Telefon möchte ich nichts dazu sagen. Aber wenn Sie in einer Stunde in der Kanzlei sein können, dann werde ich Sie zusammenbringen. Sie werden sich viel zu erzählen haben.«

»Ja, natürlich, ich komme«, stammelte er und hatte das Bedürfnis, sofort in ein Badezimmer zu gehen, vor einen Spiegel, um sich zurechtzumachen.

Jetzt wollte er besser aussehen denn je, auch wenn Oberschenkel und Kopf schmerzten.

ACHTUNDVIERZIG

Lucas schoss auf Rekke zu, versetzte ihm einen Stoß und schlug mit den Fäusten auf ihn ein. Das hier würde nicht lange dauern. Lucas war aggressiv und muskulös, Rekke hingegen schmal und älter und ein wenig unkoordiniert, und so kassierte er zwei Schläge, einen ins Gesicht, einen gegen die Schulter, und stolperte rückwärts.

Doch den dritten Schlag wehrte er ab und machte einen Schritt zur Seite, und da bemerkte Micaela, dass er plötzlich ganz anders aussah: Sein ganzer Körper war angespannt und bereit. Er streckte die Hände zur Seite aus und brachte sich dann in eine Position, die eingeübt zu sein schien. Sein Blick wanderte herum, als würde er Informationen einsaugen, und das linke Bein zuckte genau wie sonst immer, wenn er seine Analysen vornahm.

Lucas musste die Veränderung gespürt haben. Ohne zu zögern, ging er sofort zum Angriff über, und diesmal war er verbissener und wachsam, wie ein Boxer, der eine Lücke zum Zuschlagen sucht. Er tänzelte und schoss plötzlich so schnell und kraftvoll vor, dass er damit eigentlich den Kampf für sich hätte entscheiden müssen.

Aber nein.

Rekke bewegte sich zur Seite, schlug zurück und packte den Arm von Lucas, während er gleichzeitig das rechte Bein vorschob und seinen Körper drehte, sodass er Lucas ganz nahe kam und einen Griff ansetzen konnte.

Er zog, und Lucas krachte mit einem ohrenbetäubenden Knall auf den Boden. Micaela konnte es kaum glauben. Das war doch unmöglich.

Da lag doch der Falsche auf dem Boden, während der andere noch stand und bereit war, wieder über ihn herzufallen.

»Verdammt«, murmelte Lucas.

»Genau«, erwiderte Rekke. »Zorn macht uns blind. *Ira nos caecos facit.*«

Lucas, durch das Latein und den arroganten Tonfall noch mehr provoziert, erhob sich wieder. Rekke ließ ihn aufstehen und ins Gleichgewicht kommen, dann schleuderte er ihn mit einem neuen Wurf zu Boden. Diesmal schlug Lucas sich übel den Kopf an. Er wirkte benebelt, und als er wieder aufstehen wollte, schwankte er und fiel nach hinten.

»Sie sind stark«, sagte Rekke, wie um ihn zu ermuntern, »aber Sie sind zu impulsiv und vorhersehbar. Ihre Angriffe werden durch Zuckungen in Ihrer Schulterpartie angekündigt. Ihr Körper verrät Sie, daran könnten Sie noch ein wenig arbeiten, würde ich sagen, und jetzt gerade sind Sie verwirrt und ein wenig groggy, und das gedenke ich auszunutzen.«

Rekke zog Lucas hoch, drückte ihn an die Wand und sagte: »Julia.« Doch weiter kam er nicht. Wie erstarrt horchte er ins Zimmer hinein. Er ließ Lucas los und bot jetzt Angriffsfläche, aber auch Lucas hielt inne, und nun hörte auch Micaela die Schritte und leise pfeifenden Atem.

»G, und dann Fis«, murmelte Rekke. Und jetzt stand er in der Tür, der Mann, von dem Micaela so viel gehört hatte, dass er zu einer fast mythischen Kraft geworden war.

»Ich bin beeindruckt, Hans«, sagte er. »Du hast dich gut gehalten. Herzlich willkommen. Ich dachte eigentlich nicht, dass du hierherfinden würdest. Doch wie üblich überraschst du mich.«

»Lass meine Tochter in Ruhe, sonst töte ich dich.«

»Wirklich?«, erwiderte Morovia lächelnd und wandte sich Micaela zu, die es richtig mit der Angst zu tun bekam.

Er sah sie an wie ein Raubtier seine Beute. Hinter ihm traten zwei Männer mit Waffen in den Händen vor, und einen von ihnen erkannte sie sofort. Es war der blondierte Typ von den Überwachungsbildern aus Venedig.

Claire schaute über das Brett. Ein Remis könnte sie sicher erspielen, doch das war keine Alternative. Einer von ihnen würde dann seine Freiheit und vielleicht sein Leben verlieren, hatte Gabor gesagt, und das wäre schrecklich. Sie musste ihren ganzen Siegerinstinkt aktivieren und besser spielen als je in ihrem Leben. Für einen Moment schloss sie die Augen.

Als sie wieder aufsah, glühte ihr Blick vor Hass. Sie würde ihn zerstören, nichts weniger, und da sah sie plötzlich einen großartigen Zug vor sich. Sie würde mit ihrem Springer vorgehen und Gabors Turm und gleichzeitig seinen Läufer bedrohen. Als sie gerade nach der Figur greifen wollte, kniff etwas sie in die Seite. Es war Jakob. Der Junge hatte sich die ganze Partie über an sie gedrückt und das Brett mit leerem Blick angeschaut. Sie verstand nicht recht, was er eigentlich machte. Natürlich war er immer an ihren Partien interessiert gewesen, aber auf diesem Niveau konnte er ja wohl kaum mithalten. Vielleicht versuchte er einfach, der Anspannung, die in der Luft hing, zu entkommen.

»Ja, Liebling. Was ist denn?«

Er antwortete nicht, sondern warf nur einen vielsagenden Blick über das Brett und umfasste ihre Hand, die schon nach dem Springer greifen wollte. Sollte sie um eine Pause bitten und fragen, wie es ihm ging? Nein, sie musste sich auf das Spiel konzentrieren und ihre Chance ergreifen, und deshalb schüttelte sie seine Hand freundlich ab und wollte gerade ihren Zug machen, als sie zum ersten Mal während der ganzen Partie Jakobs Stimme hörte.

»Nein.«

Morovias Miene verzog sich zu einem sarkastischen Grinsen. »Versucht er zu helfen?«

Sie sah Jakob fragend an.

»Aber bitte schön, lass es ihn doch versuchen, dann können wir das hier schneller beenden«, beharrte Gabor.

»Wir beide spielen, Gabor, du und ich«, antwortete sie. »Zieh den Jungen da nicht rein.«

»Siehst du, nicht einmal du selbst glaubst an ihn. Er ist ein Versager, und du weißt es.«

»Du Untier«, murmelte sie und konnte sich gerade noch beherrschen, nicht auf ihn loszugehen, zischte stattdessen: »Er ist viel intelligenter als dein muskelbepackter kleiner Mobberjunge.«

In Gabors Blick flammte Zorn auf. »Wage es nicht«, knurrte er.

»Ich wage mehr, als du glaubst. Und ich vertraue meinem Jungen. Also, Jakob, hilf mir hier.«

Jakob senkte den Blick, die Aufmerksamkeit war ihm zutiefst unangenehm, doch er sagte wirklich etwas, auch wenn es kaum zu hören war.

»Entschuldige, was sagst du?«

»Zieh die Königin auf B4 zurück«, murmelte er, und sie lächelte ihn liebevoll an.

Die Königin zurückzuziehen, würde bedeuten, die Möglichkeit einer Überlegenheit aufzugeben. Dennoch tat sie, was er sagte, vielleicht auch nur, um Gabor zu widersprechen. Sie wollte zeigen, dass sie an Jakob glaubte, auch wenn sie innerlich fluchte, weil sie sich hatte provozieren lassen. Dieser Zug konnte sie den Sieg und vielleicht das Leben kosten.

Samuel stand im Fitnessstudio vorm Spiegel und tat sein Möglichstes, um sich ein bisschen zurechtzumachen. Einfach war es nicht. Bei dem Sturz musste er sich das Jochbein aufgeschlagen haben, jedenfalls prangte unterhalb des linken Auges eine Schramme, die das etwas Alkoholisierte in seiner Ausstrahlung verstärkte.

Aber viel schlimmer war, dass die linke Hälfte seines Gesichts stärker eingefallen war als die rechte. Sah er schief aus? Oder vielleicht alt? Solche Feinheiten wären ihm in den letzten Jahren egal gewesen, doch jetzt, da er womöglich Claire treffen würde, sah er sie nur zu deutlich. Nur sein Oberkörper hielt zu ihm. Er zog sein Shirt aus und baute sich vorm Spiegel auf. Vom Hals ab nach unten sah er immer noch aus wie dreißig. Das würde Claire sicher beeindrucken. Dann stieg er in seine Straßenklamotten, kämmte sich noch die Haare zurück, um die beginnende Glatze zu verstecken, und ging los.

Nach dem Regen brannte die Sonne wieder. Es war ein strahlender Tag, und er konnte nicht anders, als zu hoffen. Wenn er sie nun wirklich treffen würde? Was sollte er sagen? Kein böses Wort, beschloss er. Er würde Verständnis zeigen. Sie hatte ihn schrecklich verletzt, doch er würde sie nicht verurteilen. Er würde zuhören und sich in ihre Situation hineinversetzen. Es musste schließlich eine Erklärung geben.

Er ging schneller. Plötzlich sah er sie deutlicher als seit Langem vor sich. Ganz ohne die Verletzlichkeit, die sie in seiner Erinnerung sonst immer ausgestrahlt hatte, stand sie ihm vor Augen.

Dann wurde er wieder nervös. Wenn er nur nicht dafür bestraft wurde, dass er sich Hoffnungen machte. Er schaute auf den Bürgersteig und seine Beine und merkte, dass er hinkte. Der Schweiß brach ihm aus. Auf keinen Fall durfte er durchgeschwitzt oder womöglich nach Schweiß riechend ankommen, denn Claire reagierte enorm empfindlich auf Gerüche. Doch dann musste er lachen. Nach all den Jahren kam es ja wohl nicht auf irgendwelche Schweißtropfen an. Oder? Aber man wusste ja nie, kleine Dinge konnten entscheidend sein, und als er zum Odenplan kam und ein Taxi vorbeifuhr, sprang er hinein und versuchte, sich zu beruhigen. Bildete er sich wirklich ein, dass sie nach vierzehn Jahren plötzlich wieder da war? Das war doch total krank. Womöglich war es nicht einmal Claire. Wäre ja auch ein Wunder. Trotzdem. *Sie werden sich viel zu erzählen haben*, hatte Alicia Kovács gesagt. Sie musste Claire gemeint haben. Er faltete die Hände und betete, genau wie Claire es immer getan hatte, wenn sie sich schwach fühlte. *Lieber Herr Jesus und heilige Mutter Gottes, lasst es Claire sein.*

Das Taxi bog auf den Strandvägen ein. Er bat den Fahrer, hundert Meter vor der Kanzlei zu halten, damit er sich vorbereiten konnte. Er schaute auf seine Armbanduhr. Viel zu früh. Aber das mussten die ja wohl verstehen, oder? Sein ganzes Leben stand auf dem Spiel, da konnte er nicht warten. Er eilte zu dem Haus und betrat die Kanzlei mit vorgeschobener Brust, und da war wieder das Mädchen, das ihm Amarone gebracht hatte. Sie sah ihn erschrocken an –

wahrscheinlich sah er mit seinen Schrammen ziemlich wild aus.

»Tut mir leid, dass ich so früh bin«, sagte er.

Das Mädchen schaute auf die Wanduhr und sagte von oben herab: »Ja, tatsächlich«, und das ärgerte ihn. Doch da kam Alicia Kovács mit einem breiten Lächeln die Treppe herunter und sagte, das mache überhaupt nichts, sondern sei vielmehr nur gut.

»Ihr Besuch ist hier«, sagte sie.

»Wo?«, fragte er.

»Oben in Gabors Büro, da waren Sie ja schon einmal«, sagte sie, und mit pochendem Herzen hinkte er die Treppe hoch.

Bevor er den Raum betrat, schloss er kurz die Augen, und als er sie wieder öffnete, irrte sein Blick im Zimmer herum, ohne dass er hätte begreifen können, was er da sah.

NEUNUNDVIERZIG

Micaela hatte sich Morovia wie Rekke vorgestellt: lang, kantig, von intensiver Ausstrahlung – nur dunkler. Das war nicht ganz falsch, allerdings war er kleiner und kräftiger, mit einer weichen, fast femininen Art zu gehen und ausnehmend eleganten Bewegungen. Er trug einen grauen Anzug mit Weste und einen Schal. Sein blasses Gesicht war ebenmäßig, die Haare waren schwarz und dick, und der Blick war durchdringend – genau wie der von Rekke.

Die Augenfarbe changierte, und die Lippen waren voll und sinnlich, während alles andere an ihm entschlossen und kantig wirkte. Sein Anblick überwältigte sie, ob sie es nun wollte oder nicht. Morovia nahm quasi den ganzen Raum ein, und nichts in seinem Blick ließ Erstaunen darüber vermuten, dass Lucas gedemütigt auf dem Boden lag. Es schien, als würde die ganze Welt in Erwartung der Begegnung zwischen Morovia und Rekke erzittern.

»Hans, wenn du wüsstest, wie sehr ich mich danach gesehnt habe, dich wieder einmal in einer solch vollendeten Konzentration zu sehen«, sagte Gabor, und Micaela spürte sofort die hypnotische Wirkung seiner Stimme und seiner Ausstrahlung.

Doch Rekke machte sich nicht die Mühe zu antworten, sondern schaute schräg an Morovia vorbei zu den Männern hinter ihm und zur Küche. Natürlich musste er sich einen Überblick über die Situation verschaffen, aber gleichzeitig war das eine offene Provokation. Er wollte Morovia keines Blickes würdigen, und sein ganzer Körper verriet, wie sehr er ihn verabscheute.

»Möchtest du nicht antworten?«, fragte Morovia.

»Ich bin nur daran interessiert, mit meiner Tochter zu sprechen.«

Morovia machte noch einen Schritt auf ihn zu. »Ich fürchte, wir müssen das hier auf meine Weise regeln«, sagte er. »Wenn womöglich noch andere Leute hier reingestürzt kommen, wird das nicht so gut für deine Tochter.« Er sah Micaela an und lächelte wieder.

»Ich verstehe«, sagte sie.

Er streckte ihr seine Hand hin. Sie schüttelte sie widerwillig und wusste nicht, wo sie hinschauen sollte.

Doch Morovia wandte sich sofort wieder Rekke zu. »Ich darf dir gratulieren zu deiner wirklich interessanten Wahl einer Partnerin. Nicht ganz deine Kreise, oder?«

»Man kann auch direkt mit mir sprechen«, blaffte Micaela ihn an.

»Das kann man natürlich. Aber im Grunde ist es ja mein Dialog mit Hans, und deswegen wende ich mich an ihn. Übrigens liegt es in meinem Ermessen, was jetzt mit Julia geschieht.«

»Bring mich zu ihr«, unterbrach Rekke ihn.

»Willst du mich herausfordern?«, fragte Morovia.

»Ich tue, was nötig ist, um sie zurückzubekommen«, sagte Rekke.

»Da ist leider ziemlich viel nötig. Aber lass sie uns erst mal ansehen, sie ist ein feines, empfindsames Mädchen, nicht wahr?«

Rekke antwortete auch darauf nicht. Er sah sich nur aufmerksam um, während sie durch die große Küche gingen, die auf eine Terrasse hinaus führte. Hinter dem Fenster hockte Julia in einen blauen Bademantel gehüllt, blass und verschreckt an einem Pool. Sie war mit einem Seil gefesselt, das in zwei Metallringen auf dem Boden endete. Neben ihr stand jetzt der blondierte Typ mit einer Waffe in der Hand. Auf den Fliesen beim Pool standen ein grauer Kanister und eine Filmkamera. Micaela schauderte es.

»Julia«, sagte Rekke atemlos, während sie beide rausliefen.

»Papa«, flüsterte sie. »Entschuldige.«

»Ich bin schuld, niemand sonst«, antwortete er.

»Oder eher ich«, murmelte Micaela, als Rekke mit ausgebreiteten Armen auf Julia zuging. Er wurde von dem Typen mit der Waffe aufgehalten und entschied diesmal offenbar, nicht zu kämpfen, sondern sah nur Morovia hasserfüllt an. Der hatte immer noch dasselbe selbstgefällige Lächeln im Gesicht und hob ergeben die Hände.

»Vielleicht nicht die großartigste Szene, die ich mir je ausgedacht habe. Aber es muss reichen, und ich habe schon immer mal darüber nachgedacht ...«

»Halt die Schnauze, Gabor«, fiel Rekke ihm ins Wort, »sag mir lieber, was du willst.«

»Ich will Rache, Hans. Ist das nicht offenkundig? Aber erst möchte ich dir danken. Feinde halten uns lebendig und leistungsfähig. Wir brauchen einander, um nicht an Schärfe zu verlieren, nicht wahr?«

»Erspar mir deine machtphilosophischen Dummheiten.«

Gabor schüttelte belustigt den Kopf, als würde er Rekkes Zurückweisung geradezu rührend finden.

»Betrachte es als eine Chance, Hans. Nichts ist vorherbestimmt. Es gibt immer Hoffnung. Ergreife sie und sprich mit mir. Manchmal denke ich an deinen Kater.«

»Das kann ich mir vorstellen«, erwiderte Rekke.

»Er hat mir meinen Weg gezeigt. Seither haben viele gebrannt. Aber dein Kater war der Erste. Weißt du, was ich mich oft gefragt habe?«

Rekke antwortete nicht. Er lächelte nur verbissen Julia an und murmelte eine weitere Entschuldigung.

»Ich habe mich oft gefragt, warum du ihn wohl Ahasverus genannt hast«, fuhr Morovia fort. »Das war eine Projektion, nicht wahr? Ahasverus, das warst du. Dazu verdammt, unablässig umherzuwandern und alles zu durchschauen. Dazu verdammt, Klarheit zu suchen, aber immer nur neues Dunkel zu finden. Dazu verdammt, Rätsel zu lösen, aber die ganze Zeit zu erkennen, dass die Frage interessanter ist als die Antwort, das Rätsel selbst leuchtender als seine Lösung.«

»Du bist wahnsinnig.«

»Aber du hast auf deinem Weg die Liebe gefunden, das muss ich zugeben. Du hattest Ida, und dann …«, er warf einen Blick zu Julia, »bekamst du durch eine Laune des Schicksals zur gleichen Zeit ein Kind wie ich, und ich nehme mal an, dass du deine Tochter so liebst, wie ich meinen Jan liebte.«

»Was mit ihm passiert ist, tut mir leid, Gabor«, sagte Rekke und sah Morovia zum ersten Mal in die Augen.

»Danke, Hans. Dann fühlst du also doch mit mir? Das ist ja fast rührend. Aber natürlich zu spät.«

»Es ist nie zu spät, an seinen Absichten zu zweifeln.«

Rekkes Stimme brach.

»Ach ja?«, fuhr Morovia fort. »Doch bevor wir uns Julia widmen, möchte ich, dass wir unsere Unterhaltung fortsetzen. Betrachte es als ein paar Minuten, die dir und deinem Gefolge geschenkt werden. Ihr sucht Claire Lidman, nicht wahr?«

»Ich suche nichts anderes, als meine Tochter zu retten«, erwiderte Rekke.

»Lass mich korrigieren«, sagte Gabor. »Ihr habt Claire Lidman gesucht, ehe eine andere Frage sich in den Vordergrund drängte. Lass mich von ihr erzählen. Ich verspreche, solange für Julia zu sorgen. Ricardo, gib ihr ein wenig Wasser und Schmerzmittel. Frag sie auch, ob sie etwas essen möchte.«

Rekke sah erneut nervös zu seiner Tochter und murmelte: »Wir schaffen das, mein Herz, ich bringe uns hier raus.«

Gabor strahlte bei diesen Worten. »Absolut, die Möglichkeit besteht«, sagte er. »Ich werde dir die Chance geben. Claire habe ich auch eine gegeben, und sie hat sie ergriffen, auch wenn … na ja … Ich fange mal von vorne an. Oder möchtest du zuerst von Ida hören?«

»Ich will nur hören, was ich tun muss, um Julia hier rauszukriegen.«

Morovia machte einen Schritt vor und hob die Hände. Auf dem kleinen Finger der linken Hand saß ein auffälliger Siegelring mit schwarzem Stein.

»Der Ring ist eine Erinnerung an Jan. Ich habe seine Daten eingravieren lassen. Er starb um Viertel nach drei am Nachmittag des 23. Februar. Er war neun Jahre alt. Ich glaube, du hättest ihn gemocht. Aber …« Er nickte Rekke zu, der jedoch unverwandt zu Julia schaute. »Ich will dich nicht mit meinem Schmerz ermüden, sondern mich auf deinen konzentrieren – auf den, den du jetzt hast, und den, den du haben wirst.«

»Fahr zur Hölle.«

»Ja, ja. Aber wenn du nichts von Ida oder Claire hören willst, dann lass mich stattdessen auf deine Frage antworten, ob es etwas gibt, was du tun kannst. Gib mir etwas Bedeutungsvolles als Ersatz für deine Tochter, dann werde ich es mir überlegen.«

»Nimm mein Leben«, erwiderte Rekke.

»*Dein Leben?*« Morovia lachte theatralisch. »Die Worte eines Helden. Aber mit wem soll ich denn spielen, wenn du nicht mehr da bist? Nein, Hans, du musst mir schon etwas Besseres anbieten. Gib mir ein paar Geheimnisse. Was hast du zu Herman Camphausen gesagt, das ihn dazu gebracht hat, sich an meine Fersen zu heften? Und wer hat die Information an die Mörder im Kreml weitergegeben?«

Rekke fuhr sich mit der Hand durchs Haar. »Ich habe nichts gesagt, was Herman nicht bereits wusste«, antwortete er. »Und ich weiß nicht, wer irgendwas weitergegeben hat. Aber egal, was immer ich hier sage, kann doch nichts ändern. In Wirklichkeit geht es dir nämlich nie um Rache, Gabor. Du suchst nur Vorwände, um anderen Leid zuzufügen und das wiederzuerwecken, was in dir gestorben ist. Rache ist nur eine Chimäre, mit der du deinen Sadismus maskierst. Aber eins kann ich dir tatsächlich geben.«

»Was denn, Hans, was?«

»Mitleid, Gabor. Du versuchst, deine Wunde zu heilen, wühlst aber nur immer wieder darin herum. Und du findest nichts anderes als noch mehr Hass.«

Morovia schnaubte. »Vergiss nicht, dass ich dich habe kämpfen sehen, Hans. Ich habe dich spielen hören. Ich habe dir in die Augen geschaut, als du mich aus deiner Loge rausgeworfen hast. In dir glüht genauso viel Hass wie in mir, und ich weiß, dass du dich immer mit mir hast messen wollen.«

Rekke machte noch ein paar Schritte in Julias Richtung. »Wie alle Tyrannen projizierst du deine eigenen Perversionen auf andere. Dabei entgehen dir wichtige Details. Dein Größenwahn macht dich verletzlich«, sagte er und warf Micaela einen auffordernden Blick zu. Im nächsten Moment knallte es.

Rekke trat dem blondierten Typen die Waffe weg und beförderte ihn mit einem kräftigen Stoß in den Pool. Danach drehte er sich blitzschnell in Kampfhaltung zu Morovia um. Morovia spiegelte die Angriffsposition, und einige Augenblicke lang belauerten die Männer einander, bevor sie schließlich aufeinander losgingen. Micaela konnte nicht sehen, was passierte, denn sie sprintete auf die Waffe zu, die zehn Meter entfernt am Rand des Pools lag, aber sie schaffte es nicht. Julia schrie verzweifelt: »Hinter dir!«

Micaela fuhr herum. Der andere von Morovias Männern, ein bulliger Kerl mit eiskaltem Blick, richtete eine Pistole auf sie.

Wie gelähmt stand Micaela da und suchte nach einem Ausweg, als Julia wieder rief. »Lucas!«

Ja, wo war Lucas? Da – in der Küche sah sie ihn. Sein Körper war wie verzerrt, als wollte er in zwei Richtungen gleichzeitig laufen. Er sah verwirrt und zornig aus, reagierte aber nicht auf Julias Rufen.

»Hilf uns! Du bist doch wohl nicht einer von diesen Idioten, oder?«, schrie Julia, und das war eigentlich eine gute Idee, denn es war kaum Lucas' Stil, junge Frauen zu fesseln und mit dem Tod zu bedrohen. Doch erst stand er starr da, dann haute er laut fluchend ab.

In diesem Moment stürzte sich Morovia auf Rekke, der rückwärts stolperte. Micaela erkannte sofort, dass Gabor der Stärkere und Schnellere der beiden war. Außerdem hatte er den Kampfsport offensichtlich ernsthaft und zielgerichtet betrieben. Schon bald schien die Situation hoffnungslos, zumal der blondierte Mann wieder aus dem Pool stieg und triefend nach seiner Waffe griff, die auf den Fliesen lag.

Doch Rekke schien nach Alternativen zu suchen, er wich zurück und nickte Julia zu. Dann schoss er in einer schnellen Bewegung vor, trat die Pistole ein weiteres Mal aus der Hand des Mannes und fiel dann mit einer Serie von Schlägen und Tritten über Morovia her, der bei dem Angriff fast lustvoll strahlte, als ob er völlig überzeugt davon wäre, diesen Kampf zu gewinnen.

Als er kurz den Blick von ihr löste, machte Micaela einen Satz und knallte ihren Kopf gegen den des Blondierten, doch in dem Gerangel, das folgte, fielen sie beide in den Pool, und hilflos musste sie zusehen, wie Morovia Rekke in den Bauch trat, woraufhin der zusammensackte.

Und dann geschah das Unfassbare: Der Mann mit dem kalten Blick steckte seine Pistole ein und griff sich auf ein Signal von Morovia den Kanister, der direkt neben Julia stand. Er schraubte den Deckel ab, hob den Kanister mit einer selbstverständlichen Bewegung hoch und schüttete den Inhalt über Julia aus. Micaela war schockiert. Durch Schreie und Chaos drang scharf der unverkennbare Geruch von Benzin.

Indem sie ihre Königin zurückzog, hatte Claire die Initiative im Spiel verloren. Nun tat sie alles, um den vermeintlichen Schaden zu reparieren, den dieser Zug angerichtet hatte. Doch während sie noch dabei war, sich in die neue Stellung zu vertiefen, bemerkte sie eine kurze Veränderung in Gabors Gesicht. Irgendetwas störte ihn, und plötzlich begriff sie: Sie – oder besser gesagt: Jakob – hatte seinen Plan ruiniert.

Jakobs Zug hatte sie davor geschützt, in eine Falle auf der rechten Flanke zu gehen, und dieser Gedanke brachte sie in einen Flow. Plötzlich sah sie intuitiv vor sich, was sie tun musste, und alles Üben der vielen einsamen Abende machte sich mit einem Mal bezahlt. Ihre Synapsen klickten wie nie zuvor. Während Gabor viel Zeit brauchte, verschob sie ihre Figuren rasch und konnte trotzdem seine Züge voraussehen. Sie hatte das Kommando – er war erledigt. Eigentlich hätte sie jetzt schon fragen können, ob er aufgeben wollte, doch sie fürchtete sich vor seiner Reaktion. Aber es gab kein Zurück mehr, sie wurde immer fiebriger. Er hatte ihr die Freiheit versprochen. Die Welt um sie herum versank. Sie sah nur noch das Brett und steigerte das Tempo weiter. Und da erkannte sie, dass sie den ganzen Weg mit ihrem Bauern gehen und eine neue Königin holen könnte. Nein, kein Zweifel, es war vorbei.

»Du kannst Remis bekommen«, sagte er.

Sie sah Gabor fassungslos an. »Machst du Witze?«, fragte sie. »Du bist drauf und dran zu verlieren. Das musst du doch selbst sehen.«

Gabor tat so, als hätte er ihre Worte nicht gehört, und anstatt ihr in die Augen zu sehen, sah er Jakob missbilligend an.

»Ich verliere nie«, sagte er.

Sie wusste nicht, was sie sagen sollte, bemühte sich aber, nicht aufbrausend zu werden. »Jetzt zeig mal ein bisschen Haltung und nimm es wie ein Mann, Gabor. Du bist ein besserer Spieler als ich, doch diesmal hat das nicht genügt.«

Sie machte eine Bewegung zu den Spielfiguren, um zu zeigen, wie hoffnungslos seine Situation war. »Und du hast mir versprochen ...«

Gabor hob die Hand, also schwieg sie. Was ging hier vor?

»Außerdem hast du Hilfe angenommen«, sagte er. »Das gilt in allen Spielen als Betrug.«

Sie konnte es kaum glauben. »Ich habe auf deine Initiative hin Hilfe von dem Jungen angenommen, den du eben noch einen Versager genannt hast.«

Gabor schaute über den Kanal und rückte seinen Hemdkragen zurecht. »Er *ist* ein Versager«, sagte er.

Sie bemühte sich, ruhig sitzen zu bleiben. »Du hast kein Recht, das zu sagen«, entgegnete sie.

»Aber es ist die Wahrheit. Er ist seltsam, Claire, und schwach noch dazu.«

»Stark genug, um dein Schachspiel zu durchschauen.« Ihre Wangen wurden heiß.

»Er ist lächerlich.«

»Du kennst ihn nicht«, zischte sie.

»Unsere Partie ist jetzt beendet. Ihr seid frei zu gehen.«

Sie sah ihn an, ihr Mund war trocken, und ihr Herz pochte. »Du erkennst dich also als besiegt?«

»Das war Remis. Du hast die Hälfte gewonnen.«

Beruhige dich, versuchte sie sich zu beschwichtigen, das hier ist ein entscheidender Moment, mach jetzt keinen Fehler.

»Wenn du möchtest, können wir unsere Positionen analysieren«, schlug sie vor.

»Dazu habe ich keine Lust«, erwiderte er und begann, die Spielfiguren einzusammeln.

»Nein!«, schrie sie und legte ihre Hand auf seine. Der Körperkontakt war ihm sichtlich unangenehm, er schüttelte ihre Hand ab. Dann erhob er sich, und ihr blieb nichts anderes übrig, als selbst auch aufzustehen. Doch obwohl sie die Hand nach Jakob ausstreckte, blieb er, die Beine verschränkt, sitzen.

»Wie ich gesagt habe, schau ihn dir nur an«, sagte Gabor.

»Du Monster«, spie sie ihm entgegen, und das war natürlich die völlig falsche Taktik. Ein solches Wort machte Gabor nur ruhiger. Offensichtlich konnte sie ihn im Schach besiegen, doch würde sie niemals bei einem seiner Psychospiele gewinnen. Und tatsächlich lächelte er sie nur an wie der perfekte Gastgeber, dessen Besucherin etwas Unpassendes gesagt hatte.

»Es war reizend, euch hier zu haben. Aber jetzt muss ich mich verabschieden. Lass mich deinen Mantel und deine Tasche holen. Kommst du mit deinem Sohn zurecht, oder soll ich Ricardo bitten, dir zu helfen?«

»Wir kommen sehr gut zurecht«, erwiderte sie und zog Jakob vom Stuhl hoch.

Er reagierte seltsam trotzig, streckte den Rücken durch und ging, ohne ihre Hand zu nehmen, mit ihr in den gewölbeartigen Vorraum hinaus, wo sie ihre Tasche und ihren Mantel bekam.

Gabor streckte seine Hand aus. Sie nahm sie und sah ihm in die Augen. Er lächelte sie traurig und fast freundlich an. Doch sie wusste es besser.

»Lässt du uns jetzt in Ruhe? Können wir sicher sein?«

»Adieu, Claire«, sagte er, ohne ihre Hand loszulassen. »Und Adieu, Jakob.«

Er hatte ganz klar nicht auf ihre Frage geantwortet. Sollte sie noch einmal fragen? Doch stattdessen nickte sie nur, drehte sich um und ging mit Jakob an der Hand die geschwungene Treppe hinunter. Ihre Schritte waren eilig und ungelenk, und das Schachbuch fiel ein weiteres Mal aus ihrer Tasche. Sofort war Gabor an ihrer Seite und hob es auf.

»Vielleicht brauchst du das gar nicht mehr. Offensichtlich hast du es gründlich studiert«, sagte er, und näher konnte sie wohl einem Geständnis, dass sie ihn besiegt hatte, nicht kommen.

Doch sie kommentierte es nicht, sondern nahm nur das Buch in die linke Hand und trat mit Jakob hinaus auf den Markusplatz.

FÜNFZIG

Samuel war so darauf eingestellt, Claire zu begegnen, dass er gar nicht erfassen konnte, wen er da sah. Seine Erwartung verschmolz auf unerklärliche Weise mit der Person, die vor ihm stand – eine engelsgleiche Gestalt mit dünnen Armen, die in einer Aura aus Sonnenlicht, das durchs Fenster fiel, seinen Blick verwirrte.

Doch als sein Atem sich beruhigt und er ein paarmal geblinzelt hatte, erkannte er, dass hier ein Junge mit lockigem Haar und großen, erstaunten Augen stand. Er trug einen zerknitterten beigefarbenen Anzug, der zwar ausgezeichnet saß, aber für ihn viel zu erwachsen wirkte. Das und seine ganze nervöse Gestalt machten deutlich, dass er im Grunde ein kleines Kind war. Er bewegte seinen Kopf vor und zurück und stellte sein rechtes Bein vor das linke, weshalb er wirkte, als könnte er jederzeit vornüberfallen.

»Wer bist du?«, fragte der Junge auf Englisch und fuhr, als Samuel nicht antwortete, fort: »Sie haben gesagt, es sei wichtig, dass ich dich treffe. Aber mehr wollten sie nicht sagen. Weißt du, wo meine Mutter ist? Sie ist verschwunden, und die hier sagen, sie hätten keine Ahnung, wo sie ist. Aber ich glaube, die lügen. Die sagen, du kennst Mama. Sie würde niemals einfach abhauen. Wenn nicht was Schlimmes passiert wäre.«

Die Worte quollen nur so aus ihm heraus, und Samuel hätte am liebsten auf dem Absatz kehrtgemacht. Er war wütend und fühlte sich betrogen, weil der Junge nicht Claire war. Sein erster Reflex war, ihn anzubrüllen, dann rauszugehen und die Tür zuzuknallen. Doch das wäre herzlos gewesen, denn der Junge war genauso außer sich wie er selbst. Er hatte Tränen in den Augen und bebte. Samuel erkannte sich selbst und seine eigene Verzweiflung in ihm wieder.

»Wer ist denn deine Mutter?«, fragte er.

»Sara Miller«, antwortete der Junge, der jetzt einen zögerlichen Schritt auf ihn zumachte. Er sah aus, als würde er gleich zusammenbrechen, und Samuel machte sich bereit, ihn aufzufangen.

»Wer ist das?«, fragte er.

»Ich habe mit einem alten Mann gewohnt«, sagte der Junge, als hätte er die Frage nicht gehört. »Seit März war ich nicht in der Schule, und niemand hat mir irgendwas erklärt. Ich sollte einfach nur warten und warten. Aber heute Morgen ...« Da wich alle Farbe aus seinem Gesicht.

»Ich glaube, du musst dich mal hinsetzen«, unterbrach Samuel ihn und half ihm in einen Sessel, ließ sich in den Sessel daneben sinken und überlegte, ob er Alicia Kovács rufen sollte. Der Junge schien Hilfe zu brauchen.

»Was ist heute Morgen passiert?«, fragte er ruhig.

»Die haben gesagt, ich soll zum Flugplatz. Ich hab kaum Zeit zum Packen gehabt, und ich bin mit einem Privatflugzeug geflogen. Pap...« Er korrigierte sich und sagte: »Vorn im Flugzeug habe ich Gabor gesehen, aber er wollte nicht mit mir reden. Er hat wieder gekuckt, als hätte ich ihn sehr enttäuscht.«

»Ist Gabor Morovia dein Papa?«

»Nein, aber ich hab das total lange geglaubt. Oder zumindest hat Mama gesagt, dass ich ihn so nennen soll. Ich glaube, sie hatte irgendwie Angst. Sie wollte, dass ich ihn treffe, weil wir dann sicher wären.«

»Und deine Mama heißt Sara Miller?«

Der Junge wiegte wieder den Kopf, und Samuel hatte wirklich das Gefühl, ihn gleich auffangen zu müssen.

»Manchmal wird sie auch Claire genannt. So hieß sie früher.«

»Mein Gott«, sagte Samuel atemlos.

»Kennst du sie?«

»Ich war ihr Mann«, sagte er und korrigierte sich dann: »Ich *bin* ihr Mann.«

»Ihr Mann?«, fragte der Junge verwirrt.

»Deine Mutter und ich waren verheiratet«, erklärte Samuel und bemühte sich, ruhig zu bleiben. »Aber sie ist verschwunden. Viele Jahre lang dachte ich, sie sei tot. Wahrscheinlich hat sie sich versteckt ...«

»... vor Morovia«, ergänzte der Junge und klang plötzlich ruhiger und älter.

»Ja, vermutlich«, seufzte Samuel. Plötzlich hatte er tausend Fragen. Doch er stellte keine einzige davon. Er wollte nicht zerstören, was sich trotz seiner ersten Enttäuschung plötzlich so kostbar anfühlte. Wie eine Art Ersatz für Claire.

»Ich habe sie geliebt«, sagte er.

Der Junge schien nachzudenken. »Bist du das, der so stark ist?«, fragte er. »Und der alles reparieren kann?«

»Keine Ahnung, ob ich noch so viel reparieren kann, aber ich bin ziemlich stark.« Samuel zeigte linkisch seinen Bizeps vor.

»Alle sagen, dass ich trainieren soll«, erwiderte der Junge. »Gabor sagt, ich bin schwach.«

»Ich finde, du siehst ganz schön stark aus.«

»Bin ich aber leider nicht«, erwiderte der Junge so traurig, dass Samuel ihn am liebsten in den Arm genommen hätte.

»Das denkt jeder, der es mal schwer hatte«, entgegnete er. »Man hält sich selbst für wertlos, aber eigentlich …«

»Mama hat von dir erzählt«, unterbrach ihn der Junge. Samuel schrak zurück. »Ehrlich?«

Er wollte das nicht hören. Das hier ging zu schnell. Wie war es möglich, dass er plötzlich so vertraut mit dem Jungen sprach? Bestimmt wollte er sich von all den drängenden Fragen ablenken: Wo befand sich Claire? Was passierte hier gerade?

»Sie hat gesagt, sie kann nicht kochen, weil du das immer gemacht hast. Sie meinte, da sei sie echt doof.«

»Es tut mir leid, wenn ich sie doof gemacht habe.«

»Ich glaube, sie meinte das nett.«

Samuel hatte einen Kloß im Hals. »Was ist mit deiner Mutter passiert?«

»Wir waren in Venedig«, erklärte der Junge.

Samuel beugte sich vor, der ganze Körper angespannt. »Was habt ihr da gemacht?«

»Wir haben Morovia besucht.« Der Junge verzog gequält das Gesicht.

»Und was ist da passiert?«, hakte Samuel nach.

»Wir haben gegessen, und dann haben die beiden angefangen, Schach zu spielen. Das war irgendwie wichtig, so als ob sie um was Entscheidendes spielen würden. Um unsere Freiheit. Das hat Mama jedenfalls gesagt.«

»Eure Freiheit.«

»Ja«, sagte der Junge. »Mama war super angespannt, als ginge es um Leben und Tod, und sie wäre auch fast in eine

Falle gegangen. Aber ich habe ihr ein bisschen geholfen. Danach war sie wieder im Vorteil.«

Samuel sah den Jungen ungläubig an. »Du hast Claire beim Schachspielen geholfen? Das ist unmöglich.«

»Die Partie war ein bisschen wie die von Capablanca, die er 1922 in London gegen Marotti gespielt hat.«

Samuel war fassungslos. »Kennst du dich mit so was aus?«, fragte er.

»Ja«, erwiderte der Junge ohne jeden Stolz. »Mir war oft langweilig, und eigentlich hatte ich auch nie Freunde. Deshalb habe ich über alte Schachpartien gelesen und gegen mich selbst gespielt.«

»Gegen dich selbst.«

»Na ja, und manchmal gegen einen Schachcomputer.«

Samuel schluckte. »Du musst ein Genie sein. Man hilft Claire nicht. Man lehnt sich zurück und bewundert sie.«

Der Junge lächelte traurig und sagte dann wieder sehr erwachsen: »Sie hat durchaus ihre Defizite.«

Samuel sah ihn ebenso traurig an. »Das stimmt. Die hat sie. Was ist dann passiert?«

»Sie hätte ihn in sechs Zügen matt gesetzt, aber vorher hat Morovia die Partie abgebrochen und ihr ein Remis angeboten.«

»Er wollte nicht verlieren.«

Der Junge sah aus dem Fenster. »Genau«, sagte er. »Die Stimmung war dann ziemlich mies, und Morovia hat eine Menge fieser Sachen gesagt.«

»Zum Beispiel?«

»Muss ich das sagen?«

»Nein.«

»Dann sind wir da weg. Mama hatte es ziemlich eilig.«

»Und ihr seid auf den Markusplatz gegangen?«

»Markusplatz?«

»Ich habe ein Bild von ihr gesehen, auf dem Markusplatz aufgenommen.«

»Ehrlich? Ich weiß nicht, wo wir waren. Mama war gestresst und rannte ganz schnell. Da waren massenhaft alte Häuser und jede Menge Leute und Vögel, und ich kam kaum hinterher, und plötzlich hat mich jemand gerufen. Das war einer von Morovias Typen, Ricardo heißt der …«

Offensichtlich fiel es ihm schwer, darüber zu reden, und er fing wieder an zu zittern.

»Und?«, fragte Samuel.

»Ich bin stehen geblieben. Irgendwie dachte ich, wir hätten was vergessen oder so, und als ich wieder vor zu Mama rennen wollte, habe ich sie nicht mehr gefunden. Sie war weg, und ich habe so laut gerufen, wie ich nur konnte, und einmal habe ich sie auch ›Jakob! Jakob!‹ schreien hören. Aber ich habe nicht rausgekriegt, woher die Stimme kam. Stundenlang bin ich einfach nur herumgelaufen und habe nach ihr gefragt und versucht, sie anzurufen. Aber sie war weg.«

»Mein Gott.« Wieder hätte Samuel den Jungen gern in den Arm genommen, blieb aber sitzen. »Was ist dann passiert?«, fragte er.

»Morovia ist aufgetaucht und hat gesagt, Mama habe plötzlich verreisen müssen, aber ich habe ihm nicht geglaubt, und ich habe getreten und um mich geschlagen, und dann kamen Leute und haben mich geholt, und ich musste bei einer sehr netten Frau in Mailand wohnen. Aber ich glaube, die fand mich furchtbar. Ich habe Sachen kaputt geschmissen und andauernd versucht abzuhauen, und dann bin ich zu einem alten Mann gebracht worden, der gesagt hat, er sei mit Morovia und seinen beiden Leuten verwandt.«

»Und dann bist du hierhergebracht worden?«

»Ja, ich war ganz sicher, dass Mama hier ist. Habt ihr nicht hier in Schweden gewohnt?«

»Ja, gar nicht weit weg.«

»Aber sie ist nicht gekommen. Jetzt sitze ich schon ewig hier in diesem Büro. Was soll ich bloß machen?«

Samuel hatte keine Ahnung, was der Junge machen sollte. In dem Augenblick bemerkte er etwas Seltsames in den Augen und den Mundwinkeln des Jungen, und ihm wurde schwindelig. Nein, das war verrückt. Das hier war ein neuer, idiotischer Wunsch, und er hatte auch gar keine Zeit, ihn fertig zu denken. Die Tür ging auf, und Alicia Kovács kam rein und sah aus, als hätte auch sie gerade etwas Verstörendes erlebt. Sie war blass und wirkte gehetzt.

»Ich glaube, Sie gehen jetzt besser«, sagte sie.

Samuel stand auf. »Warum denn?«

»Ich mache mir Sorgen«, murmelte sie. »Bringen Sie sich in Sicherheit. Er ist in übelster Stimmung.«

Samuel musste nicht fragen, wer hier in übelster Stimmung war. Er nahm den Jungen bei der Hand und ging.

Julia begriff sofort, dass es Benzin war. Sie blinzelte verzweifelt, um es nicht in die Augen zu bekommen, und die ganze Welt um sie herum erstarrte. Doch in ihr arbeitete es, sie versuchte, nachzudenken und sich zu konzentrieren. Sie sah zu dem Mann hoch, der die Flüssigkeit über ihr ausgeschüttet hatte. Sein Blick war kalt, er trug eine grüne Jacke und war muskulös, doch seine Hände zitterten, und das war gut. Er stand unter Druck und musste auf zu viel gleichzeitig achten: seine Waffe, die er ins Holster gesteckt hatte, das ganze Chaos um ihn herum, den kleinen metallischen, silbern glänzenden Gegenstand, den er jetzt aus der

Jeanstasche holte und mit dem er herumfummelte. Ein Feuerzeug.

Julia warf sich vor und zurück, jeden Moment konnte sie brennen, aber sie tat alles, um trotzdem weiter klar zu denken. Sie musste sich irgendwie von diesem Seil losreißen und in den Pool kommen. Doch dafür war keine Zeit. Der Mann machte eine furchtbare Bewegung mit den Fingern. Jetzt gleich würde es passieren, ihr Vater und Micaela schrien, doch durch den ganzen Lärm hörte sie noch etwas anderes: die hypnotische Stimme von Morovia und seine Worte, mit einem dunklen Vibrato und einem leisen Pfeifen im Ausatmen, ruhig und feierlich ausgesprochen.

»Ich will, dass du sie brennen siehst, wie mein Sohn Jan gebrannt hat. Ich will, dass wir diesen Schmerz teilen.«

Das war so unfassbar, dass es sich anfühlte, als würde sie bereits brennen. Sie ruckte noch einmal an dem Seil, aber das saß fest. Ihr Vater stand auf und hob den Arm, als würde er winken oder sich verabschieden. Dann trat er einen Meter zurück, während Morovia sich in Angriffsposition vor ihn stellte. Um sie herum geschah alles in einem unglaublichen Tempo, und mit einer entsetzlichen Klarheit sah sie Verschiebungen, Drohungen und die Hoffnung auf Rettung: Micaela kam aus dem Pool, eine Waffe richtete sich auf sie, jemand anders stand vom Boden auf, Vorbereitungen für das, was geschehen würde. Es herrschte kein Zweifel: Morovias Gang war im Vorteil, so schrecklich das auch war. Sie waren drei gegen zwei, dazu die Waffe und ein Feuerzeug.

Doch dann warfen sich ihr Vater und Micaela abrupt in ihre Richtung. Sekunden später ging ein Schuss los. Im Wasser platschte es. Was war passiert? Ihr Vater schlug sich mit Morovia, und Micaela kam auf sie zu. Da war ein beunruhigendes Geräusch, etwas Metallisches knallte auf den Boden. Das Feuerzeug? Würde sie brennen?

Ein weiterer Schuss fiel, und jemand schrie: »Aufhören, lasst sie los!« Sie fuhr zusammen, überzeugt, dass nun die Polizei gekommen war, um sie zu retten, doch sie täuschte sich. Es war nicht die Polizei. Es war Lucas, der mit flammendem Blick und einer Pistole in der Hand den Garten betrat.

EINUNDFÜNFZIG

Claire meinte, im Gewimmel ein bekanntes Gesicht zu sehen. Das war beunruhigend, doch im Moment hatte sie andere Probleme.

Von früher her wusste sie, dass es nicht weit entfernt von hier, auf der Rampa Santa Chiara, ein Polizeirevier gab. Sie würde Lars Hellner in Stockholm alarmieren, und der würde sie hier rausholen. Sie eilte an einer Gruppe Japaner vorbei, die einem Guide lauschten. Ein südeuropäisch aussehender Mann pfiff ihr zu, und sie warf stolz den Kopf in den Nacken, um zu signalisieren, dass ihr jegliche Aufmerksamkeit gleichgültig war. Kam Jakob mit? Es wäre ein Albtraum, ihn hier zu verlieren. Sie drehte sich um. Eine Taube flatterte auf, und sie hörte das Klicken einer Kamera. Dann seufzte sie erleichtert. Jakob war dicht hinter ihr.

»Alles in Ordnung, Liebling?«

»Warum müssen wir so rennen?«, fragte er.

»Ich war einfach ein bisschen gestresst. Aber jetzt ist alles gut. Komm, mein Herz«, sagte sie und reichte ihm die Hand.

Er wollte sie nicht nehmen. Neuerdings war er nicht mehr gern Hand in Hand mit seiner Mutter unterwegs, und sie fand das rührend und ging langsamer. Sie lächelte ihn an, als wären sie beide einfach nur auf einem unschuldigen Ausflug. Doch natürlich merkte Jakob, wie nervös sie war.

»War das falsch, gegen ihn zu gewinnen?«, fragte er.

»Ganz im Gegenteil«, erwiderte sie. »Einer wie er muss irgendwann auch mal verlieren, und er hat uns versprochen ...«

»... dass wir frei sind«, ergänzte Jakob.

»Ja«, sagte sie und sah sich um. Wo war das Polizeirevier? Vor ihr stand einer dieser armen, golden angestrichenen Männer, die für ein paar Euro eine Statue mimten. Was für ein Job, dachte sie noch, und da stieß sie mit jemand zusammen. Obwohl sie nicht schuld war, bat sie um Verzeihung. Im nächsten Moment wurde sie hart von hinten gestoßen, und ein scharfer Schmerz fuhr ihr in die Seite.

Sie keuchte auf und drehte sich nach Jakob um, doch der war nicht mehr zu sehen. Panisch rief sie nach ihm, doch dann spürte sie plötzlich etwas Feuchtes und Klebriges unter ihrem Kleid. Sie fasste sich an die Hüfte. Sie blutete! Darum musste sie sich später kümmern, erst Jakob finden! Doch als sie loslief, torkelte sie, und zwei Arme führten sie rasch und entschlossen in einen nahen Hauseingang. Dort sackte sie zusammen und wurde weggetragen, während die Welt um sie herum in Dunkelheit versank.

Micaela war klatschnass und warf sich hilflos zu Boden, fest davon überzeugt, dass sie keine Chance hatten. Jetzt wurde auch noch eine Waffe auf sie gerichtet. Vielleicht würde sie sterben, aber zuerst musste sie noch versuchen, Julia zu retten und sie ins Wasser zu ziehen. Das war ihr einziges Bestreben, und im selben Moment knallte vor ihr etwas auf die Fliesen. Sie kapierte erst nicht, was das sein konnte, um sie herum war so ein Durcheinander, aber dann sah sie es: das offene Feuerzeug. Mit einer kleinen Verzögerung loderte die Flamme auf. Micaela rollte sich hinüber und schob sich direkt auf die Flamme.

Schüsse knallten, und mehrmals meinte sie erschrocken, selbst getroffen worden zu sein, schließlich lag sie hilflos am Boden und war kaum zu verfehlen. Aber das Feuer hatte sie offensichtlich ersticken können, sie spürte das Feuerzeug unter der Brust. Schritte näherten sich. Würde sie hingerichtet werden? Sie hob den Kopf und konnte nicht begreifen, was sie da sah.

Der kräftige Mann in der grünen Jacke, der das Feuerzeug gehalten hatte, presste sich die Hände auf den Bauch und sank auf die Knie. Und der Typ von der Überwachungskamera in Venedig, der sich doch gerade erst aus dem Pool gehievt hatte, fiel ins Wasser. Die Szene war völlig verändert. Und dort am Eingang zur Küche stand ihr Bruder mit einer Pistole in der Hand.

»Idioten«, murmelte er und richtete die Waffe auf Morovia, der nach einem neuerlichen Fausthieb von Rekke rückwärtstorkelte.

»Lucas«, sagte sie.

»Schwesterherz«, antwortete er und kam näher, und sie wusste nicht, was jetzt passieren würde.

Lucas hatte ihre Angreifer angeschossen und sie gerettet, doch für ihn war anscheinend nicht so klar, wer hier Feind und wer Freund war. Morovia hatte ihn zweifellos betrogen und etwas Furchtbares getan. Doch niemand hatte ihn mehr gedemütigt als Rekke. Lucas hasste Rekke über alle Maßen, und sie erkannte an seinem Blick, dass er sich nicht mehr im Griff hatte und jetzt alles passieren konnte.

Er ließ die Waffe hin und her zucken und richtete sie schließlich auf Rekke.

»Erschieß ihn«, rief Morovia.

»Nein, nein«, sagte Rekke und machte einen Schritt vorwärts. »So dumm bist du nicht, Lucas.« Er streckte die Brust vor, als böte er sich für einen Schuss dar. Micaela keuchte. Sie wusste nicht, ob das eine gute Idee war. Lucas hielt den Finger am Abzug.

»Du bist an allem schuld«, sagte Lucas, rasend vor Wut. »Du hast meine Schwester mit deinem verdammten Psychologengequatsche kaputt gemacht.«

Rekke machte scheinbar völlig entspannt einen weiteren Schritt vor, und Micaela hatte furchtbare Angst um ihn.

»Das kann schon stimmen«, sagte Rekke. »Aber denk mal nach. Im Moment bist du hier der Held. Das wird dir zum Vorteil gereichen. *Fortes fortuna adiuvat.* Den Mutigen hilft das Glück. Wenn du mich erschießt, wird daraus allerdings ein ziemlich komplizierter Scheiß.«

»Ich werde nichts Schlechtes über dich sagen, wenn du Papa in Ruhe lässt!«, schrie Julia.

»Ich höre auf, gegen dich zu ermitteln«, brach es aus Micaela hervor. Sie hätte in diesem Moment alles versprochen, doch nichts schien zu helfen. Bestimmt wurde Lucas nur noch wütender, weil sie ihn an das erinnerte, was er getan hatte.

Trotzdem murmelte er: »Musst du auch, Schwesterherz.«

»Ich verspreche es«, sagte sie.

Lucas nickte und wirkte jetzt ruhiger, richtete seine Waffe auf Morovia, der still und mit einer vor Hass und Stolz strahlenden Miene bei ihnen stand.

Plötzlich waren Polizeisirenen zu hören. Die Wagen kamen näher, und Rekke stürzte zu seiner Tochter, entknotete das Seil von Julias Händen und Füßen und nahm ihr den benzingetränkten Bademantel ab, während Micaela und Lucas in plötzlichem Einverständnis Morovia in Schach hielten.

Eine knappe Minute später polterten die Kollegen von der Sicherheitspolizei herein und hinter ihnen mit hochrotem

Gesicht Magnus Rekke, der hauptsächlich herumwuselte und es gründlich vermied, seinem Bruder in die Augen zu sehen. Der wiederum scherte sich überhaupt nicht um Magnus, denn er war vollauf damit beschäftigt, Julia an sich zu drücken, und dann wimmelte es im ganzen Haus von Polizeibeamten, und Micaela, Rekke und Julia verließen den Garten, ohne Morovia und seine verletzten Söldner noch eines Blickes zu würdigen.

Es war spät am Nachmittag des 7. Juni, und Micaela sah, dass Samuel Lidman sie sechsmal angerufen hatte.

ZWEIUNDFÜNZIG

Micaela trat aus der Tür der katholischen Domkirche auf der Folkungagatan. Es war der 12. Juli, und die meisten waren im Urlaub, doch sie selbst war zurück im Dienst und hatte jede Menge zu tun.

Die Trauerfeier war etwas langatmig gewesen, doch obwohl sie der Frau, die da begraben wurde, niemals begegnet war, hatte die Zeremonie sie berührt. Wahrscheinlich lag das hauptsächlich daran, dass ganz vorne Samuel Lidman mit einem dreizehnjährigen Jungen gesessen hatte, den er eben erst kennengelernt hatte, der sich aber, als wäre Samuel bereits seine ganze Welt, schon ganz dicht an ihn drückte.

Drei Wochen zuvor war die Leiche von Claire Lidman nördlich von Venedig im Gardasee gefunden und dann nach Stockholm gebracht worden. Ihre Schwester Linda Wilson hatte auf einer katholischen Beerdigung bestanden. Der Priester hatte es nicht übertrieben, und die Musik war ergreifend gewesen. Micaela war froh, dass sie hergekommen war, und nun schaute sie zum Medborgarplatsen hinüber und nickte Rebecka Wahlin zu, die etwas umwerfend Elegantes anhatte, was Micaela ihr eigenes schwarzes Kleid noch billiger und unbequemer finden ließ. Sie ließ den Blick noch eine Weile über die Menge schweifen und ging dann zu dem Jungen hin, der sich hinter Samuels breitem Rücken versteckte. Er trug einen schwarzen Leinenanzug und hatte eine rote Rose in der Hand, die er vergessen hatte, auf den Sarg zu legen. Und er schien sich weit weg zu wünschen.

»Hallo, Jakob«, sagte sie. »Es tut mir so leid.«

»Ist der Professor nicht hier?«, fragte der Junge.

»Nein, er konnte nicht kommen«, antwortete sie, wütend auf Rekke, der mit ihr zusammen auf dem Weg zur Kirche gewesen, dann aber plötzlich abgedreht und nach Hause zurückgekehrt war. Es ging irgendwie um Magnus, vermutete sie.

»Ich wollte ihn was fragen«, sagte Jakob.

»Was denn?«, fragte sie.

»Samuel hat gesagt, dass der Professor auf diesem Foto mit mir von der Überwachungskamera in Venedig was Besonderes gesehen hat.«

Micaela lächelte. »Er hat deine Ohrläppchen bemerkt, Jakob. Die sind an der Wange festgewachsen. Genau wie bei Samuel.«

Der Junge dachte nach. »Dann hat er gesehen, wofür Morovia einen DNA-Test brauchte.«

Sie zuckte mit den Schultern. »Er war nicht sicher, er sieht die ganze Zeit eine Menge. Im Moment wird er wieder manisch.«

»Was bedeutet das?«

»Dass er herumläuft und aus allem irgendwelche Schlüsse zieht. Manchmal kann er alles einfach so durchschauen. Dann wieder ist er völlig neben der Spur.«

Micaela legte dem Jungen eine Hand auf die Schulter. Dann umarmte sie Samuel und sah Vater und Sohn nach, wie sie zusammen weggingen. Wie linkisch und seltsam sie doch beide waren. Diese zwei brauchen einander, dachte sie.

Sie sah auf die Uhr und stellte fest, dass sie es noch in die Grevgatan schaffen könnte, ehe sie zur Arbeit musste. Deshalb ging sie eilig in Richtung der Station Slussen, um die U-Bahn nach Hause zu nehmen. Als sie gerade den Hügel der Götgatan hinauf war, klingelte das Handy. Ihre Mutter. Widerwillig ging Micaela ran. In der letzten Zeit hatte es jede Menge Theater gegeben. Ihre Mutter redete ständig davon, dass Lucas bei den Vernehmungen zu fest angepackt würde, »wo er doch der große Held und alles war«, und Micaela brachte es nicht übers Herz, ihr zu sagen, dass Lucas unter den gegebenen Umständen geradezu lächerlich gut davongekommen war. Das war im Grunde eine Schande, nichts anderes.

»Ja, Mama«, sagte sie, »was gibt es?«

Eine unnötige Frage.

»Ich kann einfach nicht verstehen, dass sie deinen Bruder so unter Druck setzen, und die echten Verbrecher kommen davon.«

»Morovia kommt nicht einfach davon«, antwortete sie. »Der wird in den Knast einfahren, dass es nur so kracht.«

»Aber schicke Anwälte hat er, und hat nicht ausgerechnet Berlusconi ihn schon in Schutz genommen?«

»Keine Ahnung.«

»Aber so ist der Lauf der Welt. Die Reichen kommen davon, und Leute wie wir müssen ins Gefängnis.«

»Jetzt mach es dir mal nicht so einfach, Mama.«

»Ich sage ja nur, wie sich das für mich anfühlt. Vanessa ist derselben Meinung. Ich habe sie gerade bei Dolores getroffen. Du kannst dir nicht vorstellen, wie hübsch sie ist mit ihrer neuen Frisur, und es würde auch nicht schaden, wenn du …«

»Ich lege jetzt auf.«

»Entschuldige, ich rede zu viel. Ich bin einfach immer so nervös, wenn ich dich am Telefon habe, jetzt, wo du im Leben nach oben gekommen bist.«

»Hör schon auf.«

Sie bog Richtung U-Bahn ab.

»Aber hauptsächlich bin ich natürlich stolz. Ich bin so unglaublich froh, dass du wieder mit deinem Grafen zusammen bist.«

»Ist er jetzt schon Graf?«

»Jedenfalls warte ich immer noch auf eine Einladung. Du kannst dir ja nicht vorstellen, was für interessante Sachen ich ihm zu erzählen hätte. Aber was ich eigentlich wollte, cariño …«

»Ja?«, fragte Micaela genervt.

»Es ist nur, dass Lucas es wegen all dem kaum mehr schafft vorbeizukommen. Ich habe gerade ein fantastisches Bild fertig gemalt, das ich sicher verkaufen kann. Wie ist es eigentlich mit dem jungen Mädchen? Geht es ihm besser?«

»Wie viel brauchst du?«

»Nicht viel, gar nicht viel. Ungefähr so wie letztes Mal, als du es so eilig hattest.«

»Ich komme morgen nach der Arbeit raus«, versprach sie, legte auf und ging in die U-Bahn hinunter – ohne eine Ahnung zu haben, dass ihre Mutter zumindest in einer Sache recht hatte.

Es klingelte. »Endlich«, murmelte Rekke. Magnus war zwei Stunden verspätet. Er hatte ihn weder per Telefon noch per Mail erreichen können und war entsprechend beunruhigt. Doch es war Julia. Er strahlte sie an und umarmte sie.

»Du siehst gut aus«, sagte er, und das stimmte in vielerlei Hinsicht.

Julia war lässig gekleidet, in Baumwollhose, mit einer dunkelblauen Bluse, und sie war auch nicht mehr so mager.

»Du dagegen siehst total fucked up aus«, antwortete sie.

»Was? Nein, nur wie immer besorgt um dich. Aber komm doch rein, dann kann ich dich mit meiner nervösen Liebe überschütten. Hast du schon zu Mittag gegessen?«

»Aber eigentlich erwartest du jemand anders, oder?«

Er erzählte ihr, dass Magnus unterwegs zu ihm war.

»Dann hat er ja wohl kaum gute Neuigkeiten«, meinte sie.

Er ging in die Küche und öffnete den Kühlschrank, um nachzusehen, was er anbieten konnte.

»Du solltest ihn ins Gefängnis bringen«, sagte Julia und ließ sich am Küchentisch auf einen Stuhl fallen.

Rekke zog eine Grimasse. »Magnus wird als Zeuge im Verfahren gegen Morovia aussagen müssen, und das wird ihm empfindlich schaden. Damit begnüge ich mich erst einmal.« Und mit der Wahrheit, dachte er. Zumindest mit der bestmöglichen Version davon.

»Aber irgendwas verschweigt er doch.«

»Stimmt.«

»Und er schämt sich.«

»Das wollen wir mal als Fortschritt betrachten«, antwortete er und versuchte zu erkennen, was auf dem Teller lag, den er da im Kühlschrank sah. Hatte Frau Hansson Lasagne vorbereitet? Oder war das Moussaka?

»Wie wäre es denn mit dieser sehr leckeren und höchst kalorienarmen Angelegenheit?«, fragte er und holte den Teller heraus.

»Ich habe keinen Hunger«, sagte sie.

»Bist du sicher?« Er lauschte. »Der Fahrstuhl kommt.«

»Ist das Magnus?«

Er horchte auf die Schritte, die vom Fahrstuhl her kamen.

»Es ist Micaela«, erklärte er. »Mit ihren punktierten Achtzehnteln. Und Magnus. Sie kommen zusammen.«

»Das ist ja schräg«, sagte Julia.

»Was? Ja.«

Sein Bauchgefühl sagte ihm, dass diese Schritte mit schlechten Nachrichten einhergingen.

DREIUNDFÜNFZIG

Magnus wirkte sogar für seine Verhältnisse ungewöhnlich kühl, als Micaela ihm vor der Eingangstür begegnete. Was kein Wunder war, wenn man bedachte, was sie inzwischen alles über ihn wussten. Trotzdem fand sie, dass er sich schon aus Selbsterhaltungstrieb ein bisschen mehr anstrengen könnte. Was brachte es ihm schon, sie wie Dreck zu behandeln?

»Auf was für einer Party waren Sie denn?«, fragte er und betrachtete ihr billiges schwarzes Kleid.

Sie hatte Lust zurückzuschlagen und sagte: »Ich war auf der Beerdigung von Claire Lidman. Und was haben Sie so getrieben?« Da schrak er doch zusammen, und das freute sie.

Außerdem schaute er sich die ganze Zeit nervös um, als hätte er Angst, verfolgt zu werden. Da stand tatsächlich eine Frau mittleren Alters, die unverwandt herschaute. Sie war elegant und originell gekleidet, mit einem grünen Samtjackett und schwarzem Rock mit Silberknöpfen und Schlitz, wirkte aber ängstlich und wandte sich sofort ab, als Micaela rübersah. »Neugieriges Weib«, murmelte Magnus, tippte den Türcode ein, und sie gingen gemeinsam ins Haus. Ihm ging es nicht gut, im Fahrstuhl keuchte er und fluchte vor sich hin. Doch Micaela ignorierte ihn und ging vor ihm raus zur Wohnungstür. Hans öffnete ihnen. Er hatte sein schwarzes Jackett ausgezogen und hielt einen Teller mit einer Art Gratin in der Hand. Auch Julia war da.

»Ich möchte gerne von der Trauerfeier hören, Micaela«, sagte er. »Aber zunächst musst du uns bitte aufklären, mein lieber Magnus.«

»Gib mir erst mal ein Bier.«

Hans nickte, ging in die Küche, stellte den Teller ab und holte zwei Peroni aus dem Kühlschrank. Beide gab er Magnus und bot ihm einen Stuhl an.

»Nun?«, beharrte er.

»Ich glaube, es ist nicht so gut, wenn Julia dabei ist«, fuhr Magnus fort.

»Natürlich bin ich dabei«, erwiderte Julia schnell.

»Dann ist es wohl besser, wenn ich später noch mal komme.«

Hans holte einen Flaschenöffner und ein Glas und schenkte Magnus ein. »Das ist überhaupt nicht besser«, sagte er. »Du solltest froh sein, dass du nicht im Knast sitzt. Ich weiß nur zu gut, was du getan hast, denn ich durfte in der letzten Zeit täglich mit Herman Camphausen telefonieren. Aber jetzt spuckst du erst mal aus, weshalb du hier bist. Und Julia bleibt, wo sie ist.«

Magnus trank gierig und wischte sich den Mund ab. »Russland hat Morovias Auslieferung gefordert«, sagte er.

»Das habe ich gehört.«

»Stimmt. Nun gut, da ist gerade ziemlich viel Druck im Kessel. Unter uns gesagt geht es dabei ja auch um russisches Gas, ich habe aber in keiner Weise damit zu tun.«

»Natürlich nicht«, erwiderte Hans. »Du bist ja nur ein kleiner Staatssekretär.«

»Selbstverständlich sind wir nicht darauf eingegangen. Wir haben hier ein Verbrechen auf schwedischem Boden, und das muss zuerst vor Gericht kommen.«

»Aber?« Hans trommelte mit den Fingern auf den Tisch.

»Aber wir haben uns einverstanden erklärt, dass Morovia von russischen Ermittlern verhört werden darf, und zu diesem Zweck ist er an einen sicheren Ort verbracht worden. Oder zumindest an einen Ort, der als sicher betrachtet wurde. Und im Zuge dessen …«

Magnus verstummte und goss sich Bier nach. Er blinzelte nervös.

»Spuck's aus.«

»Jetzt warte doch … Wir haben der Sache noch nicht auf den Grund gehen können, und die Medien wissen auch noch nichts. Aber ich nehme mal an, dass es sich um eine Kombination aus Erpressung und Bestechung handelt. Wir haben zwei Polizisten und einen Gefängniswärter festgenommen.«

»Ist er etwa abgehauen?«, rief Micaela.

»Also, er hat sich mehr so rausgekauft«, erwiderte Magnus und wich ihrem Blick aus. »Es tut mir wirklich furchtbar leid. Interpol hat ihn zur Fahndung ausgeschrieben, und wir werden natürlich eine Art Schutzprogramm für euch einrichten, auch wenn ich bezweifeln möchte, dass Morovia sich noch einmal hierherwagt.«

»Blödsinn!«, schnauzte Micaela ihn an. »Der will sich jetzt noch viel mehr rächen!«

»Wir werden Gegenmaßnahmen ergreifen«, murmelte Magnus.

Hans saß ganz starr da, sie alle schwiegen. Es fühlte sich an wie die Ruhe vor dem Sturm.

Dann holte Hans tief Luft. Er klang nicht zornig, sondern gefasst und sagte leise: »Wie praktisch, dass du nicht gegen ihn aussagen musst.«

»Ich hätte gern …«, begann Magnus.

»Du hättest überhaupt nicht gern«, fuhr Hans ihn an. »Jetzt trink mal dein Bier aus und dann verschwinde und zermartere dich mit Selbstvorwürfen. Wir müssen uns um Julia kümmern.«

»Um mich muss sich niemand kümmern.«

»Nein, natürlich. Aber wir haben ja außerdem …«

»Weiteren Besuch«, ergänzte Julia.

Micaela sah die beiden verwirrt an. »Was?«, fragte sie.

»Genau«, fuhr Hans fort. »Klick, klack. Eine Frau, knapp vierzig, nehme ich an, nervöse Schritte, aber körperlich leicht. Sie hat schon einmal kehrtgemacht, ist aber wieder auf dem Weg zurück. Sie macht sich wegen irgendetwas Sorgen.«

»Ich glaube, ich habe sie auf der Straße gesehen«, sagte Micaela.

Magnus stand auf, nickte und murmelte, dass er wohl besser gehen sollte. Daraufhin unternahm er einen Versuch, Julia zu umarmen, die das aber nicht zuließ. Mit einem betrübten Lächeln ging er zur Tür.

Das war zwar nicht sein bester Abgang gewesen, doch wenn sein Rücken auch gebeugt war, so breitete sich doch auf seinem Gesicht schon ein Grinsen aus. Er war ziemlich okay davongekommen, fand er. Also machte er sich nicht die Mühe, die Frau vor der Tür zu begrüßen, sondern verschwand froh im Fahrstuhl, während sein Bruder sich erhob, um den Besuch zu empfangen.

Es war ein Uhr mittags, und Micaela musste eigentlich dringend zur Arbeit. Aber sie war neugierig und beschloss, trotzdem noch ein wenig zu bleiben. Sie wollte sehen, was die Frau wollte, die schon vor dem Haus gewartet hatte.

Genau wie Rekke geraten hatte, war sie ungefähr vierzig oder etwas jünger. Sie war äußerst elegant gekleidet, als wäre sie auf dem Weg zu einem Fest. Die Haare waren hochgesteckt, und das betonte ihre klar geschnittenen Gesichtszüge. Zwar wirkte ihr Körper geschmeidig, aber ihre Bewegungen waren ruckartig und unentschlossen, und sie wirkte ziemlich aufgelöst.

Doch nun fasste sie sich, sah Rekke in die Augen und streckte die Hand aus.

»Tut mir leid, wenn ich störe. Ich bin hier mitten in etwas reingeplatzt, nicht wahr?«, sagte sie und sah Julia und Micaela an.

Rekke lächelte freundlich und bat sie, Platz zu nehmen. »Ganz im Gegenteil«, versicherte er. »Sie kommen genau im richtigen Moment. Wir können etwas Abwechslung gut gebrauchen. Sind Sie beim Lunch gestört worden?«

Die Frau sah Rekke erstaunt an. »Woher wissen Sie das?«

»Sie sind gekleidet, als wollten Sie jemanden beeindrucken, und es ist Mittagszeit. Aber vor allem haben Sie ganz offensichtlich gerade etwas sehr Aufwühlendes gehört. Geht es um Ihren Ex-Mann?«

Die Frau war verblüfft.

»Mein Gott, hat er Sie angerufen?«

»Nein, hat er nicht«, sagte Rekke. »Ich sehe an Ihrem Finger, dass Sie Ihren Ehering erst kürzlich abgenommen haben, und ich rate einfach nur. Ehrlich gesagt bin ich derzeit ein wenig manisch und meinerseits aufgewühlt. Aber nun mal eins nach dem anderen. Warum suchen Sie uns auf?«

»Ich habe von Ihnen gehört, Professor Rekke«, erklärte die Frau. »Und auch von Ihnen, Frau Vargas«, fügte sie entschuldigend hinzu. »Es heißt, Sie könnten Probleme lösen, und ich bin in die seltsamste Geschichte verwickelt, die Sie sich vorstellen können, und zwar mit … ja, meinem Ex-Mann. Und gerade eben habe ich eine völlig wahnsinnige

Sache zu hören bekommen. Entschuldigen Sie, aber das wird wie der reinste Kriminalroman klingen.«

Rekke warf Micaela einen Blick zu, dann lächelte er die Frau freundlich an. »Ich finde, das klingt nach einem guten Anfang«, sagte er, und sein linkes Bein begann unwillkürlich zu wippen.

DANKSAGUNG

Dank an Jessica Bab, meine Agentin, die mit mir durch dick und dünn geht, an Eva Bergman, meine geschickte Lektorin, an Eva Gedin, meine scharfäugige Verlegerin, an meinen Freund Johan Norberg, an die Redakteurin Åsa Sandzén und die Gerichtsmedizinerin Eva Rudd.

Und Dank an Anne und die Kinder.

Der Auftakt der neuen Millennium-Trilogie

»Die Staffelübergabe von David Lagercrantz an Karin Smirnoff ist ein Geniestreich. Niemand hätte es besser machen können. Außer Stieg Larsson selbst.« *Upsala Nya Tidning*

978-3-453-27432-7

Mikael Blomkvist reist von Stockholm in den hohen Norden zur Hochzeit seiner Tochter. Die Region befindet sich in Aufruhr: Abseits des medialen Rampenlichts tobt dort ein Kampf internationaler Konzerne um natürliche Ressourcen und Billigstrom. Zur selben Zeit begibt sich Lisbeth Salander nach Nordschweden, um ihre Nichte kennenzulernen. Die junge Svala hat sich geschworen, ihre verschwundene Mutter, eine Sami, zu finden und sich endlich gegen ihren Stiefvater zu wehren.

Leseprobe unter **www.heyne.de**

HEYNE ‹